night + *day*

Daniela Volonté

Un'imperdonabile distrazione

Prima edizione in "Night + Day" giugno 2025

Stampa Grafica Veneta S.p.A. di Trebaseleghe – PD

ISBN 978-88-93907-44-6

FSC
www.fsc.org
MISTO
Carta | A sostegno della gestione forestale responsabile
FSC® C021883

GRAFICA VENETA
GV CARBON NEUTRAL

Questo libro è stampato da Grafica Veneta S.p.A.
con un processo di stampa e rilegatura certificato 100% carbon neutral
in accordo con PAS 2060 BSI

UN'IMPERDONABILE DISTRAZIONE

A tutte le persone che si lasciano distrarre,
non badate a ciò che vi dicono gli altri,
voi sapete bene di essere semplicemente
connessi con mondi che non tutti vedono.

Capitolo 1

Nicholas

Dopo aver parcheggiato l'auto nel posto riservato, salgo in ascensore fino al piano in cui si trova il mio ufficio. Lungo il percorso è un continuo "Buongiorno, signor Parker", "Buona giornata, signore", "Bella cravatta, Nick!".

Alle dieci è l'orario sbagliato per entrare alla Parker & Cox, becco tutti i miei dipendenti. Ma arrivare prima è fuori discussione. Preferisco lavorare nel silenzio del mio studio e venire in sede più tardi. Le mie giornate sono piene di contratti da firmare, riunioni con i comparti della casa editrice, fiere del libro a cui non posso mancare, pranzi o cene con gli agenti degli autori più in vista, oltre che con i registi e gli sceneggiatori interessati a qualche bestseller. Insomma, il mio orario di lavoro va ben oltre quello dei miei dipendenti. Ho tutto il diritto di arrivare tardi. Tanto alle nove starò ancora seduto a evadere scartoffie.

Ogni volta che entro nel mio ufficio, in questo palazzo moderno a pochi isolati da Times Square, rimango impressionato dalla vista. Dalle vetrate riesco a cogliere uno degli scorci più belli di New York City.

Mi siedo alla scrivania e accendo il computer. Il tempo di inserire la password e qualcuno bussa alla porta. Giuro che domani entrerò molto più tardi.

"Avanti," bofonchio scocciato.

"Dobbiamo parlare," afferma con tono imperativo Paul Cox, il mio socio. O meglio, il vecchio socio di mio padre.

Sono subentrato a Colin Parker dopo la sua morte, quattro anni fa. Come sempre, pensare a lui mi manda il cervello in cortocircuito per un attimo. Mi riprendo in fretta e torno a concentrarmi sul mio interlocutore. Ho lavorato alla Parker &

Cox, e nelle sue filiali, fin da prima della laurea in Economia a Harvard e della specializzazione alla Business School di Londra, eppure davanti a Paul mi sento sempre sotto esame.

"Buongiorno a te," replico con una punta di ironia.

Per tutta risposta sbuffa spazientito e si accomoda di fronte a me. Quando fa così ho la certezza che sta per arrivare qualche cazziatone.

"Non fare lo spiritoso. Hai visto i report delle vendite dell'ultimo periodo?"

"Ovviamente," rispondo.

Stronzate! Il file è arrivato ieri sera e io ero a cena con una modella francese da far girare la testa. Ho avuto altro per le mani che quei maledetti numeri. Apro in fretta il file, l'occhio mi cade sul totale e sulla percentuale del quindici per cento preceduta dal segno più. Ciò che vedo mi piace molto.

"Stiamo andando alla grande," commento.

Paul non smette di fissarmi con lo sguardo truce. "Grazie a me," sbotta. "Perché l'anno scorso sono riuscito a chiudere un contratto con Esher. Non noti niente in quelle percentuali?"

L'editoria è in crisi e abbiamo chiuso l'anno ancora meglio del precedente. Che cazzo vuole di più?

Paul intuisce la mia confusione. "Guarda la suddivisione per genere, zuccone!" suggerisce, appoggiandosi allo schienale della poltrona.

"Zuccone". Mi chiama così da quando ero uno stagista e l'ho sempre odiato. Gli ho fatto notare più volte questo particolare, ma non c'è verso. Sarà l'età, in fondo va per i sessanta.

Cerco i dati relativi alla suddivisione per comparti.

"I gialli hanno avuto un aumento del trenta per cento," commento.

"Esher, appunto! Dai un'occhiata ai romance."

"Strano... Venti per cento in meno," leggo e resto a fissare quel numero.

"*Strano* un bel niente," ripete lui, piccato. "Lo sai che per molte case editrici è il romance a trascinare le vendite? E non me ne frega niente se c'è chi lo considera letteratura di serie B. È un settore che tira e noi stiamo facendo schifo. Lo sai il motivo?"

Alzo lo sguardo, piuttosto certo che tirerà fuori una delle sue teorie.

"Per colpa tua!".

Rimango di sasso.

"Cosa c'entro? Non sono io a occuparmi dei romanzi rosa. Prenditela con Madison, è lei che fa scouting e si occupa dell'editing."

"Lei è la direttrice editoriale, ma tu fai scappare ogni autrice che si avvicina," annuncia. "Letteralmente *scappare*," scandisce bene le parole.

Impiego un po' a rispondere, perché mi sembra un'idiozia. "Stai scherzando, vero?"

"Cosa mi dici di Julia Martinez?"

"Alla BookExpo America mi ha seguito ovunque, perfino in bagno, pregandomi di leggere il suo libro! Come se io leggessi tutto ciò che pubblichiamo," racconto.

"E tu che hai fatto? Te la sei portata a letto."

"È una bella ragazza e mi ha fatto capire di essere disponibile. Che c'è di male? Se pensava di ottenere in cambio un trattamento speciale per la scopata è un problema suo. Madison le ha proposto un contratto standard."

"Dopo le tue evoluzioni tra le lenzuola ha deciso di non pubblicare con noi e ha firmato con la concorrenza," mi rimprovera. "E cosa mi racconti di Alice Morrison?"

"Dopo un paio di appuntamenti, quella donna era convinta che fossimo fidanzati. Mi ha fatto una scenata di gelosia. Lo confesso, sono stato io a rifiutare il suo ultimo manoscritto."

"Quelle cene erano impegni di lavoro, non di piacere," sottolinea con un certo grado di irritazione. "Grande mossa aver rifiutato di leggere il suo ultimo romanzo, ha appena vinto un premio internazionale."

"È stato un errore di valutazione," ammetto, mentre mi rigiro una penna tra le dita.

"E con Denise Romeo come è andata?" Cazzo! "Altro errore di valutazione, immagino."

"Che ne sapevo io che la donna con cui è venuta era la sua compagna. Le ho solo fatto qualche complimento alla presentazione del libro."

"Qualche complimento? Cristo santo, le hai chiesto di raggiungerti in bagno per festeggiare in privato."

"A mia discolpa posso dire che mi ha lanciato segnali molto equivoci," puntualizzo, ricordando bene i suoi sguardi maliziosi.

"Basta, Nicholas! A più di un nostro collaboratore è giunta

voce che qualche agente sconsiglia alle autrici di firmare con la Parker & Cox, perché è ritenuta una casa editrice maschilista."

"Mi pare un'esagerazione..."

"Esagerazione un cazzo. Siamo negli anni del MeToo e del politically correct, bisogna prestare attenzione a ogni parola detta, e tu che fai? Vai in giro a provarci con tutte le scrittrici che potrebbero portarci soldi a palate."

"Ehi, molte volte sono loro che ci provano con me," mi sento in dovere di specificare.

Sono alto un metro e novanta, capelli castani e occhi nocciola. Ho il fisico scolpito da ore di corsa e palestra. Sono un tipo attraente, brillante e persino ricco... Uccidetemi se è colpa mia rasentare il sogno di qualsiasi donna.

"Di sicuro il fatto che i giornali parlino di te non per il tuo lavoro ma per le tue conquiste non aiuta a sradicare questa pessima reputazione. Perciò da oggi cambi registro. Starai lontano dalle nostre autrici, anche quelle potenziali, non flirterai con loro nemmeno per scherzo. E, per l'amor del cielo, cerca di trattenerti anche con le nostre dipendenti. Devi ripulire la tua immagine. Perché che io lo voglia o no, sei il CEO di questa casa editrice."

"Cosa diavolo mi stai suggerendo di fare? Di non uscire più di casa, di non avere una vita sociale? O forse speri che inizi a lavorare da un monastero in Tibet?"

"Voglio che tu te lo tenga nei pantaloni," strilla alzandosi. Poi abbassa la voce e aggiunge: "Se al tuo posto ci fosse stato tuo padre, tutto ciò non sarebbe successo". Ed esce dalla porta lasciandomi con un buco nero nello stomaco.

Avrei fatto meglio a rimanere nel mio appartamento.

Riguardo quei maledetti dati, sbuffo e mi porto le mani tra i capelli. Siccome le parole del mio socio continuano a ronzarmi in testa, apro Google e cerco il mio nome. Spulcio i risultati dei quotidiani più importanti, evitando le riviste di gossip, e realizzo con amarezza che purtroppo Paul ha ragione. Quando trovo un articolo su di me, accenna al mio lavoro, ma subito il focus si sposta sull'ultima ragazza con cui sono uscito.

Chiudo il portatile con uno schiocco netto e butto la testa indietro sulla poltrona.

Date le premesse, invio un messaggio a Reed, il mio migliore amico, per annullare l'uscita di stasera con quelle due attrici tedesche. Gli spiegherò più avanti la situazione.

Ho bisogno di una pausa.

Vado nella sala relax per un caffè, sperando non ci sia la solita processione. Per mia fortuna la stanza è vuota. Mi sto riempiendo la tazza, quando arriva Madison.

La conosco dai tempi del mio primo stage, lei era stata assunta da poco. Siamo quasi coetanei, io ho trentadue anni e lei un paio in più. Ho sempre apprezzato le sue competenze lavorative e la considero un elemento indispensabile per la casa editrice.

"Ciao, hai la faccia di uno che preferirebbe un bicchiere di whisky," osserva, ricordandomi che ho sempre stimato anche la sua schiettezza.

"La giornata non è partita bene."

"A chi lo dici! Se becco il deficiente che mi ha lasciato una fila di post-it sulla scrivania lo licenzio," afferma rabbiosa.

"Un ammiratore segreto?" chiedo con un sorrisetto, mentre mi porto la tazza alle labbra. Madison non è per niente il mio tipo. Adoro le donne che mostrano la loro femminilità, mentre la mia collega tende a nasconderla.

"No, un arrogante patentato. È la seconda volta in tre settimane. Se ricapita chiedo alla vigilanza di installare una telecamera."

Il braccio mi rimane sospeso in aria.

"Se qualcuno ti sta minacciando, falle installare subito. Firmo il permesso oggi stesso," mi propongo. Se saltasse fuori pure un problema di stalking Paul troverebbe il modo di cacciarmi dall'azienda.

"Nicholas, chi ha parlato di minacce?"

"Allora cosa diavolo ti lascia scritto questo tizio, per farti arrabbiare tanto?" chiedo senza capirci più nulla. Appoggio la tazza vuota nel lavello.

"Appunti su come editare i manoscritti di cui mi sto occupando," dice a voce più bassa, dopo aver lanciato un'occhiata in giro.

Ci penso un attimo prima di parlare.

"Come fa ad avere le password del tuo computer e a vedere i file?"

Ci manca solo un bug nella sicurezza informatica per rendere la giornata perfetta.

"La verità è che preferisco editare su carta, perciò ogni volta stampo i manoscritti. E non rompere con la storia degli alberi abbattuti in Amazzonia perché uso carta riciclata, chiaro?"

Sembra una minaccia, perciò alzo le mani in segno di resa.

"In sostanza, questa persona edita il testo su cui stai lavorando?"

Madison annuisce e intanto beve il caffè. "Non solo! Ieri ho tagliato venti pagine inutili da un manoscritto e le ho buttate nel cestino. Stamattina mi ritrovo i fogli spiegazzati sulla scrivania, con un appunto che dice: 'In queste righe c'è un dettaglio importante che verrà ripreso più avanti. Non puoi eliminarle'. Ti rendi conto? Questo stronzo si è pure letto tutto il romanzo."

"È un problema serio," convengo. Il libro in questione potrebbe essere rubato e messo in vendita da altri o finire piratato prima della pubblicazione.

"Certo, sta mettendo in dubbio le mie competenze."

Non era quello a cui mi riferivo, ma meglio lasciar perdere. Mai riprendere un editor incazzato!

Parlerò con gli addetti alla sicurezza e vedrò che si può fare.

Per oggi ho già avuto il mio bel carico di stress, penso che mi ritirerò in ufficio a visionare i nuovi contratti. E a cominciare la mia vita da eremita.

Capitolo 2

Lily

Sono le nove di sera e il popolo dei colletti bianchi è già rincasato dopo una giornata in ufficio, mentre io mi sto recando al lavoro numero 1.

Ho staccato un'ora fa dal lavoro numero 2 e ho avuto solo il tempo di tornare a casa, darmi una sistemata e prepararmi un panino da mangiare in metropolitana.

L'unica nota positiva negli ultimi anni è stata trovare un appartamento in una zona ben servita dai mezzi, altrimenti non avrei potuto correre da una parte all'altra della città. Partendo dal presupposto che divido l'appartamento con altre due ragazze, l'affitto è alto. Ho pensato di spostarmi più in periferia tante volte, ma finché non troverò un lavoro stabile – magari quello dei miei sogni – è più semplice rimanere nei paraggi, a barcamenarmi tra i due incarichi che sono riuscita a procurarmi.

In realtà, credo di essere fortunata: la società per cui lavoro mi dà la possibilità di combinare un impiego fisso a uno a chiamata. La vita in una città come New York è cara e spesso ho il terrore di non riuscire a coprire i debiti del mio prestito studentesco, per non parlare di tutto il resto.

Con questi pensieri deprimenti, scendo dalla metro come un automa e risalgo in superficie. Piove. La tipica doccia ghiacciata dei primi giorni di gennaio, che ti fa penetrare il freddo nelle ossa e ti inzacchera da capo a piedi. Ho pure dimenticato l'ombrello.

Tiro su il cappuccio e corro verso l'ingresso di un palazzo moderno, poco distante da Times Square. Saluto il portiere, che mi vede da più di un anno. Mi conosce, perciò non ho bisogno di mostrargli il documento.

Salgo al sessantesimo piano e, prima di entrare, striscio il badge. Gli eleganti corridoi lastricati di marmo danno su file di uffici ordinati, divisi da pareti di cartongesso e vetro opaco. È un luogo luminoso, anche per via degli arredi nelle tonalità del grigio. Persino i divanetti in sala d'attesa sono della stessa sfumatura. Le alte librerie di cui è dotato ogni ufficio sono la vera particolarità del posto. Rimango sempre affascinata da questo piano e ammetto che mi vedrei bene seduta a una di quelle scrivanie.

Accantono il sogno a occhi aperti e vado nello stanzino a prendere i miei attrezzi. Lascio il giaccone sopra il calorifero per fare in modo che sia asciutto, quando avrò finito il turno.

L'aspetto positivo di oggi: la mia collega si è data malata.

L'aspetto negativo? Dovrò fare tutto io. Non che di solito Taylor brilli per il suo impegno, ma almeno in due copriamo meglio l'intera superficie. Eppure, dovrei essere abituata a gestirmi da sola. Se non fosse la moglie di uno degli impiegati della Lux Cleaning, credo che non l'avrei più come collega da un pezzo.

Trascino il carrello delle scope fuori dallo sgabuzzino e la prima tappa è il bagno degli uomini. Ogni volta mi stupisco dello schifo che la gente può lasciare in giro.

Lego i capelli in una coda bassa e con una molletta fisso la frangia bionda a lato. Spruzzo sulla mascherina un po' di essenza di lavanda, poi infilo i guanti di gomma. Ho imparato qualche trucchetto con il tempo. Se vuoi sopravvivere a questo lavoro, devi trovare dei piccoli accorgimenti.

Finito il bagno dei maschietti, passo a quello delle signore. Per esperienza so che è pure peggio del primo. Altro che gentil sesso!

Dopo mezz'ora, la parte peggiore è conclusa. La tappa successiva, di solito, è la sala relax, dove sono costretta a pulire i ripiani e controllare che non ci siano avanzi in decomposizione nel frigo. Ma stasera farò uno strappo alla regola. Mi dirigo spedita nell'ufficio di Madison Wright, per vedere che fine hanno fatto le note che le ho lasciato.

Lo so, non avrei dovuto. Eppure è stato più forte di me.

È straconosciuta per la sua professionalità e persino io ho seguito le sue conferenze a bocca aperta. Ultimamente però mi pare abbia perso un po' di smalto. Sono mesi che sbircio tra i fogli che lascia sparpagliati sulla scrivania e sono altrettanti mesi che storco il naso davanti alle sue correzioni.

Nelle ultime settimane non sono riuscita a trattenermi, il libro a cui sta lavorando è a dir poco stupendo. Quando ieri ho notato che aveva buttato nel cestino più di venti pagine, tra l'altro importantissime per la trama, non ce l'ho fatta e le ho lasciato una serie di appunti molto dettagliati.

Vengo alla Parker & Cox da un anno, so bene che su questo piano non c'è un sistema di videosorveglianza. Le uniche telecamere si trovano in ascensore e alla reception.

Ho passato la notte a chiedermi se avessi fatto una stupidaggine. Rischio il licenziamento e con quello l'unica mia fonte di reddito.

Però... Ritengo che sarei una brava editor. Non solo perché ho una laurea in Lettere e un master in Editoria, ma perché è il mestiere che sogno fin da ragazzina. Fin da quando ho scoperto il mio amore per i libri.

Qualcuno potrebbe domandarsi come sia finita a lavorare per un'impresa di pulizia. Semplice: vivere a New York costa e, se durante gli anni di università potevo contare sulle borse di studio, adesso devo scendere a compromessi. Mi era stato anche proposto un impiego come commessa, ma a tempo determinato. Cosa che, data la mia posizione economica, non posso permettermi. Non posso e non voglio. Vengo da Cle Elum, un paesino nello Stato di Washington, dove i miei genitori hanno un piccolo negozio di alimentari e mia sorella frequenta il liceo. Mi sono impegnata a fondo per non gravare sul bilancio familiare e loro hanno fatto ciò che hanno potuto. In fondo sono una privilegiata, i miei hanno sempre appoggiato le mie scelte. E io li adoro anche per questo.

Dopo aver finito il master, mi sono data tempo due anni per iniziare a ingranare. Perciò, se per la fine dell'anno non riuscirò a entrare in una casa editrice anche solo come stagista, tornerò a Cle Elum e aiuterò nell'impresa di famiglia. Fino ad allora, devo mettercela tutta per realizzare il mio sogno.

Dopotutto aver lasciato quelle note potrebbe non essere stato un errore.

Entro nell'ufficio di Madison Wright e vado dritta alla scrivania. La trovo più ordinata del solito. Non ci sono fogli sparsi qua e là. Nessun manoscritto scribacchiato di rosso. Mi giro verso il cestino della carta e lo afferro. Confesso di sentirmi un po' una ladra, ma in fondo fa parte dei miei compiti svuotarlo. Mentre rovescio il contenuto nel sacco della spazzatura sul carrello, noto i miei post-it cadere a pioggia. Ci sono anche alcune pagine scritte. Sono strappate in due e, guardandole meglio, riconosco le stesse che ho ripescato la sera prima.

Maledizione.

Non posso darle torto per non aver tenuto conto dell'opinione di un fantasma. Ma sta commettendo un grave errore.

Tra quelle righe non ci sono solo dettagli importanti per la storia, ma anche frasi di una poetica disarmante.

I pezzi di carta giacciono sul fondo della spazzatura e non posso fare nulla se non chiudere il sacco. Mi sento sconfitta. Come se con essi fosse morta anche la mia grande occasione. Lo ammetto, speravo che le mie competenze venissero notate.

Passo lo straccio sul pavimento. Riprendo il lavoro che evidentemente so fare meglio.

Con una certa pesantezza proseguo le pulizie e dopo mezz'ora arrivo all'ufficio del CEO della Parker & Cox: Nicholas Parker.

Non l'ho mai visto di persona, quello che so di lui l'ho appreso dai giornali. È un tipo affascinante e un gran donnaiolo. Gli vengono attribuiti ogni giorno nuovi flirt con ragazze bellissime, modelle, attrici e donne impegnate in politica più grandi di lui.

Chissà quanto c'è di vero in tutto questo.

Date le mie mansioni, posso di sicuro dire che è un tipo ordinato. Il suo ufficio non è mai nel caos, ed è attento all'ambiente. È uno dei pochi che fa la differenziata. Inoltre, ama circondarsi di oggetti di design e non ha il pollice verde, come dimostra il povero ficus vicino al suo schedario.

Altro dettaglio che so di quell'uomo: ha un buon odore. Lo sento quando giro attorno alla sua poltrona. Non saprei identificare l'essenza principale, ma è qualcosa di fresco e floreale. Il che potrebbe sembrare poco virile per un uomo, però sono convinta che un tipo come Nicholas Parker possa permettersi qualsiasi cosa.

Pulisco la scrivania e mi viene un'idea. Una pessima, davvero pessima, idea.

Eppure, decido di concretizzarla.

Corro alla spazzatura per riprendere i fogli strappati e mi dirigo nella sala con la fotocopiatrice. Metto insieme le metà combacianti e faccio una copia di tutte le pagine. Nel frattempo, riscrivo a lato le note che avevo messo sui post-it e corredo il tutto con poche righe in cui spiego l'importanza e la bellezza di quei passaggi.

Con qualche titubanza, appoggio il plico sulla scrivania dell'editore in persona.

Rimango lì a fissare il risultato per qualche secondo, poi l'allarme sul cellulare mi ricorda che a quest'ora dovrei essere al piano inferiore. Scappo a completare il giro degli uffici, con la costante tentazione di tornare sui miei passi e far sparire i fogli dalla scrivania nera.

Devo fare uno sforzo per raggiungere l'ascensore e lasciare tutto come sta.

Sono ormai le due del mattino quando rincaso e l'unica cosa che voglio è buttarmi sul letto. Ho lavorato per dodici ore. Per fortuna domani mattina non ho attività in vista.

Capitolo 3

Nicholas

Arrivo in ufficio ancora più tardi del solito, evitando la processione di saluti. Tuttavia, non faccio in tempo a raggiungere la scrivania che Violet, la mia assistente, mi blocca sulla soglia.

"Il signor Cox è passato a chiedere di lei. Ha lasciato detto di andare da lui con urgenza."

"E adesso che cazzo avrò combinato?" mi esce senza pensarci.

"Scusi, come ha detto?"

"Niente, ci vado subito."

Le lascio la borsa con il computer e il cappotto e mi reco da Paul.

"Buongiorno. Mi hai cercato?" domando, sedendomi sull'unica poltrona libera davanti a lui. L'altra è occupata dal responsabile eventi con cui collaboriamo.

"Dobbiamo fare il punto della situazione con Robert per il gala, visto che mancano meno di due settimane," dichiara Paul.

"Okay."

Dopo mezz'ora è chiaro che Robert ha tutto sotto controllo e che sa il fatto suo. Conclusa la riunione sto per alzarmi, ma Paul mi ferma.

"Nicholas, chiudi la porta."

Il suo tono non promette nulla di buono.

"Qualcosa non va?"

"Vorrei sapere se hai pensato alla chiacchierata dell'altro giorno."

Chiacchierata? A me sembrava più un cazziatone. Comunque, per me la questione era morta lì.

"Più o meno," resto sul vago.

"Quindi cosa hai deciso?"

Di tenermelo nei pantaloni, vorrei rispondere, ma scommetto che non gradirebbe, perciò tento di essere sincero.

"Ho cercato in rete notizie sul mio conto e devo darti ragione. I giornalisti associano il mio nome più alle donne con cui esco che ai progetti della casa editrice. Tuttavia, ciò non prova che sia colpa mia se la collana romance non decolla," puntualizzo.

Paul si lascia andare a un sospiro. "Quindi che hai intenzione di fare?"

Evitare che i giornalisti mi becchino facilmente?

"Manterrò un profilo basso fino al gala e quella sera mi presenterò con Kristen Novak."

"La scienziata del Brookhaven National Laboratory?" Sembra sorpreso.

"Perché quella faccia? Sei convinto che io esca solo con delle oche?"

"Mai detto nulla del genere," ribatte in fretta.

Non l'ha detto, ma l'ha pensato.

In fondo non è andato molto lontano dalla verità. Sono più attratto dal corpo di una donna che dal suo cervello, lo confesso. Se è un peccato mortale, uccidetemi!

E per quanto riguarda Kristen, la conosco perché le nostre madri sono vecchie amiche. Ha sempre avuto un debole per me e, dopo aver scorso tutti i numeri sul mio telefono, mi è sembrata la scelta più azzeccata. Kristen è un'eccellenza nello studio dei protoni. Un po' meno nelle relazioni. Nonostante giri il mondo e partecipi a conferenze ovunque non è molto socievole. È la classica nerd alla *Big Bang Theory*, con occhiali spessi e scarso gusto nel vestire. Un vero e proprio cliché.

Non volendo illuderla, ho chiesto a mia madre di invitarla al posto mio. Spero che, in questo modo, capisca al volo che non sarà un appuntamento galante.

"Ottima scelta," commenta Paul.

"Grazie. Ora posso andare?" chiedo con una punta di ironia.

Il mio socio mi indica la porta.

Appena entro nel mio ufficio, sprofondo nella poltrona.

Queste giornate mi stanno sfiancando. Dovrei chiudermi in un eremo per farlo felice?

L'occhio mi cade su una pila di fogli sulla scrivania. Ero convinto di aver firmato tutti i contratti ieri. Prendo in mano il fascicolo. Non è un documento legale, mi sembra di riconoscere una sfilza di dialoghi e parti narrate.

Che diavolo è?

Scorro le pagine fino in fondo, dove trovo un foglio scritto a mano.

Egregio signor Parker,

scusi se le scrivo queste righe, ma lei deve fare qualcosa!

Forse non può sapere che gli eventi narrati in queste pagine sono di vitale importanza per lo sviluppo della trama del libro di Xander Mayer, quindi si deve fidare di me.

Tralasciando ciò, se si prendesse dieci minuti per leggere questo stralcio del romanzo, capirebbe da solo la bellezza e la poetica che ne scaturisce.

Mi dispiace averla disturbata, ma la prego, non può permettere che vengano eliminate così.

In questo modo la signora Wright sta uccidendo un libro magnifico. Senza contare che le vendite non raggiungeranno mai il livello che merita questo libro.

Lo so che è difficile fidarsi dell'opinione di un anonimo, perciò le svelerò qualcosa di me.

Voglio che sappia che io amo i libri. Amo leggerli, toccarli e annusarli. Amo vederli nascere da un semplice scarabocchio su un pezzo di carta. Amo quando i personaggi prendono vita nella mia mente grazie alle arti magiche dell'autore. Amo non scordarmi dei protagonisti di un libro anche quando sto facendo altro. Amo quando mi mancano. Amo quando chiudo l'ultima pagina e dico loro addio. Amo ritrovarli nei momenti in cui la vita vera non mi piace e ho bisogno di certezze. Amo sfiorare le copertine con il dito e tra un milione di mondi scegliere quello in cui entrare.

Vorrei poter plasmare i romanzi quando sono soltanto delle bozze e vorrei riuscire a renderli ancora più forti.

Perdoni di nuovo il disturbo, ma sto tentando di evitare alla sua casa editrice un'imperdonabile distrazione.

Niente firma. Resto a fissare quella calligrafia tondeggiante.

Poggio il foglio con gli appunti e do un'occhiata alle prime battute tra i due protagonisti. Senza quasi accorgermene arrivo in fondo alla prima pagina e proseguo. Alla fine, mi prendo un attimo di riflessione. Concordo con quello che ha scritto lo sconosciuto, ma non sarebbe professionale dare retta a un fantasma anziché alla direttrice editoriale. Infilo il fascicolo in un cassetto e attendo l'arrivo di Madison.

Capitolo 4

Lily

Sono piuttosto nervosa all'idea di ciò che troverò al lavoro. Salgo in metropolitana e, lungo il tragitto di quaranta minuti, la mia mente partorisce mille scenari. Il peggiore è quello in cui, una volta entrata nell'edificio, la guardia alla portineria mi blocca e chiama la sicurezza per farmi buttare fuori.

Tento di convincermi che non ho fatto nulla di grave, poi ripenso al corso che ho seguito al college sul diritto d'autore e non sono più tanto sicura che non si tratti di un crimine.

Respiro a fondo per calmarmi e ci sto quasi riuscendo, quando sento il telefono vibrare in tasca.

Lo tiro fuori e se non mi viene un infarto è un puro miracolo.

Il nome di Easton Dobbs, il mio referente alla Lux Cleaning, compare sul display. Mi blocco per un istante, indecisa se rispondere o far finta di nulla.

Non essere codarda, Lily!, suggerisce la mia testa.

Magari è una chiamata per il lavoro numero 2, un turno di pulizie extra dopo qualche evento.

"Pronto," dico con voce tremante.

"Ciao, Lily, sei già arrivata al lavoro?"

Sto per avere un mancamento. Quasi sicuramente vorrà informarmi che ho appena perso il posto.

"Non ancora," mi limito a dire.

"Bene, perché ho bisogno di sapere se puoi coprire dei turni in un'abitazione privata," spiega e io mi ritrovo a buttare fuori tutta l'aria che ho tenuto dentro. "Si tratta di quattro o cinque ore tutte le mattine, saltuariamente anche nei weekend. So che hai bisogno di lavorare, perciò ho pensato a te. Rifletticí e dammi una risposta entro domani."

"Accetto," dichiaro in fretta. "Grazie di aver chiesto a me."
"Stai facendo un ottimo lavoro, ma non vorrei che fosse troppo gravoso. Ti occupi già di altro e Taylor è spesso in malattia, come stasera. Questo nuovo incarico durerà qualche mese, si tratta di una proprietà piuttosto grande, ma non saresti sola. C'è una persona fissa a occuparsi dell'appartamento."
"Posso farcela," confermo.
"Allora passa in ufficio in mattinata, ti illustrerò i dettagli. Dovresti cominciare tra un paio di giorni."
Questa telefonata mi ha appena svoltato la serata. Sempre che non riceva brutte sorprese appena sarò alla Parker & Cox…
Quando entro nell'edificio e il portiere mi saluta con il solito sorriso, tiro un sospiro di sollievo. Salgo al sessantesimo piano e, dopo aver passato il badge, le porte si aprono. Forse è tutto a posto.
Vado subito allo sgabuzzino degli attrezzi e prima di iniziare il giro sbircio nell'ufficio dell'amministratore. La scrivania è in ordine come sempre. Prendo il cestino per svuotarlo e vengo assalita da una strana sensazione, quando noto che non ci sono le mie fotocopie. Mi sarei aspettata di trovarle nella spazzatura, proprio come nell'ufficio della Wright. Mi sposto subito da lei. Niente nemmeno tra i suoi rifiuti.
Rimango disorientata per un momento, dopodiché riprendo il lavoro, promettendo a me stessa di non intromettermi più nella questione. Non vale la pena vivere con la preoccupazione di venire cacciata dalla Lux Cleaning, soprattutto adesso che Dobbs mi ha affidato un nuovo incarico.

Rincaso alle due del mattino e, appena entro, incrocio Summer che sbadiglia davanti a una tazza di caffè. Chiudo la porta con tutte le mandate, perfino quelle più in basso.
"Come mai già in piedi?" domando mentre mi tolgo il cappotto.
"Una mia collega si è sentita male e devo rimpiazzarla," sbuffa, portandosi la tazza alla bocca.
"Dalla tua faccia, temo di capire che sarai di turno al pronto soccorso."
"Esatto. Vorrei darmi malata pure io." Abbandona la testa sul tavolo.
Mi scappa un sorriso, la raggiungo e le accarezzo la chioma

rossa in segno di incoraggiamento. "Tra qualche giorno inizio il doppio turno anch'io. Tutte le mattine e tutte le sere fuori casa."

Summer alza la testa di scatto. "Quindi è andato tutto bene con le famose pagine?" chiede mentre mi siedo accanto a lei.

Vivo con Summer e Shannon, sua sorella maggiore, da quando ho finito il college. Conosco Shannon perché abbiamo lavorato insieme alla caffetteria del campus e, quando ho sentito che stava cercando casa insieme alla sorella, mi sono proposta come coinquilina. Allora ero fin troppo ottimista e mi ero convinta che avrei trovato il lavoro dei miei sogni in fretta.

Da quel giorno dividiamo l'affitto di questo appartamento nel Queens. È minuscolo, ma carino grazie ai mobili in legno di colore bianco e al pavimento in noce scuro. Ognuna di noi ha una camera privata. Nella mia devo tirare giù il letto alla francese a scomparsa ogni sera, altrimenti non riuscirei a muovermi. Ci stanno a malapena un armadio e un tavolino, convertito in scrivania. In casa c'è un solo bagno, la doccia sembra una scatola di sardine, però è sempre tutto molto pulito, perché teniamo all'ordine. Anche l'isolato è piuttosto tranquillo e la metro è a pochi minuti da qui. L'unica pecca è che viviamo in un seminterrato, perciò non entra molta luce.

"Ho deciso di non provarci più," dichiaro, Summer strabuzza gli occhi.

"Vuoi dire che rinunci al tuo sogno di diventare editor?"

"No, però non ho intenzione di rischiare il posto per farmi notare alla P&C. Continuerò a spulciare gli annunci di lavoro, sperando che salti fuori qualcosa. Potrei anche iniziare uno stage, se riuscissi a tenermi il posto alla Lux Cleaning. In fondo, fare i turni di sera mi lascia parte della giornata libera."

"Partendo dal presupposto che accetti ogni turno che ti offrono, la vedo dura," mi fa notare, mettendo la tazza nel lavandino.

"Sto cercando di risparmiare il più possibile, proprio per rallentare nel caso si presentasse l'occasione giusta."

Summer mi dà una pacca sulla spalla.

"Ricordati di vivere anche un po' tra un lavoro e l'altro," suggerisce, prima di sparire in bagno a prepararsi.

Ha ragione, in pratica ho messo in stand-by la mia vita sociale perché sono concentrata a tenere da parte il denaro per sopravvivere e a cercare un'occupazione adeguata. Non sono tornata nemmeno a casa per il Ringraziamento e per Natale per non sprecare soldi, nonostante la nostalgia. Non vedo i miei da più di un anno. Sanno del mio lavoro, ma non di quanto sia difficile vivere qui con uno stipendio da addetta alle pulizie. Quando li videochiamo, mi mostro sempre allegra per non alimentare la loro preoccupazione.

Ho ancora un anno di tempo. Un anno.

Dopo aver dormito qualche ora, mi reco alla sede della Lux Cleaning e busso alla porta del mio referente.

"Avanti," dice il signor Dobbs. "Lily, ti stavo aspettando."

Siedo sulla poltrona davanti a lui.

"Come ti ho già accennato al telefono ieri, il nuovo incarico è per un privato. Sai che di solito non ci occupiamo di questo tipo di clienti, ma gestiamo anche altre sue proprietà, perciò abbiamo fatto un'eccezione. Il lavoro durerà qualche mese e ti avviso che non sarà semplice. Si tratta di un'abitazione grande su due piani, ma questa è la parte facile."

Lo guardo senza capire. "Che cosa significa di preciso?"

"Per fartela breve, questo cliente vive sulla cinquantasettesima strada. Secondo alcuni pettegolezzi, è uno di quei figli di papà, ricchi sfondati, che non sanno come buttare i soldi dalla finestra e organizzano festini di ogni genere," spiega e io resto interdetta. Posso solo immaginare lo schifo che troverò. "L'aspetto positivo è che la paga è buona. Quindi, dimmi tu, vuoi ancora accettare?"

"Sì," confermo senza esitazione. L'ultima frase è stata convincente.

"Allora preparo i documenti. Hai domande?"

"Ha detto che c'è già qualcuno a occuparsi della casa, o sbaglio?"

Dobbs scartabella una pratica e poi parla: "Clara Mendes. È la governante. Siamo rimasti d'accordo che le avrei passato il contatto di una persona di fiducia. Dato che siamo in argomento, ti anticipo che ti faranno firmare un accordo di riservatezza".

"Riservatezza?" Mi sento stupida a ripetere quella parola, però mi sembra davvero assurda una tale precauzione.

"A quanto pare, il proprietario è una persona in vista e vogliono essere certi che, qualsiasi cosa tu veda là dentro, rimanga un segreto."

Mi lascio andare a un sospiro.

"Se non te la senti, lo capisco."
"No, va bene. Firmerò tutto ciò che è necessario. Grazie ancora per aver pensato a me."
Cinque minuti dopo, esco dall'edificio e mi dirigo verso il Queens. Scosto la manica della giacca e guardo l'orologio. Dato il fuso, a casa ci sono tre ore in meno, perciò i miei dovrebbero essere in negozio. Prendo il telefono.
"Morgan Alimentari, come posso esserle d'aiuto?" risponde una voce femminile.
Sentirla mi rattrista. Vorrei poterla abbracciare.
"Ciao, mamma, come state?"
"Lily, tesoro! Che bello sentirti. Tutto bene?"
"Va tutto... alla grande," dico con un attimo di esitazione. In fondo non è proprio una bugia. "Inizio un nuovo incarico e sembra che paghino bene."
Se riuscissi a mettere qualcosa da parte, mi piacerebbe tornare a casa a giugno per il compleanno della mia sorellina. Vorrei essere lì con lei ora, a chiacchierare del ragazzo che le piace e dell'ultimo pettegolezzo che gira a scuola.
"Davvero? Sei riuscita a trovare uno stage retribuito in una casa editrice?" domanda con entusiasmo. Dio, non voglio deluderla, però non posso mentirle fino a questo punto.
"Ve ne parlerò, appena so qualcosa in più," mi limito a dire. "Millie è riuscita ad alzare la media dei suoi voti?" cambio argomento.
"Sì, sembra ci siano buone possibilità che sia proprio lei a tenere il discorso di fine anno ai diplomati."
"È una notizia fantastica! Così potrà fare richiesta per una borsa di studio completa," ipotizzo, orgogliosa di mia sorella.
Per il resto della telefonata mia madre mi aggiorna sui miei ex compagni di liceo, qualcuno si è persino sposato e ha avuto un figlio, mi racconta dei pranzi della domenica con i loro amici e di papà che ha idee sempre nuove per il negozio. A ogni parola mi sento sempre più sola.

Capitolo 5

Nicholas

Visto che Paul mi ha tanto rotto le scatole sul fatto che io debba dare un'immagine migliore di me, alle nove sono già in ufficio. Appena entro nella mia stanza, lancio un'occhiata alla scrivania, che è esattamente come l'ho lasciata. Chissà se "l'editor" sconosciuto si è fatto vivo con Madison. Con la scusa di un saluto veloce, imbocco il corridoio e la scorgo oltre la porta aperta.

"Maddy, tutto bene?"

Lei alza gli occhi dalle scartoffie.

"Tutto okay. Tu?" sorride di rimando. Molti colleghi hanno quasi paura di lei e la giudicano una persona arcigna. Non ne capisco il motivo.

"Il tizio dei post-it ti ha ancora dato noia?"

"A dire la verità, no. È un paio di giorni che non trovo niente," afferma con soddisfazione.

"Ottimo. Se torna alla carica, chiederò di mettere delle telecamere nei corridoi," propongo.

"Speriamo non sia necessario."

Me ne sto andando quando il telefono squilla. Mio fratello.

"Kristen Novak?" domanda Edward trattenendo una risata.

"Mi fa piacere che la mamma abbia già fatto la spia."

Torno alla mia postazione e mi chiudo la porta alle spalle.

"Certo, è da quando siamo piccoli che tenta di affibbiarci la figlia di Emily. Come ti ha convinto a portarla al gala?"

Prendo una penna e inizio a farla girare tra le dita.

"Più che la mamma è stato Paul."

Riassumo a mio fratello la paternale del mio socio e lui scoppia a ridere.

"Cazzo, tu che smetti di fare il puttaniere? Non ti ci vedo proprio a vestire i panni dell'editore serio." Ammetto che una punta di fastidio si insinua in me a questa affermazione, tuttavia non ho il tempo di controbattere, perché è lui a continuare: "Anche se la casa editrice fosse in crisi, non avresti alcun problema a tappare i buchi con i tuoi capitali. Ma spiegami perché a questo punto non liquidi Paul, offrendoti di comprare la sua quota. Potresti gestire la società come ti pare, senza ingerenze".

"Non potrei mai fargli una bastardata simile."

È ovvio che mio fratello la faccia facile. Lui non può capire, è un chirurgo e non ha mai mostrato il minimo interesse per l'azienda di famiglia. La casa editrice è stata creata dal nulla dal nostro bisnonno e dal nonno di Paul. Sull'insegna qui fuori campeggiano i nostri cognomi, che ormai sono diventati sinonimo di qualità. Riflettendoci bene, inizio a capire il punto di vista del mio socio. Senza contare che, quando mio padre è andato in crisi, è stato proprio lui a portare avanti tutto. Ai tempi stavo ancora imparando e, dopo la morte di mio padre, mi sono trovato CEO da un giorno all'altro. Ho appreso tanto da Paul e non potrei mai mollarlo. Inoltre, lui non ha eredi e non ho intenzione di cancellare il suo cognome dall'insegna, nemmeno quando non ci sarà più.

"Ho chiesto io a nostra madre di proporre a Kristen di accompagnarmi al gala," aggiungo per cambiare discorso.

"Immagino che abbia accettato al volo."

"La mamma o Kristen?" Scoppio a ridere, rammentando l'urlo di gioia di mamma dopo averle parlato.

"Immagino entrambe, anche se qualcosa mi dice che non hai svelato la vera natura dell'appuntamento."

"Ovviamente ho tralasciato di specificare che si tratta di un'uscita di facciata," ammetto in maniera candida.

"Non vorrei essere nei tuoi panni, fratello. Temo che d'ora in poi Kristen ti starà attaccata come una cozza."

"Sono sicuro che capirà la situazione senza bisogno di spiegarle nulla. Dopotutto è una super cervellona," dichiaro convinto.

"Te lo auguro, ma non ne sarei tanto sicuro. Quella ragazza ha sempre avuto un debole per te… per mia fortuna. Secondo me, è meglio che tu sia onesto, o equivocherà le tue intenzioni."

"Grazie del consiglio, ma non credo ci sia bisogno di essere espliciti. Sono certo che abbia capito la situazione."

Le ultime parole famose. Nei giorni a seguire, Kristen inizia a tempestarmi di messaggi e telefonate. Parte in sordina, chiedendomi come vestirsi, poi passa a voler sapere il mio colore preferito e ora siamo arrivati all'invio di foto durante la prova dei vari outfit.

Il cellulare sta vibrando anche in questo momento, durante l'incontro trimestrale per decidere le date di uscita dei nuovi libri. Lo lascio trillare.

Il cellulare smette, per poi riprendere di nuovo in maniera insistente. Sono talmente sottosopra che non mi rendo conto di aver accettato la chiamata invece che chiuderla.

"Nick, alla buonora!".

"Kristen, che c'è? Sono in riunione."

Non posso nemmeno mentirle. Ha conosciuto Madison a una festa di mia madre, sono in contatto, impiegherebbe meno di un minuto a chiederle una conferma.

"E io sono da Macy's. Devo comprare il vestito e vorrei sapere quale preferisci. Guarda che non sei l'unico che lavora. Io ho dovuto mollare i miei assistenti, mentre stavano facendo delle simulazioni di grande importanza, per venire a comprare uno stupido abito che tu non ti degni nemmeno di guardare. Sei un egoista. Se questi sono i presupposti per una relazione, mi dispiace, ma io non ci sto. Non sono una casalinga che rimane tutto il giorno a casa ad aspettare suo marito. Sono una donna emancipata, che lavora e ha una grande carriera davanti a sé."

"Kristen..." cerco di interromperla, ma è impossibile. È una locomotiva impazzita, lanciata a tutta velocità. "Kristen!" Riprovo con qualche decibel in più. Lei va avanti a blaterare di parità di genere, di vita di coppia. Insomma, un mare di parole che insieme alle frasi dette da Paul mi fanno scattare.

"Cristo santo, vuoi stare zitta un attimo!" alzo la voce. Me ne pento all'istante, ma è meglio mettere in chiaro le cose. "Non ho intenzione di iniziare una relazione con nessuno, men che meno con te. Ti ho chiesto di venire al gala perché mi serve un'accompagnatrice con un certo... spessore intellettuale." Dall'altra parte segue un silenzio inquietante, perciò cerco di stemperare la tensione. "Scusa, il fatto che l'invito sia arrivato da mia madre, non ti fa sorgere il dubbio che non si tratti di un appuntamento galante?"

"Sei il solito bastardo!" strilla. "Meriti di rimanere solo come un cane e di fare la fine di tuo padre!".

Detto ciò, chiude la conversazione.

Ma che razza di stronza. L'ultima stoccata poteva anche risparmiarsela.

Rimango a fissare il cellulare per non so quanto tempo, poi mi rianimo e blocco ovunque il suo contatto.

"Meriti di rimanere solo come un cane e di fare la fine di tuo padre!"

Purtroppo, quelle maledette parole mi rimangono attaccate come una seconda pelle. In fondo è proprio ciò che temo: di finire come mio padre.

Capitolo 6

Lily

Ho firmato i documenti e ammetto che mi tremava un po' la mano, quando il mio supervisore mi ha sottoposto l'accordo di riservatezza. Che cosa troverò mai in quell'appartamento?

Due giorni dopo mi alzo presto e mi preparo. Mi è stato detto che non devo indossare la divisa della Lux Cleaning, come quando vado negli uffici. Una parte di me è molto curiosa di scoprire cosa mi aspetta.

Impiego circa mezz'ora per arrivare con la metro alla fermata della Settima Avenue, poi una manciata di minuti a piedi e sono davanti all'edificio. Mi prende un colpo. Non avevo realizzato che si trattasse del 111 West sulla Cinquantasettesima. Osservo dal basso la Steinway Tower, un grattacielo quasi totalmente in vetro di circa novanta piani vicino a Central Park. Uno dei posti più lussuosi di New York City.

Deglutisco a fatica. Stare qui sotto mi fa sentire un moscerino.

Raggiungo l'ingresso a passo malfermo. Sono d'accordo con la signora Mendes, la governante, di attendere qui il suo arrivo. Mentre continuo ad ammirare la costruzione che svetta sopra di me, sento chiamare il mio nome.

"Tu devi essere Lily, giusto?" domanda una donna sulla sessantina, vestita in maniera elegante, che mi mette subito a mio agio grazie a un sorriso gentile. "Sono Clara Mendes e mi occupo della gestione della casa," aggiunge porgendomi la mano.

"Lily Morgan, lieta di conoscerla."

"Chiamami Clara." La sua stretta è calda e garbata, la mia tensione si scioglie. "Seguimi, ti mostro l'appartamento."

Mentre ci incamminiamo verso l'ingresso, mi porge un badge. "Questo serve per entrare e per far funzionare l'ascensore. L'abitazione è la numero 70 e si trova al settantesimo piano."

Nella hall non posso fare a meno di ammirare gli eleganti pavimenti di marmo chiaro, i pilastri color terracotta e gli arredi moderni.

"Wow," sussurro.

Ammetto di sentirmi un po' stupida.

Clara ride e commenta: "Aspetta di vedere la vista da lassù." Entriamo in un ascensore che è più grande della mia stanza. "Prova a usare il tuo badge, così vediamo se funziona."

Passo la carta sul lettore, poi premo i numeri del piano. La cabina schizza veloce verso l'alto. Un cellulare emette un suono e non è il mio. Clara estrae il telefono e borbotta "Odio quando mi arrivano tutte queste notifiche". Mi lancia un'occhiata. "Ogni volta che qualcuno utilizza il badge, vengo avvisata."

Lo dice quasi scusandosi, perciò mi sento in obbligo di tranquillizzarla. Sembra che non sappia come spiegarmi che i miei ingressi verranno monitorati, tuttavia è ciò che accade anche quando vado in ufficio. Striscio la tessera all'ingresso e all'uscita. È un lavoro, la ritengo normale routine.

"In un posto così, credo sia sensato controllare chi entra ed esce."

"Hai ragione, cara. Qui abitano personaggi molto famosi e, se succede qualcosa di interessante, spesso fuori si accampano i giornalisti. Di solito basta che mostri la tua tessera e le guardie al piano terra ti fanno passare, ma in caso di problemi puoi chiamarmi. Io sono qui dalle sei fino alla sera. Spesso chi svolge il mio ruolo ha una camera nella stessa abitazione, ma il mio datore di lavoro ama la sua privacy e io la mia. Abito a cinque minuti da qui. Come in una sorta di dependance."

Queste informazioni non fanno che aumentare la mia curiosità. Mi piacerebbe chiederle il nome del proprietario, ma non vorrei passare per una pettegola.

Arriviamo al settantesimo piano e, uscite dall'ascensore, si presenta lo stesso stile architettonico della hall, ma lungo il corridoio ci sono vari pezzi di design, dalle sculture ai quadri. Clara mi fa strada e mi chiede di appoggiare il badge davanti a una porta di legno. La serratura scatta ed è la mia accompagnatrice a spalancarla.

"Oddio."

Non mi accorgo nemmeno di averlo detto ad alta voce, finché Clara non si mette a ridere.

"Ti capisco, cara, fa un certo effetto."

Davanti a me c'è quello che dovrebbe essere il salotto, gigantesco e luminoso. Sembra il set fotografico di una rivista di home decor. Ogni cosa è collocata alla perfezione per creare armonia. Ma è la vetrata a tutta parete che cattura la mia attenzione, e il panorama da cui si vede Central Park.

Dopo che la signora Mendes mi spiega i miei compiti, passo il resto della mattina a girare da una stanza all'altra, stupita dalla bellezza di ogni camera in cui entro. A differenza dell'ingresso dell'edificio, qui è il marmo nero a fare da padrone sui pavimenti. Gli arredi, piuttosto minimalisti, giocano sui toni del beige, con qualche sfumatura di colore nei complementi. Definirlo *appartamento* è riduttivo. Sono seicento metri quadrati disposti su due piani. Per oggi Clara mi ha chiesto di pulire il salotto, la cucina, la camera degli ospiti e un bagno al piano inferiore. Mi sarebbe piaciuto trovare almeno una foto, per scoprire chi viva qui, ma non ne ho viste. Non ci sono neanche molti oggetti personali. Ho capito che il proprietario è un uomo, comunque, perché Clara si rivolge a lui al maschile. Lo chiama "capo" o "boss", mai con il suo nome.

Per la prima volta, fare le pulizie non mi è pesato affatto. Basta alzare lo sguardo per ripagare ogni sforzo. Senza contare che l'attrezzatura è nuova di zecca e i prodotti ben lontani da quelli industriali a cui sono abituata. In generale ho trovato tutto ordinato e profumato, come se non ci fosse bisogno del mio intervento. Per un momento, mi è sembrato di percepire anche un odore familiare, ma non sono riuscita a identificarlo.

A fine turno, vado in cucina per salutare Clara. A metà mattina mi sono seduta con lei a bere un caffè. Se avessi potuto, avrei scattato un milione di foto da mostrare alle mie coinquiline.

Sono le due quando esco dalla Steinway Tower. Ho il tempo di fare un po' di spesa e di tornare a casa per riposare qualche ora. Poi doccia, divisa e si riparte per Times Square.

Arrivo al piano della Parker & Cox e Taylor si fa viva dopo che ho già pulito le toilette.

"Ah brava, vedo che hai già fatto i bagni," afferma, come se non sapesse che sono i primi posti che i capi ci raccomandano di rassettare.

Non le rispondo nemmeno. Ho intenzione di lasciare a lei quelli dei piani inferiori, così impara ad arrivare tardi di proposito.

Vado nell'ufficio della Wright. Con la scusa di pulirle la scrivania, ispeziono i fogli lasciati in giro e non trovo nulla. La Wright deve essersi stancata dei miei post-it e ha deciso di chiudere i manoscritti nello schedario.

Non importa, mi sono ripromessa di non intervenire più. Cercherò di entrare in una casa editrice attraverso i canali normali: spulciando gli annunci di lavoro e lasciando curriculum in giro. Certo, essere assunta in un posto come questo sarebbe un vero sogno. La Parker & Cox è un leader nel settore, sia negli Stati Uniti sia a livello internazionale.

Chiudo la mia speranza in un cassetto e continuo a fare quello per cui sono pagata.

Capitolo 7

Nicholas

"Perché ti sei comportato in quel modo?" mi rimprovera mia madre.

Ho avuto la poco brillante idea di andare a cena da lei. È presente anche mio fratello, che si sta godendo la scena. Mi allento la cravatta. È un gesto che compio senza quasi accorgermene quando sono nervoso. La giacca del completo scuro è sparita appena sono entrato. Sono venuto qui direttamente dall'ufficio e, se avessi saputo che la serata avrebbe preso questa piega, sarei filato dritto a casa.

"Te l'ho già detto, Kristen è impazzita. Si comportava come se avessimo un appuntamento tra fidanzati. E non me la sono nemmeno scopata."

"Nicholas Parker, modera in linguaggio in questa casa." Sta scherzando, vero? Questa *casa* ha visto di peggio. "Ti ricordo che è la figlia della mia migliore amica e che ho visto crescere quella ragazza. Abbi un po' di rispetto."

"Mamma, Nicholas non ha tutti i torti. Per quanto tu sia affezionata a Kristen, devi ammettere che ha una specie di ossessione per Nick," commenta Edward.

"Oh, grazie!".

"Voi due state esagerando," controbatte. "Le piace Nicholas, che c'è di male? È una bella ragazza, intelligente. Una donna in carriera di ottima famiglia, di sicuro non una cacciatrice di dote, visto che i suoi sono benestanti. In sintesi, un ottimo partito."

"Non ho mai detto il contrario, semplicemente non fa per me," replico con la forchetta in mano.

"Spiegami che tipo di ragazza fa per te, perché i giornali li leggo e sono piuttosto certa che finora ti sia circondato di donne bellissime con cui non hai costruito niente. Sarà perché sono vuote come un flacone consumato di shampoo."

Sto per sbuffare come un toro, quando Edward prende la parola. "Saranno pure vuote, ma sono altamente scopabili."

Mi ritrovo a dargli il cinque. Una rara occasione in cui andiamo d'accordo. Nostra madre non lo sgrida per il linguaggio. Ovvio, dato che è il suo preferito, l'unico che ha seguito le sue orme.

"Non posso credere che io e vostro padre, dopo esserci impegnati tanto nella vostra educazione, abbiamo messo al mondo due superficiali come voi," brontola lei.

Come sempre, l'accenno a nostro padre ci fa tornare seri in un attimo. I suoi insegnamenti sono stati fantastici fino a un certo punto, poi ha pensato solo a sé ed è la cosa che non gli perdonerò mai. Lancio un'occhiata a mio fratello e dalla sua espressione sono certo che sta pensando la stessa cosa.

Ultimamente ogni riferimento a mio padre mi lascia l'amaro in bocca. Tento di scacciare quella sensazione fastidiosa, ma mi resta attaccata addosso.

Mi torna in mentre la frase pronunciata da Kristen durante il nostro diverbio.

Meriti di rimanere solo come un cane e di fare la fine di tuo padre!

Cristo santo, e se fosse vero? Se avessi una specie di gene che mi porterà a compiere le sue stesse scelte?

"Nick, mi hai sentito?" Nostra mamma richiama la mia attenzione.

"Scusa, stavi dicendo?"

"Che devi mandare dei fiori a Kristen per scusarti." Sto per ribattere, ma lei mi zittisce. "Non sto dicendo che devi uscire con lei o corteggiarla, ho capito che punti a donne diverse. Ma fatti perdonare. È la figlia della mia migliore amica, sai bene quanto Emily sia importante per me. Non so dove sarei, se non ci fosse stata lei negli ultimi anni, e voi due sapete bene cosa ho passato."

I suoi occhi si fanno lucidi.

"Va bene. Domani le manderò dei fiori e un biglietto di scuse. Ma non ho più intenzione di portarla al gala o in qualsiasi altro posto. Piuttosto ci andrò da solo," annuncio sconfitto.

Quando torno a casa è buio. Solo le luci della città illuminano l'ingresso e il living. Mi avvicino al mobile bar e mi verso un whisky, mentre scruto il paesaggio. Percepisco una pesantezza che credevo di aver superato. Saranno tutti i discorsi ascoltati in questi giorni ad avermi riportato indietro nel tempo. Bevo un altro bicchiere e me ne vado a dormire. Yasmine mi ha scritto che è in città per la nuova pubblicità di Victoria's Secrets. Avevo pensato di invitarla per una scopata, all'inizio, ma le parole di mia madre hanno fatto centro. Le mie relazioni non durano più di un paio di mesi e si basano solo sul sesso. È un modo come un altro per staccare il cervello e non farmi prendere dai pensieri negativi. A volte ho il terrore che la mia mente venga assalita dall'oscurità, proprio come è successo a lui.

I giorni corrono in fretta e arriva venerdì, la sera del gala. Alla fine ho deciso di chiedere a una persona speciale di accompagnarmi: mia madre. È l'unica che merita di essermi accanto in questa occasione, dato che ha visto la casa editrice crescere negli anni.

L'evento per i cent'anni della Parker & Cox si tiene al MET, nella sala Petrie Court. Le alte volte e la vista panoramica lo rendono il luogo ideale per una serata simile. Tra gli ospiti ci sono molti dei nostri autori nazionali e internazionali, oltre che diversi esponenti del mondo della cultura e dei media, invitati per fare da cassa di risonanza a questo anniversario.

Mia madre e io arriviamo per primi e, insieme a Paul e a sua moglie, accogliamo tutte le personalità di spicco che abbiamo coinvolto.

Valerie Parker nel suo abito elegante blu ha un sorriso per ognuno ed è una perfetta padrona di casa. Dopo mezz'ora sto parlando con un nostro autore di thriller pluripremiato, quando mio fratello fa la sua comparsa. Indossa uno smoking proprio come il mio.

"Ce l'hai fatta a venire," gli vado incontro.

Lui si guarda attorno, poi vede nostra madre. "Hai avuto una grande idea a chiederle di accompagnarti. Guarda com'è felice."

Prendo un calice di champagne e bevo un sorso, mentre la osservo da lontano.

"Anche lei aveva bisogno di questa serata," affermo con una punta di malinconia.

"Già... Per ricordarsi quello che nostro padre ha costruito, non solo il modo in cui ha lasciato questo mondo," aggiunge.

Un nodo alla gola mi impedisce di replicare.

Arriva il momento del discorso. Dal palco allestito davanti a circa duecento persone, il primo a parlare è Paul. Essendo il socio anziano, è quello che può raccontare gli aneddoti più divertenti di questa avventura. Ogni volta che nomina il suo defunto amico ha sempre il sorriso sulle labbra. Nelle sue parole riconosco il padre che ho avuto l'onore di conoscere, invece che quello dell'ultimo anno di vita. Lancio un'occhiata a mia madre e noto che ride di gusto, per poi asciugarsi una lacrima.

Non potrò mai perdonarlo per ciò che ha fatto. Per averci gettato tutti nell'angoscia.

E non posso perdonare nemmeno me stesso...

"Adesso cedo la parola alla mia metà," annuncia Paul, riportandomi ai miei compiti. "Ovviamente in senso lavorativo."

La gente scoppia a ridere e io mi metto davanti al microfono con il terzo, o forse il quarto, bicchiere di vino.

"Grazie, Paul, mi hai appena spezzato il cuore. Credevo di essere qualcosa di più per te," esordisco. Poi tento di ripescare dalla memoria il monologo che mi ero preparato, ma al momento ho il vuoto più completo. Vuol dire che improvviserò. "Come sapete, questa avventura è partita da un uomo che amava i libri: James Parker. Il mio bisnonno era convinto che il potere della scrittura potesse aprire le menti, insegnare, portare il lettore in luoghi lontani che non avrebbe mai visto e soprattutto fargli provare ogni genere di sentimento. Non ha impiegato molto a coinvolgere il suo migliore amico, Adam Cox, in questa impresa. Per molti erano due pazzi, per altri visionari lungimiranti. Non importa come li abbiano etichettati, ciò che conta è che le nostre famiglie..." faccio una pausa, il pensiero corre a mio padre, ma mi riprendo in fretta: "Stanno ancora inseguendo il sogno di quei due uomini. Il nostro obiettivo resta lo stesso: aprire le menti, portare chi legge là dove non potrebbe mai arrivare, lasciare un insegnamento e far provare emozioni. Vi invito dunque ad alzare i calici insieme a me e a brindare ai primi cento anni di sogni donati a milioni di lettori."

In sala riecheggia un lungo applauso e io ingollo il mio calice di vino. Mi piazzo in faccia un sorriso raggiante, anche se dentro sono di tutt'altro umore. Questa sera abbiamo disegnato un quadro idilliaco e da fuori, essendo ormai passati quattro anni, sembriamo davvero il ritratto di un'azienda in salute e di una famiglia perfetta. Mentre nella realtà abbiamo soltanto nascosto la polvere sotto il tappeto, senza mai analizzare cosa sia davvero passato per la mente di mio padre quella notte del cazzo. Né io, né mia madre o mio fratello ci siamo fermati a parlare di quanto è accaduto. Ci siamo limitati ad accettare e aspettare che gli altri smettessero di fare domande. Alla fine, abbiamo mantenuto un profilo basso per un po' e i giornali si sono stancati di riportare la notizia. Poco tempo dopo avevano altro di cui scrivere, ossia del sottoscritto e delle sue avventure. Di qualsiasi tipo fossero. Dagli sport estremi alle donne che frequentavo, persino le mie idee politiche.

Ha proprio ragione Paul quando dice che la mia immagine si ripercuote sulla casa editrice. Se è stato un bene che la stampa si concentrasse su di me subito dopo la morte di mio padre, a quattro anni di distanza non è più una cosa positiva.

Ho bisogno di bere.

Scendo dal palco e filo dritto al tavolo degli alcolici. Chiedo un whisky doppio. Senza ghiaccio. Il vino non mi basta.

Mi sto guardando intorno, quando Paul si avvicina. "Hai un momento?" chiede serio.

"Dimmi pure."

Lo seguo in un angolo appartato, mentre cerco di ricordare quale stronzata io possa aver combinato nei giorni trascorsi. Non ho rinunciato ai miei incontri ravvicinati con l'altro sesso, ma l'ho fatto nella privacy di una suite all'Hilton.

"Apprezzo molto che tu mi stia dando retta," esordisce, infilandosi le mani in tasca. "Sai bene quanto fossi legato a tuo padre e come tu e Edward, per me e Sophia, siate come dei nipoti. Perciò se ti do dei consigli non è solo per il bene della casa editrice, ma anche per il tuo. A trentadue anni meriti di più che essere visto come il classico riccone che corre dietro alle donne e basta." Come sempre, quando Paul nomina mio padre, mi lacera l'anima. "Sei un uomo brillante e competente negli affari, non lasciare che la gente si fermi alla superficie. Mostra anche fuori dall'azienda quanto vali."

"Non so davvero che dire..." È strano per uno come me essere tanto titubante. Sarà l'alcol a farmi stare così.

"Promettimi che metterai da parte il Nicholas superficiale e farai uscire il vero te." Paul si avvicina e posa entrambe le mani sulle mie spalle. "Mostra la tua forza al mondo, ma non nascondere le tue fragilità. Mai. Almeno non con chi ti vuole bene."

Sono certo che il suo pensiero, proprio come il mio, stia correndo a mio padre. Ne ho la prova appena la tristezza si disegna sul suo viso. Stringo il bicchiere tra le dita.

"Quello che è successo non è colpa di nessuno," gli esce in un sussurro. Paul fa scivolare le braccia lungo i fianchi e distoglie lo sguardo. "Mi sono spesso chiesto se avrei potuto cogliere i segnali di ciò che gli passava per la testa."

"Ci siamo fatti tutti la stessa domanda," confermo.

"Tu me lo ricordi molto," dichiara, lasciandomi l'amaro in bocca. Vorrei chiedergli in che senso, ma Sophia ci raggiunge.

"Eccovi. Siete i festeggiati della serata, cosa ci fate qui da soli? Andate a prendervi i complimenti che vi meritate."

"Tua moglie ha ragione, socio." Mi piazzo di nuovo in faccia un sorriso finto. Poi bacio Sophia sulla guancia, prima di farmi riempire di nuovo il bicchiere dal barman.

Dopo aver ordinato del bourbon, mi guardo attorno alla ricerca della scopata di turno. Ho già una prenotazione all'Hilton. Il sesso è l'unica cosa, insieme all'alcol, in grado di stordirmi fino a crollare addormentato.

Mia madre mi intercetta mezz'ora dopo, mentre sto flirtando con una tizia dai lunghi capelli rossi, gli occhi verdi e un corpo niente male. Ha uno spiccato accento inglese, credo che sia una delle nostre autrici oltreoceano. O forse una delle editor che lavora nella filiale di Londra. La mia mano, quella libera dal bicchiere, le sta lambendo la pelle del braccio.

Chi cazzo se ne frega che fa nella vita. Basta che stanotte venga via con me.

"Tesoro, tutto bene?" chiede mia madre. Mi stavo quasi dimenticando della sua presenza.

"Benissimo, mamma." Le schiocco un bacio sulla guancia. "Ti presento una mia nuova amica. Lei è..." mi volto verso la donna. "Scusa, ho un lapsus, come ti chiami?"

La rossa fa uno sguardo a metà tra il disgustato e l'offeso.

Mia madre borbotta qualcosa, a me viene da ridere, poi la sento chiamare mio fratello. Ed ecco che Edward arriva, alla velocità della luce.

"Oltre a essere il figlio preferito adesso sei anche Superman?" biascico.

"Portalo a casa, prima che la gente si accorga che è ubriaco," gli ordina mia madre.

"Non sono ubriaco," protesto. Anche se, in effetti, sento la testa come un pallone.

"No, sei solo un idiota."

Cristo santo, adesso che ho combinato? Volevo solo farmi una scopata.

Sbuffo, spazientito.

"Forza, fratellone, hai sentito nostra madre, andiamo."

Ed mi strappa il bicchiere di mano anche se tento di opporre resistenza.

"Torno a prenderti?" chiede alla mamma.

"Se torni, portami a casa la rossa," mi volto a indicarla, ma la tizia è sparita. Temo che non ci sarà nessuna cavalcata stasera.

"Chiederò un passaggio a Paul."

Mio fratello mi tira per un braccio e mi fa passare da un'uscita secondaria, poi mi infila nella sua coupé.

Accende il motore e non impiega molto ad aprire bocca.

"Che cazzo ti è preso, Nick? La serata stava andando alla grande," sbraita.

"Alla grandissima." Appoggio la tempia contro il finestrino. È fresco. Sono proprio andato.

"Spiegami che cosa ti è passato per la testa, perché faccio davvero fatica a capirti," sbotta mentre guida. "Porca puttana, a volte mi ricordi..." Lascia la frase a metà come se si stesse trattenendo.

"Dillo," ordino, girando la faccia di scatto. "Cristo santo, dillo!"

"Nostro padre. Cazzo, sei contento? Dici una cosa e ne fai un'altra. Ti comporti come se avessi tutto sotto controllo, quando la tua vita fa acqua da tutte le parti."

"Intanto, grazie della tua analisi, Freud!" replico e non gli lascio il tempo di aggiungere altro. "Forse il punto è proprio questo: gli assomiglio più di quel che vorrei."

E probabilmente farò la stessa fine del cazzo, come mi ha augurato Kristen.

"Non dire stronzate, sono sicuro che tu non arriveresti mai a..." sta per finire la frase, ma stavolta sono io a fermarlo.

"Non me ne frega un cazzo di quello di cui sei sicuro. Fine del discorso. Adesso stai zitto e portami a casa."

Ed è quello che fa. Mi aiuta a entrare nel mio appartamento

e mi accompagna in camera da letto. Poi torna con delle bottiglie d'acqua e blatera istruzioni mediche su come farmi passare la sbornia.

"Ma vaffanculo, Edward! Sono il fratello maggiore e sopravvivo alle sbornie da quando tu non sapevi andare in bicicletta. Perciò non rompere e levati dai coglioni. Voglio dormire."

Lui grugnisce qualcosa, capisce che non è aria e se ne va, lasciandomi solo.

Con la mia sbronza e con i miei pensieri sempre più deprimenti.

Mi svesto e mi ficco sotto le coperte. L'unica cosa che vorrei è addormentarmi all'istante e riaprire gli occhi tra un secolo.

Ma non riesco a prendere sonno. Mi giro e mi rigiro. L'ho detto che avrei dovuto farmi una donna. Posso sempre stordirmi ancora di alcol, ma temo che domattina mi sveglierei con un terribile mal di testa.

La mente è piena di ricordi, voci e pensieri che ho bisogno di zittire il prima possibile. Fuori inizia ad albeggiare quando io non ho ancora chiuso occhio.

Basta! Voglio solo che il mondo la smetta di fare rumore.

Scosto le coperte, contrariato, e vado in salotto. Prendo una bottiglia di Jack Daniel's, mi trascino fino al bagno e apro l'armadietto dei medicinali.

"Dove diamine le ho messe?" borbotto, rovistando tra le confezioni. Alcune cadono, ma non ci bado, Alla fine, trovo ciò che mi serve. Con la mano libera dalla bottiglia tento di aprire la confezione cilindrica. Mi cade tutto, metà nel lavandino e metà per terra. Ne recupero due e le ingollo con l'alcol.

Forse non si fa?

Chi cazzo se ne frega. Ricordo che il medico me le aveva prescritte anni fa, quando non riuscivo a dormire anche a distanza di tempo dalla morte di mio padre. Mi sento così stanco... E sto sudando come se avessi appena corso. Lancio un'occhiata alla vasca da bagno, buttando giù un altro sorso dalla bottiglia. Nella nebbia della mia mente, mi pare di rammentare che un bagno caldo concili il sonno, perciò inizio a far scorrere l'acqua.

Capitolo 8

Lily

Sono ormai diversi giorni che mi occupo del nuovo incarico e non so ancora che faccia abbia il proprietario. Mi interfaccio solo con la signora Mendes, che si è sempre dimostrata gentile. Evito di fare domande e svolgo i miei compiti senza indagare.

Con il tempo ho avuto modo di pulire tutte le stanze, e sono una più bella dell'altra. Anche le tre camere da letto al piano superiore hanno una vista incredibile. Devo dire che finora il mio referente si è sbagliato di grosso. Il lavoro è più semplice di ciò che mi aveva fatto credere. Forse grazie alla signora Mendes, che tiene tutto sotto controllo.

Venerdì pomeriggio, dopo aver rassettato il piano inferiore, prima di andarmene Clara mi ferma all'ingresso.

"Lily, devo chiederti un grosso favore," annuncia.

"Certo, mi dica."

"Starò via per il weekend, vado a trovare mia sorella nel Maine. Domani puoi passare a dare una sistemata sul presto? Il capo stanotte dormirà fuori, ma dovrebbe rientrare prima di mezzogiorno e non ama avere estranei per casa. Mi dispiace farti fare una levataccia proprio di sabato..." È davvero rammaricata, ma non sa che a me va benissimo perché significa più soldi che entrano.

"Clara, non si preoccupi. Domani sarò qui presto, ma come mi regolo per domenica?"

Se a questo tizio non piace avere gente attorno, come faccio?

"Domenica puoi venire nel pomeriggio, magari verso le quattro. Il boss di solito esce dopo pranzo e torna la sera tardi."

"Perfetto. Si goda il suo weekend e mi scriva se devo fare qualcosa di particolare."

"Grazie, sei un tesoro," mi saluta con la mano, mentre sparisco oltre la porta.

Il turno serale in centro mi distrugge. Non so il motivo, ma pare che gli impiegati alla P&C abbiano sporcato più del solito. Taylor è arrivata in orario, tuttavia come spesso capita si è messa al telefono, quindi ho dovuto fare le cose di fretta.

Come se non bastasse, l'autobus arriva tardi e rischio di saltare la mia fermata perché mi addormento. Entro in casa e non ho nemmeno la forza di farmi una doccia. Crollo appena tocco il letto, per svegliarmi di soprassalto alle 5:30.

Doccia, colazione veloce, infilo un paio di jeans e un maglione ed esco di nuovo, pronta a prendere la metro. Controllo il telefono per vedere se Clara mi abbia scritto, ma non trovo nulla.

Quando entro nell'appartamento, mi prendo un momento per osservare la città che si tinge dei colori dell'alba. È un'immagine stupenda, perciò scatto una foto con il cellulare, poi lo rimetto nella tasca dei jeans.

Vado nello sgabuzzino a recuperare gli attrezzi e i detersivi. Salgo al piano superiore e parto dalla camera padronale. Appena entro, noto qualcosa di strano. C'è un luccichio sul pavimento e sento un rumore provenire dal bagno.

Acqua. Qualcuno ha lasciato scorrere l'acqua. Mi precipito verso la porta e la spalanco.

"Oh mio Dio!" strillo, portandomi le mani alla bocca.

A terra c'è acqua ovunque, ma ciò che mi terrorizza è vedere l'uomo dentro la vasca con la testa sommersa.

Non so come, il mio corpo scatta in avanti. Agguanto lo sconosciuto da sotto le ascelle e cerco di tirarlo fuori da lì. Ho scarsa consapevolezza di ciò che sto facendo, mi limito a seguire l'istinto. Con uno sforzo enorme e nella speranza di non scivolare, tiro finché la testa non è fuori dall'acqua. Devo far uscire il suo corpo da lì. È alto e massiccio e più di una volta rischio di perdere la presa ma alla fine, probabilmente per via dell'adrenalina, riesco a estrarlo dalla vasca.

Scivolo con il sedere a terra e mi ritrovo la testa dell'uomo in grembo. Gli metto subito una mano alla base della gola e mi sembra di percepire il battito. È debole, o forse quello che ascolto è il mio cuore, non il suo.

Afferro il cellulare dalla tasca dei jeans e chiamo il 911.

Mentre il telefono fa uno squillo, lo sconosciuto si rianima e inizia a vomitare. Dura poco, perché perde di nuovo conoscenza e proprio in quel momento all'altro capo del telefono risponde una donna.

"911. Qual è l'emergenza?"

"Ho trovato un uomo nella vasca da bagno di casa sua con la testa sott'acqua. Sono riuscita a tirarlo fuori," spiego con fare concitato. Continuo a fissare il viso dello sconosciuto nella speranza che apra gli occhi.

"Okay, assicurati che sia sdraiato su una superficie piana. Se non respira normalmente, inizia la rianimazione cardiopolmonare, se sei in grado."

"Sembra respirare... Ha rigettato un minuto fa, poi ha perso i sensi."

Mi sento una vera inetta.

"Bene, allora bisogna continuare a mantenere libere le vie aeree. Giralo su un fianco per prevenire il soffocamento. L'ambulanza è in arrivo, rimani con lui. Conosci il nome dell'uomo?"

"No."

Seguo le istruzioni dell'operatrice e, appena giro il corpo, quello tossisce di nuovo.

"Sta rimettendo?"

"Sì," affermo, cercando di tenerlo nella posizione che mi ha indicato.

"È cosciente?"

Sporgo la testa in avanti per guardarlo in viso, ma mi sembra uguale a prima.

"Non credo. Ha ancora gli occhi chiusi." Inizio a respirare quando sento le sirene in lontananza. "Settantesimo piano, appartamento numero 70. C'è un vigilante all'ingresso," mi limito ad aggiungere.

"Bravissima. Continua a tenerlo così e a controllare la respirazione. I sanitari saranno lì tra poco."

"Okay," sussurro, anche se vorrei mettermi a piangere.

Dopo minuti che sembrano eterni, sento la porta d'ingresso spalancarsi.

"Quassù. Prima camera a destra," urlo con tutto il fiato che ho in gola. Anche se ho la bocca asciutta come il deserto del Sahara.

Quando vedo comparire i sanitari accompagnati dal vigilante, butto fuori tutta l'aria trattenuta finora.

"Non ti preoccupare, adesso ci pensiamo noi."

Striscio lontano dallo sconosciuto. La guardia mi aiuta ad alzarmi e si assicura che io stia bene. Faccio un cenno affermativo, anche se sono frastornata.

"Come si chiama?" domanda uno dei paramedici.

"Nicholas Parker," afferma l'addetto alla sorveglianza, che conosco come Charlie.

I sanitari posano una coperta termica addosso all'uomo svenuto e provano a chiamarlo più di una volta. Io resto con il fiato sospeso, finché non emette un suono. Non ho prestato nemmeno attenzione alla sua nudità, troppo concentrata sul suo stato di salute.

Nicholas Parker. Questo nome mi è familiare...

"Ehi, guarda qui." Mi accorgo solo ora che i professionisti sono tre. Uno tiene in mano una confezione cilindrica e la passa al collega. Si lanciano strane occhiate. Poi il terzo gli mostra una bottiglia contenente un liquido ambrato.

Non ci sto capendo nulla. Mi giro verso Charlie e anche lui pare confuso quanto me.

Dopo avergli preso i parametri vitali e averlo caricato su una barella, uno dei paramedici contatta la centrale operativa per avere indicazioni su dove portarlo. Optano per il San Joseph.

Raccolgono le proprie cose e capisco che l'incubo sta per finire. Quello più anziano mi raggiunge. "Data la situazione, dovresti venire con noi per rispondere a eventuali domande."

"Ma io... non lo conosco... non sapevo nemmeno il suo nome, finché non l'ha detto Charlie." Indico il vigilante.

Gli altri due escono dalla stanza con la barella.

"La situazione è questa: abbiamo trovato un flacone vuoto di sonniferi e una bottiglia di whisky piena a metà. Qualcuno potrebbe volerti fare delle domande," riassume.

Mi arrendo. Quest'incubo non finirà tanto presto.

"Prendo il giubbotto e vi seguo."

Quando salgo sull'ambulanza, mi fanno sedere accanto al paziente. Gli hanno messo una mascherina per l'ossigeno. Non riesco a vedergli bene il viso, però la nebbia si dipana ai miei occhi.

Nicholas Parker, amministratore delegato della Parker & Cox, la casa editrice dove lavoro. È lui.

Adesso che ci faccio caso, nei suoi lineamenti intravedo

l'uomo che ho spesso visto sui giornali e sulle riviste di gossip. I capelli scuri di solito sono in ordine e il sorriso impertinente che sfoggia per i fotografi è quello che di sicuro conquista la donna di turno.

Chissà che cosa gli è successo.

L'ambulanza sfreccia per le strade della città, che si sta risvegliando proprio in quel momento. Mi passo una mano sul viso perché non ho idea di cosa io ci faccia qui. E per giunta con uno degli uomini più ricchi del Paese.

Tremo all'idea di cosa sarebbe potuto accadere, se fossi arrivata poco più tardi. Mi si blocca il respiro al pensiero che, tirandolo fuori da quella vasca, possa avergli causato qualche lesione. "Prego, seguici dentro," mi invita uno dei paramedici, strappandomi alle mie elucubrazioni mentali. Non mi sono accorta nemmeno che l'ambulanza si è fermata.

I sanitari scaricano la barella e la manovrano fino al triage del pronto soccorso. Passano la cartella clinica all'infermiera dietro al bancone, poi lo stesso medico di prima mi informa: "Non essendo una parente, devi aspettare qui. Però è importante che tu risponda alle domande che potrebbero farti".

"Che genere di domande? Lavoro per lui, ma non ci siamo mai visti, sono stata assunta dalla sua governante," blatero senza capire il motivo per cui è richiesta la mia presenza.

"Lo comprendo, ma sei stata tu a trovarlo, le autorità vorranno conoscere i fatti."

Le autorità? Cioè la polizia?

"Va bene," commento rassegnata.

Prima di sedermi, vado a prendere un caffè al distributore. Sto tornando in sala d'attesa, quando il mio cellulare squilla. Rispondo in fretta, appena leggo il nome di Clara.

"Lily, tesoro, che succede? Il mio telefono sembrava impazzito. Ho ricevuto una valanga di notifiche di accesso. Ho provato a chiamare il boss, ma non rispondeva, così ho contattato Charlie e mi ha detto che c'è stato un incidente. Stai bene?"

"Io sì, ma Nicholas Parker è al Saint Joseph."

"Oh cielo, che cosa gli è capitato?" chiede agitata.

Le racconto in breve quel che so, poi lei domanda: "Ma adesso come sta?".

Si sente che è davvero preoccupata.

"Mi hanno detto che non essendo una parente non potranno aggiornarmi, ma che devo aspettare nel caso in cui qualcuno avesse bisogno di pormi delle domande," racconto, passando un dito su un filo strappato dei jeans.

"Non ti preoccupare. Tu fai quello che ti dicono. Ci penso io a informare la sua famiglia. Ci aggiorniamo più tardi," avverte e poi aggiunge: "Cara, grazie per averlo trovato! Se gli fosse successo qualcosa... sua madre sarebbe morta dal dolore".

Come ogni madre, vorrei dirle, ma chiude la telefonata.

Summer lavora come infermiera proprio in questo ospedale e so che oggi è di turno al pronto soccorso, perciò le mando un messaggio e la prego di darmi qualche informazione.

Immagino che lo vedrà solo a fine turno.

Non mi resta che aspettare.

Un'ora e un altro caffè più tardi, sono ancora seduta di fronte al triage a sfogliare una rivista, quando una coppia entra di corsa e chiede del mio capo.

La osservo di sottecchi. La donna è vestita in maniera elegante e avrà attorno ai sessant'anni, mentre l'uomo è giovane. Dal colore dei capelli e dai lineamenti del viso intuisco che siano madre e figlio. Forse sono la madre e il fratello di Nicholas.

L'infermiera dietro al bancone li fa passare.

Adesso che sono arrivati i parenti, potrei svignarmela. In fondo sono qui da oltre un'ora e mezza e nessuno mi ha chiesto niente. Sto meditando di andarmene, quando Summer compare e mi cerca con lo sguardo. Appena mi vede, si siede nel posto libero accanto a me.

"Giornata tranquilla oggi, eh?" chiede, accarezzandomi la schiena. Sa quanto io vada in ansia per ciò che sfugge al mio controllo.

Sospiro. È la prima volta oggi che ho l'impressione di togliermi un peso dalle spalle.

"Hai saputo qualcosa?"

Lei annuisce. "È ancora incosciente e lo stanno tenendo sotto osservazione. Gli hanno fatto degli esami, per vedere i livelli di alcol e farmaci assunti."

"Farmaci?"

"Sembra che gli abbiano trovato accanto una confezione di sonniferi. Vuota."

Oddio! Vuol dire che ha tentato di... Impossibile! È ricco, affascinante ed è l'amministratore delegato di una delle case editrici più importanti a livello internazionale.

Mi sento una voragine nello stomaco.

"Per fortuna lo hai trovato in tempo. Al momento è stabile e gli stanno somministrando dei fluidi per aiutarlo a eliminare le sostanze nocive. Lo terranno monitorato per escludere eventuali complicazioni. Di solito ci vuole qualche ora perché il paziente riprenda conoscenza. Poi potrà tornare a casa. La prassi in certe situazioni è offrire alla persona un supporto psicologico."

"Quindi i medici pensano che abbia cercato di... togliersi la vita?"

"Finché non potrà rispondere alle domande dei dottori, è un'ipotesi," precisa. "Adesso torno al lavoro, la mia pausa è finita. Ci vediamo a casa."

La saluto con un debole sorriso, lei mi bacia sulla guancia e, prima di andarsene, mi guarda. "Hai salvato la vita a una persona, punto. Non farti angosciare dai problemi degli altri. Ti conosco abbastanza da sapere che continuerai per giorni a riflettere sull'accaduto e ti farai carico di dilemmi che non ti riguardano."

Sparisce attraverso i corridoi. Mezz'ora più tardi Clara mi telefona.

"Lily, sei ancora in ospedale?"

"Sì, ha qualche notizia?" fingo di non sapere nulla, per non mettere Summer nei guai.

La signora Mendes mi aggiorna, ripetendo ciò che ho già sentito dalla mia amica, alla fine però aggiunge: "La famiglia di Nicholas ti è davvero grata per quello che hai fatto. Mi hanno detto di riferirti che puoi tornare a casa, non c'è bisogno che tu rimanga".

"Significa che non devono farmi nessuna domanda?"

"Credo proprio di no, mi hanno detto che puoi andare."

"E se tornassi a pulire l'appartamento?" chiedo e mi sento un po' stupida, ma so che a casa non riuscirei a pensare a nient'altro che all'accaduto, perciò meglio tenermi occupata.

"Cara, non è necessario. Prendo il primo treno in serata e domani mi occupo io di tutto."

"Preferisco così, davvero."

"Non so cosa dirti. Vedi tu, se te la senti. Ma senza alcun obbligo."

"Ci vado ora. Grazie per avermi ragguagliato. A domani."

Saluto Clara e sono felice di allontanarmi da lì.

Quando arrivo alla Steinway Tower, trovo ancora Charlie di turno.

"Novità sul signor Parker?" mi domanda.

"Sembra stabile," mi limito a informarlo, ma nulla di più.

"Spero che si riprenda presto," commenta. "Prima che me ne dimentichi, ho tolto il tappo della vasca e buttato a terra ogni asciugamano che ho trovato, per evitare che l'acqua si infiltrasse. C'è un po' di caos."

"Non preoccuparti, adesso sistemo tutto. Grazie."

Vado al settantesimo piano, stavolta non mi fermo a fissare il panorama. Salgo le scale e recupero l'attrezzatura lasciata in corridoio. In bagno trovo la vasca vuota, mentre sul pavimento giacciono gli asciugamani zuppi. Come prima cosa avvio la lavatrice.

Quando torno dal locale lavanderia, inizio a pulire il lavandino. Mi accorgo subito che qualcosa ostruisce lo scolo dell'acqua. Alzo il saltarello e noto delle compresse incastrate. Le metto da parte. Poi un dettaglio attira la mia attenzione sul pavimento. Mi accovaccio e sotto il mobile del lavandino ne trovo prima una, poi altre, dello stesso colore e dimensione.

Forse non voleva suicidarsi. La confezione raccolta dal personale medico era vuota, ma buona parte del contenuto è caduta in giro.

Non so bene il motivo, ma afferro uno straccio asciutto e lo riempio con le pillole.

Capitolo 9

Nicholas

Cazzo che mal di testa! Tento di aprire gli occhi, ma una stilettata mi farebbe meno male. Alzo a fatica le palpebre e mi ritrovo in una stanza ben diversa dalla mia.

Che diamine ho combinato?

Ricordo di essere andato al gala, poi ho questa immagine di mio fratello che guida l'auto. Il resto è molto confuso. Rammento bene il discorso di Paul e la sensazione di angoscia che ne è seguita. Mi porto una mano alla testa e soltanto allora mi accorgo della flebo attaccata al braccio.

Cristo santo, che ci faccio in ospedale?

Sto provando a concepire il motivo per cui indosso un camice decisamente poco sexy con un ago conficcato in vena.

La porta si apre e sospiro di sollievo quando mia madre fa la sua comparsa.

"Oh, grazie al cielo! Sei sveglio." Si precipita da me e mi abbraccia.

"Come ci sono finito qui?"

Lei si irrigidisce, si scosta e mi guarda bene in viso.

"Non ricordi niente?"

"No, altrimenti non te lo avrei chiesto."

Sta per parlare, quando entra mio fratello. Si rivolge a qualcuno fuori dicendo: "Grazie del tuo aiuto, Steve. Lo costringerò ad accettare un supporto psicologico".

Appena si volta verso di noi, si pietrifica.

"Che cosa sta succedendo qui?" chiedo, perché è chiaro che qualcosa mi sfugge.

Nessuno mi risponde, si limitano a guardarsi in faccia. Sembrano immersi in una spiacevole conversazione non verbale.

"Chi deve andare dallo psicologo?" aggiungo con poco garbo.

Mio fratello infila le mani nelle tasche dei pantaloni e si avvicina.

"Tu," esordisce. "Sei tu che avrai bisogno di aiuto."

Nostra madre si porta una mano alla bocca. Sembra che le abbiano appena dato una notizia terribile.

Non impiego molto a fare due più due.

"Sono malato?" Questa volta la mia voce si fa flebile.

"I medici devono ancora indagare."

Cerco di mettermi seduto e mia madre si precipita a sistemarmi i cuscini.

"Okay, ma avranno pur espresso delle ipotesi."

"Nulla di certo," interviene Edward.

"Partiamo da quello che suppongono," insisto.

In questo momento mi sento uno straccio per via di tutto l'alcol che ho mandato giù. Di norma tengo al mio fisico, faccio esercizio regolarmente, mangio sano, non fumo. Dormo poche ore a notte, questo è vero, così com'è vero che mi capita di alzare il gomito e che faccio molto sesso. Sempre protetto, però.

"È presto per una diagnosi."

"Ed, scusa se te lo dico, ma mi stai facendo incazzare. È della mia salute che stiamo parlando, perciò finiscila con queste frasi da medico."

"Probabilmente si tratta di depressione," si lascia sfuggire mia madre.

Giro la testa verso di lei con la stessa rigidità di un robot, poi scoppio a ridere.

"È uno scherzo?"

Solo quando mi accorgo delle loro facce serie smetto di sghignazzare. "Che cosa vi fa supporre una simile stronzata?"

"Forse il fatto che poche ore fa hai tentato di toglierti la vita con un mix di alcol e sonniferi, lasciandoti affogare in una vasca."

Mi trasformo in una statua di sale.

"Edward," lo redarguisce nostra madre.

"È quello che è accaduto, mamma. Non serve a niente nascondere la testa sotto la sabbia. Non voglio rifare lo stesso errore," dichiara.

"Aspettate un attimo. State davvero pensando che io abbia provato a suicidarmi?" Il loro silenzio dice più di mille parole.

"Non l'avrei mai fatto! Ho solo bevuto troppo e sono collassato."

"Non sei collassato! Clara dice che la nuova ragazza delle pulizie ti ha tirato fuori dalla vasca, avevi la testa sott'acqua ed eri incosciente," puntualizza Ed.

"Perché ho superato il limite con l'alcol," sbotto, allargando le braccia.

"I paramedici hanno trovato una confezione vuota di sonniferi sul pavimento del bagno." Questa volta è la voce rotta di nostra madre a parlare. "Anche se nel sangue non hanno rinvenuto grandi quantità... Forse le hai vomitate prima che venissero assimilate, però la confezione era vuota. Clara è sicura di averla vista piena pochi giorni fa."

Un flash mi attraversa la mente. Vedo le mie mani cercare qualcosa nel mobile dei medicinali e poi tenere in mano una confezione di sonniferi piena.

Porca puttana, non può essere... Anche se è vero che ho pensato spesso a mio padre nelle ultime settimane e mi sono posto un sacco di domande...

Mi passo una mano sulla faccia, come a voler cancellare questo incubo, abbandono la nuca alla testiera del letto e mi lascio andare a un sospiro.

"Non preoccuparti. Di qualunque cosa si tratti, lo affronteremo insieme, Nick." Mia madre mi accarezza il braccio e al momento non riesco a dire nulla. Sono troppo confuso.

Trascorro tutto il sabato in ospedale e so che dovrò passarci anche la notte. Poco prima di cena Edward viene a portarmi il cellulare.

"Nick, ascolta..."

"No," lo interrompo. "Non ho intenzione di discutere di quello che è successo. Non oggi. Non me la sento."

Sospira, poi mi dà il telefono.

"Clara torna stasera, dice che il tuo appartamento è già in ordine. Credo sia stata la nuova assunta."

"Le manderò un mazzo di fiori e una scatola di cioccolatini, come ringraziamento per avermi tirato fuori dalla vasca e avermi visto nudo come un verme," commento ironico. Non ho intenzione di inviarle un bel niente. Nel frattempo, faccio scorrere le ultime notizie online.

"Oh merda!" esclamo.

"Sì, sei di nuovo su tutti i giornali," conferma Edward. "È quello che stavo cercando di dirti."

Alzo gli occhi, che a questo punto temo siano iniettati di sangue. Mostro il display a mio fratello.

"C'è scritto che probabilmente non si è trattato di un incidente," scandisco. "Chi può aver raccontato una cosa simile?"

"La mamma e io non abbiamo parlato e per quanto riguarda Clara, sai meglio di me che ci si può fidare."

Mi stringo l'attaccatura del naso. Ci mancava pure questo casino.

"Forse a quella ragazza dovrei mandare un'ingiunzione del tribunale," sentenzio.

"Credi davvero che sia stata lei? Con che fine?"

"Pulisce i cessi! Secondo te, quale fine potrebbe avere se non arricchirsi in cambio di informazioni?"

L'espressione di Edward mi fa intuire che concorda con me.

Quando resto solo, la mente vaga.

È vero che in questi giorni mi sono sentito una merda.

È vero che il pensiero di essere come mio padre mi ha sfiorato più di una volta.

È vero che ho sentito una discreta pressione addosso.

È vero anche che la serata di gala mi ha messo a dura prova...

Ma possibile che io abbia tentato di uccidermi?

Fisso il soffitto per non so quanto tempo prima di riuscire a addormentarmi. Fuori è ancora buio quando mi sveglio. Prendo il telefono e controllo l'ora. Quattro è il numero massimo di ore che riesco a stare tra le braccia di Morfeo. Stanotte sono stato fortunato. Spesso quel tempo è ripartito tra mille pause. Se fossi a casa, andrei a correre a Central Park. Invece sono inchiodato a questo letto. Alla fine mi metto a lavorare. Rispondo a una serie di e-mail e pianifico le prossime riunioni.

Questa è la dimostrazione che non posso aver tentato di ammazzarmi: sto programmando il mio futuro. Anche se solo lavorativo, è pur sempre un futuro.

La nota positiva di essere ricoverato è che qui si inizia presto al mattino. Un'ora prima di colazione, se così si può definire, mi hanno già fatto un prelievo e dato delle medicine.

Mia madre arriva poco dopo e, proprio come il giorno precedente, ha l'aria distrutta.

"Mamma, non ti preoccupare, di sicuro c'è stato un equivoco."

"Ne sono certa, Nick."

Mi concede un debole sorriso. Dopotutto la ragione si dà ai matti, no?

A metà mattina vengo dimesso. Quando esco dall'ospedale, noto subito che Edward ha parcheggiato davanti a un'uscita secondaria. Ho un brutto presentimento, ma non indago. Voglio soltanto tornare a casa.

Purtroppo, il presentimento diventa certezza appena arriviamo davanti al mio palazzo.

I giornalisti sono già appostati e, appena si accorgono della mia presenza, iniziano ad accalcarsi attorno alla macchina. Edward è costretto a rallentare. Un sacco di persone scattano foto, perciò tiro su il cappuccio della felpa. Riusciamo a raggiungere il parcheggio e salire nel mio appartamento senza ulteriori intoppi. Sono frastornato.

"Nicholas." Una voce familiare mi chiama e, appena mi volto, Clara corre ad abbracciarmi in lacrime. "Ragazzo, che cosa combini?"

"Sentivo la tua mancanza, così ho messo in piedi questo casino per farti tornare prima." Provo a stemperare la tensione.

Conosco Clara da che ero un ragazzino. Era la governante dei miei genitori. Quando sono andato a vivere da solo a Londra per frequentare la Business School, le ho chiesto di venire con me e lei ha accettato. Nel tempo ho capito che dietro la sua decisione c'era lo zampino di mia madre, così avrei avuto qualcuno di famiglia che si prendesse cura di me.

"Non provare mai più a farmi stare tanto in ansia. Ormai il mio cuore non ha più l'età per sopportare certe cose." Si allontana e si ricompone.

Mia madre ci raggiunge e le mette un braccio attorno alle spalle. "Tu resterai, finché non sopporterai più questo scapestrato."

I miei familiari mi stanno attorno per un po'. Clara invece si ritira nella camera degli ospiti, sempre disponibile per lei. Temo che nei prossimi giorni non mi perderà di vista. Solo quando se ne vanno tutti, ho il coraggio di salire in camera per fare una doccia. Entrare nella mia stanza non è un problema, mentre varcare la soglia del bagno è un'altra storia. Altri flashback mi attraversano la mente, ma sono immagini sfocate e prive di senso. Come la sensazione di calore sul viso, o un misterioso sentore fruttato. Mela, credo. Forse è la fame a farmi sragionare.

Ignoro la vasca e mi fiondo nella doccia. Appena l'acqua mi colpisce la faccia, ho un sussulto, tanto da farmi indietreggiare fino alle piastrelle.

Mi do del codardo e mi ributto sotto il getto, lavandomi il più in fretta possibile.

Come cazzo ho fatto a ridurmi così?

A pranzo passa Reed a farmi una visita e porta con sé due pizze.

"Ti trovo bene. Sembri un fiorellino," commenta entrando in casa.

"Mi sento come un carcerato guardato a vista."

Lui si osserva attorno e, non vedendo nessuno, chiede: "Hai finalmente deciso di mettere le telecamere in questo appartamento?".

Mi segue fino alla cucina, dove prendo due bicchieri dalla dispensa.

"No, Clara ha deciso di fermarsi a dormire per qualche giorno." Indico con la testa la stanza in fondo al corridoio, poi gli mostro una bottiglia di birra e una di Coca-Cola.

"Coca-Cola. Evitiamo di introdurre altro alcol nel tuo organismo."

"Infatti la birra era per te, non per me." Porto la bibita in tavola e iniziamo a mangiare. "Mio fratello ti ha spiegato cos'è successo?" lo interrogo, senza avere il coraggio di guardarlo.

Edward, Reed e io frequentiamo lo stesso giro di amicizie.

"Sì, ieri."

"E ti ha detto anche cosa sospettano i medici?"

"Sì."

"Dai, Reed, non farmi tirare fuori il discorso con le pinze. Voglio sapere da te, che mi conosci dai tempi del college, cosa pensi."

"Di cosa? Della teoria che hai buttato giù alcol e sonniferi per farti fuori in una vasca da bagno piena d'acqua?"

Annuisco.

Reed si pulisce la bocca e mi fissa con espressione seria. "Da avvocato sai che non mi fermo alle apparenze, e da amico posso dire di conoscerti piuttosto bene. Perciò mi spiace per

Ed e tua madre, ma quello che gli hanno messo in testa i medici sono tutte stronzate."

Tiro un sospiro di sollievo. Mi sento fortunato ad avere qualcuno che mi crede. Anche se Reed non sa proprio tutto... Gli racconto a grandi linee la serata del gala e faccio una digressione sulle discussioni avute con Kristen e Paul un paio di settimane prima.

"Non dirmi che sei convinto che nei tuoi geni ci sia qualcosa che accomuna le tue scelte di vita a quelle di tuo padre."

Detta così sembra una stronzata, ma è un dubbio che ogni tanto mi assale.

"E dai, Nick, non mi pare una cosa possibile. Ma poi, se hai certi dubbi, chiedi al tuo super fratello medico o a qualche suo collega specializzato in materia."

Il rapporto tra mio fratello e il mio migliore amico si è sempre retto sul filo del rasoio, nonostante frequentino le stesse persone. Forse perché Reed ha rubato un paio di volte la ragazza a Edward e lui se l'è legata al dito.

"Figuriamoci! Se gli dicessi una cosa del genere a quest'ora sarei sdraiato su un lettino a raccontare la mia infanzia a uno strizzacervelli. No, grazie."

"Ecco, allora facciamo che accantoni certe riflessione idiote e ti concentri su altro," puntualizza, prendendo un'altra fetta di pizza.

"Tipo? Il senso della vita, beneficenza, famiglia, lavoro?"

"No, pensavo a qualcosa di più semplice. Per esempio, Ed ha spifferato che è stata la nuova ragazza delle pulizie a tirarti fuori dall'acqua. Dimmi un po', è carina?"

"E io che ne so? Sono rimasto svenuto tutto il tempo," commento.

È la verità, quella tizia mi ha visto nudo e io non so nemmeno che faccia abbia. Non conosco neanche la sua età. Più tardi ho intenzione di andare a spulciare i suoi dati sul contratto di lavoro.

"Vero, me ne stavo dimenticando. Magari ha avuto il tempo di tastare la mercanzia."

"È più facile che ne abbia approfittato per farmi delle foto. Sono certo che il casino qui fuori lo abbia scatenato lei, andando a spifferare tutto ai giornalisti."

"Questa questione si può risolvere facilmente. Clara le ha fatto firmare l'accordo di riservatezza che ho redatto?" chiede, pulendosi le mani con il tovagliolo.

“Sì, è sulla mia scrivania.”

“Se è stata lei, puoi licenziarla su due piedi. Hai delle prove?”

“No, ma non la voglio in casa mia,” dichiaro. Intanto mi alzo per prendere altra acqua dal frigorifero.

“E come la metti col fatto che molto probabilmente ti ha salvato la vita?”

“La sua buona azione è stata oscurata dalla fame di denaro.” Reed alza un sopracciglio e mi costringe a essere esplicito. “Pare che la ragazza viva qui da sola e abbia bisogno di soldi. Me lo ha riferito Clara. Sembra che le due siano entrate in confidenza.”

“Allora ricordami di non passare a trovarti la settimana prossima. Se davvero hai intenzione di licenziarla, Clara andrà su tutte le furie e io non voglio esserci.”

Passiamo il resto del pranzo a ricordare le volte in cui abbiamo portato la povera Clara a un punto di non ritorno. Sono le prime vere risate da un mese a questa parte.

Capitolo 10

Lily

È domenica mattina ed è inutile dire che ho dormito malissimo. Continuavo a rivivere quello che è successo ieri. Un vero incubo. Alla fine, mi sono addormentata all'alba e ora sto uscendo a fare la spesa. Preferisco concentrarmi sul pranzo e non pensare al fatto che nel pomeriggio tornerò in quell'appartamento.

Camminando verso il supermercato, noto le prime pagine dei giornali. Quasi tutti riportano la notizia dell'accaduto. Mi fermo a guardare l'immagine a colori dell'uomo che ieri ho tirato fuori dalla vasca. In questa foto sorride e sembra molto diverso dalla persona che un giorno fa teneva la testa sul mio grembo.

Non ho intenzione di leggere nemmeno un articolo, sono già abbastanza scossa. Tiro dritta verso il negozio di alimentari.

Alle tre sto per uscire di casa. Prendo il telefono dal comodino e mi do della stupida appena noto che, lì accanto, ho lasciato il sacchetto di plastica con le pillole del mio capo. Come diavolo mi è saltato in mente di conservarle?

Prendo la busta trasparente tra due dita, come se fosse radioattiva, e la butto nel primo cassetto. Stasera devo disfarmene. Le mie coinquiline potrebbero equivocare.

Più mi avvicino alla Steinway Tower, più mi sento agitata. E non so nemmeno il motivo. Non ho fatto nulla di sbagliato, anzi... In pratica ho salvato la vita a quel tizio.

Appena arrivo davanti all'ingresso, mi accorgo che c'è un certo movimento. Clara mi ha avvisato che ogni tanto capita per via dei vip che abitano nell'edificio. So cosa fare. Tiro fuori il cellulare e chiamo in portineria. Il vigilante di turno mi dice di aspettarlo all'ingresso secondario, così seguo le sue istruzioni e, appena arrivo, la porta si apre. Controlla il mio badge, poi mi lascia entrare.

Vorrei chiedergli per quale personaggio famoso siano appostati tutti quei giornalisti, poi mi accorgo di sapere la risposta: il CEO della Parker & Cox. Non faccio in tempo ad arrivare all'appartamento, che la porta si spalanca. Clara mi attende sulla soglia.

"Avevo intenzione di chiamarti per dirti di rimanere a casa, ma ho avuto un problema. La cucina è un disastro ed è dalle due che aspettiamo un idraulico."

"Che tipo di problema?" chiedo, mentre la seguo dentro.

Più ci avviciniamo più il rumore di acqua mi evoca brutti ricordi. Lo scroscio è coperto soltanto dalla voce di un uomo che sbraita.

"Non me ne frega un cazzo che il suo addetto sta terminando un altro intervento. Ho chiamato due ore fa e non si è ancora visto nessuno. Con tutto quello che pago per l'assistenza e la manutenzione, il minimo che possiate fare è correre!"

Mi blocco dopo aver fatto solo un paio di passi in cucina, perché in piedi accanto alle vetrate c'è proprio lui. Nicholas Parker. Il telefono in una mano e una chiave inglese nell'altra. Ciò che mi colpisce di più è che indossa solo un paio di jeans e ha i capelli bagnati. È mezzo girato, ma i tatuaggi disseminati sul torace e sulle braccia sono ben in vista. Com'è possibile che ieri non li abbia notati? Ero troppo in apprensione per cogliere i dettagli, evidentemente. E che dettagli…

"Adesso lei mi manda immediatamente qualcuno, oppure giuro che le faccio causa per inadempienza," sbotta.

Ammetto che è davvero intimidatorio. Scopro Clara a fissarmi.

"E vaffanculo!" strepita di nuovo il mio capo, lanciando il telefono sul tavolo.

La signora Mendes si schiarisce la voce e l'uomo si accorge finalmente della nostra presenza. Appena si volta, mi squadra da capo a piedi e fa una strana smorfia. Mi fa sentire a disagio. Eppure, non ho nulla di particolare, indosso un paio di jeans e un maglione rosa.

"Lei è Lily Morgan, la ragazza che ho assunto."

Gli occhi nocciola di lui si spostano su Clara e segue un silenzio imbarazzante. Forse non era a conoscenza della mia assunzione?

Sto per dire qualche convenevole, ma Clara riprende: "È stata lei a soccorrerti ieri".

"Sì, credo che dovrei parlare con la signorina Morgan anche di questo," afferma Parker e mi scocca un'altra occhiataccia.

Ma che cavolo sta succedendo? Non mi aspettavo un tappeto rosso, ma neanche tanta ostilità.

Mi sta irritando, soprattutto il modo in cui mi scruta. Come se fossi un'intrusa.

"Quando vuole, signor Parker," rispondo a tono.

Distolgo lo sguardo, perché mi sta fissando di nuovo. Quest'uomo è insopportabile!

"Se volete scusarmi, vado a prendere l'attrezzatura e comincerei dalla cucina," aggiungo osservando il pavimento allagato.

Mi allontano in fretta, ma faccio in tempo a sentire Clara mormorare qualcosa e il capo ribattere con fare rude. Non capisco una parola ed è meglio così, non sono affari miei.

Prendo gli attrezzi dallo sgabuzzino e torno in cucina. Di che cosa vorrà mai parlarmi? Dai modi dubito si tratti di ringraziamenti.

È proprio vero quel che si dice dei ricchi: sono convinti di essere fatti d'oro.

Quando rientro in cucina, l'arrogante è sparito. O almeno così credo. Di colpo lo sento imprecare. "Da dove arriva tutta questa maledetta acqua?!"

Lo scopro sotto il lavandino, mentre armeggia con qualcosa. Passa un catino pieno a Clara e si vede chiaramente che lei non sa che farci. Sta per ributtarlo nel lavello e giuro che sarei tentata di stare zitta, ma poi ho pietà di quella signora gentile.

"No, Clara!" la fermo. "Lo dia a me. Meglio svuotarlo in bagno, mi creda."

"Oh grazie, cara."

"Se volete anche prendervi un tè e due pasticcini, fate pure. Tanto io qui sto benissimo," borbotta il padrone di casa.

La signora Mendes gli passa un altro secchio.

Parker, ormai zuppo fino ai jeans, fa forza su qualcosa con la chiave inglese e l'acqua schizza ancora più forte di prima. Lo scapolo d'oro di New York inizia a squittire come una ragazzina, prima di scivolare fuori da sotto il lavello e cercare qualcosa per asciugarsi la faccia. "Porca di quella troia!"

Mentre non può guardarmi, lo osservo meglio e capisco il

motivo per cui tante donne cadono tra le sue braccia. Il viso è stupendo, i capelli sembrano morbidi e lunghi al punto giusto per infilarci le dita. Il fisico è perfetto. E quei tatuaggi…

Scorgo la cassetta degli attrezzi, allungo la mano e prendo la chiave a pinza. Nel farlo gli passo accanto e mi investe un odore buonissimo. Lo stesso che si respira nel suo ufficio. Adesso che gli sono così vicina, riesco a capire di che si tratta: gelsomino. E forse del sandalo.

Riprendo il controllo dei miei ormoni. Attivo la torcia del mio cellulare e, dopo aver piazzato il secchio vuoto sotto alle cascate del Niagara, cerco la valvola di chiusura. Di solito è coperta da un cappuccio e un rosone.

"Che cosa pensi di fare?"

Adesso mi dai del tu, signor Parker?

Appena individuo ciò che mi serve, svito con le mani entrambi i rosoni. Con la chiave giro in senso orario prima la valvola dell'acqua calda e poi di quella fredda. Finalmente l'acqua smette di sgorgare.

"Oh… Ci sei riuscita," commenta Clara. "Ma come hai fatto? Bravissima!"

Mezza zuppa mi rimetto in piedi e, lo ammetto, mi godo lo sguardo da perdente del mio capo. Per rimarcare il concetto gli porgo la chiave a pinza, affinché sia lui a metterla a posto.

Giuro che è un comportamento che non mi appartiene. Non sono una persona rancorosa o vendicativa, nemmeno con Taylor che se lo meriterebbe. Però non mi è piaciuto il modo in cui mi ha trattata da che sono entrata in casa.

Di' la verità, sei arrabbiata perché ti aspettavi almeno un grazie per averlo salvato?, sussurra la mia voce interiore.

Forse.

Il signor Parker prende l'attrezzo e lo butta nella cassetta alle sue spalle. Nemmeno stavolta mi ringrazia.

I ricchi sono proprio egocentrici.

Sta per andarsene, quando Clara lo riprende irritata: "Non dici niente, Nick?".

"La voglio nel mio studio tra trenta minuti, signorina Morgan," ordina il diretto interessato e Clara sta per aggiungere qualcosa, ma lui la precede: "E grazie per la collaborazione".

L'ultima frase sembra pronunciata con sarcasmo. E non mi piace per niente.

Sto ancora fissando la porta, quando Clara mi raggiunge.

"Giuro che non so che cosa gli stia passando per la testa. Di solito non si comporta così."

Da stronzo arrogante?, vorrei rispondere, ma mi trattengo.

"Non si preoccupi. Prima sistemo questo caos, poi vado a sentire di che si tratta."

Mezz'ora più tardi busso al suo studio. Durante questo lasso di tempo non si è fatto vedere. Ha lasciato perfino che fosse la signora Mendes a ritirare gli attrezzi che aveva tirato fuori per niente.

"Avanti."

Appena entro, noto subito che non è più in modalità "idraulico fallito" ma in quella di "amministratore delegato". L'eleganza della camicia azzurra, con le maniche rimboccate, è in contrasto con i tatuaggi sui suoi avambracci, eppure questo dettaglio lo rende ancora più affascinante.

"Si accomodi, dobbiamo parlare." Mi indica la sedia con il mento.

Mi sto trattenendo dal dire qualsiasi cosa. Questo lavoro è importante e non vorrei metterlo a rischio.

"Signorina Morgan."

Odio come pronuncia il mio cognome con quell'aria di sufficienza. Se prima di accomodarmi avevo il presentimento che volesse finalmente ringraziarmi per ieri, o anche solo dirmi qualcosa di positivo, adesso ho la certezza che non sarà così.

"Non amo i giri di parole, perciò andrò dritto al punto: lei è consapevole di aver firmato un accordo di riservatezza?" si abbandona allo schienale della poltrona in una posa rilassata, mentre io sto in bilico sulla punta della sedia. "Lo ha letto oppure era convinta che fosse il regolamento per ottenere la fidelity card del supermercato?"

Presuntuoso arrogante!

Stringo i pugni ai lati dei fianchi per nasconderli. Avrei dovuto lasciarlo in quella vasca.

"So bene di cosa si tratta e ho letto ogni parola prima di firmare," rispondo, mantenendo un tono pacato. Lui prende una penna e la picchietta sul tavolo.

"Lei li legge i quotidiani, signorina Morgan?"

I miei occhi si riducono a due fessure. Che accidenti vuole da me?

"E ha visto tutti quei giornalisti fuori all'ingresso?"

"Sì," rispondo, prima che non mi lasci il tempo di farlo.

"Ottimo." Questo individuo è un enigma, non capisco mai lo scopo delle sue parole. "Allora, mi dica per quale cazzo di motivo è andata a raccontare ciò che è successo senza rispettare l'accordo." Ho un sussulto, non solo per il tono adirato che ha usato, ma perché spezza la penna tra le mani come se fosse un grissino. "Si rende conto che ci saranno delle conseguenze per lei? Le conviene tenersi stretti i soldi che le hanno dato per spifferare la faccenda, perché dovrà pagarsi un bravo avvocato." Si sporge in avanti con aria minacciosa. "E ringrazi che c'è Clara, altrimenti l'avrei già sbattuta fuori da casa a calci in culo."

Mi trasformo in una statua di marmo. Non riesco a parlare e a muovermi per non so quanto tempo, poi la rabbia esplode. Scatto in piedi e premo i palmi sulla scrivania.

"La gente come lei è convinta che basti sventolare una banconota davanti al naso di quelli come me perché i nostri principi vadano a farsi fottere, vero? Be' mi dispiace deludere le sue aspettative, io sarò anche una che ha bisogno di soldi, ma rispetto gli accordi presi. Perciò cerchi altrove chi l'ha tradita," raddrizzo la schiena e faccio per andare verso l'uscio. Spalanco la porta, poi mi volto di scatto e aggiungo: "E prego, per averti salvato la vita, Nicholas Parker".

Sbatto la porta alle mie spalle, vado nello sgabuzzino a prendere il giubbotto e passo in cucina.

"Ho appena preparato del..." dice la signora Mendes, poi mi guarda in faccia e si zittisce. "Che... che cosa ti ha detto?"

"Non ha importanza, Clara. Sono qui per salutarla e ringraziarla della sua gentilezza."

"Oh cara, mi dispiace!" commenta e so che è sincera. Mi abbraccia, poi mi sussurra: "Se la vedrà con me".

Scoppio in una risatina isterica, ho appena mandato in fumo un mucchio di denaro.

"Addio."

Mi avvio verso l'uscita senza guardarmi indietro.

Capitolo 11

Nicholas

Ha avuto fegato la ragazza ad affrontarmi.

Tempo fa Clara mi ha informato di voler assumere una persona nuova per le faccende di casa, non soddisfatta di quelle mandate dalla precedente agenzia, così le ho consigliato di contattare la Lux Cleaning. Ho notato che in ufficio fanno un buon lavoro. Ovviamente le ho dato carta bianca e nell'ultima settimana mi ha parlato più che bene della neoassunta.

Me l'ha descritta come precisa e volenterosa.

Peccato che abbia tralasciato il fatto che ha la lingua lunga, oltre che biforcuta.

Devo ammettere che, appena l'ho vista nella mia cucina, non era proprio come me l'aspettavo. Non che avessi chissà quale aspettativa, eppure era lontanissima dal mio immaginario.

Capelli biondi e lunghi oltre le spalle, con la frangia che le arriva giusto a scoprire le iridi grigie. Non un colore pieno di sfumature, ma intenso. Come una nuvola carica di pioggia. Ma ad attirarmi più di ogni altra cosa sono state le fossette sulle sue guance. Deliziose. Non stava nemmeno sorridendo, eppure quei due solchi erano lì. Quando poi ha aperto bocca. l'avvallamento si è fatto ancora più profondo, donando luminosità a tutto il viso. Per non parlare di come era vestita. Niente di pretenzioso, anzi indossava un maglione rosa aderente su jeans attillati e un paio di converse nere. Il tutto segnava la sua silhouette alla perfezione.

Appena sono tornato lucido, mi sono incazzato con me stesso per essermi lasciato abbagliare dal suo aspetto e ho dovuto ricordare che è lei la causa dei fotografi appostati qui fuori.

Mi dispiace per Clara che ormai si era affezionata alla ragazza, ma ho dovuto allontanarla da casa mia. Tutta la fatica fatta nelle ultime settimane per tenere un basso profilo è andata a puttane a causa sua.

Lo so, non ho certezze né uno stralcio di prova, ma può essere stata solo lei.

Ammetto comunque che il modo in cui ha risposto alle mie provocazioni mi ha colpito. Non solo a parole, anche a gesti. In meno di un'ora mi ha rimesso al mio posto ben due volte. Nel mio studio e in cucina, appena è riuscita a chiudere l'acqua, mentre io ci ho provato per oltre un'ora, peggiorando solo la situazione.

Quando poi si è abbassata a raccogliere la chiave a pinza, il suo profumo di mela per un momento si è insinuato nei miei polmoni e nella mia mente. Aveva qualcosa di familiare, anche se i ricordi sono ancora confusi.

Nonostante questo, nulla riesce a farmi passare l'incazzatura per la situazione. Ieri, verso sera, Paul mi ha chiamato. Mi aspettavo un discorso paternalistico, invece si è limitato a chiedere come stessi. Ed è stato peggio di una bella strigliata, perché significa che ha parlato con i miei e ha evitato volutamente di infierire. Forse anche lui crede alla storia del tentato suicidio. Questo ha portato i miei livelli di rabbia ancora più in alto, finché stamattina non sono esploso del tutto, vedendo il capannello di giornalisti davanti a casa e i titoli degli articoli online che mi riguardano.

Appena ho scorto la nuova assunta, sono sbroccato.

La porta del mio studio si spalanca strappandomi alle mie elucubrazioni.

"Perché hai cacciato quella povera ragazza?"

"Clara, stamattina, appena tornato dall'ospedale, ti ho avvisato delle mie intenzioni. Se volevi risparmiarle l'umiliazione, dovevi dirle di non venire più," rispondo, aprendo di nuovo il mio notebook.

"Non immaginavo che lo avresti fatto veramente," sbotta, mettendosi le mani sui fianchi. Classica posa di quando combino qualcosa che non le piace.

"Ha venduto la mia storia ai media, come potevo lasciare che continuasse a girare per casa?"

"Non. È. Stata. Lei," scandisce. "Non so più come dirtelo."

Spazientito, richiudo il computer e la fisso. "Allora chi cazzo è stato?"

"Io... non lo so," ammette. Fa una pausa e osserva un punto preciso del pavimento, poi il suo viso si illumina. "Charlie."
"Chi?"
"Il vigilante che ha lo stesso nome dell'amico di Snoopy."
"Charlie Brown?"
"Ecco, lui, lo conosci?" chiede speranzosa.
"No, conosco il fumetto."
"Oh santo cielo, a volte dimentico che sei un maschio," sbuffa spazientita.
"Che diavolo c'entra questo?"
"Niente! È solo per ricordarti che a volte sei uno zuccone. Comunque ieri, dopo aver ricevuto una marea di notifiche, ho chiamato in portineria ed è stato Charlie a raccontarmi l'accaduto. Capisci, era lì e ha assistito a tutto."
Le parole di Clara mi insinuano un dubbio, che cresce rammentandomi le frasi pronunciate dalla ragazza prima di andarsene.
Forse mi sono comportato da bastardo per nulla.

Nei giorni a seguire la situazione peggiora in maniera esponenziale. Sotto tutti i punti di vista.
Ho parlato con l'amico di Snoopy, e lui prima ha cercato di farmi credere che un condomino, notato il trambusto, avesse telefonato per sapere cosa stesse accadendo. Quando poi gli ho chiesto di chi si trattasse, ha finto di non rammentare a quale appartamento corrispondesse il numero. Messo alle strette, ha infine confessato di aver parlato con dei giornalisti in cambio di soldi. L'ho fatto licenziare all'istante.
I fotografi hanno continuato a stazionare davanti all'ingresso per giorni, arrivando persino alle porte della Parker & Cox. I giornalisti non hanno smesso di sbattere la notizia sulle prime pagine e di cercare analogie con il passato della mia famiglia. I miei dipendenti hanno iniziato a scrutarmi con una certa pena negli occhi. Perfino Edward e mia madre mi gravitano attorno in punta di piedi, come se fossi una bomba pronta a esplodere.
Ho dovuto ammettere a Clara che aveva ragione e lei si è limitata a punirmi con il silenzio.
Dopo due settimane ne ho le scatole piene, ma sono fiducioso che presto la bufera mediatica si sgonfierà. Non appena uscirà una notizia più succulenta alla quale correre dietro.

Mentre tenere a bada le ansie dei miei e l'irritazione della mia governante è più complicato.

Sono circondato.

Al lavoro non ho potuto contare nemmeno sulla schiettezza di Paul, che si è preso l'influenza ed è rimasto k.o. per un bel po'. Se tutto va bene rientrerà oggi. Almeno lui dovrebbe essere fiero di me. Dato il caos del momento, mi sono trasformato in un eremita. Ogni giorno vado presto in ufficio e resto chiuso dentro anche in pausa pranzo. Poi torno a casa e non esco se non per fare una corsa nel parco o una nuotata nella piscina condominiale. Di recente non ho avuto più incontri intimi, in pratica penso solo ai nuovi progetti per la casa editrice. Sto sempre davanti al computer, mi sono rimesso in pari con tutto ciò che ho tralasciato prima del gala.

Alle dieci sono inchiodato alla scrivania già da due ore. Di norma mi alzerei per un caffè, ma in queste ultime settimane preferisco farmelo portare dalla mia assistente. Gli sguardi del personale non mi piacciono.

Sto controllando le previsioni di spesa per il lancio dei prossimi libri, un paio di cifre mi sembrano esagerate. A un tratto qualcuno bussa alla porta.

"Avanti."

Paul fa il suo ingresso. Ha la faccia seria.

"Bentornato, ti sei ripreso?" gli domando.

Va a sedersi su una delle poltrone davanti a me.

"Non del tutto, ma va meglio. E tu?"

"Non del tutto, ma va meglio," ripeto con l'intento di fare una battuta, ma la sua espressione non promette niente di buono. "Se sei preoccupato per me, ti assicuro che sto bene e che è stato un incidente. Una stronzata causata dall'alcol," puntualizzo.

"Quando Edward mi ha riferito ciò che era successo, mi è preso un colpo. Ho vissuto un momento che..."

"Lo so," lo interrompo. "Mi dispiace, credimi. Ti assicuro che non capiterà più."

In realtà ho appena fatto una promessa che non ho la certezza di poter mantenere.

"Cambiando argomento. C'è un altro problema in vista," annuncia e nella mia testa sto già imprecando. "Di che si tratta?"

"Durante la mia assenza, mi hanno contattato dall'Ufficio

Diritti. Sette autori, tra cui Freeman, hanno deciso di non firmare con noi."

"Che cosa?" sbotto. "Intendi Walter Freeman il premio Nobel?"

"Proprio lui." Paul si lascia andare a un colpo di tosse.

"Quando e per quale motivo?" lo interrogo, poi mi salta in mente un dettaglio: "E perché Collins non mi ha riferito un cazzo di niente?"

Ero in ufficio. Sempre. Non ho preso nemmeno un giorno di ferie, perciò non capisco perché il responsabile dell'Ufficio Diritti non sia venuto a parlarmene.

"La motivazione ufficiale di Freeman è una questione di percentuali."

"Offriamogli ciò che vuole," dichiaro, afferrando il mio antistress a forma di cactus. Me lo ha regalato Edward qualche mese fa come scherzo. Nelle ultime settimane mi è stato utile.

"Ho parlato con lui questa mattina ed è saltato fuori che non vuole associare il suo nuovo libro all'immagine della Parker & Cox."

Accavalla la gamba e so che non è un gesto rilassato ma rassegnato, mentre io continuo a strizzare il cactus.

"Che cosa avrebbe la nostra immagine che non va?"

"È quello che ho chiesto al responsabile dell'Ufficio Stampa. Mi ha risposto che da mesi siamo associati più a notizie negative che positive," riassume. "Dice che monitorando i social e la rassegna stampa, stiamo perdendo credibilità."

"Che cazzo blatera? La qualità dei nostri libri non è cambiata. È sempre la stessa."

"Io lo so, ma il lettore è abbagliato da tutto ciò che circonda la nostra reputazione. Pare che soprattutto i giovani, quelli che sostengono di più il passaparola attraverso piattaforme come TikTok e Instagram, ci stiano snobbando."

Mi porto una mano tra i capelli.

"E non è tutto. Altre sei autrici si sono rifiutate di firmare anche se i contratti erano già stati redatti."

"Cristo, peggio per loro!" Con un certo grado di frustrazione lancio quello stupido cactus dall'altra parte della stanza. Paul tossisce e segue il volo dell'oggetto con lo sguardo. "Motivazioni?"

"La nostra casa editrice è considerata maschilista."

"Ma se applichiamo le stesse condizioni a tutti i nostri autori, o autrici che siano," replico. "E il fatto che da settimane non venga paparazzato con una donna diversa ogni sera non è servito a un cazzo?"

"Quello è servito. Ho sentito un amico del Times subito dopo il gala. Mi ha riferito che gli influencer del settore erano entusiasti che tua madre ti avesse accompagnato all'evento, e che ci fossero anche Edward e Sophia al nostro fianco. A quanto dice, abbiamo dato l'immagine di un'azienda familiare solida."

"Non capisco, allora che diavolo è andato storto?" Paul abbassa lo sguardo e un sospetto mi passa per la mente. "Non può essere per ciò che mi è accaduto..."

"Non te lo so dire, ma purtroppo la situazione è questa e dobbiamo fare qualcosa."

"Cosa?"

"Studieremo un piano. Lo abbiamo sempre fatto," sentenzia, alzandosi e raggiungendo la porta. "In tutta onestà, ciò che mi preme ora è che tu stia bene davvero. Il resto si può sistemare."

Detto questo, se ne va.

Non riesco ad aprire bocca. Ho l'impressione che anche lui sia convinto che il mio non sia stato un incidente.

Dannazione!

Devo allontanarmi da qui prima di esplodere. Chiamo Reed e gli impongo di uscire a pranzo. Ho bisogno di parlare con lui.

Lo aspetto seduto al solito ristorante a qualche isolato da dove entrambi lavoriamo. Lo studio legale con cui collabora Reed è poco distante da qui.

Sto leggendo il menu, quando lo vedo entrare. Un paio di signore si girano al suo passaggio. Succede anche a me. Solo che lui, con i capelli biondi, gli occhi azzurri e la carnagione chiara sembra un angelo; mentre io l'esatto contrario. Per non parlare dei modi. Lui è gentile con tutti, anche se in realtà è un vero stronzo; invece io sono rude e brusco, però onesto. "Allora, che succede? Come mai questo invito?"

"Chi ha detto che si tratta di un invito?"

"Tu. Sputa il rospo, ho solo mezz'ora," commenta senza nemmeno aprire il menu.

La cameriera passa a prendere le ordinazioni.

Lo informo della chiacchierata avuta con Paul.

"E adesso che cosa mi invento per rilanciare l'immagine della casa editrice?" domando quando arrivano le nostre portate. “Qualunque idea ti venga in mente, deve essere grossa. Intendo, una notizia bomba.”

“Non mi stai aiutando, te ne rendi conto?” gli faccio notare, mentre mi porto la forchetta alla bocca.

“Ragioniamo. Devi trovare una soluzione a due problemi.”

Lo guardo senza seguire il suo discorso. “Perché due?”

“Far dimenticare il tuo incidente e migliorare la tua reputazione da donnaiolo,” riassume. Ho già il mal di testa.

“Non ce la farò mai a risolvere entrambe le cose. L’unica soluzione è aspettare che la situazione si sgonfi,” concludo rassegnato, fissando la mia bistecca.

“Sono due settimane che lo ripeti, eppure mi pare che i fotografi siano ancora accampati sotto casa tua. Sono piuttosto certo di averne visti un paio pure qui davanti all’ingresso.”

Lancio un’occhiata oltre la vetrina del ristorante ed eccoli lì, l’obiettivo in mano.

“Ma che cazzo?” sbotto, lanciando la posata nel piatto. Mi è passata la fame, mentre Reed continua a mangiare come se nulla fosse. Scuoto la testa, sconfitto. “Hai ragione. Non riuscirò a salvare la situazione. Perderemo autori. Pardon, autrici, perché ritengono la mia casa editrice maschilista, come il suo amministratore delegato.”

Reed ferma il coltello, mentre sta tagliando il salmone, e mi fissa.

“Non guardarmi così,” lo rimprovero. “È quello che dicono.”

“Non ti sto giudicando, sto pensando a un modo per risolvere la faccenda.”

“Cedere la mia quota a Paul e sparire alle Hawaii?”

Il mio migliore amico lascia perdere le posate e si abbandona allo schienale della sedia. Quando fa così, vuol dire che sta davvero pensando intensamente.

“Ho trovato,” esclama, massaggiandosi gli occhi. Beve un po’ di vino, mentre io lo osservo in attesa. “Il tuo problema è il mondo femminile. Perciò la soluzione è il mondo femminile.”

“Reed, non sei per niente utile! Mi hai illuso e basta.”

“Non ho finito,” ribatte e io incrocio le braccia al petto. “Puoi risolvere tutti i tuoi problemi in un colpo solo, grazie a una donna. Ma non una qualsiasi. Se vuoi salvare la situazione devi chiedere aiuto all’addetta delle pulizie.”

All’inizio rimango interdetto, poi scoppio a ridere.

Solo dopo un po' mi accorgo che Reed è serio.

"Stavi scherzando, vero?"

Scuote la testa in segno di dissenso e tutta la mia ilarità svanisce.

"Sei pronto ad ascoltare la mia idea, o vuoi farmi perdere altro tempo?"

Sto zitto, ma solo perché sono basito.

"Segui il mio ragionamento. Primo punto. Le donne ti danno del maschilista perché di solito i tuoi appuntamenti sono come le offerte lampo di Amazon: una al giorno. Dovrai diventare il fidanzato perfetto. E non di una ragazza a caso, ma di una molto diversa da quelle che frequenti di solito."

Sto per aprire bocca, lui mi fa segno di tacere.

"Secondo punto. Il tuo incidente è stato un evento negativo. Rendilo positivo. Mettiti con la donna che ti ha salvato la vita," controlla l'orologio e aggrotta le sopracciglia. "Ora vado, altrimenti farò tardi. Non ringraziarmi." Si alza e fa per andarsene.

"È un piano ridicolo," sbotto, dopo essermi ripreso dal suo monologo.

"No, è geniale. E lo sai anche tu. Inoltre, non hai altra scelta. Se trovi una soluzione migliore chiamami. Grazie del pranzo, amico. Ci sentiamo."

Sparisce, lasciandomi con una tremenda sensazione.

Sono in grossi guai.

Capitolo 12

Lily

Nelle ultime settimane ho fatto qualche colloquio per trovare un posto da cameriera. Problema insormontabile: la maggior parte dei locali ha bisogno del turno serale. Non posso lasciare la Lux Cleaning, è l'unica entrata sicura che ho. Quanto meno mi hanno pagato i giorni che ho lavorato per l'*Arrogante Parker*, così sono riuscita a mettere insieme l'affitto di febbraio, infatti siamo già all'inizio del mese.

A volte mi do della stupida per non aver cercato un modo, anche disperato, di tenermi quel posto. Avevo già pianificato di mettere da parte il denaro per comprare un biglietto aereo per tornare a casa almeno qualche giorno. Ma ormai le cose sono andate così.

L'aspetto positivo è che la signora Mendes ha contattato il mio referente e si è inventata una storia, per non dare a intendere che sono stata cacciata. Ha detto semplicemente di non aver più bisogno del mio aiuto. Il contratto era per un incarico a chiamata, quindi Dobbs se l'è bevuta. Così mi sono resa di nuovo disponibile per i turni extra. Ho inviato un messaggio a Clara, per ringraziarla, e la sua risposta mi ha fatto sorridere.

ERA IL MINIMO CHE POTESSI FARE PER SCUSARMI DEL COMPORTAMENTO DELLO ZUCCONE.

Sto andando alla Parker & Cox e ammetto che, subito dopo la diatriba avuta con l'Arrogante Parker, avrei voluto lasciare il suo ufficio sporco. Tanto non sa che lavoro qui, non l'ho mai detto a Clara. Ma poi ho immaginato che fosse meglio evitare un reclamo per inadempienza, perciò mi sono limitata a non bagnare il ficus per una settimana. Dopo qualche giorno però, vedendo che perdeva le foglie, mi sono intenerita e ho ricominciato ad annaffiarlo. In fondo, il povero ficus non c'entra nulla.

Dopo aver pulito i bagni come d'abitudine, vado verso la stanza della Wright. Ormai non guardo più nemmeno quello che ha sulla scrivania. Ho accantonato il piano di farmi notare nella speranza di ottenere uno stage. Adesso mi limito a fare ciò per cui mi pagano.

"Quell'ufficio l'ho già fatto io. Qui ho concluso, passo al piano inferiore," mi informa Taylor.

Wow, che velocità! Avrà fatto in fretta per uscire a fumare una sigaretta, anche se non potrebbe.

"Finisco e ti raggiungo," affermo, dirigendomi verso l'ufficio di Parker. Appena entro, trovo più disordine del solito. La scrivania è piena di fogli e il computer è chiuso. C'è anche una confezione vuota di cibo da asporto. Inizio col buttare quella, poi prendo il cestino per svuotarlo e, lì accanto, vedo un cactus finto. È morbido, perciò suppongo sia un antistress. Lo raccolgo e lo strizzo.

"Anche tu sei stato maltrattato dall'Arrogante Parker?" mormoro verso l'oggetto, che nel frattempo torna alla sua forma originale. "Mi dispiace, dovrai farci l'abitudine. Quell'uomo è stronzo ed egoista."

Mi volto per metterlo sulla scrivania e temo di avere un infarto sul posto. Dalla bocca mi esce un urlo e lancio il cactus con tutta la forza che ho, verso l'uomo fermo sulla soglia. Nicholas Parker.

"Tu? Che diavolo ci fai nel mio ufficio?"

Mi porto una mano al petto e gli faccio segno con il dito di concedermi un secondo. Non ho più salivazione e il mio cuore galoppa come un cavallo impazzito.

"Sei per caso una stalker o qualcosa del genere?"

"Stalker?" ripeto incredula. Passata la sorpresa di vederlo ritrovo le mie facoltà cognitive.

Nel frattempo, si china a raccogliere l'oggetto. "Tu mi hai dato dell'arrogante, dello stronzo e perfino dell'egoista," ribatte, appoggiando un fianco alla scrivania.

È esattamente come l'ho descritto. Peccato che, con indosso questo completo elegante, di sicuro fatto su misura, ci sarebbero altri modi per definirlo. Affascinante, bellissimo, da togliere il fiato, una vera opera d'arte…

Dio, Lily, ricomponiti!, strilla la mia voce interiore.

"Sto ancora attendendo una risposta," afferma, riportandomi con i piedi per terra. "Oppure preferisci parlare con il tuo nuovo amico?"

Posa il cactus sul tavolo e lo sposta verso di me. "Non sono una stalker, io qui ci lavoro."

La consueta sicurezza lascia il posto alla confusione sul suo volto.

"Da quando?"

"Da oltre un anno." L'orologio alla parete mi avverte che ho perso troppo tempo. "Ora mi scusi, devo andare."

Dovrei pulire il pavimento, ma non ho intenzione di rimanere qui un minuto in più. Tornerò a fine turno, sperando che se ne sia andato. Sistemo il cestino, poi spingo il carrello con l'attrezzatura verso la porta.

"Hai davvero bisogno di soldi?" La sua voce mi raggiunge alle spalle e io mi blocco, stringendo come una dannata il manico.

So che me ne pentirò, ma non riesco a stare zitta.

Torno indietro. Il suo buon odore è in perfetta antitesi con il suo cattivo carattere.

"Mi sembra di aver già chiarito questo punto un paio di settimane fa nel tuo studio." L'Arrogante mi dà del tu, dunque lo faccio pure io. Non merita il mio rispetto. "Il mio bisogno di soldi non mi rende una persona da umiliare a tuo piacimento. Mi guadagno da vivere onestamente e non me ne frega un bel niente di ciò che pensi di me," dico a denti stretti. "Puoi credere quello che ti pare. Che sia una stalker. Che abbia venduto lo scoop della tua bravata. Che sia una poco di buono. Non. Mi. Interessa," scandisco.

Mi volto e riprendo in mano il carrello.

"Non ho mai detto che tu sia una poco di buono. E so per certo che non sei stata tu a raccontare ai giornalisti dell'incidente."

Okay, con quelle parole cattura la mia attenzione. Sbircio nella sua direzione, lui si mette le mani in tasca. Non aggiunge altro.

Mi sta facendo arrabbiare ancora di più. Incrocio le braccia al petto.

"Sto aspettando," dichiaro con calma.

Ecco di nuovo quell'espressione confusa.

"Che cosa staresti aspettando?"

"Le tue scuse."
"Stai scherzando?"
"Ho la faccia di una che scherza?" chiedo e non lo lascio rispondere perché a parole è davvero bravo. "Mi hai accusato ingiustamente, mi hai umiliata e hai minacciato di portarmi in tribunale. Mi aspetto delle scuse. Adesso."
Mi rendo conto che sto tirando la corda, e so che me ne pentirò, ma sono davvero stanca di avere a che fare con persone che, solo perché hanno il privilegio di essere ricche, si credono degli dèi scesi in Terra.
Sul suo viso si disegna uno strano sorrisetto, che fa salire il mio livello di rabbia. Stringo i denti e temo che tra un po' mi salterà un molare. Ci mancano pure le spese del dentista a gravare sul mio conto.
"Forse l'idea di Reed non è da scartare."
Chi cavolo è questo Reed? Lo guardo senza capire. Forse ha bevuto di nuovo, o si è impasticcato. Parker va verso l'uscio e dà un calcio al carrello con la mia attrezzatura. Chiude la porta, si siede dietro alla scrivania e io resto impalata ad ammirarlo. Sta proprio bene lì, ha il fascino tipico degli uomini potenti.
"Prego, si accomodi, signorina Morgan. Abbiamo degli affari di cui discutere." Indica la poltrona di fronte a lui.
Quest'uomo è fuori di testa. È tornato pure a darmi del lei.
"No, ho un lavoro da terminare," ribadisco e mi avvio verso l'uscio. Se crede di potermi comandare perché è ricco e sexy, non ha capito proprio niente.
"Ho una proposta che potrebbe risolvere tutti i tuoi problemi economici."
Mi trattengo dal tirargli in testa il fermacarte di marmo.
"Smettila di parlare di soldi!"
E lui che fa? Sorride.
"Come vuoi. Adesso però potresti sederti così posso illustrarti la mia offerta... lavorativa."
"Ho già un lavoro, come vedi." Gli mostro la divisa che indosso.
"Okay, diciamo che potrebbe essere una seconda entrata," spiega. "E prima che ti accendi come un fiammifero, ti dirò che è ben remunerata."
Lo guardo con sospetto e lui sbuffa.
"Ti assicuro che non implica alcuna attività sessuale."
Accidenti, mi ha letto nel pensiero?

Impiego un po' ad accettare di ascoltarlo, fino a un minuto fa gli stavo giusto dicendo che la mia dignità vale più del denaro, invece ora mi parla di soldi e io mi accuccio come un cane ammaestrato. In realtà ha parlato di un lavoro... Forse val la pena di sentire la sua proposta. "Di che si tratta?" chiedo, sedendomi.

"Sarai la mia amorevole e innamoratissima fidanzata," dichiara.

Che cosa? Quest'uomo ha bevuto!

Lo osservo per un attimo e scoppio a ridere. "Hai finito? Posso andare avanti?" mi interroga con una punta di irritazione.

Non ha perso il controllo davanti alla mia reazione e questo dettaglio cattura la mia attenzione.

"Fai pure," lo invito con un gesto della mano.

"Vorrei che mi ascoltassi senza interrompere fino alla fine. Poi potrai fare tutte le domande che vorrai. Ne sei in grado?"

Mimo il segno di chiudermi la bocca con una zip.

"Ottimo. Primo, mi scuso per le accuse che ti ho mosso senza avere nemmeno le prove. È saltato fuori che il vigilante di turno ha spifferato tutto ai ficcanaso, anche se ha tentato di scaricare la colpa su un condomino."

Charlie? Faccio per aprire bocca, ma lui mi redarguisce con lo sguardo.

"Secondo, la Parker & Cox ha perso molti contratti importanti nell'ultimo mese e la sua reputazione sta peggiorando di giorno in giorno. La causa di tutto questo è una sola: io."

In questo momento non sembra affatto un ricco arrogante, ma un amministratore delegato molto preoccupato per le sorti della sua società.

"Sembra che la mia vita privata sia strettamente connessa alla reputazione dell'azienda. Il fatto che io esca con molte donne diverse pare faccia di me un uomo deprecabile. Alcune autrici che dovevano firmare un contratto con noi hanno cambiato idea per non essere associate a un editore maschilista."

Che cosa? Okay, quest'uomo è tutt'altro che un santo e lo so benissimo, ma la Parker & Cox fa un lavoro invidiabile sia a livello qualitativo sia di marketing, trovo assurdo quello che sta dicendo.

"Inoltre, girano voci che il mio 'incidente'," sottolinea bene la parola, "fosse in realtà un modo per sparire dalla faccia della terra, dato che la società rischia di chiudere. Al momento siamo ben lontani dal fallimento. Tuttavia, se continuiamo a perdere autori e lettori, l'ipotesi diventerà realtà." Distoglie lo sguardo e prende quello stupido cactus, iniziando a strizzarlo tra le dita. "La Parker & Cox viene al secondo posto dopo la mia famiglia e sono disposto a tutto pur di salvarla. E qui entri in scena tu."

"Io?" esclamo. "Che cosa accidenti posso fare se non le pulizie?"

Non mi va di stare a raccontargli la mia formazione universitaria e i miei sogni nel cassetto. Soprattutto non voglio svelare di essere stata io a lasciargli la lettera e i fogli fotocopiati tempo fa.

"Il mio amico Reed ha suggerito una soluzione talmente sorprendente che potrebbe funzionare." Adesso mi inchioda con i suoi occhi nocciola e a me manca il fiato. Vi leggo una supplica che non mi sarei mai aspettata da un uomo come lui. "Tu, addetta alle pulizie, nonché colei che mi ha salvato la vita, dovresti fingere di essere la mia fidanzata. Se ci rifletti un momento, è un piano fattibile sotto tutti i punti di vista. Io che mi innamoro di una ragazza normale...". Lo guardo in tralice. "Non fare quella faccia, intendo dire che sei lontana dai soliti ambienti che frequento. Inoltre, mi hai salvato la vita. In questo modo, anche chi è convinto che il mio fosse un gesto estremo potrà gridare al miracolo: l'amore può sottrarre alla morte chiunque! La mia proposta è questa: tu stai al gioco fingendoti la mia ragazza finché la casa editrice non riacquista la credibilità che si merita, e in cambio..." si interrompe. "Devi dirmi tu cosa vuoi. Sono disposto a contrattare."

Mi scruta in attesa.

Io medito.

Sembra nervoso. "È vero che spesso lascio le donne senza parole, però adesso è il tuo turno, puoi parlare," insiste.

"E poi ti chiedi perché ti diano del maschilista. Se te ne esci con certe esternazioni, te la vai a cercare," commento. "Per il resto, non so davvero che cosa dire. Trovo questo piano assurdo, macchinoso e sfiancante."

"Credimi, ciò che mi ha sfiancato nelle ultime settimane sono state tutte le illazioni, gli articoli e le chiacchiere spese sul mio conto. Se sono sopravvissuto a quelli, posso sopravvivere anche a questo. Tutto dipende da te."

Che tradotto significa: *Cosa vuoi in cambio?*

Non ho intenzione di partecipare a questa farsa, soprattutto per un uomo a cui non devo nulla e che non è nessuno per me. Ma proprio quando sto per dirlo ad alta voce, una lampadina si accende nella mia testa. È un click veloce, come un lampo nel cielo, ma abbastanza forte da far sì che la mia bocca articoli delle parole senza che il mio cervello le abbia processate davvero. "Un posto fisso alla Parker & Cox."

Mi pento subito di aver pronunciato quella frase. Sembra che io abbia accettato la sua offerta. Ma non è così... Giusto?

Alzo gli occhi e lui mi osserva con interesse.

"Con quale mansione?"

Stiamo davvero contrattando. Non è possibile. Mi manca la salivazione.

"Lily," richiama la mia attenzione. "Ti chiami Lily, giusto?"

Annuisco, eppure non riesco ad aprire bocca.

"Potresti lavorare in contabilità. Una volta che si impara a inserire le fatture e a prendere accordi con i fornitori, il lavoro si semplifica parecchio. Tutta routine."

Contabilità? Routine?

Certo, siccome sono un'addetta alle pulizie, crede che io non abbia alcuna formazione professionale.

"Ho una laurea in Letteratura inglese e una specializzazione in Editoria. Non mi interessa fare un lavoro di routine in contabilità," replico e noto lo stupore sul suo viso.

Mi rendo conto di aver usato un tono eccessivo. Lui non sa niente di me, come potrebbe? Abbasso lo sguardo sulle mie mani, che ora stanno giocherellando con l'orlo della divisa. "Ho sempre amato i libri, fin da bambina. Mentre i miei amici pregavano i genitori di accompagnarli al cinema o al McDonald's, io scongiuravo i miei di portarmi nella biblioteca della città in cui sono cresciuta. La libreria più vicina era a mezz'ora d'auto. Invece il mio liceo aveva una biblioteca enorme e spesso mi capitava di restarci fino alla chiusura. I libri hanno sempre avuto il potere di condurmi in un'altra dimensione. Non esiste il tempo, la fame e la sete, ma solo la vita che sto vivendo in quel momento, attraverso le parole dell'autore."

Mi ritrovo a sorridere come una sciocca. Realizzo soltanto dopo che ho raccontato a quest'uomo una parte intima della mia vita. "Suppongo che vorresti lavorare come editor?"

Mi mordo un labbro.

"Prenderò il tuo silenzio come un sì. Non sarà un problema farti entrare nel team, avevamo già in mente di assumere qualcuno. Ovviamente non sarai operativa fin da subito, dovrai fare un po' di gavetta sotto la supervisione di Madison."

Madison Wright? Wow! Mi rendo conto solo ora che forse avrò la possibilità di lavorare sul romanzo di Xander Mayer. Sento lo stomaco in subbuglio.

"Quindi, abbiamo un accordo?"

"Io... non saprei. Ci sono tante cose che devo considerare."

"Lo capisco e non voglio metterti fretta, ma se hai intenzione di darmi una mano, dobbiamo mettere in atto questa messinscena prima che la situazione peggiori," afferma risoluto. "Facciamo così. Prenditi le prossime ventiquattro ore per pensarci, ci vediamo qui domani alla stessa ora. Prometto di rispondere alle tue domande e cercherò di chiarire i tuoi dubbi."

"Va bene. Domani. Stessa ora," ripeto come un pappagallo.

Non credo che mi basterà un giorno per metabolizzare la notizia. E per formulare una risposta convincente.

Mi alzo con fare rigido, poi apro la porta e faccio un passo in avanti per riprendere il carrello con la mia attrezzatura.

"Buon lavoro, Lily," mi saluta.

"Buon lavoro a lei, signor Parker."

Mentre proseguo verso gli ascensori, mi rendo conto che quello che ho appena salutato – uno degli uomini più ricchi, sexy e corteggiati di New York City – sarà il mio finto fidanzato per i prossimi mesi.

Mi blocco davanti alla porta scorrevole. Ho davvero usato il verbo *sarà*.

Osservo il mio riflesso deformato sulle lastre d'acciaio.

"Mi sono appena messa in un guaio grosso. Molto, molto grosso," sussurro a me stessa.

Capitolo 13

Nicholas

Ho riflettuto tutto ieri sulla proposta di Reed e più ci pensavo, più la trovavo stupida. Così ho passato il pomeriggio ad analizzare i contratti e le e-mail scambiati con le autrici che si sono rifiutate di firmare, sperando di trovare un appiglio per far cambiare loro opinione. Ma non c'è stato nulla da fare.

Si è fatta sera in fretta. Sono sceso a prendere qualcosa da mangiare, dato che ho sprecato buona parte della giornata avrei voluto fermarmi in ufficio almeno un'ora, il tempo di rispondere a delle e-mail e visionare dei preventivi di spesa.

Di ritorno dal bagno, ho intravisto qualcuno nella mia stanza. Stavo quasi per chiamare la sicurezza, quando ho riconosciuto una schiena femminile. Aveva un che di familiare… Lily Morgan.

Non ci potevo credere.

Quante probabilità c'erano di incontrarla proprio qui?

Dopo il primo scambio di battute ho capito due cose. Primo, la ragazza ha carattere e io sono abituato a donne che si prostrano ai miei piedi. Intelligenti, bellissime, ma che cadono come mosche. Secondo, il piano di Reed poteva funzionare.

È come se i pezzi di un puzzle si fossero incastrati alla perfezione.

Dalla mia bocca è uscita un'offerta. Ha rifiutato, poi abbiamo contrattato ed è andata via senza insultarmi.

Stasera dovrebbe darmi una risposta.

Sono ore che spremo le meningi in cerca di un'alternativa nel caso in cui mi dica di no, eppure non trovo nulla. Non ho un piano B, perché non esiste un piano B per risolvere questa situazione.

Mi concentro il più possibile sui documenti che ho davanti, poi mi faccio portare un panino da Violet e la lascio andare a casa. Un paio d'ore più tardi, mentre sto analizzando i canali social dell'azienda, sento stridere delle ruote che si avvicinano sempre di più. Evito di guardare in quella direzione per non sembrare in trepidante attesa.

Lily bussa alla porta e con la coda dell'occhio colgo la sagoma dei suoi capelli biondi e della casacca grigia. Non mi volto.

"Ascolta cosa scrive una tizia: 'Questa casa editrice è sempre stata la mia preferita, ma il fatto che Sarah Tyron non pubblicherà con loro il capitolo finale della sua saga fantasy mi manda su tutte le furie'. Si firma Julia06. Oppure quest'altra, AlyssaBooklover: 'La loro cura nei libri è sempre stata perfetta. Peccato che molte autrici abbiano annunciato la pubblicazione con loro e poi tutto sia andato in fumo. Mi domando perché la dirigenza abbia cambiato idea. Dove le trovano altre scrittrici come quelle?'" riporto a Lily, leggendo gli interventi sotto l'elenco delle uscite della settimana prossima. "Che ne pensi?"

"Ho letto questi commenti stamattina e ho fatto una ricerca sui profili delle autrici menzionate."

Mi volto a osservarla. Indossa quella orrenda divisa, ha i capelli legati in una coda bassa e la frangia spostata a lato trattenuta da una molletta. Rosa. Mentre parla vengo attirato dalle sue fossette. Si muovono al ritmo delle parole.

"Posso?" chiede, indicando il computer e riportando la mia attenzione sul lavoro.

"Certo." Giro il display e lei si china a digitare qualcosa.

È talmente vicina che il profumo alla mela mi entra nelle narici.

Sono sicuro che non riuscirò a togliermelo dalla testa per tutta la notte. "Guarda." Punta il dito verso lo schermo. "Questa è una delle scrittrici che ha deciso di non firmare, vero?"

"Esatto."

"Leggi alcuni dei suoi post," suggerisce.

Aggrotto la fronte e mi avvicino allo schermo. Ci sono diverse fotografie, tutte accompagnate da una didascalia più o meno lunga. In un post di un paio di mesi fa, Helena Dark scrive che la Parker & Cox è interessata a pubblicare il suo libro e si mostra entusiasta dell'idea.

"In questo ha usato un tono positivo," indico la caption a cui mi riferisco e lancio un'occhiata a Lily.

"Ora leggi quello che ha pubblicato la settimana scorsa."

Scorro la pagina e arrivo all'ultimo post. Devo rileggerlo due volte perché temo che la vista mi abbia giocato un brutto scherzo.

"Ma che cazzo? Ha dichiarato che siamo stati noi a cambiare idea sul contratto?" La osservo sconvolto. "È lei che non ha mai firmato, dopo aver detto che accettava la nostra offerta," preciso e, a riprova di quello che sostengo, cerco le copie delle e-mail che Helena Dark ha scambiato con Madison e con l'Ufficio diritti. Per fortuna le ho stampate. "Vedi. Dallo scambio di comunicazioni con l'ufficio risulta che non ha mai firmato digitalmente il contratto. C'è anche un sollecito da parte del responsabile."

Lily prende i fogli, mentre io mi abbandono sulla poltrona.

Che diavolo succede?

"Nicholas, non è l'unica ad aver pubblicato post di questo tipo." Mentre snocciola nomi di autrici che mi suonano familiari, il cervello rimane fermo al modo in cui ha pronunciato il mio nome. "Per come la vedo io, questa è una sorta di class-action verso la Parker & Cox. Tutte le scrittrici erano entusiaste, poi si sono tirate indietro nello stesso momento."

"Ammettendo che sia così, a quale scopo fare tutto ciò?" domando, riprendendo il controllo delle mie facoltà.

"Questo non lo so. Forse un concorrente ha offerto loro di più, se avessero screditato la Parker & Cox?"

"Offrire di più a livello di royalties e di anticipo ci sta, ma screditare non è possibile. Se saltasse fuori una cosa del genere sarebbe uno scandalo." Ci rifletto su un attimo. "Forse hai ragione, è una class-action. Ma contro di me, non verso la Parker & Cox. Altrimenti non si spiegherebbe come mai tante autrici si siano mosse insieme."

Mi lascio andare a un sospiro di frustrazione raccolgo i fogli sparsi sulla scrivania e li ammucchio a lato. È sconfortante, lo confesso.

"Come fai a dirlo?"

"Mesi fa ho avuto dei… problemi personali con qualche scrittrice."

"Che tipo di problemi?" Lily mi guarda insospettita.

"E va bene, mi sono portato a letto qualcuna di loro. Non credo abbiano digerito il fatto che la relazione non sia cresciuta." Dall'espressione che assume sembra che un brutto pensiero le attraversi la mente. "Ehi, erano consenzienti!" sbotto.

Da spaventata passa a sembrare stupita. Si accomoda sulla poltrona di fronte a me.

"Non stavo dubitando di questo," mormora, ma non le credo.

Poggio i gomiti sulla scrivania. "Temo che sarò io la causa del fallimento della casa editrice. Forse la decisione migliore è fare un passo indietro e cedere la mia quota a Paul, oltre che lasciare il posto di amministratore delegato."

"La qualità della Parker & Cox non dovrebbe dipendere dal tuo stile di vita," pronuncia con rabbia, ed è quasi tenera con la molletta rosa e le guance arrossate per l'irritazione. Sta per caso prendendo le mie difese?

"In teoria è così, ma come vedi nella pratica le cose funzionano in modo diverso. E tengo troppo a questa società per essere io la causa del suo decadimento."

Mi passo una mano tra i capelli.

"Lasceresti davvero che sia un piccolo gruppo di persone a decidere il futuro della tua casa editrice?"

"Lily, parliamoci chiaro, siamo nell'epoca del MeToo, basterebbe che io venissi accusato di molestie sessuali, anche soltanto da due di loro, per far colare a picco l'azienda. Se mi ritirassi ora, riuscirei a farla restare a galla e sotto la direzione di Paul l'immagine della società cambierebbe," articolo con calma, anche se ho un pugnale puntato sul cuore davanti a una simile prospettiva.

"Non è lui quello innovativo, sei tu," sostiene lei, le sue parole catturano la mia attenzione. "Sei tu quello che ha proposto gli ebook interattivi, con la musica e i video incorporati, per un'esperienza di lettura più immersiva. E ci sei tu dietro all'idea di finanziare le biblioteche delle scuole più povere della città. Per non parlare dell'iniziativa natalizia, con cui a ogni libro acquistato ne abbinate uno a scelta tra quelli destinati al macero," dice con enfasi sempre maggiore. Non mi guarda dritto in faccia e ha un che di affascinante. Resto stupito da come Lily mi attragga tanto in questo preciso istante. "Tu sei la parte moderna della Parker & Cox. Il signor Cox dà l'impressione di essere un uomo gentile, competente e rispettabile, ma è un po'... come dire... *âgé*?"

"Âgé?" ripeto e scoppio a ridere come un matto. "Ti giuro

che ho sentito definirlo in molti modi, ma mai così!" Lei nasconde gli occhi e si tortura le mani. "Tranquilla, sarà il nostro segreto," chiarisco nel tentativo di metterla a suo agio.

"Significa che ne avremo più di uno," dichiara e trova il coraggio di alzare lo sguardo. Le sue guance si imporporano ancora di più e anche questo particolare mi attira da morire.

Capitolo 14

Lily

Pensare alla proposta di Parker mi ha tenuta sveglia tutta la notte e stamattina ho deciso che non avrei accettato.

Essere coerente con me stessa è la cosa più importante. Preferisco rimanere una squattrinata ma mantenere integra la mia dignità, senza prendere vie facili.

Contenta della mia decisione, sono uscita prima di pranzo per un turno extra. Mentre andavo al lavoro il mio cellulare ha squillato.

Ho sorriso nel vedere il nome della mia sorellina.

"Ehi Millie, come stai?" Ho avviato la videochiamata, attraversando una strada trafficata.

"Tutto a posto." Ha sorriso, ma io la conosco. Mi sono spostata verso un angolo un po' appartato.

"Perché le tue parole sembrano fare a cazzotti con la tua espressione? Mamma e papà stanno bene?" ho domandato con una punta di apprensione.

"No, davvero, Lily, è tutto okay... È solo che..." si è interrotta, mordendosi il labbro.

"Sputa il rospo."

"Mamma insiste a voler prenotare un posto per il mio compleanno."

"Devi festeggiare i tuoi diciotto anni. Qual è il problema? Non dirmi che vuole farti una festa a tema Barbie?" l'ho presa in giro.

Non ha riso, anzi i suoi occhi azzurri sembravano guardarmi attraverso lo schermo con tristezza.

"Sto temporeggiando perché... vorrei che ci fossi anche tu. Mi manchi," ha sussurrato.

Dio, che male al petto sentirla così!
"Anche tu, piccola pulce," ho detto, cercando di non piangere. "Mi mancate tutti."
"Non riesci proprio a venire? Se non è per il compleanno non c'è problema, sposto la festa a quando potrai esserci."
"Millie..." ho tentato di parlare, ma lei mi ha anticipato.
"Se è per i soldi del biglietto, ho da parte quelli delle ripetizioni. Non è molto, ma possono servire." Il mio cuore, ormai fatto di cristallo, si è disintegrato in un istante. "Anche papà vuole contribuire."
Ho trattenuto le lacrime. Sentire la fragilità di mia sorella ha ribaltato improvvisamente le mie priorità.
"Organizza la festa per il giorno del tuo compleanno," ho detto. "Giuro che ci sarò, anche a costo di venire a piedi."
"Davvero?" ha pronunciato con gli occhi lucidi.
"Davvero. Ho un lavoro extra e sto già mettendo da parte il denaro per l'aereo."
"Di cosa si tratta?"
"Piccola curiosa! Niente di diverso dal solito, ma faccio le pulizie da un tizio molto ricco. Ha una casa bellissima con delle vetrate enormi su Central Park."
Ho passato i dieci minuti successivi a descriverle l'appartamento di Parker prima di salutarla. Non le ho mentito fino in fondo, eppure mi è rimasta una sensazione spiacevole addosso. Forse perché stavo andando contro i miei principi.

Dopo il turno sono tornata a casa, giusto il tempo di mangiare qualcosa e farmi una doccia calda. Mentre finivo di prepararmi Shannon ha fatto il suo ingresso.
"Tutto bene? Sembri un po' pallida."
"Nell'edificio di oggi si moriva di freddo. Credo che ci fossero meno gradi dentro che fuori."
Shannon mi ha scrutata bene in viso. "La tua espressione indica che c'è dell'altro, o sbaglio?"
"Hai mai dovuto fare qualcosa che non volevi per arrivare a ottenere una cosa che volevi?" l'ho interrogata, mentre infilavo il telefono nella borsa.
"Detto così, mi sembra un po' complicato darti una risposta," ha ridacchiato. In effetti, ho fatto uno strano giro di parole. "Comunque, sì. Mi è capitato di prendere delle decisioni su cui non ero d'accordo, per arrivare là dove altrimenti non sarei riuscita."

"E te ne sei mai pentita?"

"Dipende, però con il tempo ho imparato che la vita è piena di questi momenti. Si chiamano compromessi e a volte sono necessari. Finché non sono illegali e non fanno male a nessuno, perché no?"

Mi ha sorriso e abbracciato, prima di sparire in camera sua. Io ho finito di sistemarmi e sono uscita di nuovo.

Lungo il tragitto verso la P&C, ho un conflitto interiore. Mentre sono in metro, sfoglio la galleria fotografica del cellulare. Non mi concedo di farlo spesso, perché la nostalgia è difficile da gestire quando sei a migliaia di chilometri dai tuoi cari. Alcune foto della mia famiglia mi strappano un sorriso, ma la maggior parte mi rende triste. Sospiro e metto via il telefono.

Ho preso una decisione.

Taylor stasera non c'è, si è data di nuovo malata. Meglio così.

A inizio turno, pulisco i bagni come al solito, poi mi dirigo nell'ufficio del CEO.

Lo osservo da lontano mentre fissa il suo computer. Stasera indossa una camicia grigia e ha le maniche arrotolate. La giacca e la cravatta sono sparite. Trovo quest'uomo attraente come la maggior parte della popolazione femminile, nonostante resti una persona arrogante.

Mi avvicino e lui, senza neanche voltarsi, comincia a parlarmi con un tono amichevole. Rimango scioccata. Questa versione di lui sembra distante anni luce dall'Arrogante Parker a cui mi sono abituata.

Mi coinvolge in una discussione sulla casa editrice. Quando dice che vuole cedere le sue quote al signor Cox, una parte di me ne è felice, perché così non ci sarebbe nessuna decisione da prendere, però capisco subito che sarebbe sbagliato. Per una volta, vedo in lui un uomo che tiene alla propria azienda. E mi arrabbio contro chi vuole screditarlo, perché sì, sarà pure arrogante, presuntuoso e donnaiolo, ma è anche un genio, e con le sue decisioni ha cambiato il mondo dell'editoria. In qualche modo è stato un visionario. Impossibile non rimanere ammaliata da un uomo così.

"Ho intenzione di accettare la tua proposta," dichiaro dopo aver ascoltato le sue intenzioni.

Sembra stupito. E se adesso fosse lui a ritirare l'offerta?

Mi si mozza il fiato davanti a questa prospettiva.

"Sul serio?"

"Sì, ci ho riflettuto e fino a stamattina non ero convinta di accettare. Ma dopo quello che hai detto, non posso lasciare che la Parker & Cox coli a picco. Inoltre, ho sempre voluto lavorare qui," dichiaro, anche se quest'ultima non è la mia motivazione principale. "Sempre che tu non abbia cambiato idea e non voglia davvero cedere le tue quote al signor Cox."

"No, quella sarebbe la soluzione estrema," commenta, poi guarda oltre la vetrata, si porta una mano al viso e la passa sul velo di barba. "Posso chiederti cosa ti ha fatto cambiare idea?"

"No, sono fatti personali," controbatto schietta.

"Hai ragione. Dunque dobbiamo discutere i dettagli, se vogliamo che la nostra relazione sia credibile."

Pianta le sue iridi nocciola nelle mie e io devo distogliere lo sguardo. Mi sento come se avessi mandato all'aria tutti i miei principi e mi fossi appena venduta. Mi vergogno di me stessa.

E poi... la gente crederà davvero che una sempliciotta come me possa stare con lui?

Voglio dire, Nicholas è un uomo affascinante sotto ogni punto di vista, fisico e mentale, e so bene di essere lontana anni luce dai canoni estetici di suo gusto. Li ho letti i giornali e ho sfogliato le riviste, so qual è il tipo di donna che gli piace. Non ho nulla che le somigli.

E nemmeno vorrei averlo, mi sussurra la voce del mio orgoglio.

Ma a chi voglio raccontarla?

Nonostante la sua arroganza, Nicholas mi attrae come non mi ha mai attratto nessuno. E non solo per il suo aspetto. Ogni volta che si dimostra vero e fa trasparire le sue fragilità, provo lo strano impulso di volerlo far stare meglio. Non mi è mai successo di avere questo spirito di protezione verso un uomo. È un lato di me che solo la mia famiglia e le mie amiche conoscono. Spero che questo istinto non porti a inutili complicazioni.

Mi ridesto da questi pensieri sconnessi e fingo di guardare l'orologio. Poi prendo un post-it e una penna dalla scrivania.

"Adesso devo tornare al lavoro, ma questo è il mio numero. Chiamami, quando hai bisogno di parlare con me."

Mi alzo e gli porgo il foglietto. Lui lo prende e... No, non mi sfiora la mano per sbaglio. Non c'è nessuna strana scossa tra noi. Non mi sorride e non mi chiede di restare.

Sono affari. Nient'altro che affari.

Vado verso la porta.

"Lily," chiama lui e io mi volto un istante. "Grazie," dice, sventolando il post-it.

Grazie per cosa? Per il numero di telefono, per aver accettato la sua proposta o per avergli salvato la vita?

"Pulirò il tuo ufficio per ultimo. Buonanotte."

Torno al mio lavoro con la testa piena di dubbi. Ma per stasera basta paranoie. Ormai è fatta. Da domani si vedrà. Il prossimo passo è il suo.

Capitolo 15

Nicholas

Ha accettato.

Mi sembra impossibile.

È con questo pensiero che vado in ufficio la mattina seguente. Saluto come un automa le persone che incontro. Mi siedo alla scrivania e non faccio altro che immaginare i prossimi passi. Non sono abituato ad avere una relazione stabile e non so come comportarmi. Nemmeno per finta.

All'improvviso mi si accende una lampadina nella testa. Prendo il telefono.

"Starei andando in tribunale, è urgente?" chiede Reed con il solito piglio.

"Lily Morgan ha accettato la mia proposta. O meglio, la tua," mi correggo.

Come risposta ottengo una risata. "Alla fine ti sei arreso." Impreco mentalmente per la sua consueta sicurezza. "Allora i tuoi problemi sono risolti. Vuoi mandarmi un regalo di ringraziamento? Ci penso su, poi ti scrivo per informarti di cosa mi piacerebbe ricevere."

"Non è per quello che ti ho chiamato."

"Fammi indovinare: non sai come procedere." Altra risata.

Maledetto!

"Visto che il genio sei tu, mi servirebbe qualche suggerimento, grazie."

Odio dargliela vinta. Siamo sempre stati competitivi, fin dal tempo del college e su qualsiasi campo: negli sport, nei voti e con le donne.

"Ho un'udienza tra poco, se vuoi possiamo vederci a pranzo."

"Va bene. Scegli tu dove."

"Cercherò il ristorante più costoso di New York. Tanto paghi tu, visto che sei in debito."

Vorrei dirgliene quattro, ma ha già chiuso la chiamata.

Finalmente posso tornare a concentrarmi sul mio lavoro. Ma prima ho un'altra cosa da fare: andare da Madison. Il che mi rammenta un altro particolare che ho accantonato da qualche settimana.

"Ciao, Maddy," la saluto, rimanendo sulla soglia del suo ufficio. "Volevo informarti che ho trovato la persona adatta per ampliare il team di editor."

"Devo fissare un colloquio?"

"Non sarà necessario, ho intenzione di assumerla a breve," affermo.

"Ah," replica e sembra contrariata. "Sei sicuro che questa donna, perché sono piuttosto certa che si tratti di una donna, abbia le competenze adatte?"

Ammetto che il suo tono non mi piace per niente. Senza contare che sono l'amministratore delegato e posso assumere chi voglio. "È molto competente, parola mia," mento. Non so niente di Lily Morgan, e sta perfino per diventare la mia fidanzata. Ma per qualche motivo, nessuna delle due questioni mi mette in agitazione.

"Come vuoi. Fammi sapere quando dovrebbe iniziare. E gradirei avere il suo curriculum," dice, poi riprende a scrivere al computer premendo i tasti con enfasi.

Ignoro la sua reazione. Sarà scocciata perché l'ho scavalcata.

"Come va l'editing del romanzo di quel ragazzo? Xander Mayer se non sbaglio."

Madison si volta con fare rigido verso di me.

"Da quando in qua ti interessi dell'editing di un autore esordiente?"

Non posso dirle che il suo stalker mi ha fatto trovare alcune annotazioni sulla scrivania e che sono d'accordo con lui.

"Se non sbaglio, avevi avuto problemi con qualcuno che ti lasciava appunti in riferimento a quel romanzo. Volevo sapere se ti avesse importunata ancora." Lei sembra rilassarsi.

"L'editing procede. E per l'altra questione è quasi un mese che non trovo nulla. Suppongo che si sia stufato."

"Meglio, così. Buon lavoro," la saluto.

Tornato alla mia scrivania, prendo il post-it di Lily e inserisco il suo contatto in rubrica. C'è qualcosa di familiare in quella L svolazzante. La osservo meglio. A un tratto ho un'illuminazione. Apro l'ultimo cassetto ed estraggo la lettera lasciata dallo sconosciuto qualche settimana prima.

Metto a raffronto le due calligrafie e non c'è dubbio. Appartengono alla stessa persona.

Rifletto un attimo e tutti i pezzi combaciano. Più conosco quella ragazza e più mi sorprende.

Il pranzo con Reed va meglio di quanto mi aspettassi. Per fortuna lui ha le idee chiare, soprattutto sugli aspetti legali. Mi ha dato qualche consiglio e si è offerto di redigere un documento per domani. Devo tutelare me stesso e di riflesso la casa editrice.

Nonostante sia venerdì e abbia di meglio da fare, aspetto nel mio ufficio che Lily inizi il turno per parlarle a quattrocchi.

Il consueto cigolio delle ruote anticipa il suo arrivo.

"Con che spirito dovrei prendere questi incontri?" domanda lei, dopo essere entrata a svuotare i cestini. "Stai controllando come pulisco o è un appuntamento segreto?"

Indossa dei jeans aderenti e la solita giacca grigio topo. "Entrambe le cose," rispondo.

Lei inizia a passare lo straccio per terra. "Com'è andata la tua giornata?"

Resto in silenzio. Non so da quanto tempo qualcuno non mi poneva questa domanda.

"Lo vuoi sapere davvero?"

Lo so, è una reazione da stronzo, ma mi ha destabilizzato.

"Perché te lo avrei chiesto, altrimenti? Quale subdolo secondo fine potrei avere?" sorride.

Dio, quelle fossette diventano sempre più sensuali.

"Ho pranzato con l'amico che mi ha suggerito il nostro accordo. Mi ha dato dei consigli interessanti," rispondo e senza quasi rendermene conto, aggiungo: "Ti andrebbe di discuterne domani a cena?"

Le ho appena chiesto un appuntamento. Sto per precisare che si tratta di un invito di lavoro, quando è lei ad aprire bocca per prima.

"Okay. Sarà una cena d'affari."

Sento la mascella calarmi verso il basso.

"È chiaro," puntualizzo. "Tutta questa storia del fidanzamento è uno scambio. Proprio oggi ho parlato con Madison, le ho detto che a breve assumerò una persona. Perciò immagino che dovrai dare le dimissioni alla Lux Cleaning. Non preoccuparti del preavviso, penso io a coprire eventuali penali."

Lei si blocca con lo straccio sullo schedario.

"Oh."

"'Oh' nel senso di 'wow', oppure 'Oddio, me la sto facendo sotto?'"

"La seconda," ride e la sua risata ha un suono melodioso. "E se non fossi all'altezza dell'incarico?"

A vederla così insicura, sento qualcosa smuoversi dentro. Scelgo di giocare a carte scoperte. Apro l'ultimo cassetto, tiro fuori le fotocopie con i suoi appunti e li poso sul tavolo. "Dalla tua espressione deduco che tu sappia di cosa si tratta."

Si lascia andare a un sospiro, mentre stringe lo straccio tra le mani. Annuisce.

"Le tue osservazioni sono precise e, leggendo queste pagine, le ho trovate di una bellezza unica, proprio come dicevi tu. Penso che farai un ottimo lavoro alla Parker & Cox," ammetto con onestà.

Butta fuori l'aria dai polmoni e rilassa le spalle. Poi si lascia cadere sulla poltrona. "Sei arrabbiato?"

Scuoto la testa.

"Speravo che fosse il modo giusto per farmi notare da Madison Wright e ottenere uno stage."

Sembra tenerci molto. Forse più di quanto dica.

"E lo otterrai."

"Non per i miei meriti," precisa, con una punta di tristezza.

"Il nostro accordo ti dà una possibilità, ma il resto dipende da te," metto in chiaro. "Se non sarai in grado di fare ciò per cui verrai assunta, non potrò garantire il tuo posto."

Mi pento subito di averlo detto, potrebbe tirarsi indietro.

"È giusto."

Ancora una volta sconvolge i miei pronostici, stupendomi.

"Adesso riprendo il mio giro." Si alza in piedi torna verso il corridoio. "Ci vediamo domani. L'indirizzo lo so, fammi sapere l'ora."

"A domani, Lily."

"Buonanotte, Nicholas."

Com'è possibile che il mio nome pronunciato dalle sue labbra abbia sempre un suono tanto dolce?

In questo sabato mattina sono andato a correre al parco, come mi capita di fare appena sono libero. Mi sono preso più tempo del solito. Per un po' sono rimasto a fissare il lago, la gente che camminava, i bambini che giocavano e le coppie che amoreggiavano. Tra poco la mia vita cambierà, almeno quella che mostro al mondo.

Ho continuato a ripetermi che questa messinscena è per la casa editrice, ma in fondo serve anche a me. Non sono sicuro che il piano funzionerà, però è troppo tardi per tirarmi indietro.

Verso mezzogiorno rincaso e trovo Clara con il cappotto. "Sicuro di non aver bisogno di nulla?"

"Vai pure da tua sorella e salutala da parte mia. Ci vediamo lunedì."

"Mi raccomando," afferma. Tradotto significa: *Non fare cazzate e non cercare di ammazzarti.* "Ah, dimenticavo: Reed è passato a lasciarti una busta. L'ho messa nel tuo studio."

"Grazie. Adesso vai, non vorrai perdere il treno."

Dopo una doccia, prendo i documenti e li leggo mentre mangio un piatto di maccheroni al formaggio. Sembra ci sia tutto.

Passo il resto del pomeriggio a firmare scartoffie dell'ufficio e mi accorgo che il tempo è volato solo quando sento il videocitofono trillare.

"Signor Parker, sono David dalla portineria., C'è qui una donna che chiede di lei. Devo farmi dire il nome?"

"No, deve trattarsi di Lily Morgan. Falla salire, la stavo aspettando."

È in anticipo.

Vado alla porta d'ingresso e aspetto che Lily esca dall'ascensore. Invece…

"Kristen?" mi esce a metà tra lo stupito e lo scocciato.

"Tesoro, ho saputo cosa ti è successo, ma non potevo venire prima. Ero in Europa per una conferenza." Si avvicina camminando in modo bizzarro. Temo che stia cercando di assumere un atteggiamento sensuale, sculettando a destra e a sinistra. Qualunque cosa stia tentando di fare, non le sta riuscendo.

Devo farla sparire prima che arrivi Lily, altrimenti penserà…

Che cazzo me ne frega di quello che potrebbe pensare? Non sono affari suoi.

Sono io a voler fuori dalla mia vita questa tizia. È colpa sua se nella testa è scattato qualcosa e ho iniziato a farmi un milione di paranoie.

"Ascolta..." provo a parlare, ma lei mi interrompe.

"Lo so! Sei rammaricato per il nostro litigio e mi dispiace che tu sia dovuto andare al gala con tua madre. Suppongo che ti sarai sentito solo, per questo hai fatto quel gesto inconsulto. Dio, non oso immaginare cosa hai passato!"

Mi posa le mani sul petto, io le prendo i polsi e tento di allontanarla, ma questa donna è una vera piovra.

"Kristen, devi..."

"Non ti preoccupare," mi interrompe. "Capisco quello che è avvenuto, tua madre mi ha raccontato tutto. Non c'è niente di male a essere fragili. Però, tesoro, devi andare alle sedute dello psicologo. I tuoi familiari sono preoccupati e io anche. Tantissimo. Ti amiamo e vogliamo solo il tuo bene."

Mi divincolo dalla sua presa.

Immagino quanto fossi preoccupata, dopo quello che hai detto su mio padre, vorrei rispondere, ma non è la mia voce a farsi sentire per prima.

"Che succede qui?"

Sia Kristen che io ci voltiamo e Lily appare sull'uscio.

"E tu chi saresti?" la interroga Kristen sgarbata.

"La sua ragazza," dichiara Lily, venendo verso di noi con una camminata naturalmente sensuale.

"Cosa?" strilla Kristen fissandomi.

"Qualche problema?" chiede Lily, ormai al mio fianco. Non attende una risposta e si rivolge a me. "Scusa il ritardo. Mi sono fermata a prendere il dolce." Sorride e con quelle fossette è una visione celestiale. "Non ci presenti?"

"Kristen se ne stava andando." Volto la testa verso la diretta interessata. "Grazie per essere passata a salutarmi, come vedi sto più che bene. Ci vediamo in giro. Buona serata."

Poso una mano sulla schiena di Lily e l'accompagno oltre l'ingresso, mentre fuori Kristen brontola da sola. Chiudo la porta con tutte le mandate possibili.

Solo ora noto che Lily indossa un paio di pantaloni neri eleganti, molto stretti, e delle scarpe con il tacco dello stesso colore. Mise in perfetta antitesi con il giubbotto nero da motociclista, sotto cui scorgo una camicetta bianca svolazzante. Ha i capelli sciolti e la frangia sulla fronte. Sembra ancora più bella del solito. In una mano tiene la borsa, nell'altra un sacchetto di plastica.

"Chi era quella?"

"Una pazza isterica convinta che siamo destinati a stare insieme," borbotto.

"Ecco perché ho dovuto discutere con il vigilante per salire. Appena gli ho detto il mio nome si è zittito e mi ha fatto passare."

"Infatti credevo fossi tu. Che incubo quella donna."

Lily ride.

"Vieni, ti va se ceniamo in cucina? Non ho ancora apparecchiato."

"Non c'è problema."

Lei mi segue e si toglie il giubbotto. Rimango ad ammirarla per un istante. La camicetta semitrasparente lascia intravede il reggiseno, rosa. Inizio a pensare che quello sia il suo colore preferito. Mentre accendo il forno, Lily prepara la tavola. Quasi dimenticavo che ha lavorato qui.

"Quindi cosa ha combinato quella poveraccia per farti infuriare tanto, oltre a essersi invaghita di te?" Non c'è curiosità nella sua voce. Sembra realmente interessata ad avere una normale conversazione.

"Perché credi che sia arrabbiato con lei?"

"Avevi la tua faccia da 'adesso ti butto fuori a calci nel culo'."

Sto per ribattere, poi ammutolisco. So che ha visto quella versione di me e ha sentito quelle stesse identiche parole.

"Se ho avuto il cervello in confusione per un po' è stata anche colpa sua. Si è offesa quando le ho fatto notare che tra noi non c'era nulla, e per la rabbia ha pronunciato una frase che mi tormenta ancora oggi."

"Ti ha davvero sconvolto tanto?"

"Cazzo, sì," esclamo e mi ritrovo a ripeterla, come se dicendola ad alta voce potessi esorcizzarla. "Meriti di rimanere solo come un cane e di fare la fine di tuo padre!"

Mi accorgo in un secondo momento che con lei mi viene fin troppo naturale parlare di argomenti che non amo sviscerare. Inoltre, molto probabilmente non sa di cosa sto discutendo.

Lily rimane con il piatto a mezz'aria e la bocca spalancata.

"Bella persona! Complimenti per la bontà d'animo," afferma.

Ho bisogno di capire cosa conosca di mio padre.

"Tu sai..." lascio la frase in sospeso, mentre prendo il take-away dal frigorifero.

"A grandi linee. Era su tutti i giornali."

"Allora sai anche perché hanno catalogato in un certo modo il mio incidente."

Apro il forno e ci infilo i contenitori di alluminio. Tutto pur di non vedere lo sguardo di pietà nei suoi occhi, come lo vedo nei miei familiari e in Clara.

"Ne ho sentito parlare fin troppo e credo che la gente dovrebbe smetterla di inventarsi storie solo per farsi notare."

Chiudo lo sportello e mi volto. Lily mi lancia un'occhiata e stranamente non leggo alcuna pena sul suo viso. Sembra quasi infastidita. Ormai la conosco da qualche giorno e riesco a capire che, quando le fossette si nascondono, significa che è irritata.

"Come fai a essere convinta che siano invenzioni?" Non ne sono sicuro nemmeno io.

Ecco che esce la mia voglia di sfidarla. Di portarla al limite, in qualche modo. So bene che è un comportamento infantile, al pari del tirare le trecce alla compagna che ti piace all'asilo.

"Non posso sapere quali fossero le tue intenzioni quella notte, ma ho la certezza che non hai preso tutte le pillole. E mi sembra assurdo che in ospedale non se ne siano accorti."

Rimango di sasso.

"Perché lo dici? Io stesso non sono sicuro di niente."

"Nicholas, hai davvero il dubbio di aver ingoiato una confezione intera di sonniferi?"

"Non ricordo un cazzo di quella sera. C'è stato il gala dell'anniversario e in generale, queste ultime sono state settimane difficili," formulo con una sincerità inconsueta per me.

"Non so quante compresse tu abbia ingoiato, ma la maggior parte è caduta a terra e nel lavandino," dichiara, e io mi pietrifico. "Ho fatto bene a tenerle. Qualcosa mi diceva che era meglio," mormora tra sé. Poi prende la sua borsa e inizia a rovistarci dentro. "Ho sempre avuto un certo istinto per queste cose e per fortuna non me ne sono sbarazzata."

Alla fine, tira fuori un sacchetto di plastica trasparente e si avvicina. È a meno di una spanna da me.

"Quando sono tornata a pulire il tuo bagno, le ho raccolte. Vedi? Non le hai prese tutte."

Lancio un'occhiata al contenuto. Deglutisco a fatica. Sta dicendo la verità.

Ci sono molte pastiglie lì dentro e hanno la stessa forma e lo stesso colore di quelle che mi hanno prescritto. Torno a guardarla. Le sue iridi sono così vicine e così grandi. Il suo profumo fruttato mi avvolge come una coperta. E le sue parole mi stanno togliendo un tale peso dal corpo che mi sento sollevato e non accadeva da moltissimi anni.

Le mie mani corrono al suo viso e la attirano a me. I suoi occhi si spalancano per lo stupore, ma non mi ferma. Le sue labbra sembrano così morbide e accoglienti che non resisto. La bacio. Le rubo il respiro, perché mi serve. È come se i miei polmoni non riuscissero a incamerare abbastanza ossigeno senza di lei. Il mio cuore bastardo rimbomba nelle orecchie, mentre l'aroma di mela aleggia attorno a noi.

Sono in attesa di uno schiaffo che non arriva.

Le assaggio le labbra. Prima quello inferiore, poi quello superiore. È lei a schiuderle per me. È un invito a cui non resisto, perciò cerco la lingua e il suo sapore. Il bacio si fa sempre più profondo. Le sue dita si posano sulle mie spalle, mentre le mie le avvolgono la schiena e stringono il tessuto della camicetta. Sto tentando di andarci piano perché non voglio spaventarla.

Le sue mani scivolano lungo la mia camicia, accarezzandomi le spalle e i pettorali. Mi manca il fiato quando raggiunge i fianchi e, portando le braccia attorno alla mia vita, mi stringe a sé. La mia erezione pulsa nei jeans.

Continuo a baciarla e voglio di più. Le dita si insinuano tra i suoi capelli. Non mi capacito di quello che sto facendo. Sarà la mancanza di sesso o forse la gratitudine per il suo gesto, sta di fatto che la voglio. E la voglio adesso.

La prendo per la vita e la sollevo da terra. Mi aspetterei uno di quei fastidiosi urletti che mi è capitato di ascoltare in passato, invece niente. Lily intreccia le gambe attorno a me, mentre io le metto una mano sotto il sedere per tenerla ancorata. Mi piace sentirla così vicina.

Compio i passi necessari per arrivare fino al salotto, non riuscirei a raggiungere la camera al piano superiore. Appena mi fermo, Lily poggia i piedi a terra. Io continuo a tenerla per la vita, mentre lei non scioglie l'intreccio di braccia dietro al mio collo. Le nostre bocche sono a pochi centimetri di distanza. Non so cosa aspettarmi.

E come capita sempre più spesso, anche in questa occasione la sua reazione mi stupisce.

Mi sorride e le fossette fanno capolino sul suo viso delicato. Avvicina la bocca alla mia e mi bacia con urgenza. Stavolta è lei a esplorare le mie labbra e a cercare la mia lingua. Quando ho fame d'aria, mi stacco per un attimo. Le sposto i capelli da un lato e le bacio il collo, risalendo fino all'orecchio. Le mie mani non riescono a stare ferme e le stanno già slacciando la camicetta. Sento il tessuto del reggiseno. Niente pizzo, solo semplice raso. E mi eccita ancora di più.

Anche lei mi sta sbottonando la camicia. Mi scosto quel che basta per lasciarla fare, mentre continuo ad annusare la sua pelle. Quando arriva all'ultimo bottone, faccio un passo indietro e l'indumento cade a terra. Mi ha già visto a petto nudo proprio in questa casa, ma ora si sta prendendo il tempo di esaminare i miei tatuaggi e il modo sensuale in cui segue le linee dell'inchiostro mi fa impazzire. Prendo l'orlo della sua camicetta e la faccio sparire. La visione di quel reggiseno rosa è come benzina sul fuoco. La bacio di nuovo e con la mano allento i ganci. Le esce un verso di stupore, ma dura poco, perché la mia mano è già sul suo seno. È perfetto, né piccolo né prosperoso. Mi fermo ad ammirarlo e l'areola è ipnotica. Mi chino fino a prenderla in bocca, la succhio. Lei geme.

Sono così concentrato su questa meraviglia che percepisco dopo le sue dita accarezzarmi ovunque. Emetto un sospiro, quando mi sfiorano il ventre e scendono fino alla cerniera dei jeans. Non posso resistere oltre. Li tolgo in fretta e rimango in boxer. Questi vorrei che fosse lei a sfilarmeli.

La bacio e cerco la zip dei suoi pantaloni. Continuo a baciarla mentre li abbasso. Passo la mano sopra il sottile tessuto degli slip. Lei geme appena sfioro il punto magico. Indugio ancora un po' e come risposta mi aggredisce la bocca con un bacio più appassionato. Continuo a toccarla con più insistenza, finché lei insinua le dita oltre il bordo dei miei boxer e stringe la mano attorno all'erezione. Segue il ritmo delle mie carezze. Se rallento, lei rallenta, se accelero, accelera e in questo modo non durerò molto.

Sto bruciando di desiderio, perciò strattono le mutandine fino quasi a strappargliele. Mi stacco da lei quel tanto che basta a sfilarmi i boxer, poi mi inginocchio e, un piede alla volta, le levo le scarpe con il tacco, i pantaloni neri e la biancheria intima. Mi siedo di fronte a lei, che resta in piedi. Allargo le gambe per accogliere il suo corpo. Si avvicina incerta. Non può tirarsi indietro. Non ora.

Le poso le mani sui fianchi e la attiro verso di me. Oppone una leggera resistenza, ma appena le bacio un seno si rilassa. Poggia le mani sulle mie spalle, poi le fa scivolare tra i miei capelli. Sento il suo respiro farsi sempre più affannato ed è musica per le mie orecchie. Le insinuo dentro un dito. Lei espira, mi prende il mento con la mano e lo allinea alla sua bocca. Mi bacia famelica e io la seguo volentieri. D'un tratto fa leva sulle mie spalle e si mette a cavalcioni su di me. I nostri sessi sono pericolosamente vicini. Basterebbe una piccola spinta per essere un tutt'uno, però devo essere certo che lo voglia. Sarò anche uno stronzo, ma sono sempre chiaro con le mie partner.

"Voglio essere dentro di te," sussurro fissandola negli occhi. Sono lucidi, e le guance arrossate. La trovo bellissima.

Annuisce.

Allungo una mano verso il mobile accanto al divano e prendo un preservativo.

Lily segue ogni mio movimento con attenzione e mi accarezza le cosce mentre lo srotolo lungo la mia erezione. Mi piace da impazzire che non nasconda il suo desiderio. Appena sono a posto, è proprio lei a sollevarsi, facendo leva con le mani sulle mie spalle. Si cala sul mio sesso con una lentezza sfiancante.

A ogni centimetro che conquisto della sua carne, il fuoco che ho dentro divampa. Quando sono completamente in lei, si china e mi bacia. Rispondo con ardore. È lei a muovere il bacino avanti e indietro, prima piano, poi sempre più veloce. Le prendo i fianchi e le impongo il ritmo giusto. Mi sento un po' egoista, ma oggi è tutto diverso. La voglio come non ho mai voluto nessuna. Questo pensiero mi sconvolge e mi spaventa al tempo stesso.

Ci muoviamo con più vigore a ogni affondo e riesco a raggiungere nuove profondità. Da come respira, intuisco che le piace, così le mie incursioni si fanno sempre più ravvicinate. Le stoccate diventano più potenti e le sue unghie penetrano nella mia carne. Un lungo gemito soffocato e le contrazioni attorno al mio sesso sono il segnale che Lily ha raggiunto il suo paradiso. Dopo due spinte decise, anche io mi perdo nel mio orgasmo. Mi lascio cullare nel piacere del momento.

Ho il fiatone e la bocca aperta per incamerare ossigeno, sono pieno di graffi e sudato all'inverosimile, ma mi sento vivo come non capitava da tempo. Reclino la testa all'indietro e la attiro a me, affinché la nostra pelle si fonda insieme. Lei posa la testa nell'incavo del mio collo.

Rimaniamo così per un lungo minuto, a cercare di regolare i nostri respiri. Soltanto dopo un po' mi rendo pienamente conto di aver fatto sesso con la mia finta fidanzata.

Cazzo, temo di essermi appena infilato in un gran casino!

Capitolo 16

Lily

"Dannazione, la cena!" strilla Nicholas, dopo che un fastidioso allarme comincia a suonare con insistenza. Scatta in piedi e, dopo essersi infilato solo i jeans, corre in cucina.

Oddio, che cosa ho combinato?

Sapevo che questa sarebbe stata una giornata strana fin dal mattino, ma non immaginavo così tanto.

Tutto è partito con la caduta della mia tazza di cereali a colazione, andata in frantumi, poi al supermercato tutti i prodotti che mi servivano erano già terminati.

Per non parlare del messaggio di mia sorella.

FESTA FISSATA PER GIUGNO. TI PREGO, CERCA DI ESSERCI! NON SAREBBE LO STESSO SENZA DI TE.

CI SARÒ. TI VOGLIO BENE. L.

È stata l'unica cosa che sono riuscita a scriverle. Avrei voluto dirle del nuovo lavoro, ma finché non sarò davvero seduta a una scrivania alla Parker & Cox non ho intenzione di annunciarlo a nessuno.

La giornata è proseguita con me che dopo pranzo fissavo il mio armadio. Che diavolo si indossa per andare a cena da un miliardario che sta per diventare il tuo finto fidanzato?

Alla fine, ho preso i pantaloni e le scarpe con il tacco che uso per andare ai colloqui di lavoro. Il chiodo di pelle è l'unico must negli appuntamenti galanti degli ultimi anni, che per inciso sono stati pochi e deludenti. Non sono il tipo da sesso occasionale a tutti i costi, però se c'è chimica non mi faccio problemi a lasciarmi andare. Nel mio caso, il punto cruciale è un altro: riuscire a trovare il tempo per l'amore, mentre cerco di sopravvivere alla vita quotidiana e di non farmi schiacciare dai debiti.

Sono uscita con alcuni ragazzi da che sono a New York, ovvio, però ho capito che, quando ero all'università, mi comportavo in maniera più leggera e disinibita, mentre da quando sono andata a vivere con le mie amiche, percepisco il peso delle responsabilità e sono diventata più esigente.

Per questa serata ero piena di dubbi. Non sapevo nemmeno cosa indossare. Una maglietta? Una camicia? Ad averne di carine…

Poi mi è venuto in mente che Shannon ne ha una che mi piace da morire. Semitrasparente, ma elegante. Così, sono andata a chiederla in prestito e, dopo un infinito terzo grado e averle propinato la menzogna che avevo un appuntamento con un collega, ero pronta.

Mi sono truccata poco e ho lasciato i capelli sciolti. Prima di uscire, mi sono ricordata del sacchetto con le compresse. Non so il perché, ma l'istinto mi ha detto di portarle. Le ho ficcate nella borsa come una spacciatrice e sono andata a prendere la metro.

Mi sono presentata all'ingresso della Steinway Tower con le gambe tremanti ed è stato un sollievo non riconoscere la guardia.

All'inizio non voleva farmi salire, diceva che il signor Parker era impegnato. Quando però gli ho riferito il mio nome, il poveretto è sbiancato, mi ha aperto lui l'ascensore e premuto il tasto del piano, augurandomi buona serata.

Chi poteva immaginare che, appena uscita dall'ascensore, avrei trovato una donna aggrappata a Nicholas come un'edera rampicante.

Ma che cavolo? Non avevamo ancora una finta relazione e lui se la stava già spassando?

Mi sono irritata.

Ingelosita, semmai, strilla la mia vocina interiore.

Accidenti a lei. No, ero adirata. Però la rabbia scemava, mentre mi avvicinavo alla coppia e notavo la faccia di Nicholas.

Sono entrata davvero in modalità "rivendico ciò che è mio", dando il ben servito alla tizia.

E poi lui…

Da dove iniziare?

Gentile, ironico e sincero. Si è aperto, si è confidato e mi ha mostrato uno spiraglio del vero Nicholas. Ogni parola che pronunciava, ogni sguardo, ogni gesto mi attirava verso di lui come una calamita. Una forza nascosta che non riuscivo a contrastare. E che non volevo contrastare.

Quando ha confessato di non sapere se, come hanno scritto i giornali, ha tentato di togliersi la vita, non ho potuto stare zitta. Quello strano senso di protezione è venuto fuori con tutta la sua prepotenza, così gli ho mostrato la prova che si sbagliava.

Dio, il suo viso in quel momento si è illuminato. Era sollevato. E io ero il suo riflesso.

Mi ha baciata e non sono riuscita a dirgli di no. Non volevo dirgli di no. Sapevo che fare sesso con Nicholas Parker non era la mossa giusta. Eppure, è stato davvero bello. Anche se adesso me ne sto pentendo. E di sicuro anche lui.

Io recupero i miei vestiti e vado in bagno. Osservo la mia immagine allo specchio. È strano pensare che fino a qualche settimana fa fossi in questa stessa stanza per pulirla, mentre ora ho appena fatto sesso con il suo proprietario.

La tentazione di scappare è grande.

Mi maledico per aver risposto a quel bacio. Adesso tutto sarà imbarazzante e complicato. Mi do una rinfrescata, poi mi faccio coraggio e torno in cucina. Un forte odore di bruciato mi pizzica il naso. Appena entro, noto che anche Nicholas si è infilato oltre ai jeans anche la camicia, senza abbottonarla. Nicholas sta cercando di far sparire il fumo con un guanto da forno.

Apro il frigorifero e prendo due limoni. Metto un po' d'acqua a bollire sul fuoco. Sento i suoi occhi sulla mia schiena. Non oso parlare e non oso guardarlo.

Come ti comporti con la persona con cui hai appena fatto del sesso strepitoso, se da domani dovrete fingere di essere una coppia? E soprattutto, come vorrei che si comportasse lui con me? Vorrei che mi abbracciasse? Che mi parlasse o che facesse finta di nulla?

Sono un disastro di persona.

Afferro il coltello e taglio il limone a pezzi. Un po' lo spremo nell'acqua, mentre il resto lo butto dentro.

"Aiuta ad assorbire l'odore. Non farà miracoli, ma meglio di niente," commento, dopo aver preso un cucchiaio e aver mescolato l'intruglio.

"Ti va una pizza per cena?" propone.

Mi viene da sorridere e la tensione scema via lentamente, tanto che ritrovo l'uso della ragione.

"L'ho fatto prima io, non puoi copiarmi, Nicholas," affermo, perché so bene a che gioco sta giocando.

"Non capisco a cosa ti riferisci."

Tipico degli uomini: negare fino allo sfinimento. Mi azzardo a guardarlo in quelle iridi nocciola che fino a poco fa erano piene di desiderio.

"Cambiare argomento fingendo che non abbiamo appena fatto sesso. Ecco di cosa stavo parlando," puntualizzo. "Sarai d'accordo con me che non deve accadere mai più."

Non posso permettermi di perdere un'altra volta il controllo.

"Ma è successo, perciò cosa si fa, ce ne dimentichiamo e basta?"

Quindi è vero che anche lui se ne sta pentendo. Non è una bella sensazione.

Riprendo a mescolare la pozione anti-odore e vengo punta da una teoria.

"Possiamo considerarlo una sorta di battesimo del fuoco." Gli lancio un'occhiata veloce e noto che si è appoggiato al lavandino.

Non puoi chiuderti quella camicia, Nicholas?, vorrei urlargli.

"Spiegati meglio."

"Se faremo finta di essere una coppia, suppongo ci capiterà di doverci baciare e toccare in pubblico. Per come sono fatta, è probabile che la prima volta mi sarei comportata in modo goffo e rigido, invece adesso il pensiero di un bacio non mi mette per niente in agitazione," spiego.

"In effetti... Sarebbe imbarazzante se io cercassi di darti un bacio e tu voltassi la faccia, facendo planare le mie labbra sulla tua guancia. La gente potrebbe pensare che abbia perso il mio sex-appeal."

Ecco l'Arrogante Parker fare capolino nella serata. Meglio così! Mi fa desiderare meno di ritornare a dieci minuti fa, su quel divano. Se ripenso a quel momento mi manca il respiro.

"Hai colto il concetto," sentenzio, guardandolo negli occhi. Ora non mi fa più lo stesso effetto di prima. Menzogna colossale, mi sto prendendo in giro da sola. "Comunque ho fame e tu mi hai promesso una cena, perciò la pizza va benissimo."

"Chiamo subito."

Tira fuori il cellulare e comunica l'ordinazione.

Nel frattempo, continuo a rimestare questa stupida pozione, sperando che non sia un elisir d'amore. Sono caduta una volta tra le braccia di Nicholas Parker e spero non ricapiti più.

Nicholas sparisce al piano di sopra, per ricomparire in fretta appena arriva la pizza. Prende due birre dal frigo e le posa in tavola.

"Pare che quell'intruglio a qualcosa sia servito," commenta annusando l'aria.

"Non ne sono certa, ma sempre meglio di nulla," ribatto e mi siedo a tavola.

"Devo chiedertelo," continua, prendendo una fetta con le mani. Adesso non sembra il miliardario complicato che è, ma un uomo come tanti.

"Che cosa vuoi sapere?"

"Perché hai conservato quelle pillole?"

"In tutta onestà non c'è una spiegazione. Qualcosa nella testa mi ha detto di farlo," affermo con sincerità.

"Segui spesso il tuo istinto?"

"Purtroppo sì."

"Purtroppo?" ripete.

Alzo le spalle. "Non sempre le scelte d'istinto si rivelano giuste," puntualizzo e addento la mia fetta.

Nicholas annuisce e si porta la bottiglia alla bocca. Cavolo, quelle labbra! La devo smettere con certi pensieri, altrimenti questa messinscena finirà molto male.

"Hai detto che stasera volevi discutere dei dettagli del nostro accordo. Potresti essere più preciso?"

"Il tuo contratto di assunzione è nel mio studio, puoi iniziare da lunedì o devo far cambiare la data?" dice come se nulla fosse, mentre io sto per strozzarmi con il boccone.

"Lunedì? Okay."

Anche se perderò parte dello stipendio per il mancato preavviso alla Lux Cleaning, non vedo l'ora di cominciare.

"Ottimo. Sarai sotto la supervisione di Madison, perciò meglio non accennare al fatto che eri tu a lasciarle quegli appunti."

Faccio un cenno di assenso, mi rendo conto da sola che potrebbe essere un guaio. "Va bene. Grazie per l'opportunità."

"Per quanto riguarda la nostra relazione, c'è da firmare un accordo di riservatezza. È una pura precauzione..."

"Non c'è problema," lo interrompo. Avevo immaginato che mi avrebbe fatto firmare qualcosa. Lo ha fatto quando ho lavorato per lui come domestica, figurarsi per una roba del genere.

"Abbiamo elaborato un piano."

"Abbiamo?" ripeto incuriosita.

"Il mio avvocato e io. È l'unico che saprà la verità. Non puoi dirlo a nessuno, nemmeno alla tua famiglia, così come io non lo dirò alla mia. Solo tu, io e Reed sapremo di questa faccenda, chiaro?"

La sua espressione è davvero determinata e giuro che mi sta mettendo paura.

"Sono d'accordo, ma Clara non sospetterà niente?"

"A lei ci penso io, mi inventerò qualcosa." Continua a mangiare come se nulla fosse, mentre a me un po' sta passando l'appetito a pensare a tutti questi dettagli. "Dunque, il riassunto della nostra storia è questo: lavoravi per me come collaboratrice domestica, mi hai salvato la vita dopo una colossale sbronza o quel cazzo che tutti ormai credono. Per ringraziarti ti ho invitato a cena e ci siamo innamorati. Stiamo insieme da due settimane."

"Posso fare qualche appunto alla trama?"

"Fai pure," mi invita, anche se sembra che mi stia sfidando. Si mette a braccia conserte e si appoggia allo schienale della sedia. Ecco di nuovo Nicholas Parker che non accetta di essere contraddetto.

"A cena dove? Sei sotto scacco da parte dei giornalisti e dei fotografi, come avresti fatto a evitarli?"

Dal modo in cui mi guarda adesso, capisco che si sta sciogliendo. Non mi piace per niente quando fa il superiore.

"Sono passato a prenderti con la macchina di un amico e siamo andati in un piccolo ristorante fuori città. Ti pare credibile?"

"Ora sì." Bevo un sorso d'acqua. La birra non mi piace. Non mi piace l'alcol in generale e non sono abituata a berne. Preferisco restare lucida.

"Altre obiezioni?" chiede quasi piccato. Le sue mille sfumature mi fanno girare la testa. Un secondo prima sembra tranquillo, poi diventa prepotente, subito dopo si ammorbidisce e poi ricomincia tutto da capo. Avere a che fare con lui è come stare sulle montagne russe.

"Non sono obiezioni, ma precisazioni. E comunque, ne ho

due. Prima, come pensi di svelare al mondo la nostra relazione. Seconda, tutti in ufficio penseranno che mi hai assunta perché stiamo insieme, e questo non mi sembra un bene."

All'inizio non ci avevo riflettuto, ma non è un gran bel biglietto da visita. Potrei farmi dei nemici.

"Inizieremo a farci vedere in pubblico insieme. Andremo a cena, a teatro e tutte quelle cose che fanno normalmente le coppie. Quanto al resto, non me ne frega niente di ciò che penseranno gli altri." Afferra l'ultimo trancio di pizza e riprende a masticare.

"A te non importa, ma a me sì. Non voglio essere additata come quella che ottiene il lavoro perché fa sesso con il capo."

"In fondo è la verità," replica serafico.

"Così non mi rispetteranno e non sarò credibile a livello professionale," protesto. Possibile che non capisca quanto è importante per me questo impiego?

"Dimostrarti efficiente è un tuo dovere, non mio. Quanto al rispetto, ti posso assicurare che nessuno oserà dire mezza parola. Hanno troppa paura di me in quel posto."

Niente, non ci arriva. Si vede che non ha mai dovuto lottare per farsi strada.

"Facciamo finta che tu abbia ragione. In caso di problemi li affronterò," concludo e vorrei aggiungere: *da sola*.

"Piccola, mettiti in testa che io ho sempre ragione."

Il fiato mi manca. Non so se sia per la sua supponenza o per il nomignolo con cui mi ha chiamato.

"Ho un'altra domanda."

Con la mano mi fa cenno di parlare.

"Quanto durerà questa relazione e come pensi di chiuderla?"

"A dire la verità, non ho ancora programmato tutti i dettagli. Di sicuro andremo avanti finché la mia immagine e quella della casa editrice non si saranno risollevate. Per il resto credo che le persone apprezzino quando una storia si chiude, ma i due rimangono amici."

"Ha senso, anche perché continueremo a vederci in ufficio," convengo, passando un dito sulla tovaglia. Ammesso che non mi sbatta fuori prima per la mia incapacità.

"Se sei preoccupata di non poter avere una vita, ti assicuro che non sarà così," precisa. "Sono certo che riusciremo a trovare un modo, basta essere discreti e conoscere le persone giuste."

Il che tradotto significa che lui potrà pagare una squillo quando vuole, mentre io mi dovrò accontentare di rimanere sola. Fantastico!

"Va bene. Buona questa pizza, dove l'hai ordinata?"

La serata procede in maniera più rilassata. Dopo aver finito di cenare, Nicholas sparisce per qualche minuto e io metto i piatti in lavastoviglie.

"Non è necessario che tu lo faccia," dice al suo ritorno.

"Sono abituata, non mi scoccia."

Fa scivolare dei fogli e un biglietto da visita verso di me.

"Questi sono gli accordi scritti. Portali a casa e leggili con attenzione. Se avrai domande, puoi chiedere a me o chiamare direttamente Reed."

Li fisso, mentre mi asciugo le mani con il canovaccio.

È tutto vero. Sto svendendo parte di me per un lavoro. Come ho fatto ad arrivare a questo punto?

Prendo la penna appesa alla lavagna su cui Clara segna la lista della spesa e inizio a firmare.

"Aspetta," mi ferma. "Non li leggi nemmeno?"

"No, mi fido di te."

E purtroppo è la verità.

Capitolo 17

Nicholas

Lily ha firmato subito gli accordi.

Mi fido di te.

Le sue parole mi riecheggiano nella testa anche adesso che se ne è appena andata. Le ho dato una copia dei documenti e il biglietto da visita di Reed, dopodiché ho chiamato un taxi. L'ho salutata con un "Ci vediamo lunedì alle otto e mezza", mentre lei ha risposto con la sua voce delicata: "Buonanotte, Nicholas".

Adesso che quella porta è chiusa, lo sguardo mi cade sul divano su cui abbiamo fatto sesso. Se non fosse scattato l'allarme per il fumo, credo che avrei fatto il bis.

Per quanto non mi spieghi il motivo, è stato bello. Intendo dire al di sopra delle mie scopate abituali. C'era una sintonia diversa. Forse sono tutte stronzate che ho nella testa perché, con quel sacchetto di pillole, mi ha salvato dalle mie paranoie. Un'altra volta.

Sarà meglio che la smetta di pensarci. Vado in cucina a controllare che sia tutto okay. Il sacchetto con le compresse è accanto al lavandino. Lo prendo e gli scatto una foto. La invio a Reed, dicendogli di cosa si tratta e che Lily ha firmato i documenti.

Sto salendo le scale per andare in camera quando mi arriva la sua risposta.

MAI AVUTO DUBBI. R.

Digito in fretta.

CHE AVREBBE FIRMATO O CHE NON AVESSI TENTATO DI TOGLIERMI LA VITA?

ENTRAMBE, AMICO. TU NON SEI LUI. ADESSO NON ROMPERE, SONO OCCUPATO IN UNA RELAZIONE INTERNAZIONALE. R.

Il che significa che passerà la serata con Svetlana. Una modella russa che conosciamo entrambi.

"Tu non sei lui", "Mi fido di te".

Deve essere la serata delle frasi a effetto.

La domenica mattina non arriva tanto in fretta. Ho dormito poco come al solito ed è dall'incidente che mi rifiuto di prendere sonniferi. Preferisco dormire male, piuttosto che avere a che fare di nuovo con quelle pasticche. Alle sei non riesco più a stare fermo, così mi vesto e vado a correre, nonostante la pioggia. Esco dal garage sotterraneo, ma lancio un'occhiata all'ingresso. C'è ancora qualche giornalista appostato.

Forse sarà meglio smettere di nascondermi.

Al parco faccio il consueto giro. Ho le cuffie nelle orecchie, eppure sento ancora gli ansiti di Lily durante il nostro amplesso. I suoi gemiti. Il mio nome pronunciato con dolcezza. Cerco di levarmi dalla mente quei ricordi. Purtroppo, anche l'aria non sa di umido e pioggia, ma di frutta. Quel maledetto profumo di mela. Accelero il ritmo e pompo di più.

Appena torno davanti all'ingresso della Steinway Tower, sfilo davanti ai fotografi. Colgo una serie di click, poi qualcuno parla per primo.

"Signor Parker, come si sente oggi?" Il che tradotto è: "Ha ancora istinti suicidi? È depresso?"

Mi fermo e sorrido.

"Sto alla grande," affermo. E non sto mentendo. Oggi sono davvero pieno di vita. "Grazie per avermelo chiesto."

Compio un passo e se ne fa avanti un altro. "Non ha mai confermato se il cocktail di farmaci e alcol sia stata una scelta volontaria o un incidente. Cosa ci dice oggi al riguardo?"

Mi blocco e cerco di mantenere la calma.

"La verità è che è stata una scelta stupida. Non vado fiero del fatto che quella sera io abbia bevuto e assunto un paio di sonniferi da ubriaco. Ho perso conoscenza e, sì, ho rischiato di finire male, se non fosse arrivato il mio angelo."

"Che cosa intende?" mi interroga una ragazza con il cellulare in mano. Di sicuro sta registrando.

"Sono stato salvato da una donna che, oggi, è diventata

molto importante per me." Allungo il più possibile gli angoli della mia bocca verso il cielo. "Da un episodio negativo è nato qualcosa di molto più grande."

"Sta dichiarando di essere innamorato?" domanda un tizio appena arrivato. Mi dispiace amico, ma non ti darò tanto facilmente questa soddisfazione.

"Sto dicendo che al mio fianco c'è una persona speciale e questo mi rende felice."

"Quindi le voci su una crisi della Parker & Cox sono infondate?" si informa un altro. Vorrei spaccargli la faccia, ma mantengo le apparenze.

"Se c'è aria di crisi io non la percepisco, forse ho la testa altrove," commento e per stamattina mi sono già concesso troppo. Dare informazioni esplicite su me e Lily non avrebbe lo stesso impatto che mostrarci insieme. Meglio lasciare un alone di mistero. "Grazie per il vostro interesse e la sincera preoccupazione. Come vedete sto più che bene. Buona giornata."

Riprendo a correre verso l'ingresso.

Come spesso capita la domenica, vado a pranzo da mia madre.

"Tutto bene, tesoro?" È una domanda ricorrente nelle ultime settimane e comincia a seccarmi. I miei sono davvero convinti che io abbia tentato di togliermi la vita.

"Benissimo, grazie. Edward?" chiedo, mentre mi tolgo il cappotto e lo porgo a William, il maggiordomo che ha preso il posto di Clara.

"Sta arrivando. Ha finito da poco un'operazione," dice facendomi strada in sala da pranzo. "Vuoi qualcosa da bere, mentre aspettiamo?"

Un altro dei suoi test per capire come stia.

"Dell'acqua, per favore. Sono andato a correre e non mi sono idratato abbastanza."

Si limita a riempiermi un bicchiere, senza commenti.

"Scusate il ritardo," mio fratello entra trafelato.

"Sono appena arrivato anch'io."

"Possiamo metterci a tavola," ci invita nostra madre.

Sarà un pranzo diverso. Ho un paio di cose da dire.

Vengo colto dal pensiero che, se sgancio la bomba, sarò presto costretto a portare Lily a un pranzo di famiglia. Però non è detto. Non ho mai portato nessuna donna, ma è anche vero che non ho mai avuto una relazione stabile.

"Nick?" Edward richiama la mia attenzione.

"Eh?"

"Ti ho chiesto se hai finalmente deciso di andare da quello psicologo."

"Ah, certo. Non ho intenzione di andarci."

"Cazzo, Nick! Facendo finta che il problema non esista, non risolvi nulla. Non hai imparato niente," sbotta mio fratello.

Il mio livello di pazienza su questa storia è prossimo allo zero. Per fortuna ho deciso di portarmi dietro il sacchetto che Lily ha lasciato in cucina.

Rovisto nella tasca dei pantaloni. "Non sto facendo finta, il problema non esiste," replico.

"Nicholas, tesoro," interviene nostra madre.

Lancio il contenuto sul tavolo, proprio in mezzo a loro. Entrambi lo guardano, poi si scambiano un'occhiata interrogativa.

"Non ho fatto fuori una confezione di sonniferi, sono caduti nel lavandino e a terra. La ragazza che mi ha soccorso li ha trovati e ieri me li ha consegnati. L'unica stronzata che ho fatto è stata ubriacarmi, prendere due compresse e svenire nella vasca. Non credo che per questo ci sia bisogno di uno strizzacervelli. So da me che sono stato un perfetto idiota."

Incrocio le braccia al petto e aspetto una loro reazione.

Edward prende la busta trasparente e ne analizza il contenuto.

"Se stai pensando che lo abbia riempito di proposito con una confezione nuova, levatelo dalla testa. Questa è la spiegazione per cui i test tossicologici sono risultati negativi," ringhio, perché ho il sospetto che dubiti ancora di me.

"Adesso tutto ha più senso," afferma mia madre, buttando fuori l'aria dai polmoni. Sembra sollevata, mentre mio fratello la scruta. Non è convinto.

"Se non ti fidi della mia versione, magari crederai al racconto di Lily."

"Chi sarebbe?" mi interroga lui.

È arrivato il momento di sganciare la seconda bomba.

"È stata lei a trovarmi in bagno e attualmente è... la mia ragazza."

Due paia di occhi mi fissano come se mi fosse spuntata un'altra testa.

"Da quando in qua tu hai una *ragazza* e non una scopata?"

"Edward!" lo rimprovera nostra madre. "Non tollero questo genere di discorsi in casa mia. Se tuo fratello dice che ha una compagna, allora significa che è così." Più o meno. "Ce la farai conoscere, spero," aggiunge.

"Quando vuoi, possiamo venire a pranzo."

"Aspetta un attimo," interviene di nuovo quel rompipalle di mio fratello. Esita un momento, come a voler riordinare le idee. "È la ragazza delle pulizie?"

"Confermo," rispondo prendendo un pezzo di pane. "Vuoi una dichiarazione scritta?"

"Stai dicendo che tu, proprio tu, ti sei messo con una cameriera?"

Mastico con calma per tenermi impegnato.

"Edward, che importanza ha?" si intromette nostra madre.

Valerie Parker ha spesso prestato attenzione alle donne che ci giravano attorno, per la preoccupazione che si trattasse di cacciatrici di dote. Ma si è sempre concentrata sulla caratura etica delle pretendenti, mai sul ceto sociale. Inoltre, ritengo che la sua attenzione al momento sia focalizzata su due singoli dettagli: che suo figlio non ha tentato di uccidersi e che porterà una compagna a casa.

"Mamma, non c'è problema. Lily si è licenziata dalla ditta di pulizie, da domani lavorerà per me come editor. Soddisfatto, Ed, o hai altre domande?"

"Guai a te se apri bocca," lo minaccia la mamma. "Tuo fratello ha detto che va tutto bene e la sua vita privata non deve passare sotto la nostra lente di ingrandimento. Vi ricordo che siamo una famiglia, non dei giornalisti." Poi torna a rivolgersi a me. "Porta Lily quando credi che sia il momento giusto."

"Grazie, mamma."

Lei sospira, ma mi sorride visibilmente rilassata.

Con la scusa del lavoro sono scappato in fretta, di sicuro nostra madre avrà fatto una paternale a mio fratello. Quasi mi dispiace per lui… Passo diverse ore nel mio studio a rivedere dei documenti che mi servono per domani. Ceno con uno dei piatti preparati da Clara, poi mi trascino per l'appartamento. Di solito quando mi annoio chiamo qualcuno, magari di sesso femminile, oppure esco a cena, a teatro, al cinema. Tutte cose che per ovvie ragioni è meglio evitare proprio oggi.

Mi verrebbe da mandare un messaggio a Lily, per sapere se ha domande o dubbi su come comportarsi domani, ma evito anche questo. Siamo già partiti male con la storia del sesso ed è meglio mettere una certa distanza.

Come d'abitudine dormo poco, perciò alle cinque del mattino esco per una corsa. Dopo una doccia sono pronto per andare in ufficio. Al contrario di altri nella mia posizione sociale, io non ho un autista e non voglio averlo. Di norma uso una delle mie auto per spostarmi, altre volte chiedo a uno dei vigilanti, non di turno in portineria, di portarmi da qualche parte se serve.

Sono le sette e mezza quando arrivo alla Parker & Cox, in largo anticipo rispetto al mio orario.

In giro non c'è nessuno. Informo il receptionist di far salire la signorina Morgan appena arriva. Mentre aspetto le otto e mezza, passo dall'Ufficio Risorse Umane a consegnare il contratto di lavoro di Lily.

Lascio la porta della mia stanza aperta e inizio a firmare i documenti che Violet mi ha posato sulla scrivania. Controllo spesso l'orologio e il tempo sembra rallentare. A un tratto il telefono squilla.

"Signor Parker, è arrivata la signorina Morgan," dice Daniel dalla reception.

"Falla salire."

Otto e venticinque.

Non essendoci ancora nessuno, riesco a sentire lo scampanellio dell'ascensore e le porte che si aprono. Alzo la testa e la vedo avanzare lungo il corridoio. Indossa un paio di pantaloni uguali a quelli di sabato sera e le stesse scarpe con il tacco alto. Al posto del giubbotto di pelle, un cappotto beige. I capelli biondi sono lisci. Avanza verso di me e noto che è tesa. Stringe con troppa forza la tracolla della borsa, come se avesse paura di venire scippata.

Mi alzo in piedi e la aspetto sulla soglia.

"Tutto a posto?" domando, lei muove la testa in segno di assenso. "Nervosa?" Stesso movimento con il capo. Mi viene da sorridere.

"Entra, ti aggiorno su un paio di cose."

Mi passa davanti e mi sbatte in faccia il suo profumo. "Mi sembri un cerbiatto abbagliato dalle luci di un'auto," dico, mentre le allungo una busta.

"Scusa. Sono un po' agitata," ridacchia sedendosi.

"Lì dentro troverai un badge per l'ufficio, uno per il mio appartamento e una carta di credito."

"Cosa?"

"Ipoteticamente la mia fidanzata deve poter entrare e uscire da casa mia, senza farsi annunciare dal vigilante ogni volta," spiego.

"Questo lo capisco, ma la carta di credito? Non mi serve e non la voglio," protesta e la fa scivolare sulla scrivania.

"È un'estensione limitata della mia. Non la vuoi, ma devi tenerla," replico secco. Con due dita la sposto di nuovo verso di lei. "Se stai con me, ti devi conformare, altrimenti le persone capiranno che qualcosa non torna."

Non so in che altro modo gentile dirglielo.

Scatta in piedi. "Mi stai dicendo che devo diventare una specie di Barbie, perché altrimenti le persone non crederanno alla nostra relazione?"

È già arrabbiata. Ed è ancora più deliziosa in questa veste di gattina che soffia. Quando si infervora ha un che di erotico.

Mi metto in piedi anch'io e mi posiziono di fronte a lei. Le poso le mani sulle spalle.

"Non voglio trasformarti in una Barbie. Sei bella così come sei. Ma se la gente deve credere che mi sto innamorando di te, occorre mostrare che sono disposto a tutto per farti felice. Capisci cosa intendo?"

"Okay," si arrende, spazientita. "Dammi quella stupida carta. Ma non pensare che mi presenterò con vestiti di Dior, scarpe Louboutin e gioielli Tiffany. Non sono fatta per questo," ribatte.

"Ed è quello che ti rende unica." Le sue iridi grigie saettano nelle mie. "Dobbiamo solo rendere questa cosa più credibile, chiaro?"

Sospira e annuisce.

Guardo l'orologio. Lo stesso che mi ha regalato mio padre poco prima di andarsene. "Madison a quest'ora è già in ufficio. Andiamo, vi presento."

Faccio un passo avanti e apro la porta. Qualcuno in corridoio si volta incuriosito verso di noi. Lily mi precede di un passo, poi si ferma e mi aspetta. Le poso una mano alla base della schiena e la guido fino all'ufficio di Madison. Nonostante la tensione che sento lungo il suo corpo, mi regala un sorriso. Sta recitando e va bene così.

Arrivati a destinazione, busso alla porta della direttrice editoriale.

"Avanti."

"Buongiorno, Maddy. Stupita di vedermi in ufficio a quest'ora?" la saluto, entrando per primo.

"In effetti non è un po' presto per i tuoi standard?" replica, mentre toglie il notebook dalla borsa per metterlo sulla scrivania.

"Volevo presentarti il nuovo acquisto della Parker & Cox."

L'attenzione di Madison si sposta su Lily, alle mie spalle.

"Lei è Lily Morgan."

La radiografia che le fa con gli occhi non mi piace per niente.

"È un piacere conoscerla, signora Wright," si introduce Lily con un filo di voce. "Ho seguito molte delle sue interviste, corsi e webinar. Ammiro il suo lavoro."

Madison mi lancia un'occhiataccia. "Be', come si dice in questi casi, il piacere è mio."

Il significato delle sue parole si scontra con il modo in cui le pronuncia.

Madison stringe la mano di Lily, che ha le guance arrossate, come se avesse appena chiesto l'autografo alla sua cantante preferita.

"Suppongo che starà nell'ufficio qui di fronte, giusto?" chiedo conferma, perché abbiamo già discusso i dettagli con il responsabile delle Risorse Umane.

"Così mi è stato detto," replica lei piccata.

Allora è questo il problema. Non le va giù di essere stata scavalcata. Peccato che siamo io e Paul i proprietari della Parker & Cox. Il mio socio è stato entusiasta di questa assunzione. Da tempo diceva che serviva un editor giovane, in grado di capire i linguaggi della generazione Z.

"Bene, allora vi lascio e torno al mio lavoro," dico a entrambe.

Lily ha gli occhi impauriti. Ben diversi da quelli con cui mi guardava l'altra sera, mentre era a cavalcioni su di me.

Le porto una mano alla base del collo e le accarezzo una guancia con il pollice.

"Sai dove trovarmi, se hai bisogno."

Lily impiega un po' di tempo ad annuire. Solo allora allontano la mano da lei. "Ci vediamo a pranzo." Prima di uscire, incamero il suo profumo. Mi terrà compagnia per tutta la mattina.

Capitolo 18

Lily

Non ho dormito molto. Da oggi inizia una nuova fase della mia vita. Sono andata al lavoro con un misto di nervosismo ed eccitazione. Soprattutto perché avrei rivisto Nicholas, dopo aver fatto sesso.

Non me ne pento, è stato bello, però so che devo proteggere il mio cuore. Ho notato quanto sia facile rimanere intrappolata nella rete di Nicholas Parker.

Quando l'ho incontrato nel suo ufficio, ne sono rimasta stregata. Oggi indossava un completo grigio e una camicia azzurra e trasudava la sicurezza tipica degli uomini di successo. Nulla a che vedere con il ragazzo che mangiava pizza con le mani nel suo appartamento.

La nota stonata del nostro incontro è stata la carta di credito. Anche se non era sua intenzione, mi sono sentita umiliata. Capisco il suo discorso sull'immagine di coppia e tutto il resto, ma non ho intenzione di usarla. Piuttosto pagherò i nuovi vestiti di tasca mia. Devo già andare a fare shopping, oggi sono stata costretta a indossare l'unico paio di pantaloni decenti che ho.

Vorrei poter dire che l'incontro con Madison Wright è andato come nei miei sogni, ma non è stato così. Sarei scappata a gambe levate se non ci fosse stato Nicholas accanto a me. Non solo mi ha lanciato occhiate strane da quando sono entrata, ma mi ha ignorato per tutta la mattina. Per fortuna Beatrice, la nuova collega, si è dimostrata disponibile a mostrarmi i fondamentali. È carina e c'è stato tempo anche per qualche chiacchiera personale. Le ho raccontato che vivo con due amiche e che ho una relazione. Non mi piace mentire, ma fa parte dell'accordo.

Poco prima della pausa pranzo, mi arriva un messaggio di Nicholas.

TI PIACE LA CUCINA ITALIANA? N.

MI PIACE UN PO' TUTTO. LILY

USCIAMO PER PRANZO. PASSA DAL MIO UFFICIO. N.

Sarà il caso? Dopotutto è lui il capo e questa storia è una sua trovata, perciò seguirò i suoi ordini. In fondo è quello che sembrano: ordini.

All'una mi alzo e infilo il cappotto.

Beatrice mi ferma. "Ti va di venire con noi alla tavola calda qui all'angolo?"

Accidenti, vorrei davvero.

So bene che se mi vedranno con il capo, mi farò terra bruciata tra le colleghe.

"Oggi ho un impegno, ma mi piacerebbe molto venire domani, se l'invito sarà ancora valido," rispondo come meglio posso.

"Certo! Perché non dovrebbe? Da oggi fai parte del team."

Le sorrido e la saluto. Domani non credo che la vedrà allo stesso modo.

Oltrepasso la porta e Madison sta uscendo proprio in quel momento. Mi squadra, come ha fatto appena sono arrivata.

"Ti hanno informato che la pausa è soltanto di un'ora?"

Le cose sono due: Nicholas le ha detto che abbiamo una relazione oppure lo sospetta.

Voglio farle capire che sono preparata per questo lavoro, però non ho intenzione di farmi umiliare. È già successo troppe volte. All'università, alla caffetteria dove servivo e anche con il mio incarico di addetta alle pulizie.

"Non impiego mai più di un'ora per mangiare," rispondo, tentando di usare un tono colloquiale.

"Dipende da quello che mangi," commenta con un ghigno che mi lascia di stucco, mentre se ne va.

Con una certa nausea per quello che la direttrice ha lasciato a intendere, raggiungo l'ufficio di Nicholas. Ha già il cappotto addosso ed è in piedi di fronte alle finestre. Sembra il padrone della città. È una visione affascinante.

Busso alla porta per fargli capire che sono qui.

"Menomale che sei arrivata, ho fame."

Viene verso di me e, proprio come stamattina, mi posa una mano alla base della schiena e mi sospinge lungo il corridoio. I dipendenti ci guardano di nuovo, anche se fingono di non badare a noi. Stringo la tracolla della borsa.

L'ascensore è affollato. Al suo ingresso la gente si sposta. La tensione è mitigata solo dal suo buon odore, il solito mix di gelsomino e sandalo.

Arrivati al piano terra, passo il badge e lo accompagno fuori. Ha smesso di piovere, c'è odore di umidità e smog, eppure mi sembra di respirare meglio che in ufficio.

Lo seguo fino a un ristorante italiano dall'aria costosa. Il cameriere sembra volergli stendere un tappeto rosso e Nicholas lo saluta con il solito piglio arrogante. Lasciamo al personale i cappotti. Da cavaliere, Nicholas mi scosta la sedia e mi fa accomodare. È inutile, quest'uomo resta un vero rompicapo con le sue tante sfaccettature. Ci lasciano due menù e, mentre sto studiando cosa prendere, mi chiede: "Come è andata stamattina?".

"Bene," rispondo, concentrandomi sull'elenco delle pietanze, anche se ho già scelto da un pezzo.

Con un dito abbassa la lista e mi scruta. Quelle dannati iridi nocciola sembrano inghiottirmi.

"Specifica *bene*."

"È il primo giorno, come vuoi che vada?"

"Mi pareva che fosse il lavoro dei tuoi sogni, mi aspettavo un po' più di entusiasmo," puntualizza.

Arriva la cameriera e ordiniamo.

"Quindi?" mi incalza.

"Beatrice ha iniziato a farmi vedere il programma su cui registra le schede di valutazione dei libri. È molto gentile. Mi aveva anche invitata a uscire a pranzo con le colleghe."

"E tu cosa le hai risposto?"

"Che avevo un impegno, ma che domani mi piacerebbe andare con loro. Se l'offerta sarà ancora valida," riferisco, bevendo un sorso d'acqua.

"Hai avuto qualche problema con Madison?"

"Perché me lo chiedi?" domando a mia volta, per il timore che lei gli abbia detto qualcosa.

"Di norma non si comporta come è successo oggi. E dalla

tua faccia direi che è accaduto qualcosa, dopo che me ne sono andato."

Non voglio piagnucolargli addosso. Non siamo una vera coppia. "Nulla che non possa gestire," lo liquido. L'arrivo della nostra ordinazione chiude lì il discorso. "E la tua mattina com'è stata?"

Inizia a parlarmi di un paio di autori capricciosi che pretendono cose assurde, pensando di essere i prossimi premi Nobel della letteratura. Scoppio a ridere quando racconta che uno di loro gli ha inviato una cornice con dentro un autoritratto, chiedendo che la casa editrice lo scansionasse per farne la copertina. Nicholas è una compagnia piacevole e il pranzo scorre sereno, tanto che quasi mi dispiace quando arriva l'ora di rientrare.

Guardo il cellulare e mi accorgo che mancano una manciata di minuti alle due.

"Io scappo," annuncio, mettendomi in piedi. "Sono l'ultima arrivata e non vorrei essere ripresa per il ritardo."

"Ti accompagno."

"Non è necessario. Tu resta pure," provo a insistere.

"Adesso ho capito."

"Che cosa?"

"Niente, piccola. Andiamo."

Mi ha chiamato "piccola". Come dovrei reagire? Se fossi una femminista convinta, gli direi che certi nomignoli sminuiscono il mio essere donna. Se fossi cotta di lui, gli farei gli occhi a cuoricino e mi sentirei al settimo cielo. Non sono nessuna delle due, perciò mi limito a pensare che quel soprannome mi piace.

Nicholas paga il pranzo e questo mi mette in imbarazzo. Attraversiamo Times Square fianco a fianco, schivando i tanti turisti che la affollano, fino al palazzo della Parker & Cox. Subito dopo aver superato i tornelli, mi prende per mano. Vado nel panico, ma la sua sicurezza mi fa capire che è una mossa studiata. Entriamo in ascensore sotto lo sguardo attento degli estranei. Arrivati al sessantesimo piano, non lascia la presa, anzi mi accompagna fino all'ufficio. In mezzo al corridoio si ferma ad accarezzarmi una guancia, poi mi dà un tenero bacio sulla bocca.

"Stasera aspettami, ti porto a casa. Non dovrei fare tardi."
Annuisco e non riesco a parlare perché mi bacia di nuovo.

"A più tardi."

Rimango lì con le guance in fiamme e gli occhi di tutti puntati su di me. Sono quelli di Madison a preoccuparmi di più. Sembra furiosa. Dopo aver assistito allo spettacolo, sbatte la porta del suo ufficio, mentre io entro in quello di fronte.

"Oh mio Dio," mi accoglie Beatrice con un sorriso. "Tu e il signor Parker?"

Maledizione, Nicholas, in che guaio mi stai cacciando?

"Sì, è una cosa nuova anche per me," mormoro, senza troppo entusiasmo.

"Ma è fantastico!" commenta lei, battendo le mani.

Grazie alla mia nuova collega oggi ritrovo un po' di positività. Forse, non andrà così male come temevo.

Il resto della giornata scorre in maniera altrettanto strana. C'è un continuo viavai per la nostra stanza. "Questo ufficio non ha mai visto tante persone," ridacchia Beatrice, "nemmeno per l'ultimo giorno di Betty, la mia ex collega."

"Mi stavo giusto chiedendo se fosse normale."

"No, sono qui per te."

"Ogni volta che arriva qualcuno di nuovo sono tutti così curiosi?" domando stupita.

"Non sono qui per vedere la nuova assunta, si sarà sparsa la voce del bacio," risponde, alzando le spalle.

"Oddio." Mi lascio andare a un lamento e mi porto la mano al viso, quasi potesse nascondermi.

"Ehi, non badare a loro e non badare a Madison. In pratica vive per il lavoro, perciò non le piace essere scavalcata. Voglio dire, che te ne frega? Nicholas Parker ti ha baciata davanti a tutti. È un po' come quando al liceo il capitano della squadra di football molla la cheerleader per mettersi con la ragazza acqua e sapone. Fa notizia. E tu per un po' farai notizia," spiega. Mi ritrovo a sorridere del paragone. "Cielo, spero di non averti offesa," aggiunge accorgendosene.

"No, anzi, è un raffronto molto azzeccato. Ho visto le donne con cui è abituato a uscire Nicholas."

"Alcune erano davvero sopra le righe," sussurra lei.

Ci guardiamo in faccia e scoppiamo a ridere.

Della mia collega apprezzo che non mi chiede nulla di noi. Forse lo farà domani, ma non oggi.

Il pomeriggio scivola via meglio della mattina. A fine giornata saluto Beatrice ed esco in corridoio. La porta di Madison non è aperta e non ho intenzione di disturbarla. Raggiungo l'ufficio di Nicholas.

Mi ha detto di aspettarlo, ma la porta è chiusa. Qualche metro più in là, anche la scrivania della sua assistente è vuota. Tengo il cellulare in mano, indecisa se mandargli un messaggio. Mi accorgo di non sapere come comportarmi. Alla fine, appoggio la schiena alla parete e aspetto.

Pochi minuti più tardi la porta si spalanca e ne esce un uomo anziano.

"Ho capito, Paul, grazie," sento dire a Nicholas. "Penserò io a sistemare la questione." Poi si accorge della mia presenza e assume un'espressione divertita. "Paul, ti presento Lily Morgan, il pomo della discordia," mormora a voce bassa.

Che significa? Sta sorridendo, quindi non deve essere nulla di brutto.

L'anziano mi porge la mano. "Ho sentito molto parlare di lei, signorina Morgan. Benvenuta alla Parker & Cox." I suoi modi cordiali mi mettono subito a mio agio.

"È un piacere conoscere un editore importante come lei."

"A me non hai mai detto una cosa del genere," protesta Nicholas.

"Perché a te basta poco per esaltarti, perciò bisogna sempre moderarsi," replico.

Nicholas apre la bocca per dire qualcosa, ma la richiude subito.

"Questa ragazza mi piace. Tienitela stretta," suggerisce il signor Cox.

"È quello che ho intenzione di fare," ribatte il diretto interessato, cingendomi la vita con un braccio.

Quando il suo socio sparisce, Nicholas recupera il cappotto e la borsa con il computer.

"Possiamo andare."

Scendiamo nei parcheggi sotterranei e lo seguo fino a una coupé della Jaguar. Ovvio, non poteva mica avere un'utilitaria.

All'improvviso mi viene in mente che sta per scoprire dove abito e questo mi mette lievemente a disagio.

"Posso tornare a casa con la metropolitana. Lo faccio sempre," provo a dire.

"Lily, sali."

Sbuffo, sono già stanca di obbedire ai suoi ordini.

"Indirizzo, prego."

"Non è necessario che mi scorti fino a casa. Lasciami a qualche fermata da qui, tanto tutti hanno visto che siamo usciti insieme," insisto, dopo essermi allacciata la cintura. Lui mi fissa impassibile e alla fine sono costretta a svelare il mio indirizzo.

Dopodiché mette in moto e accende la radio. L'interno della coupé odora ancora di plastica e pelle. Deve essere nuova.

Restiamo in silenzio per una lunga manciata di minuti, poi mi torna in mente la frase pronunciata al suo socio.

"Perché sarei 'il pomo della discordia'?"

"Madison," spiega. "È andata da Paul a informarlo di non essere d'accordo con la tua assunzione, perché non hai fatto un colloquio con lei."

Ottimo. Con la mia nuova capa parto con il piede giusto.

"Ecco perché a pranzo mi hai chiesto se avessi avuto problemi con la Wright."

Annuisce.

"Non è da Madison comportarsi così."

"Come no," mi lascio sfuggire.

"Che significa?"

"Qualcosa mi suggerisce che non sia solo una questione lavorativa. Magari sbaglio," spiattello, mentre siamo fermi nel traffico.

"E cos'altro potrebbe esserci?" Mi lancia un'occhiata.

"Tu."

Potrei passare per una fidanzata gelosa, ma non è così. Mi fido solo del mio istinto.

"Ti sbagli. Conosco Maddy da una vita e non c'è mai stato nulla, nemmeno una battuta fuori posto."

Il fatto che la chiami "Maddy" già mi manda il fumo negli occhi. È strano, stamattina non vedevo l'ora che quella donna mi prendesse sotto la sua ala e mi insegnasse il più possibile, dopo solo nove ore mi ritrovo ad aver cambiato idea.

Diciamo la verità, la considerazione che avevo di lei è iniziata a scemare nel momento in cui ho notato che stava editando male il libro di Xander Mayer.

"Avrai di sicuro ragione tu," taglio corto.

Forse sono solo arrabbiata per come mi ha trattata oggi. Magari domani andrà meglio.

Dopo mezz'ora imbocchiamo la strada di casa mia e inizio ad agitarmi sul sedile. I vicini si voltano a fissare l'auto. Da queste parti è difficile vedere tanto lusso.

Nicholas parcheggia davanti al mio stabile.

"Grazie del passaggio. Ci vediamo domani," lo saluto, sperando che non voglia entrare.

Slaccio la cintura, ma lui è più veloce e mi sta già aprendo la portiera. Guarda verso l'alto. "A che piano vivi?"

Mi mordo il labbro. Lui raggiunge l'ingresso principale, ma è la direzione sbagliata.

"Di qua," indico e scendo i gradini che conducono al seminterrato. Non oso voltarmi per vedere la sua reazione, però sento i suoi passi dietro di me. Giro la chiave ed entro nel mio appartamento.

"Sono a casa," annuncio, poi guardo l'ora e mi ricordo che Shannon è ancora in studio, mentre Summer è di turno. "Dimenticavo che le mie coinquiline sono al lavoro."

Tolgo la giacca e la butto sul divano. "Vuoi qualcosa da bere?"

Raggiungo il frigorifero, farei di tutto per non guardarlo in questo momento.

"No, grazie," declina. "Vorrei vedere la tua camera."

"La mia camera? Prima porta a destra." Non uso un tono scocciato, ma nemmeno entusiasta.

Mi verso un bicchiere di succo e inizio a sorseggiarlo, mentre lui esce dalla stanza.

"È carina," la voce di Nicholas arriva dall'altra parte del muro. "Ma dove dormi?"

Abbandono il bicchiere sul lavandino e lo raggiungo. Appena entro noto che lui da solo riempie la stanza. Chiudo il tavolino su cui c'è il libro che sto leggendo in questi giorni, poi vado all'armadio, afferro la maniglia e abbasso il letto a scomparsa. Nicholas è costretto a schiacciarsi contro la parete per non venire investito. Mi siedo sul materasso.

"Eccolo qui."

C'è spazio solo ai lati, mentre di fronte incombe la parete. "Al di là della noia di tirarlo su e giù, è comodo."

Nicholas si siede accanto a me. "Io non ci entro. È fatto per le persone corte come te."

"Ehi, io non sono *corta*," protesto, ma scoppio a ridere perché non sembra sconvolto dal fatto che viva in un miniappartamento sotto il livello della strada.

"Anche questa casa ricorda molto la residenza dei sette nani."

"Vuol dire che tu interpreti la povera Biancaneve," gli faccio notare.

"In effetti, mi sono addormentato e sono stato salvato dal sonno," afferma e mi strizza l'occhio. Poi torna serio. "Oggi è stato troppo per te?"

Lo guardo senza capire.

"Voglio sapere se le mie attenzioni sono state eccessive o ti hanno dato fastidio."

"No, sei stato un gentiluomo. È solo che non sono abituata a stare al centro dell'attenzione e molti colleghi erano curiosi. Mi sono sentita un animale allo zoo."

"Ci faranno l'abitudine. Non preoccuparti di questo. Adesso sarà meglio che torni a casa." Si mette in piedi e io sono costretta a scavalcare il letto per accompagnarlo fino alla porta. "Sabato sera verrai con me a un evento culturale organizzato dal sindaco," aggiunge mentre percorriamo il corridoio. "È l'occasione perfetta per farci vedere insieme."

La salivazione mi si blocca in gola.

"E domenica siamo invitati a pranzo dalla mia famiglia," spiattella come se nulla fosse.

Inizio a tossire. Per fortuna siamo vicini alla cucina. Nicholas prende il bicchiere che ho lasciato sul lavandino e me lo porge. "Respira, andrà tutto bene."

La famiglia e gli eventi pubblici... Credevo che almeno i primi tempi ci saremmo fatti vedere in giro da soli. Che il cielo mi aiuti!

"Meglio che per sabato ti prepari bene. Buonanotte."

"Okay," mi limito a dire, troppo sconvolta per protestare.

Cosa vorrà mai intendere con "prepararsi bene per sabato"? Che dovrò comprare un vestito o studiare a memoria i nomi degli invitati?

È troppo tardi per chiederglielo, Nicholas è già sparito oltre la porta.

Sta per venirmi un gran mal di testa. Mi sto pentendo di aver accettato la sua proposta.

Capitolo 19

Nicholas

Per quanto abbia cercato di convincermi che i soldi non c'entrino, dopo aver visto la scatola di sardine in cui abita sono convinto che è quella la motivazione principale per cui Lily ha accettato l'offerta.

Guido fino a casa e mi sento strano. Oggi ho cercato di essere quello che non sono. Atteggiamenti tanto romantici non fanno per me. Eppure, so che i fotografi potrebbero essere dietro ogni angolo, quindi meglio fingere il più possibile. Posso permettermi di essere me stesso solo nel mio appartamento. Anche se a ben guardare, pure lì mi sono comportato in un modo che non mi appartiene, con lei quando abbiamo fatto sesso. Per fortuna è stata Lily a dire che non sarebbe mai più dovuto accadere. È stato sopra la media... Anzi, a essere onesti è stato fantastico. Però non voglio che lei fraintenda e si illuda.

Davanti al portone ci sono i soliti giornalisti appostati. Ottimo, almeno adesso faranno il mio gioco.

Dopo aver parcheggiato nei sotterranei, salgo al mio piano.

"Si può sapere cosa stai combinando?"

Quasi mi prende un colpo, quando vengo accolto da Clara.

"Non dovresti essere già uscita?" la rimbecco.

Lo confesso, ho accompagnato a casa Lily anche perché non volevo incrociarla.

"Non cambiare argomento. Cosa sta succedendo con Lily? Prima la accusi, poi la licenzi e adesso dici che è la tua ragazza?"

"E tu come sai che si tratta di lei?" domando.

Ho rilasciato la dichiarazione ieri di ritorno dalla mia corsa, ma non ho fatto nomi. Ho visto che i giornali online hanno ripreso la notizia e, ovviamente, sono stato ben attento a non informare la diretta interessata, prima che desse di matto e cambiasse idea.

"Secondo te?"

"Mia madre! Voi due la dovete finire di parlare alle mie spalle."

Abbandono la valigetta del lavoro all'ingresso e mi tolgo il cappotto.

"Nicholas," richiama la mia attenzione. "Non voglio alcuna spiegazione, non sono affari miei."

"Almeno su questo punto siamo d'accordo."

Clara chiude gli occhi, come a raccogliere tutta la pazienza che ha.

"È una brava ragazza, non giocare con lei." Chiude la giacca e prende la borsetta. "Oppure te la vedrai con me. E ricorda che senza la sottoscritta non sai nemmeno dove trovare un paio di mutande."

Rimango a bocca aperta, mentre si precipita fuori dalla porta.

"Io non uso le mutande, uso i boxer, tanto per essere precisi," strillo all'aria perché ormai è già sparita.

Altra notte passata a rigirarmi nel letto. Negli anni ho provato di tutto per riuscire a dormire. Farmaci, agopuntura, meditazione, ipnosi e alcol. Non funziona nulla.

Mi alzo e vado a correre. Dopo la doccia, mentre faccio colazione, controllo le notizie sul telefono. Ecco comparire le prime immagini di me e Lily fuori a pranzo. I titoli hanno tutti lo stesso tenore: considerano Lily una delle tante. Vi ricrederete.

Sempre che riusciamo a essere convincenti, sussurra una fastidiosa voce interna. Bevo un altro sorso del mio caffè nero e finisco di prepararmi. Quando torno al piano inferiore, passo dalla cucina a salutare Clara.

"Ti sei aggiornata con mia madre stamattina, oppure è presto?" la schernisco e lei per tutta risposta mi lancia il canovaccio.

"Stai attento che tua madre e io ti teniamo d'occhio come quando eri piccolo."

"Ciao, Clara!" la saluto.

Arrivo in ufficio molto presto, nonostante il traffico congestionato dalla pioggia. Appena parcheggio, mi arriva una serie di messaggi. È Lily.

HAI VISTO QUESTO LINK?

E QUESTO?

NICHOLAS, CI HANNO FOTOGRAFATI FUORI DAL RISTORANTE ITALIANO.

CHE SIGNIFICA "ALTRA CONQUISTA, ALTRA METEORA"?

SONO NELLA HALL, TI ASPETTO.

Che diavolo ci fa già in ufficio a quest'ora? Salgo al piano terra e non la vedo. Poi scorgo una ragazza seduta in un angolo, con in testa un foulard e gli occhiali da sole.

La donna mi guarda e si alza in piedi. Sto per scoppiare a ridere quando mi raggiunge e, prima di spingermi verso gli ascensori, si guarda attorno con circospezione.

"Ma come ti sei conciata?"

"Non voglio farmi beccare," ribatte.

Appena le porte dell'ascensore si chiudono si toglie foulard e occhiali e, come spesso accade, il grigio delle sue iridi mi colpisce.

"Forse ti sei dimenticata che lo scopo è proprio quello?"

Lei sgrana gli occhi, poi la sua espressione passa in fretta dallo stupore all'istinto omicida.

"Tu lo sapevi?" mi interroga irritata.

"Ovvio. Mi inseguono da giorni. Anzi, a pensarci bene lo fanno da molto più tempo."

"Perché non me lo hai detto?" protesta e le sue guance si tingono di rosso.

"Non saresti stata naturale e nessuno ci sarebbe cascato," puntualizzo. Poi mi sorge un dubbio. "Qual è il problema? Fa parte del piano, ricordi?"

"Lo so, è solo che… avrei voluto più tempo per preparami. Tutto qui."

Mi prendo un momento per studiarla. Oggi indossa dei jeans e una camicia bianca sotto una giacca blu. Il cappotto è ripiegato sul braccio, mentre ai piedi spuntano delle ballerine. Ho sempre pensato che rendessero una donna meno femminile. Lily, con o senza quelle scarpe, mantiene del tutto la sua sensualità.

"Non preoccuparti, stavi bene ieri, così come stai bene oggi," affermo per rassicurarla.

Invece lei sbuffa frustrata.

"Perché voi uomini non capite mai un bel niente?" brontola. "Non intendevo 'prepararmi' nel senso di farmi carina, ma di entrare nel mood giusto!".

Ah, ora capisco il suo nervosismo.

"Ascolta, è andata bene."

"Nicholas." Cazzo, usa lo stesso tono di Clara e di mia madre quando sono infuriate con me. "Mi hanno definito una 'meteora'."

Trattengo a fatica una risata.

"E immagino che sia l'unica cosa che ti sta turbando?"

"Nessuno mi ha mai definita 'meteora'."

Giuro che le donne sono davvero un grande mistero. E c'è solo una parola che mi viene in mente per definire Lily in questo momento: deliziosa.

"Una meteora è una stella che muore, che..." borbotta, ma io ho soltanto voglia di assaggiarla.

Non la lascio continuare, le poso la mano dietro la nuca e, dopo averla attirata a me, la bacio.

All'inizio rimane ferma come una statua, poi risponde muovendo le labbra sulle mie. Mi lascio cullare dal suo buon profumo. Peccato duri poco. Appena le porte si riaprono, un paio di dipendenti ci fissano dalla reception. Ci stacchiamo in fretta. La prendo per mano e la accompagno nel suo ufficio.

Non mi serve guardarla per sapere che sta diventando paonazza.

Si osserva attorno e, quando non vede nessuno, bisbiglia: "Okay, ho capito, mi devo fidare delle tue decisioni. Tu sai sempre quando ci stanno per beccare. Ottimo istinto. Ci vediamo dopo".

Entra nella stanza e io resto lì un attimo.

È quello il motivo per cui l'ho baciata in un ascensore, mentre c'eravamo solo noi due?

Sì, ho un grande istinto.

Anche se forse non sapevo di averlo.

Capitolo 20

Lily

Come caspita fa ad avere una specie di sensore quando le persone ci fissano? È davvero bravo. E purtroppo per me lo è anche a baciare.

Vado alla scrivania, la mia collega non è ancora arrivata. Non so cosa fare nell'attesa. Il mio piano di lavoro è vuoto, mentre quello di Beatrice pieno di fogli. Accendo il computer che ha ancora impostate le credenziali della precedente impiegata e apro il programma con le schede dei libri da editare. Per passare il tempo, cerco quella del manoscritto di Xander Mayer. Leggo i dati e rimango sconvolta dalla valutazione. Non c'è alcuna enfasi per questo libro. I punti di forza sono pochissimi, mentre c'è un lungo elenco di punti critici. Ci deve essere un errore! Non può essere lo stesso libro che ho letto io. Eppure, il titolo è quello: *Angeli caduti*.

La lettura è soggettiva, ma il potenziale di un libro non può esserlo. La direttrice ha decisamente sottostimato l'eccellenza di quel romanzo.

È un vero peccato!

Nel frattempo, sbircio nel calendario editoriale dei prossimi mesi, in cui sono programmate le uscite ufficiali e le fasi di editing dei manoscritti di prossima pubblicazione. Il mio libro preferito dovrebbe uscire nella seconda metà di aprile. In una schermata correlata studio i dettagli e i piani di lancio di ogni libro. Anche qui trovo una campagna di promozione scarna.

Alzo gli occhi dal computer quando Beatrice entra nella stanza.

"Già al lavoro?"

"Non proprio, ho bisogno che tu mi dia qualcosa da fare," rispondo.

Lei si toglie la giacca ed estrae il notebook dalla sua borsa. Nell'attesa che si accenda, osserva la mia schermata.

"Non prendere troppo alla lettera quel calendario, qui le cose cambiano in fretta. Madison sposta di continuo le uscite e non sempre lo aggiorna." Indica una data sul display. "Per esempio, questa autrice alla fine non ha firmato e nemmeno questa. Evidentemente il capo si è dimenticata di eliminare le schede."

I nomi mi suonano familiari. Devono essere tra quelle che ha menzionato anche Nicholas. Entro nel database.

"Che strano! Per ognuna era già stata programmata la data di uscita, il lavoro di editing e la campagna stampa ancor prima che firmassero un contratto?"

Beatrice alza le spalle, poi lancia un'occhiata alla porta chiusa dall'altra parte del corridoio.

"Secondo me, Madison è oberata di lavoro," sussurra con fare cospiratorio. "Poco tempo fa ha messo in copia me e la collega che lavorava al tuo posto in una e-mail con allegato un manoscritto, ma l'ha spedita a un indirizzo esterno. Quando le ho chiesto cosa dovessi farci, ha detto di essersi confusa e ha chiesto di cancellarla."

"Magari si trattava di un file editato che doveva girare all'autore, invece l'ha inviato a te," suggerisco.

"Non credo, l'ha mandato dalla sua e-mail personale, inoltre il file era di una certa Julia Green e il nome non corrispondeva a quello del destinatario. Sono convinta che abbia sbagliato ad allegarlo," precisa. "Comunque, non badare troppo a quella pianificazione. È un memorandum solo nostro. Meglio consultare l'agenda ufficiale della casa editrice. Lì trovi tutte le scadenze corrette."

"Grazie dell'informazione."

"Un'altra cosa, in ascensore stamattina ho incontrato una collega delle Risorse Umane. Mi ha informato che dovresti passare da loro per farti dare le nuove credenziali per entrare nel sistema aziendale. Se hai problemi puoi chiamare il tecnico informatico," mi consiglia prima di sedersi alla sua postazione.

"Allora vado subito, così poi sarò operativa."

Scendo al piano inferiore, dove si trovano gli uffici amministrativi. Durante il tragitto di andata e ritorno colgo le occhiate indiscrete dei dipendenti. Temo che dovrò abituarmi. Chissà se sono più incuriositi dal fatto che una tizia qualunque abbia catturato l'interesse dell'amministratore delegato o che lui mi abbia raccomandata. Anche se non mi fa piacere tutta questa attenzione, devo imparare a non badarci.

Quando rientro nella mia stanza, sono contenta di sottrarmi alle occhiate invadenti. Cambio umore appena mi ritrovo Madison davanti.

"Buongiorno, arrivi adesso?"

Lancio uno sguardo a Beatrice, che ricambia stupita.

"No, sono andata..."

"Durante l'orario d'ufficio, preferirei che tu non andassi in giro. Siamo qui per lavorare, non per amoreggiare," sbotta lei senza lasciarmi rispondere.

Ma che diavolo pensa? Che fossi da Nicholas?

"Sono scesa a ritirare le credenziali d'accesso, come mi ha consigliato Beatrice."

Mi dispiace coinvolgere la mia nuova collega, ma sta esagerando.

Madison raddrizza la schiena.

"Ho incontrato Emily in ascensore e mi ha detto che erano pronte," aggiunge l'altra. Grazie al cielo c'è lei.

"Per stavolta va bene, ma che non si ripeta. Se ho bisogno di te, devo sapere dove sei," sentenzia ed entra nella sua stanza, sbattendo la porta.

Mi lascio cadere a peso morto sulla sedia.

"Non prendertela. Le passerà," mi consola Beatrice.

"Fa così con tutte quelle nuove?"

"No, temo che faccia così solo per via del grande capo," le sfugge.

"Che significa?"

"Non voglio metterti strane idee nella testa, ma lavoro qui da cinque anni e c'è solo una persona con cui Madison è gentile e sorride..."

Lascia la frase a metà e si morde il labbro, quasi pentendosi di ciò che ha detto.

"Ho capito. Non voglio sapere altro." Alzo le mani in segno di resa.

In realtà vorrei. Che ci sia stata una storia tra il CEO e la direttrice editoriale?

Se così fosse, si spiegherebbe tutto.

Poco prima della pausa, Beatrice mi invita a pranzo e io accetto al volo. Non ho sentito Nicholas dal nostro arrivo e ormai ho capito che, se volesse incontrarmi per farci vedere insieme, mi contatterebbe lui.

Appena scatta l'orario, la seguo fino a una tavola calda a un isolato di distanza. Il posto è carino, semplice e pieno di gente di tutti i tipi. Molto diverso dal ristorante italiano di ieri, popolato da manager e direttori.

Beatrice si ferma a un tavolo già occupato da sei donne.

Mi presenta e poi snocciola una serie di nomi che impiegherò un bel po' a ricordare.

All'inizio mi scrutano come fossi una specie rara, poi mi salutano e tornano alle loro conversazioni. Tempo di ordinare e arriva la fatidica domanda: "È vero che conosci bene il grande capo?".

"Sandy!" la ammonisce Beatrice.

"Che c'è? Lo sai che sono la più curiosa qui dentro."

"Tu non sei solo curiosa, sei pettegola," interviene un'altra.

"Vero. I pettegolezzi per me sono il sale della vita."

Le altre scoppiano a ridere e l'aria si alleggerisce. Sandy mi fissa in attesa di una risposta.

"Diciamo che lo conosco." Resto sul vago.

"Così non vale," protesta. "Abbiamo visto le foto sui giornali stamattina." Mi strizza l'occhio e questo atteggiamento mi fa sorridere.

Decido di dar loro un contentino.

"Bacia divinamente," sentenzio.

Dopo un istante di silenzio, in cui temo di aver esagerato, reagiscono in vari modi. Chi sospira, chi decanta quanto Parker sia affascinante, chi ridacchia, chi fa commenti maliziosi.

"Quindi avete una storia?" È il turno di Olivia.

"Al momento non so cosa siamo e non voglio mettere nessuna etichetta. Vivo l'attimo e non mi creo aspettative."

"Come vi siete conosciuti? Voglio dire, non mi sembra che tu appartenga al suo ambiente."

A questa so rispondere con precisione, perché Nicholas e io abbiamo concordato l'intera storia.

"Ho lavorato per lui come domestica per un po' e sono stata io a trovarlo, quando c'è stato l'incidente. Non lo avevo mai visto prima. Per ringraziarmi mi ha proposto una cena, così abbiamo iniziato a parlare. Gli ho raccontato di avere un master in editoria e lui, sapendo del posto vacante, mi ha offerto il lavoro. Poi, come si dice, da cosa nasce cosa."

Tengo da morire a questa spiegazione. Non che importi a nessuno sapere perché io sia stata assunta, ma a me sì. Non sarò lì per i miei meriti, però ci rimarrò perché so di poter essere una brava editor.

Una volta rientrata vado diretta alla mia postazione. L'ufficio di Nicholas è dalla parte opposta del piano, perciò non ho una scusa per passare davanti alla sua porta. Mancano dieci minuti alla fine della pausa e quando insieme a Beatrice sfilo davanti all'uscio spalancato di Madison ho un moto di soddisfazione. Non può accusarmi di essere in ritardo né di essere stata con il CEO.

Mi siedo davanti al notebook e riprendo a copiare gli appunti sulle schede. È il mio secondo giorno, non posso pretendere che mi affidino già un libro da editare.

Il cellulare segnala l'arrivo di un messaggio.

COME STA PROCEDENDO LA GIORNATA? PROBLEMI? N.

Trovo quel gesto carino.

TUTTO A POSTO. SONO USCITA A PRANZO CON LE COLLEGHE. SIMPATICHE. NON TI FISCHIAVANO LE ORECCHIE?
DIMMI DELLA TUA GIORNATA. LILY

RIUNIONE. RIUNIONE. RIUNIONE.
HO DETTO RIUNIONE?
SERVE UN PASSAGGIO DOPO IL LAVORO? N.

NO, GRAZIE. MI VEDO CON UN'AMICA PER FARE SHOPPING E CI FERMIAMO A CENA FUORI. PASSA UN BEL POMERIGGIO... EHM, VOLEVO DIRE UNA BELLA RIUNIONE.
LILY

Sorrido da sola come una stupida.

Ho detto alle mie coinquiline che sto frequentando Nicholas Parker. Ho precisato che non abbiamo una relazione, ma non ho svelato i dettagli del nostro accordo. Le ho solo informate che usciamo insieme e che mi ha offerto questo lavoro.

Hanno commentato la mia assunzione dicendo: "Era il minimo che potesse fare, dato che gli hai salvato la vita". Mentre alla notizia che ci vediamo, si sono lasciate andare a una serie di sospiri e sorrisetti. Viste le foto che girano, sono stata costretta a raccontare loro qualcosa, anche perché mi conoscono bene e sanno che avere una storia in questo momento non è la mia priorità.

Insomma, sto propinando un sacco di menzogne a tutti.

Nel pomeriggio Summer non sarà di turno in ospedale, perciò l'ho scongiurata di accompagnarmi a fare shopping. Ho bisogno di vestiti eleganti, ma non ho intenzione di usare la carta di credito di Nicholas, perciò punto ai negozi dell'usato. Spero di trovare qualcosa di adatto per la serata con il sindaco di New York City. Anche solo l'idea di partecipare a un evento del genere mi mette ansia.

Poso il cellulare, quando una voce mi fa sobbalzare.

"Era ora."

Madison è ferma sulla soglia con le mani sui fianchi.

"Io... stavo solo..." balbetto perché davvero non so cosa dire.

"Non mi interessa se stavi scrivendo a tua madre o a chiunque altro. Sei qui per lavorare, quindi lavora. Lo stipendio devi guadagnartelo," mi rimprovera. "Almeno quello."

Esce e se ne va.

Mi volto verso Beatrice, che non ha osato alzare lo sguardo.

"Giuro che non l'ho mai vista così."

Trattengo a stento la rabbia. E anche le lacrime di frustrazione. Questa storia dell'accordo non mi sta portando niente di buono. È diventato tutto più difficile. Quanto meno, prima dovevo solo stare attenta ai soldi. Adesso anche a ciò che dico e a come mi comporto.

Con il morale a terra arrivo a fine giornata. Inizio a respirare soltanto quando sono fuori dall'edificio. Accendo il cellulare, dato che per precauzione l'ho spento, e trovo un messaggio di Summer con un indirizzo.

Mezz'ora più tardi, quando mi vede arrivare, il suo sorriso muore.

"Perché quella faccia?"

"È tutto troppo difficile," rispondo e mi asciugo una lacrima.

"Facciamo in questo modo. Andiamo prima a prenderci una cioccolata, così mi racconti e poi a fare shopping."

Annuisco perché è quello di cui ho bisogno.

"È gelosa! Non c'è altro da dire," commenta Summer, dopo aver ascoltato il riassunto della mia giornata. Mi passa il secondo vestito nel camerino. Il primo l'ho scartato perché non mi stava per niente.

"Gelosa di me? È impossibile." Esco per farle vedere come sto. Mi sento ridicola.

"Bocciato," afferma. "A parer mio, è arrabbiata per due motivi: ti sei presa l'uomo che le interessa e si è sentita scavalcata anche sul lavoro."

"Lui mi ha detto che con 'Maddy' non c'è mai stato nulla." Pronuncio il diminutivo in tono svenevole. Quando ripenso a come la chiama sento bruciarmi lo stomaco. "Comunque sia, negli ultimi due giorni mi ha reso la vita difficile."

"Prova questo." Mi passa un abito rosso. "Parlane a Nicholas. Magari lui può fare qualcosa."

"Sembro una prostituta," commento, guardando la mia immagine, poi mi volto verso di lei. "Non voglio coinvolgerlo. Siamo già in una situazione precaria."

A un tratto un abito di seta rosa antico cattura la mia attenzione. La taglia è giusta, ma costa più di quello che vorrei spendere.

"Non stare a fissarlo e basta. Provalo," mi incita.

Rientro e lo indosso. Il vestito è semplice, con le spalle sottili, lo scollo a V e tagliato sotto il seno. Il resto scivola morbido lungo i fianchi. Anche se lo spacco laterale un po' mi spaventa.

"Situazione precaria o no, lui ti ha dato quel lavoro e sempre lui è il capo di quella stronza, quindi resto dell'idea che dovresti informarlo."

"Preferisco di no," affermo ed esco dal camerino.

Summer mi squadra da capo a piedi, poi sorride. "Trovato!".

Mi giro verso lo specchio verticale e stento a riconoscermi. L'abito è elegante e mi piace l'effetto che fa su di me. Faccio un passo avanti e il profondo spacco laterale si apre.

"Mostra una porzione fin troppo generosa della mia coscia, non credi? Il resto va benissimo."

"Credo che tu stia esagerando. È perfetto. Ti valorizza sia il décolleté che la curva dei fianchi." Sbuffo dubbiosa. "Sai cucire, quindi potresti chiuderlo un po', se ti preoccupa tanto."

"Mi hai convinto. E come faccio con scarpe e borsa?"

"Sono certa che Shannon abbia qualcosa che si abbini perfettamente. Prima di cercare altro, diamo un'occhiata alle sue cose," suggerisce. "Dopo che ti avrà visto con questo vestito, potrai chiedere al tuo principe azzurro di licenziare la strega. Sono sicura che farà di tutto per accontentarti."

Scoppio a ridere. Per fortuna nelle giornate no esistono le amiche a farti stare meglio.

Il resto della settimana al lavoro è proseguito esattamente come i primi due giorni. Madison è diventata ancora più insopportabile. Mi ha chiesto di portarle il caffè zuccherato e Beatrice mi ha avvisata che invece lo beve nero. Ho comunque esaudito la sua richiesta e, come c'era da aspettarsi, non andava bene.

Il fondo l'ha toccato ieri, quando mi ha dato un manoscritto da valutare per oggi. Sì, ho detto oggi. Trecento cartelle da leggere dopo il lavoro e scrivere la relativa scheda. È una sfida, ovvio. E io l'ho accettata.

Sono rimasta sveglia tutta la notte per finirlo e sto entrando ora alla Parker & Cox, con due occhiaie da far paura. Appena arrivo, poso le mie cose e vado a prendere un caffè. In sala relax incontro Nicholas, che mi guarda storto.

"Puoi venire nel mio ufficio un attimo?" dice con tono ruvido.

Annuisco e lo seguo.

In questi due giorni non ci siamo visti, perché lui ha avuto dei pranzi di lavoro e delle riunioni fino a tardi, ma ci siamo scritti. Quando messaggia è simpatico e brillante, perciò è semplice dimenticarmi dell'esistenza dell'Arrogante Parker. Mi ha dato fastidio solo quando mi ha domandato se fossi pronta per l'evento di sabato. All'inizio non ho capito cosa intendesse dire, poi, appena mi ha chiesto perché non avessi usato la sua carta di credito, la nebbia nella mia testa si è dissipata: voleva sapere se mi fossi *attrezzata* per rendermi presentabile per quella serata.

Ci sono rimasta male. E mi sono pure arrabbiata, ma ho lasciato perdere perché preferisco affrontare un problema alla volta. E oggi sono concentrata sulla questione Madison.

Nicholas apre la porta del suo ufficio e, dopo avermi fatta entrare, la richiude alle nostre spalle.

Va a sedersi alla scrivania, mentre io resto in piedi. Prima che arrivi la Strega dovrò essere al mio posto, non posso temporeggiare.

"Dovresti bagnare il ficus, altrimenti morirà," dico per spezzare il silenzio.

"Ho ricevuto delle lamentele da Maddy."

Mi volto di scatto. Ogni santa volta quel diminutivo mi fa venire la nausea.

"Su di me?" chiedo incredula.

Annuisce.

Le mie reazioni potrebbero essere infinite, dal mettermi a urlare fino a raccontargli come quell'arpia mi abbia trattata tutta la settimana, ma devo tenere a mente due dettagli: sto parlando con l'amministratore delegato e Madison mi ha appena dato una possibilità per farla ricredere.

"Posso sapere che cosa ha detto di preciso?" mi limito a chiedere.

Lui tamburella con il dito sul tavolo. Sembra combattuto. Decido di sedermi, in attesa.

"Che sei distratta, che deve riprenderti spesso, che chiacchieri con la collega. In sostanza, a suo parere, non sei adatta per il suo ufficio." Quella brutta...

"E tu le credi?"

"Non l'ho detto," replica secco.

"Ma ti fidi del suo giudizio."

"Madison è sempre stata un'ottima editor, fin da quando la conosco."

"Il che tradotto significa che, secondo te, mi comporto davvero in questo modo," concludo cercando di non far trasparire la mia delusione. E prima che ribatta, aggiungo: "Lasciami approfondire qualche punto, Nicholas: primo, ti ha parlato di me come si farebbe di un'alunna a suo padre; secondo, spero che tu mi conosca abbastanza da sapere che non sono così; terzo, fatti dare il manoscritto di Xander Mayer e leggi tu stesso come sta uccidendo le potenzialità di quella storia". Mi alzo in piedi. "Detto ciò, sarà meglio che io torni al mio posto. Aspetta, ce l'ho ancora un'occupazione oppure ha suggerito di licenziarmi?"

Nicholas si porta le dita al viso e si stringe l'attaccatura del naso.

"Ha proposto di spostarti in contabilità."

"Fantastico!" Procedo spedita verso la porta.

"Lily, aspetta."

"Ci vediamo domani sera per l'evento. Fammi sapere a che ora incontrarci, sempre che tu non abbia cambiato idea."

Spalanco l'uscio e lo lascio aperto, mentre avanzo a passo sostenuto verso il mio ufficio.

Che grandissima stronza! Altro che voler imparare da una così. Preferisco tornare a pulire i bagni che diventare una megera come lei.

Mi abbandono sulla sedia e fingo di non badare alle occhiate preoccupate di Beatrice. Suppongo di non dovermi aspettare nulla dalla scheda di valutazione che le presenterò oggi.

Direi che prima mi levo questo pensiero e meglio è. Finisco di scriverla, la stampo, poi mi piazzo in faccia un sorriso plastico e busso alla sua porta.

"Ah, sei tu?"

"Ti ho portato la valutazione del libro che mi hai affidato ieri." Parlo con voce melliflua, in realtà vorrei dire tutt'altro, ma è meglio non fare il suo gioco.

Poso il documento proprio sotto il suo naso. La Strega alza lo sguardo e io sorrido di nuovo come una cretina. Prende in mano il foglio e, dopo un momento di silenzio, dice: "Il tuo parere professionale è che la storia può conquistare la generazione Z perché l'autrice è giovane e molto attiva su TikTok?".

"Esatto," confermo. Anche se in realtà questa è solo la prima frase, poi c'è una stima più approfondita.

"Ritengo questa motivazione banale e infantile."

"Ho scritto molto di più nella scheda," sostengo, anche se vorrei urlarle: *Se ti prendessi la briga di leggere tutto, magari sarebbe meglio, brutta Strega.*

"Mi è bastato l'incipit."

E poi che fa? Accende il distruggidocumenti e ci infila il mio foglio. Il frutto del mio lavoro. Di una notte insonne. Stringo i pugni dietro la schiena e mantengo la bocca in linea retta.

Dopo quel rumoroso intermezzo, aggiunge: "Ti darò un'altra possibilità la settimana prossima, magari qualcosa di più semplice. Ora puoi andare".

Prendo il mio orgoglio calpestato e la mia furia cieca e torno alla mia postazione.

Altra giornata da dimenticare. E non oso immaginare il weekend che mi aspetta.

Non avrei mai pensato di dirlo: mi manca pulire i cessi.

Capitolo 21

Nicholas

Lo confesso, quando ieri sera Maddy si è fermata a parlarmi, tutto avrei immaginato, tranne che si lamentasse di Lily.

"Quella ragazza non è professionale!" ha sbottato dopo aver elencato le sue mancanze.

"Dalle tempo, è qui soltanto da pochi giorni."

"Non è una questione di tempo. Non è adatta a questo lavoro."

"Scusa, Maddy, ma credo tu stia esagerando. Non ha ancora avuto la possibilità di dimostrare ciò che sa fare."

Il suo viso ha iniziato a tingersi di rosso e lei ha incrociato le braccia al petto.

"Sono in questa casa editrice da quando sono uscita dal college e mi conosci da anni. Come puoi dirmi che sto esagerando?"

Mi sono sentito in colpa. "Mi dispiace. Mi sono espresso male. Intendevo dire di darle una chance," ho tentato di farla ragionare.

"Tu sei quello che ha licenziato la sua assistente dopo mezza giornata di lavoro, perché ha sbagliato a prenderti un appuntamento dall'avvocato. Uno solo, Nick!"

Purtroppo, è andata proprio così. Mi sono appoggiato con il fianco al tavolo della sala riunioni.

"Conosci il mio modo di lavorare, sai benissimo quanto io tenga ad avere collaboratori competenti. E tu mi mandi una ragazzina inesperta?" ha ribadito per l'ennesima volta.

"Sono certo che sotto la tua direzione potrà acquisire le competenze giuste e diventare una risorsa importante."

Giuro che non sapevo più come uscirne e convincerla ad accettare Lily.

"Importante risorsa per l'azienda o per te? Visto che è chiaro che te la scopi."

A quel punto la mia pazienza è andata a puttane, mi sono avvicinato di un passo e l'ho guardata negli occhi.

"Non ti permetto di giudicare la mia vita. I miei affari personali restano tali, hai capito?" ho quasi ringhiato.

Lei ha raddrizzato la schiena, ma le braccia le sono cadute lungo i fianchi. "Se ci tieni tanto ad avere la ragazzina a portata di mano, perlomeno mettila in un posto in cui non possa fare danni. Magari in contabilità."

Detto ciò è uscita dalla porta, lasciandomi lì a imprecare mentalmente.

Ero incazzato in generale e per due giorni ho preferito non avere a che fare con Lily. Con la scusa di infinite riunioni, le ho inviato solo un paio di messaggi. Stamattina però ho dovuto parlarle, domani sera c'è l'evento organizzato dal sindaco e sarà la nostra prima uscita ufficiale. Inoltre, ho detto alla mia famiglia che la porterò a pranzo domenica.

Dopo aver discusso anche con la mia finta fidanzata di prima mattina, posso dire che questa giornata è partita da schifo.

A pranzo devo vedermi con Reed. Quando arrivo, lo trovo già seduto al tavolo.

"Ehi, ho ordinato per entrambi," mi accoglie.

"Hai fatto bene."

"Okay, sputa il rospo. Che diavolo succede?" mi interroga.

Lo guardo senza capire.

"Di solito mi manderesti a quel paese per aver ordinato per te."

"È una giornataccia e mi sto ricredendo sul tuo stupido piano," dichiaro prima di raccontare di Madison e di Lily.

Il cameriere ci porta le ordinazioni e Reed si fionda sul suo hamburger, continuando ad ascoltare. Alla fine, concludo il mio monologo con una serie di domande.

"Adesso che dovrei fare? Andare avanti con questa farsa o mandare tutto al diavolo? Ha lasciato il suo lavoro, perché le ho promesso che l'avrei assunta."

Affondo la forchetta nella bistecca, mentre aspetto un consiglio.

"Te la sei scopata?"

Sono costretto a bere dell'acqua per non strozzarmi.

"No," esclamo in fretta, ma è inutile mentirgli. "Cazzo, sì! Che diavolo c'entra?"

Reed tiene le posate a mezz'aria. Ha uno dei suoi sguardi penetranti. Per intenderci, di quelli che ti leggono dentro.

"E ti è piaciuto."

Non è una domanda.

"Adesso mi spieghi come ti viene in mente una stronzata simile? Il sesso è sesso e sai bene che a me piace sempre."

"Non ti sei mai fatto problemi a dire addio a una donna il giorno dopo averla portata a letto, invece con Lily ti stai facendo mille menate. E può significare solo che ti ha soddisfatto," commenta, riprendendo a mangiare.

"Okay, non è stato male. Ma entrambi siamo d'accordo sul fatto che non debba più capitare. Anzi, è stata lei a proporlo. Il problema è un altro: continuare o chiuderla qui?"

"Dal momento che ti preoccupi del fatto che abbia lasciato il lavoro per seguirti in questa avventura, per me ti sei già risposto."

Maledizione, temo che abbia ragione.

"E per quanto riguarda Madison," continua "ti ho detto in più di un'occasione che, secondo me, quella donna ti sbava dietro."

"Questa è una vera idiozia," replico convinto. "Siamo sempre stati amici. E non è il mio tipo."

"Lo dicevi anche della tua finta ragazza, eppure ci sei finito a letto."

"Finiscila di battere su questo punto. Ho capito. Abbiamo fatto sesso e non ricapiterà. Per quanto riguarda Maddy, sa benissimo che frequento donne che amano mettere in mostra la loro femminilità. E lei non è quel tipo."

"Sbaglio, o sei tu che mi hai detto che la tua ragazza si veste come una teenager? Quindi anche lei non mi pare il tipo di donna che sei abituato a frequentare. Ovvio che Madison la disapprovi tanto. Hai scelto Lily e non lei," riassume e io resto a bocca aperta.

"Merda." È l'unico commento che mi esce.

"Confermo. Sei nella merda, amico mio."

Lo guardo malissimo, mentre lui si sforza di non ridere.

A fine pranzo, mi fermo fuori dal ristorante per salutare Reed.

"Ci sarai domani sera?"

"Se mancassi all'evento mio padre mi taglierebbe le palle. Con tutti i soldi che ha messo nella campagna elettorale di Frank, vuole godersi la notorietà e soprattutto la riconoscenza del sindaco. E poi sono curioso di vedere di persona la tua donna."

"Finiscila! Stamattina ho controllato il conto della sua carta di credito e non l'ha usata. Non so cosa aspettarmi," formulo. "È la prima uscita ufficiale, e quando le ho dato quella carta, l'ho pregata di conformarsi al mio ambiente."

"Wow, che animo romantico."

"Non dire una parola. Mi hai ficcato tu in questo casino, perciò se le cose non andranno come devono me la prenderò con te."

Lui si fa una risata e se ne va.

Le chiacchierate con Reed mi lasciano sempre qualcosa su cui riflettere. Esco tardi dal lavoro e non invio nemmeno un messaggio a Lily. Ho il sospetto che se la sia presa per la discussione di stamattina.

Il giorno seguente, dopo le consuete tre o quattro ore di sonno, faccio la mia corsa mattutina. Noto con piacere che i fotografi sono spariti. Questo può voler dire solo due cose: è spuntata una notizia più succosa di cui occuparsi oppure l'annuncio della mia prima relazione "normale" ha smesso di rendermi interessante.

Quando rincaso, Clara mi accoglie tutta sorridente. È al settimo cielo dal momento in cui le ho confermato che mi sto vedendo con Lily e che ho intenzioni serie. Come no!

"Domani la porti a pranzo da Valerie?"

Sbuffo.

"Tu e mia madre la dovete finire di parlare di me," protesto, mentre salgo per andare a fare una doccia.

"Non credo che lo faremo. Ci vediamo lunedì," mi saluta.

Ho due madri, non una!

Tuttavia, il riferimento alla mia finta ragazza mi rammenta che devo informarla dell'orario in cui passerò stasera. Sarò sincero, ho evitato di scriverle anche per il dubbio che mi mandasse a quel paese e facesse saltare la nostra farsa.

PASSO A PRENDERTI ALLE NOVE. A PIÙ TARDI. N.

La risposta arriva subito. Una semplice emoji del pollice. Fisso lo schermo per un po'. Sono piuttosto certo che sia ancora arrabbiata con me.

Trascorro il resto della giornata nello studio. Vengo interrotto soltanto dalla telefonata di mia madre che, proprio come Clara, è euforica all'idea di avere Lily a pranzo domani. Durante la breve conversazione mi chiede consigli su ciò che ha intenzione di servire. Al suo terzo "le piace questo?" e al mio "non lo so", mia madre ha iniziato a irritarsi. Ho placato la sua rabbia dicendole che per me tutto questo è nuovo, che io e Lily ci stiamo ancora conoscendo, e di portare pazienza.

Peccato che non possa rigiocarmi la stessa battuta anche con la diretta interessata.

Dopo essermi preparato, scendo nel parcheggio dove Martin, il vigilante a cui ho chiesto di fare da autista in occasioni simili, mi attende.

Non ho una limousine né uno *chaperon* fisso, ma mi piace collezionare auto e per stasera userò il SUV della Bentley. Mi accomodo sui sedili posteriori. Mentre ci muoviamo, osservo le luci della città attraverso il finestrino e mi accorgo di essere nervoso. Non so dire con precisione se per il timore che Lily mi molli in asso, oppure che non sia all'altezza. Ho soltanto la sensazione che abbia a che fare con lei.

L'arrivo di una notifica sul cellulare mi distrae da questi pensieri.

MANDAMI UN MESSAGGIO QUANDO SEI QUI FUORI. NON SCENDERE DALLA MACCHINA. ESCO IO. LILY.

Ma che le passa per la mente?

Prendo un respiro, chiedo a Martin quanto manchi, poi le rispondo.

DIECI MINUTI. N.

Ed ecco che invia un altro pollice in su.

Arrivati davanti a casa sua, non faccio in tempo ad avvisarla che la vedo comparire sul marciapiede. Noto solo l'acconciatura e le scarpe chiare con il tacco, perché il resto è infagottato in una specie di cappa nera, da cui sbucano soltanto le braccia. In una mano tiene una pochette, nell'altra una shopper bag scura.

Oh, cavolo… Partiamo proprio male.

Martin le apre la portiera, lei ringrazia, poi si accomoda accanto a me. L'aria attorno si riempie di essenza fruttata.

"Ciao," dice e le fossette fanno la loro comparsa solo il tempo in cui pronuncia il saluto.

La frangia bionda è dritta e si ferma giusto all'altezza delle sopracciglia, mentre il resto dei capelli è raccolto in uno chignon tirato. Il colore delle iridi è messo in evidenza da un make-up deciso, ma non pesante. Le labbra hanno un'elegante sfumatura ciliegia.

"Ciao a te," pronuncio a mia volta. "Sei pronta?" chiedo per distrarmi.

"No." Sorride timidamente.

"Non preoccuparti. C'è tanta gente, nessuno baderà a noi."

"E se non sapessi cosa dire a quelle persone? O se mi facessero domande a cui non so rispondere?"

Si morde il labbro e ho l'impulso di toccarlo con le dita per farla smettere. E per sentire di nuovo la morbidezza di quella bocca. Ma evito ogni contatto.

"Tu sorridi e stammi vicino. In caso di problemi ci penso io."

"Okay. Fammi sapere quando manca poco."

Per il resto del tragitto fino al Four Seasons non parla più e tiene gli occhi incollati al vetro.

"Tra un centinaio di metri saremo a destinazione," dico, dopo venti minuti di silenzio assoluto.

Con la coda dell'occhio noto che si sta agitando sul sedile, così mi volto per dirle di stare tranquilla. Ma lei si piega in avanti ed estrae una stola leggera dalla borsa scura. Poi slaccia i bottoni dell'orrenda mantella nera e sfila le braccia. Nel frattempo, il SUV si ferma e il vociare esterno calamita la mia attenzione.

"Pronta?" chiedo, mentre lei sta ancora trafficando con la stoffa.

"Sì."

Martin mi apre la portiera, poi fa il giro per aprirla a lei. Scendo per primo e vengo colto dai flash dei fotografi al di là delle transenne. Non oso guardare cosa stia combinando la mia compagna.

Sorrido e allungo la mano verso Lily, che compare subito dopo aver posato il palmo sul mio.

Cristo santo, mi prende un colpo e il sorriso va a farsi un giro!

Mi lancia un'occhiata e stringe forte la presa alle mie dita.

È meravigliosa. Sotto quell'orrendo mantello c'è un abito rosa antico con una scollatura pazzesca ma elegante, che mette in evidenza il profilo del suo seno perfetto. Ha le braccia coperte da una stola leggerissima color crema e noto che sta tremando di freddo. O forse è l'agitazione.

I fotografi pronunciano il mio nome. Recupero l'uso dei neuroni. È ora di andare in scena, perciò lascio la presa sulla sua mano e le cingo la vita con il braccio. Lei intreccia il suo dietro la mia schiena. È rigida come una lastra d'acciaio.

"Rilassati. Stai benissimo," sussurro al suo orecchio e mi godo il profumo di mela, mentre ci scattano le foto. Le do un bacio sulla tempia e lei sembra calmarsi.

L'arrivo dell'auto successiva è la scusa per proseguire su quella specie di red carpet ed entrare. Le riprendo la mano.

Dopo due passi, ho il timore che mi venga un infarto. Lo spacco laterale del suo vestito è vertiginoso e mette in mostra buona parte della coscia. Serro forte le dita attorno alle sue e proseguiamo fino all'ingresso.

Una volta dentro studio il suo sguardo, che si perde nella magnifica sala Grand Ballroom, con gli alti soffitti e le pareti decorate da pannelli di legno pregiato.

"Ti piace?"

"È stupenda," sussurra.

"Già, stupenda," concordo, fissandola. Mi ridesto da queste sciocchezze e cerco Reed tra la gente. "Voglio presentarti Reed."

"Il tuo amico avvocato? Quello che ha avuto l'idea di... noi?"

"Proprio lui." Mi guardo attorno alla ricerca del mio complice e mi rendo conto che abbiamo diversi occhi puntati addosso.

Sono abituato agli sguardi femminili, ma stasera si aggiungono quelli maschili. Il che mi fa uno strano effetto. Scorgo il mio amico chiacchierare con suo padre. Rinsaldo la presa sulla mano di Lily e mi dirigo verso di lui.

Appena nota che mi sto avvicinando, i suoi occhi puntano la ragazza che ha appena lasciato andare la mia mano. Riconosco il suo modo di analizzare una preda. Dalla testa ai piedi, per poi concentrarsi su qualcosa, in questo caso il proprio calice, senza smettere di fissare la poveretta di turno, pronto a stregarla con il suo fascino angelico.

"Togliti quell'espressione dalla faccia," lo ammonisco subito e lui ride, mentre beve un sorso.

"Mi conosci troppo bene."

"Sì, anche tu, perciò evita," mi volto verso Lily, che non deve aver capito nulla del nostro scambio. "Lily, Reed. Reed, Lily."

"Ho sentito parlare spesso di te," lo saluta la mia compagna, porgendogli la mano.

"Anche io, ma non abbastanza," replica Reed, stringendole la mano e portandosela alle labbra.

"Quindi sei tu la mente di questo diabolico piano?"

"Se avessi saputo che questo tizio ti fa arrabbiare tanto, sarei rimasto zitto," risponde Reed.

"In effetti, mi sta mettendo a dura prova."

"Ehi, scusate, ma il *tizio* sarebbe qui," intervengo.

È chiaro che questi due vanno d'accordo. Fin troppo.

"Soffre da morire il solletico all'altezza delle costole, se ti vuoi vendicare," suggerisce quel cretino del mio amico.

"Ottima informazione, grazie."

"Mi avete scocciato," dichiaro. "Andiamo a ballare."

"Ballare?" ripete lei e ha la faccia di una a cui ho appena proposto un tiro di cocaina.

"Avanti, Morgan, che vuoi che sia? Guido io."

Lily lancia un'occhiata a Reed. Il gesto mi fa un po' incazzare, sembra che gli stia chiedendo il permesso. Intreccio le dita alle sue e mi sposto verso la pista.

Dato il tipo di evento, la musica non è molto ritmata. Arrivato in mezzo, passo la mano libera attorno alla vita di Lily e la attiro a me.

La osservo prima di iniziare a muovermi, ma lei evita il mio sguardo e le fossette sono sparite. La stringo di più e chino la testa, finché le mie labbra non sono all'altezza del suo orecchio. Anche con i tacchi è almeno venti centimetri più bassa.

"Sei ancora arrabbiata per la discussione di ieri?"

"Secondo te? Credi a *Maddy* e non ha me." Non mi sfugge il tono con cui sottolinea il diminutivo che uso spesso.

"Non ho detto che non ti credo. Ti ho solo riportato le sue lamentele," puntualizzo, mentre dondoliamo lenti e il suo profumo mi solletica le narici.

"Lamentele che hai dato per certe. Va bene, posso capirlo, la conosci da molto tempo," dice e poi rimane in silenzio.

"Continua, sono sicuro che c'è un *ma* in arrivo."

"Se proprio lo vuoi sapere ho un sacco di dubbi," dichiara

senza smettere di ballare, nonostante sia partita una nuova canzone.

"Ti ascolto."

Scosta la testa di scatto e mi osserva stupita.

"Qui? Adesso?"

Serro più forte la presa alla base della sua schiena e lei si irrigidisce.

"Dobbiamo far finta di essere una coppia, se non scambiassimo nemmeno una parola, la gente si insospettirebbe." Porta la mano dalla mia spalla più vicina al collo, fino a sfiorarmi la pelle. Quel contatto inaspettato mi brucia. No, bruciare non è il termine giusto… Mi scalda. Non solo la zona interessata, ma anche buona parte del corpo. "Avanti, non essere timida. Prometto di non interromperti."

"Prometti anche di non arrabbiarti, se dico qualcosa che non ti piace?"

"Va bene," confermo.

Si lascia andare a un sospiro prima di cominciare. "Ero felice di lavorare con Madison, so che c'è tanto da imparare da lei. Fin dal primo giorno ho però capito che non mi vede di buon occhio. All'inizio ho pensato che fosse per il modo in cui sono stata assunta, senza la sua approvazione, ma per l'intera settimana non ha fatto altro che vessarmi. Quello che ti ha detto, che sono distratta, al telefono o sempre in ritardo, sono menzogne." Si ferma un attimo e si allontana quel che basta per puntare le sue iridi grigie nelle mie. "Se non mi credi, puoi chiedere a Beatrice. È sempre stata con me, anche in pausa pranzo."

Leggo una sincerità in lei a cui non sono abituato. Le donne con le quali ho a che fare di solito farebbero di tutto per trattenermi a lungo nella loro rete, compreso mentire e compiacermi.

"Non è necessario. Continua," la esorto e Lily posa di nuovo la testa all'altezza del mio mento.

"Il motivo per cui ti abbia mentito mi è sconosciuto e in tutta sincerità non mi interessa. Inoltre, continuo a pensare all'editing approssimativo che ha fatto al libro di Xander Mayer. Ho letto anche la sua scheda di valutazione, non ha evidenziato i punti di forza di quel romanzo."

"Lily, perdonami se ti interrompo, posso crederti quando dici che Madison ha ingigantito alcuni tuoi atteggiamenti, ma a livello professionale non posso dubitare del suo lavoro. Lo hai detto anche tu che è una delle migliori. Se molti dei nostri romanzi sono diventati bestseller, lo devo a lei."

"Sì, hai ragione," mormora, poi aggiunge: "Però resto dell'idea che con quella storia stia commettendo degli errori."

"Quel libro, se non sbaglio, uscirà tra qualche mese, perciò la fase di editing dovrebbe essere quasi conclusa. Se sei tanto preoccupata, gli darò una lettura di persona."

"Lo faresti davvero?"

"Non sarebbe la prima volta. Ho una preparazione economica, ma sono un editore. Prima di diventare l'amministratore delegato ho lavorato in ogni comparto dell'azienda, compreso quello editoriale. Madison è stata una mia collega," riassumo.

Non so il motivo per cui ci tenga tanto a farle capire che non sono un ricco figlio di papà, messo a capo dell'azienda di famiglia solo per diritto di nascita.

"Non lo sapevo," si limita a dire, poi lascia la mia mano e intreccia le braccia dietro la mia testa. Il suo corpo si fa ancora più vicino. Affondo il viso nel suo collo e sento nascere il desiderio di qualcosa in più. Sto per baciarla, quando la musica si interrompe di colpo e il sindaco sale sul palco.

Ci stacchiamo lentamente e sul suo volto leggo una confusione che deve essere lo specchio della mia. Uno dei camerieri ci porge due calici di champagne. Lily ringrazia e si limita a tenerlo in mano. Io lo sorseggio e tento di concentrarmi sul discorso del primo cittadino, anche se non seguo una parola di quello che dice. Noto che qualcuno è più interessato a noi. La mia finta fidanzata non si accorge di nulla, rapita dal monologo dell'oratore.

Scolo il vino e mi sbarazzo del bicchiere, dopodiché mi piazzo alle spalle di Lily e le cingo la vita con entrambe le braccia. All'inizio ha un piccolo sussulto, poi si rilassa e si appoggia al mio petto. Ecco di nuovo quello strano calore propagarsi ovunque in me.

Quando ride a una battuta del sindaco, quelle maledette fossette mi uccidono. Il calore diventa un rogo che è appena stato alimentato con la benzina.

Che diavolo mi prende?

Io non mi comporto così, eppure sembra venirmi naturale.

Per la cena ci hanno sistemati al tavolo con Reed e i suoi genitori. Lily e il mio migliore amico sembrano andare d'accordo, chiacchierano del più e del meno, anche se l'argomento preferito di Reed sono gli aneddoti imbarazzanti sul sottoscritto. Anche i suoi genitori, che mi conoscono da anni, non si tirano indietro. Devo dire che in condizioni normali me la sarei presa, ma vedendo che la mia compagna è a suo agio ingoio il fastidio e sto zitto. Anzi, rido insieme a loro di me stesso. Ci sono anche le classiche domande da parte di Sabrina, la mamma di Reed, sui dettagli della nostra storia. Come ci siamo conosciuti, da quanto ci frequentiamo. Il copione che abbiamo imparato a memoria regge ed è convincente.

"Comunque, se fossi il sindaco, vi butterei fuori," dichiara a un tratto Sabrina nella nostra direzione. "State calamitando l'attenzione generale."

"Me ne sono accorto," convengo, bevendo un po' di vino.

Noto che Lily smette di rilassarsi e si guarda attorno.

"Io no," dice, fissandomi con gli occhi di un cerbiatto spaventato.

Le accarezzo la guancia e la rassicuro. "Va tutto bene, piccola."

Poi mi avvicino e la bacio. Avevo voglia di farlo da un po' e questa è l'occasione perfetta. Appena poso le labbra sulle sue sembra pietrificarsi, ma muovo leggermente la bocca e lei risponde, accarezzandomi il viso.

Torna di nuovo quella sensazione di calore invadermi da capo a piedi. E mi spaventa che accada tanto spesso, perciò sono io a porre fine al bacio. Lei resta con la mano a mezz'aria. La prendo e poso la bocca sul dorso, poi continuo la conversazione come se nulla fosse, senza smettere di giocherellare con le sue dita.

Il resto della serata prosegue in modo tranquillo e, quando usciamo per salire sul SUV, è un tripudio di flash che scattano in tutte le direzioni. Apro la portiera a Lily, poi la seguo. Una volta sui sedili posteriori, abbandono la testa all'indietro e chiudo gli occhi. Non credevo di essere tanto in tensione per questa serata, invece ora che si è conclusa sento tutto il peso della giornata.

"Nicholas, stai bene?" La voce di Lily è leggera come una piuma, eppure mi colpisce perché è raro che qualcuno mi ponga questa domanda.

"Sì, sono solo stanco." Apro gli occhi e ruoto la testa verso di lei. "E tu? Ti sei annoiata?"

"Ero in ansia. Secondo te, come è andata?" chiede e immagino che voglia sapere se siamo stati credibili, tuttavia con Martin alla guida non vuole essere esplicita.

Chiudo di nuovo gli occhi e allungo la mano verso la sua.

"È stato perfetto."

Pongo fine a quel breve contatto perché per stasera le sono già stato fin troppo addosso.

Per il resto del viaggio restiamo in silenzio, ognuno perso nei propri pensieri. Appena l'auto si ferma, capisco che siamo arrivati a casa di Lily. Martin fa per smontare, ma lo blocco.

"Lascia, ci penso io."

Scendo e, dopo aver fatto il giro, le apro la portiera. La scorto alle scale che vanno verso il suo appartamento. Questo ingresso è troppo buio, non mi piace.

"Grazie per la serata," dice, scendendo un paio di gradini.

"Sono io che devo ringraziarti. Sono certo che molti uomini mi hanno invidiato stasera."

Altra cosa che non è da me. Io non faccio complimenti alle donne. Non se poi so che devo tornare a casa da solo.

"Se lo dici tu," replica e questa affermazione mi lascia l'amaro in bocca. Non si è resa conto di quanto fosse bella?

"Come rimaniamo per domani?"

"Passo a prenderti alle undici."

"È pieno giorno, posso venire da sola."

"Alle undici, Morgan. Fatti trovare pronta," ordino. Sta diventando un'abitudine chiamarla per cognome quando siamo da soli.

"Buonanotte, Nicholas."

Chiude la porta e mi trattengo finché non sento una serie di mandate.

Buonanotte, Nicholas.

Quella stupida sensazione di calore mi invade anche senza esserci sfiorati. Come è possibile?

A casa è inutile cercare di andare a dormire. Mi tolgo questo vestito da pinguino e mi metto a leggere un libro. Lo confesso, è della concorrenza, ma mi piace questo autore. Ho anche provato a offrirgli un contratto, purtroppo non c'è stato nulla da fare.

Sono immerso nella lettura, quando mi arriva un messaggio.

SONO DAVVERO UN GENIO. GODITI TUTTO. REED

Non gli rispondo nemmeno. Torno a leggere il mio thriller, sempre meglio che avere a che fare con le sue provocazioni.

La mattina seguente non è diversa dalle altre. Sono andato presto a correre e al ritorno ho fatto colazione, sfogliando le notizie online. Con mio grande piacere, molte testate riportano le foto della serata al Four Seasons e, tra queste, spiccano quella di me e Lily poco prima di entrare. Lei sorridente con tanto di fossette in bella mostra, stupenda nel suo vestito rosa, e io che la tengo stretta al mio fianco.

Nulla di eccezionale nei titoli che ci riguardano, anche perché è soltanto la seconda volta che i fotografi ci beccano. Il mio numero massimo di uscite con la stessa donna è tre, al momento Lily può passare per una come tante.

Dopo una doccia e aver finito di approvare dei cambiamenti ad alcuni contratti, è ora di andare a pranzo dalla mia famiglia. Sono più agitato di ieri sera. La possibilità di venire smascherato è alta.

Prendo lo stesso SUV e alle undici in punto parcheggio davanti all'abitazione di Lily. Scendo per andare a bussare, ma lei riemerge per prima dalle scale.

Oggi ha i capelli sciolti e indossa una gonna grigia di lana a costine e un paio di stivali neri. Sopra ha una giacca lunga dello stesso colore. Porta una borsa grossa. Altro cambio di accessori come ieri?

"Ciao," mi saluta, spostandosi la frangia di lato.

È vestita in maniera decisamente castigata. Solo ora che è vicina mi accorgo che si tratta di un abito a collo alto.

"Pronta?" chiedo, aprendo la portiera del passeggero.

"No, ma andiamo."

Faccio il giro e mi siedo alla guida.

"Posso farti qualche domanda sulla tua famiglia, giusto per capire la situazione?"

"Spara."

"Tua madre o tuo fratello non hanno il minimo sospetto che questa relazione sia finta?"

"No, anche se mia madre mi conosce bene e temo che possa scoprire la verità," dico, immettendomi nel traffico.

"E se scoprisse la verità, cosa potrebbe succedere?"

"Si arrabbierebbe e finirebbe lì. Sai, sono abbastanza grandicello da prendere le mie decisioni."

"In effetti, sei vecchio anche per me," pronuncia con un verso disgustato.

"Ehi, bada a come parli del tuo uomo."

"Okay, dimmi qualcosa su di loro."

Passo la mezz'ora successiva a raccontarle aneddoti sui miei familiari. Lei rimane in silenzio ad ascoltare e quando infine arriviamo a destinazione, fissa l'ingresso della villa in cui sono nato e cresciuto.

"Wow, non immaginavo che a New York ci fossero case simili."

"Sì, è un bel posto per crescere," convengo.

In fondo anche per morire, suggerisce la mia testa e menomale che tengo questo pensiero per me.

"Adesso sono più in ansia di ieri sera," confessa tutto d'un fiato.

"Allora andrà alla grande, proprio come ieri," dichiaro con sicurezza.

Scendo dall'auto e le apro la portiera. Lei agguanta la borsa grande.

"Ti sei portata dietro un cambio di vestiti?"

"No, ho portato un dessert che ho cucinato oggi," spiega e io la fisso incredulo. "Oddio, è una cosa da bifolchi? Forse meglio lasciarlo in macchina. Possiamo andare in una pasticcieria in zona e comprare una tor..." parla a raffica e io la interrompo con un bacio.

Ultimamente sta diventando un'abitudine.

Una piacevole abitudine.

Nessun ospite ha mai portato a mia madre un dolce fatto in casa, però forse è meglio non dirglielo.

"Va benissimo così. Ne sarà felice. Stai tranquilla, mia madre non è come me. Lei è gentile con tutti."

"Anche tu sai essere gentile," ribatte, poi aggiunge: "A volte."

"Grazie del complimento."

Suono per annunciare che siamo arrivati e viene ad aprirci William. Subito dietro il maggiordomo, compare mia madre. Era da tempo che non la vedevo tanto raggiante.

"Lily, ti presento Valerie. Mamma, mi raccomando," l'ammonisco, ma lei sta già baciando la nostra ospite sulle guance.

"È un vero piacere averti qui."

"Grazie a lei per l'invito."

"No, Lily, così partiamo male. Niente di formale, chiamami Valerie."

"Come preferisci. Questo è per dopo." Porge a mia madre una teglia ben coperta. Valerie Parker sembra davvero colpita. "È un semifreddo. Tiramisù per la precisione."

"Grazie, è un pensiero dolcissimo. In tutti i sensi."

"Lo ha fatto lei," intervengo e poi cambio argomento per togliere Lily dall'imbarazzo. "Edward è arrivato?"

"No, come al solito è in ritardo. È stato trattenuto in ospedale," risponde mia madre. "Andiamo ad accomodarci."

Porgiamo le giacche a William e solo ora mi accorgo del vestito che indossa la mia ragazza.

Maledizione, come fa a essere tanto sexy anche con un abito che non le lascia scoperto nemmeno un lembo di pelle? Facile: è aderente e ogni curva è segnata in maniera perfetta. Devo scostare lo sguardo, perché rischio di avere un'erezione proprio qui, nella sala da pranzo dei miei.

Dopo dieci minuti, mentre mia madre sta mostrando una teca che contiene un libro antico, mio fratello fa la sua comparsa.

"Oh, sei arrivato," lo accoglie nostra madre, porgendo le guance per farsi baciare.

"Scusate, ma dovevo controllare un paziente," si giustifica. Poi si ferma davanti alla mia ragazza. "Lily, giusto? È bello conoscerti. Clara non fa che parlare di te."

"Adoro la signora Mendes," dichiara lei.

"La adoriamo tutti," concorda l'altro e si stringono le mani, poi lui le bacia il dorso. "Sono Edward."

"Detto anche 'il figlio perfetto'," mormoro all'orecchio di Lily e mi becco un'occhiataccia da parte di mamma. Ingollo il mio aperitivo alcolico e ci sediamo a tavola.

Lily è accanto a me, mentre di fronte a lei c'è Edward.

"Ed, qualcosa è andato storto con il trapianto cardiaco ortotopico?" lo interroga l'altro medico della famiglia.

"Alcuni parametri del paziente erano preoccupanti. Stamattina ho variato la terapia farmacologica," risponde a nostra madre.

"Che belle le conversazioni con due chirurghi a tavola," protesto, sapendo di comportarmi in maniera infantile. Lily mi osserva con un'espressione strana, dopo torna a concentrarsi su mio fratello.

Bevo un sorso di vino in attesa della prima portata.
"Sono abituata a certi resoconti. Summer, la mia coinquilina, è infermiera al Saint Joseph."
"In che reparto?" si informa mio fratello.
"Cardiologia. Ma capita che copra anche i turni al pronto soccorso quando c'è bisogno."
"Davvero? Collaboro spesso con loro perché c'è una specie di gemellaggio tra quell'ospedale e il Saint Bernard," rivela Ed.
"Di sicuro l'avrai vista. È impossibile non notarla. Ha i capelli rossi e gli occhi verdi. È bellissima."
"Prometto che la prossima volta ci farò caso," annuncia lui, portandosi una mano sul cuore. Un po' troppo teatrale per i miei gusti.
"Come è andata la serata ieri? Mi hanno detto che l'evento è stato un successo," interviene nostra madre. "A te è piaciuto?" domanda a Lily.
"Il posto era magnifico," risponde lei con aria sognante. "E anche il catering era delizioso. Eravamo al tavolo con i Montgomery."
"Allora hai conosciuto Reed." È di nuovo il turno di mio fratello.
"Sì, è molto simpatico," commenta. Si volta verso di me. "Ha sempre la battuta pronta oppure ieri era un caso?"
"Lui è proprio così. È Reed," convengo.
"A proposito del tuo amico, ti ha detto di Aspen?" chiede Edward mentre taglia il salmone. Mi fa incazzare quando impugna il coltello come se avesse in mano un bisturi. Deve sempre dimostrare ciò che è.
"No, ma sono certo che me lo dirai tu."
L'antipasto è ancora intonso nel mio piatto, mentre ho già svuotato il bicchiere un'altra volta. Noto il modo in cui mia madre segue i gesti della mia mano, ogni volta che porto il calice alla bocca.
"Tra due settimane ha proposto di andare un weekend ad Aspen per l'ultima sciata della stagione. Sarebbe l'occasione ideale per presentare Lily anche agli altri."
Lei si volta di scatto verso di me.
Gli altri. Intende gli amici che frequentiamo insieme, ma sono più amici suoi che miei. Esco con loro poche volte, perché è un continuo dimostrare chi ha più soldi, più successo… In sostanza sembra un gruppo di liceali che fa a gara a chi ce l'ha

più lungo. Preferisco passare il tempo con Reed, almeno noi abbiamo più cose in comune.

"Io… non so sciare. Vi sarei d'intralcio… Meglio di no."

Grazie, fratellino, la stai mandando nel panico.

Le prendo il mento tra le dita, affinché mi guardi in faccia.

"Non preoccuparti. Probabilmente dovrò lavorare. E anche se riuscissimo ad andare, tu non saresti d'intralcio a nessuno, chiaro?"

Le iridi grigie sono così grandi che potrei tuffarmici dentro. Come accade ogni volta che la vedo così fragile e impaurita, mi avvicino per darle un bacio, ma Ed apre bocca e rompe l'incantesimo. Faccio scivolare via la mano dal suo viso.

"Nick ha ragione, non è necessario saper sciare. Si possono fare un sacco di attività all'aria aperta. Dai, vieni, conoscerai tutti i nostri amici," ribadisce il concetto. La sua insistenza mi irrita.

"Sentirò Reed, poi Lily e io decideremo. Per ora grazie dell'informazione."

E con questo spero che capisca che l'argomento è chiuso.

Altro sorso di vino per me.

Altro sguardo preoccupato di mia madre.

Il resto del pranzo prosegue in maniera tranquilla, anche se ormai parlo poco, bevo parecchio e sono seccato.

In compenso Lily sembra essere a suo agio. Al momento del dessert riceve un sacco di complimenti per il suo tiramisù. È davvero spettacolare, anche se non glielo dico davanti agli altri. Ci pensano i miei familiari a riempirla di lodi. Mia madre le chiede addirittura la ricetta. Non mi stupisce. Valerie Parker non è una donna ricca che odia sporcarsi le mani. Sarà il suo retaggio da chirurgo, ma ama cucinare e fare giardinaggio.

Quando il pranzo finisce, ne sono felice. Non è andata male, anzi, sembrano essersi bevuti la nostra falsa relazione. Appena siamo in piedi, mia madre prende in disparte Lily e le dice qualcosa con aria terribilmente seria. La mia compagna annuisce e sembra rassicurarla.

"Non immaginavo che potesse interessarti una ragazza così," mormora mio fratello, avvicinandosi.

Mi sto già alterando.

"Così come?" ripeto a denti stretti.

"Con una personalità. E non con i soliti fogli di carta velina con cui sei abituato a farti vedere in giro."

Respiro e cerco di riprendermi.

"Sì, lei è diversa," mi limito a dire e proprio in quel momento viene verso di noi. Mi prende la mano libera tra le sue.

"Tua madre ha detto che c'è un laghetto in giardino. Ti va di mostrarmelo?"

Accetto, anche se la sua richiesta mi sembra strana. "Che succede?" domando, quando siamo abbastanza lontani dalla villa. Non mi ha lasciato andare la mano nemmeno per un momento. Non è da lei.

"Tua madre è preoccupata per te. Mi ha pregato di non farti guidare, ha notato quanto hai bevuto."

"Cristo santo!" mi lascio andare.

"A me sembri a posto, ma dopo quello che ti è capitato… Insomma, è tua madre, ed è suo dovere preoccuparsi per te. Accontentala. E poi voglio davvero vedere il famoso laghetto dove sei caduto a cinque anni e sei stato recuperato dal vostro bovaro di nome Bond." Trattiene una risata.

"Cazzo, ti hanno raccontato pure quello!"

Mentre passeggiamo continuiamo a tenerci per mano. Ci separiamo soltanto alla meta, dato che siamo abbastanza lontani per non essere visti.

"Non doveva essere un laghetto? Nicholas, è enorme," esclama quando lo vede.

"Sai, nella famiglia Parker abbiamo tutto più grande della media," replico, muovendo le sopracciglia per farle capire l'allusione. Temo che possa prendersela, invece scoppia a ridere ancora più forte.

"Tu sei tutto matto. Non so se sia l'alcol a farti parlare, però preferisco questa versione rispetto all'Arrogante Parker che era a pranzo."

"Mi hai davvero soprannominato l'Arrogante Parker?" la interrogo e il suo viso si imporpora. Si scosta la frangetta con le dita ed è un gesto che tradisce la sua agitazione. "Piccola, ti ricordo che sono lo scapolo d'oro di New York, perciò ti informo che la mia non è arroganza, è sicurezza."

Lei scuote la testa sospirando, ma con le fossette in bella vista.

Si china sulla riva e immerge una mano nell'acqua.

"Hai intenzione di andare ad Aspen?"

"Vado alla casa in montagna di Reed ogni anno da che ci conosciamo. È uno di quei posti in cui ho solo bei ricordi. Sciare è uno dei miei sport preferiti, anche se non posso praticarlo per via dei tanti impegni di lavoro. Perciò sì, mi piacerebbe andarci."

"Allora la questione è semplice: devi dirmi tu se vuoi che venga o no," conclude, rimettendosi in piedi e sventolando la mano all'aria.

"Non ti agita l'idea di passare un weekend intero con degli estranei?"

"Visto che questo accordo andrà per le lunghe, prima o poi dovrò incontrare i tuoi amici. Inoltre, se sono tutti come Reed e tuo fratello, non mi troverò male." Alza le spalle e non so se essere contento o meno dell'ultima affermazione. "Se poi, come dici, starete fuori a sciare buona parte della giornata, mi farò un giro per la città."

"Ne parlerò con Reed," affermo e poi mi sento di aggiungere: "Grazie."

"Figurati, fa parte del nostro accordo."

"Ora sarà meglio rientrare o ti ammalerai." Mi tolgo il maglione e glielo infilo dalla testa, aiutandola poi con le maniche. Siamo pur sempre a febbraio.

"Così ti ammalerai tu. Non posso permettere che il CEO della Parker & Cox non si presenti in ufficio."

"Non preoccuparti per me," suggerisco, anche se ammetto che provo una punta di piacere davanti al suo interesse. Riprendo la via di casa e alzo il palmo. "Mano."

"Oh, Arrogante Parker, se me lo chiedi con tanta dolcezza, non posso che accontentarti."

Posa il palmo sul mio e il consueto calore si propaga lungo il mio braccio. Ogni volta sono convinto che non succeda e invece puntualmente ricapita. Deve essere perché è tutto nuovo. Una volta che mi sarò abituato a lei, non accadrà più.

"Hai mai guidato una Bentley Bentayga Speed?" la sfido, anche se conosco già la risposta.

Lei si blocca nel bel mezzo del vialetto.

"Scordatelo, non guiderò quella specie di transatlantico."

Strattono gentilmente il suo braccio per farla camminare.

"C'è sempre una prima volta, Morgan! Non vorrai che mia madre si preoccupi per nulla."

"Sporco ricattatore," ribatte.

Scoppio a ridere.

Non credo di aver mai riso tanto come dal giorno in cui Lily Morgan ha accettato il nostro accordo.

Capitolo 22

Lily

Il weekend appena trascorso è stato surreale. Ho preso una strigliata dalla mia capa anche se non ho fatto nulla, ho litigato con il mio finto fidanzato, sono stata a un super evento e ho pranzato con una delle famiglie più in vista della città. E forse dello Stato.

Mi ritrovo a camminare fuori dalla metropolitana per raggiungere il mio ufficio con una punta di angoscia. La prima settimana di lavoro è andata esattamente al contrario di come avrei voluto. Forse ha ragione Nicholas, Madison e io dobbiamo ancora conoscerci e capire come collaborare.

"Collaborare" un cavolo! È venerdì sera e sono strafelice che anche questa seconda settimana sia finita. Ho avuto la conferma che Madison mi odia. Non c'è stato verso di instaurare un dialogo civile. Ogni giorno c'era qualcosa che non le andava bene: ero troppo lenta un'ora prima e troppo veloce quella dopo. Troppo puntigliosa nel fare un editing, oppure troppo sciatta e distratta. Giuro che ho provato a adattarmi, ma alla fine ho avuto la percezione che ogni suo gesto fosse fatto apposta per mettermi in difficoltà.

Ho il sospetto che sia andata a lamentarsi di nuovo da Nicholas, ma lui non mi ha detto nulla. In questi giorni l'ho visto soltanto una volta a pranzo. Per il resto della settimana è stato occupato. Mi pare di aver capito che abbia tentato di parlare con gli agenti delle autrici che hanno deciso di non firmare il contratto con la P&C. E che si sia dovuto preparare per un viaggio di lavoro a Londra. Ci siamo scritti dei messaggi, giusto per metterci d'accordo sulle prossime uscite e sulla gita in montagna. A quanto pare, il weekend successivo partirò per Aspen. Il che significa altri soldi in uscita per la sottoscritta. Mi sto già rifacendo il guardaroba a causa dei fotografi, che sono ovunque. Anche una banale pausa pranzo con Nicholas Parker diventa un'occasione per scrivere inutili articoli sui giornali.

Le cose positive sono due. Primo, Cle Elum è lontano dal glamour di New York e ai miei non interessa il gossip, perciò nessuno a casa sa ancora nulla. Anche se probabilmente dovrò anticipare qualcosa a mia sorella, le sue amiche potrebbero essere aggiornate sui pettegolezzi nazionali e spifferarle tutto. Secondo, il piano sta funzionando. Gli articoli che escono su Nicholas sono meno negativi rispetto a qualche settimana fa. Monitoro i profili di diverse bookinfluencer e autrici, ho notato che si accenna sempre meno alla figura dell'editore e di più ai libri che vengono pubblicati.

Quando rincaso c'è un profumo di pizza ad accogliermi.

"Giusto in tempo per la cena," avvisa Summer.

"Com'è andata oggi con la Strega?" si informa Shannon, mentre io abbandono la borsa e la giacca sull'attaccapanni.

"Sempre peggio. Non so più cosa fare."

Prima di sedermi lavo le mani. In questa casa la pizza si mangia così. La mente torna a quando ho cenato da Nicholas e a quello che è successo subito prima… Accidenti, la devo smettere con questi ricordi!

"Perché sei arrossita?"

"Mi innervosisce pensare a quella donna," mento, sperando che mi credano.

"Immagino che il tuo ragazzo non abbia preso le tue difese." Summer ha sempre l'aria indispettita, quando sfioriamo questo discorso.

È normale, non sanno che è tutta una farsa. Perciò ora mi tocca pure difendere l'Arrogante Parker davanti a loro.

"Ve l'ho già spiegato. Sul lavoro non può prendere posizione. Mi deve trattare come una qualsiasi dipendente. Si è già esposto parecchio dandomi un impiego e saltando le normali procedure," ripeto come un pappagallo la frase che ho imparato a memoria.

"Va bene, posso capire che in ufficio si comporti così, ma in privato, cosa ne pensa?" È il turno di Shannon.

Alzo le spalle, con la scusa di non poter parlare con la bocca piena.

"Abbiamo capito. Non ne discuti nemmeno con lui. Siccome siete all'inizio della storia, non vuoi litigarci, però non puoi essere sempre tu quella che incassa."

"Mettiamola così: se la Strega è tornata da lui a lamentarsi, Nicholas non me l'ha detto. Quindi credo non voglia intromettersi in questa faccenda. Inoltre, mi ha promesso che avrebbe letto di persona il libro di Xander Mayer prima della pubblicazione, per controllare che Madison abbia fatto un buon lavoro," chiarisco tra un boccone e l'altro. "Non posso chiedergli di più."

Le mie amiche fanno un cenno di assenso. Forse le ho convinte e la smetteranno di darmi il tormento per un po'.

"Passando ad altro, hai piani per il weekend con il Principe di Wall Street?" chiede Summer ridendo. Ormai gli hanno affibbiato quel soprannome e molti altri.

"A dire la verità no. È andato a Londra per una fiera editoriale. Torna lunedì."

"Allora domani sera uscita solo donne!" strilla Shannon, alzando le braccia al cielo.

"Verrai, vero?" si assicura la sorella. "Non starai a casa ad aspettare una sua telefonata?"

"Certo che verrò. Ho proprio bisogno di divertirmi un po'."

"Di sicuro sarà un altro tipo di divertimento, rispetto a quello che potresti trovare con il bel Principe." Summer si lascia andare a un sorriso malizioso, poi torna seria. "È partita anche la Strega?"

"Sì, è uscita un'ora prima dall'ufficio per raggiungere l'aeroporto," confermo, poi mi torna in mente un particolare. "Con lui."

Sono andati via insieme, con lo stesso taxi.

"Quando è venuto a salutarti, ti avrà pur detto qualcosa."

Accidenti, no! Non si è nemmeno presentato di persona a dirla tutta, mi ha augurato buon weekend con un messaggio e io gli ho risposto "in bocca al lupo". Che idiota! Adesso mi spiego lo sguardo di soddisfazione di Madison, quando l'ho vista passare con il trolley.

"Non c'è stato tempo. Era in ritardo," provo a giustificarlo. Purtroppo, non ottengo l'effetto sperato e le mie coinquiline mi fissano sbigottite. Devo dire qualcosa, sento che sta per arrivare una lunga paternale. "Ehi, non guardatemi così. Questa situazione è nuova per me quanto per lui. Nessuno di noi ha mai avuto relazioni durature, quindi dobbiamo prenderci la mano."

"No, Lily, è diverso. Tu non hai mai avuto relazioni stabili perché eri troppo impegnata a sopravvivere, lui non ne ha mai avute perché era troppo abituato a scopare in giro."

"Summer, ma ti pare il caso?" la ammonisce la sorella.

"Scusa, non volevo essere brusca. Ma non voglio che tu ti faccia scivolare addosso tutte le stronzate che fa pur di non perderlo. Vali molto più di quei ricconi!" ribatte con sincera preoccupazione nei suoi occhi.

"Ragazze, vi voglio bene e so che ci tenete a me, perciò datemi fiducia. Vi assicuro che se dovesse finire tra me e Nicholas non dovrete raccogliere i pezzi." Temo di aver confessato troppo, perciò aggiungo: "Sto vivendo questa storia dandole il giusto peso. Ho capito che siamo due mondi diversi. Credetemi, non ho intenzione di farmi calpestare da nessuno".

Si scambiano un'occhiata. Poi è Shannon a parlare: "Okay, ma stai attenta. Qualunque cosa succeda, proteggi il tuo cuore".

Proteggi il tuo cuore. Niente di più facile in una relazione finta.

Passo il sabato mattina a maledirmi per aver accettato di andare ad Aspen. Non ho nulla di pesante da indossare e i negozi dell'usato pare non abbiano mai visto dell'abbigliamento tecnico per la montagna. Non posso permettermi altro e mi rifiuto di usare la sua carta di credito. Domani proverò a fare un ultimo giro. In compenso ho scovato qualche vestito carino e alcuni completi per l'ufficio. Devo fare solo un paio di modifiche ai modelli, essendo un po' datati.

Il pomeriggio lo passo a cucire, dato che ho tutta la casa per me. Mentre mi armo di ago e forbici, accendo il televisore su una trasmissione che parla di libri. Fa proprio al caso mio. Più tardi uscirò con le ragazze. Non capita spesso, ma dopo due settimane del genere in ufficio, non vedo l'ora.

"Ed ecco le novità che troverete presto in libreria. Il più atteso è un romanzo new adult della bravissima Julia Green, che verrà pubblicato dalla White Literary…" gracchia la conduttrice, ma io perdo il filo. Quel nome mi dice qualcosa. Non solo l'ho visto l'anno scorso per settimane nella top ten delle vendite, ma mi sembra di averla sentita nominare da poco.

Più tardi sto ancora cercando di fare mente locale, quando

le mie coinquiline mi incitano a uscire. Hanno deciso di andare al Brooklyn Bowl, un locale di Williamsburg in cui c'è sempre musica dal vivo e si balla fino a tardi. Questa seconda parte non mi interessa granché, ma sono attratta dalla musica dal vivo, non potendo permettermi di andare di frequente ai concerti.

Quando mi vedono in jeans e camicia, mentre loro indossano dei vestitini succinti, Summer e Shannon mi costringono a cambiarmi. Corro in camera e non avrei mai pensato che sarei stata tanto contenta degli acquisti fatti quella mattina. Mi infilo un tubino nero a maniche corte. La gonna arriva sopra il ginocchio e la scollatura è quadrata. Abbino le scarpe con il tacco che uso anche in ufficio. A questo punto opto per un trucco deciso e, dopo aver preso uno spolverino, sono pronta a uscire.

Una volta entrate nel club, andiamo nella sala principale e rimango affascinata dal gioco di luci che illumina la folla e il soffitto. In fondo c'è un palco su cui una band ha iniziato a esibirsi, mentre dall'altro lato si trova il bancone del bar.

"Beviamo qualcosa e ci buttiamo in mezzo alla folla?" propone Shannon, poi mi avverte: "Stasera niente acqua o bibite da tredicenni."

Sto per oppormi, quando Summer interviene. "Dobbiamo festeggiare!" urla sovrastando la musica. "Lavori come editor nella casa editrice dei tuoi sogni e sei la ragazza di Nicholas Parker. Per stasera guarda solo le cose positive."

Scuoto la testa e mi arrendo. "Va bene! Brindiamo."

Mentre raggiungiamo il bancone noto che qualcuno sbircia nella nostra direzione. Stare con le sorelle McTavish fa sempre questo effetto. Shannon indossa un abito verde smeraldo, Summer uno rosso fuoco. Difficile non notarle. Sono splendide. A confronto sembro pronta per un funerale. Non importa. Ho intenzione di divertirmi.

Ingollo il primo shot d'un fiato. Sarà anche l'ultimo, perché non reggo l'alcol. Il liquido brucia quando scende in gola e temo che possa esplodermi nello stomaco.

Shannon chiede un secondo giro, io faccio segno di no al barista, però quello non mi dà retta. Sono costretta a berne un altro.

Summer prende entrambe per mano e ci trascina in pista. Le mie amiche incominciano a muoversi sinuose e devo dire che anche io mi sento più leggera. Colpa degli shottini. Shannon si mette dietro di me e, posando le mani sui miei fianchi, mi fa ballare al suo ritmo, piuttosto sfrenato per via della musica frenetica. Si allontana e Summer e io ci scateniamo l'una davanti all'altra.

Mi piace ballare, ma mai quanto ho adorato farlo tra le braccia di Nicholas una settimana fa. Perché penso a lui adesso?

Chiudo gli occhi e mi lascio andare. Shannon torna a posare le dita sui miei fianchi e a impormi movimenti più languidi. Andiamo avanti così per tutta la canzone, finché non accade qualcosa di strano. Avvicina il suo corpo alla mia schiena e a quel punto mi blocco. Mi giro di scatto e mi ritrovo uno sconosciuto addosso. Faccio un salto indietro, ma c'è troppa gente attorno e vengo sospinta di nuovo verso di lui. Mi sta incollato e non riesco ad allontanarlo. Lo spintono.

"Dai, bellezza, non eri tanto dispiaciuta fino a poco fa," puntualizza. Mi riafferra i fianchi e mi attira a sé.

Dopo un momento di stupore, gli grido di lasciarmi e tento di divincolarmi senza risultato. Mi guardo attorno in maniera febbrile, alla ricerca delle mie amiche. Incrocio gli occhi di Shannon, che è a un paio di metri. Mi sorride, poi la sua attenzione si sposta sull'uomo accanto a me. Prova subito a raggiungermi, però trova un muro umano davanti.

Il tizio mi stringe più forte e inizia a strusciarsi addosso a me. A quel punto non ci vedo più dalla rabbia. Riesco a liberare una mano e inizio a tirargli schiaffi e perfino a graffiarlo. Forse gli colpisco un occhio con le unghie, comunque molla la presa.

"Brutta troia, cazzo fai?" urla.

"Stai lontano da me," intimo.

"Che succede qui?" interviene un uomo con la divisa.

"Niente," biascica lui, con una goccia di sangue che gli scivola dalla tempia. "Una discussione con la mia ragazza." Deve essere ubriaco.

"Non sono la tua ragazza, non ti conosco nemmeno," sbraito.

"Okay, amico, vieni con me. La tua serata è finita," lo informa la guardia.

"Non ho fatto niente, è questa stronza che è psicopatica. Prima mi si struscia addosso e poi cambia idea e strilla," cerca di ribattere il bastardo.

Le mie amiche mi raggiungono e mi abbracciano.

"Sì, come no? Una ragazza che ci sta ti graffia fino a farti uscire il sangue? Vattene, coglione," sbotta Summer.

"Tu stai bene?" mi domanda il vigilante.

Annuisco.

"Stai bene davvero?" chiede Shannon. "Ha tentato di…".

"È tutto a posto, ragazze," dichiaro interrompendole.

"Vuoi andare a casa?"

"Se non vi dispiace, preferirei." Mi porto le dita sotto gli occhi. Temo che potrei piangere da un momento all'altro.

"Certo. Non c'è problema."

Una volta rientrate, mi faccio una doccia e mi infilo nel letto.

Cavolo, poteva andare molto peggio.

Al mattino il suono della sveglia mi fa aprire gli occhi. Sono stanchissima, ho dormito a singhiozzo. Continuavo a sognare di ballare con Nicholas, ma appena mi giravo, il mio finto fidanzato si trasformava nello sconosciuto che mi ha aggredita ieri sera. Mi metto seduta e impiego un po' a capire che non era la sveglia a suonare, ma il mio cellulare. Sono le dieci del mattino. Il nome che leggo sul display mi fa tremare.

"Pronto?" rispondo.

"Morgan, che cazzo stai combinando?"

Capitolo 23

Nicholas

La settimana è stata un incubo. C'erano un milione di preparativi da approntare per la fiera di Londra, in tandem con la nostra filiale inglese. L'evento è fondamentale per allacciare i rapporti con gli agenti e gli autori che vanno forte oltreoceano, ma anche per consolidare quelli già presenti nel nostro catalogo. Ho capito che per i lettori non c'è niente di peggio che interrompere la pubblicazione di una serie. Questo difetto è al secondo posto delle cose più odiate, dopo la morte del protagonista di un libro. Insomma, prima di partire ho passato ore al telefono per corteggiare scrittori e relativi rappresentanti, prendendo una serie infinita di appuntamenti.

Il jet-lag e l'insonnia hanno messo a dura prova la mia pazienza, ma la ciliegina sulla torta è stata Maddy.

Siamo partiti da soli, lo staff era già sul posto da qualche giorno per sistemare il nostro stand, e se avessi saputo che avrei trascorso il viaggio parlando di Lily, giuro che avrei preso un altro volo.

Le lamentele di Madison erano all'incirca le stesse della settimana prima e, proprio come ho fatto in precedenza, le ho consigliato di darle tempo. La stessa cosa che ho suggerito alla mia finta fidanzata.

Tuttavia, Maddy non deve aver recepito il discorso e alla fine della discussione in aereo mi ha lanciato un avvertimento che non ho gradito per niente.

"Devi spostarla da un'altra parte, Nick. Non riesco a svolgere le mie mansioni così. E se non posso fare bene il mio lavoro, le conseguenze ricadranno sulla casa editrice."

Era seduta accanto a me e stavo sorseggiando del vino,

quando ha sparato il suo ordine. Ho posato il bicchiere e mi sono girato verso di lei. "Per caso mi stai minacciando, Maddy?"

"No, ti sto dicendo che il mio rendimento non può essere ottimale, se devo fare da baby-sitter alla tua protetta e coprire la sua incompetenza," ha risposto senza guardarmi.

"Vediamo di chiarire un paio di dettagli," ho puntualizzato, catturando la sua attenzione. "Non credo si tratti di incompetenza, ma di inesperienza. Ed è proprio lì per imparare."

"Ho bisogno di una persona già formata, non di una pivella, se non vuoi che sprechi il mio tempo e rispetti le scadenze," ha replicato in fretta.

Era un ricatto a tutti gli effetti. Inizio a pensare che forse ha ragione chi dice che Madison prova qualcosa per me. Non ha mai manifestato un atteggiamento simile verso le altre donne che frequento... Forse perché non le ho mai assunte.

"Il tuo compito è mantenere le scadenze con le risorse che hai a disposizione. Secondo dettaglio: Lily non è la mia protetta, è la mia ragazza. E se un giorno decidessi di sposarla, la casa editrice sarebbe mia quanto sua, perciò diventerebbe il tuo capo," ho aggiunto con calma, mentre la sua faccia si trasformava in una maschera di orrore.

Il matrimonio è un gradino a cui non aspiro ad arrivare.

"Matrimonio?" ha ripetuto quasi balbettando.

"È solo un consiglio, Maddy," ho chiuso lì la questione e per il resto del viaggio non ha più parlato neanche lei.

Dovevo farlo, non sopporto di essere ricattato, né tantomeno che qualcuno creda di potermi manipolare o mi ritenga debole.

Il giorno dopo in fiera è filato tutto liscio. Sono riuscito a intavolare diverse collaborazioni interessanti e vantaggiose. Come anche oggi. In questa domenica mattina, Madison è al mio fianco per convincere un autore italiano di thriller e tre scrittrici inglesi di romance a unirsi alla Parker & Cox. A fine incontro vado a pranzo con i responsabili di una agenzia molto importante, mentre lei rimane in fiera.

Quando alle due sono di ritorno al nostro stand, l'espressione da cane bastonato di Madison è cambiata del tutto. Sta guardando il cellulare con il sorriso. Meglio così.

Finisco di parlare con un paio di persone, poi invito Collins, il responsabile dell'Ufficio Diritti, ad andare a prendere un caffè ed estendo l'invito anche a lei.

"Ti va un caffè o un tè?" propongo.

Sono dispiaciuto della discussione avuta in aereo, perciò, ora che la vedo tranquilla, mi viene naturale trattarla con più gentilezza.

"Volentieri."

Ci incamminiamo fino al bar. Collins si allontana subito per rispondere a una telefonata.

"È il peggior caffè della mia vita," commento, dopo aver bevuto quella oscenità.

"Non è la loro specialità."

"Già. Ma io sono americano, perciò non sono tipo da tè," alzo le spalle.

Lei mi osserva incuriosita. "Come fai a stare tanto calmo?"

"A che proposito?" mi informo, abbandonando sul bancone quella orrenda bevanda.

"Le foto che girano, ovviamente."

La guardo senza capire. Se si tratta di un'altra delle sue cazzate, giuro che la licenzio.

"Oddio, tu non le hai viste?" sgrana gli occhi.

"Di che cosa stai parlando?" sospiro spazientito.

Maddy tira fuori il cellulare e mi mostra il display.

Una ragazza in tubino nero che somiglia spaventosamente a Lily spicca in mezzo a una pista da ballo, con un energumeno incollato al suo corpo che le tiene le mani sui fianchi, mentre stanno ballando. Afferro il telefono e ingrandisco l'immagine.

Porca troia, è proprio lei! Riconosco anche il posto, il Brooklyn Bowl.

L'articolo di un quotidiano scandalistico dice già tutto fin dal titolo: *La donna misteriosa di Nicholas Parker è la donna misteriosa di altri uomini?*

Alzo gli occhi e ripasso lo smartphone alla proprietaria, che mi guarda con finta preoccupazione.

"Grazie delle informazioni. Spero che ti stia divertendo," mormoro.

Mi allontano dal bar ed esco, perché ho bisogno di aria. Sono incazzatissimo. Come ha potuto Lily essere tanto stupida?

Non ho bisogno di cercare altre immagini. Potrei vedere qualcosa di peggio. La chiamo immediatamente.

Risponde dopo non so quanti squilli.

"Pronto," dice, la voce impastata dal sonno. Beata lei che

dorme fino a tardi, magari è ancora a letto con quell'energumeno, dopo averlo scopato. Mi pulsano le tempie.

"Morgan, che cazzo stai combinando?" tuono.

"Nicholas?"

"No, sono Babbo Natale. Ti ho fatto una domanda semplice, rispondi," ordino, mentre percorro la via davanti all'ingresso della fiera.

"Stavo dormendo. Che succede? Stai bene?"

Maledizione a lei! Con quella dannata domanda riesce sempre a mitigare un po' della mia rabbia. Butto fuori l'aria dai polmoni.

"Nicholas, parlami."

"Dove sei stata ieri sera? O quella prima," la interrogo senza mezzi termini.

Le foto potrebbero essere di due giorni fa, anche se conoscendo quella testata è poco probabile. Al NYC Weekly piace arrivare sempre per primo.

"Venerdì sono rimasta a casa, ieri sono andata al Brooklyn Bowl con Shannon e Summer. Perché me lo chiedi?"

"Ci sono delle foto tue su NYC Weekly," affermo con freddezza. "Morgan, eravamo d'accordo che avremmo visto altre persone con discrezione e, per come la vedo io, finire sui giornali non è sinonimo di discrezione." Alzo la voce.

"Sono uscita con le mie amiche, non ho incontrato nessuno," obietta. "Aspetta, sto cercando sul computer quello di cui... Oh, porca miseria!"

"Immagino che tu le abbia davanti."

"Sì."

Sento che continua a picchiare i tasti. "E quindi?"

"Un attimo. Sto verificando," replica.

"Non sei in un cazzo di call center di assistenza, che diavolo devi verificare? Spiegami perché non sei stata attenta!"

"Non è come..." balbetta e io la interrompo. Odio le persone indecise.

"Dimmi una cosa. Questo tizio era così fottutamente sexy, che non sei riuscita a evitare di strusciarti addosso a lui come una cagna in calore?"

Mi fa imbestialire che non mi dia alcuna spiegazione ed è chiaro che sta cercando di inventarsi una scusa.

"Nicholas Parker, sei proprio un vero stronzo." Chiude la telefonata.

Appena torno, ucciderò Reed per le sue idee di merda.

Rientro in fiera e riprendo a essere chi sono: un editore.

Non mi sfuggono gli sguardi di sottecchi di Madison. Pare uno squalo che gira attorno alla preda. Aspetta che la persona con cui sto parlando si allontani un attimo, poi si avvicina e mi chiede: "Hai risolto?".

"Che cosa?"

"La questione con Lily."

"Sì, è tutto okay, grazie per l'interesse," affermo e sorrido.

Collins torna e continuiamo la conversazione di lavoro.

"Meglio così," la sento pronunciare, con una punta di delusione. Ma vaffanculo anche a te, Madison!

Non provo a ricontattare Lily, dopo che mi ha dato dello stronzo, e non tenta di farlo nemmeno lei. Non cerco altre immagini o articoli su ieri, perché mi incazzerei ancora di più. Finita una cena di lavoro sono di nuovo in albergo e, anziché salire in camera, mi fermo al bar per un ultimo bicchiere. Ordino del whisky. Mentre lo sto sorseggiando, una ragazza mora con gli occhi azzurri si siede al posto libero accanto a me.

Inizia una conversazione superficiale e cerca di abbordarmi con le tipiche frasi da rimorchio. La ascolto e rispondo a monosillabi. Scopro che è polacca, non registro il nome, è a Londra perché fa la modella e viene spesso a New York. La guardo e bevo. È bella… eppure non me ne frega niente.

Quando mi posa le dita sul dorso della mano e inizia ad accarezzarmi con fare sensuale non sento nulla.

"Sono fidanzato," annuncio, scostandomi.

"Io di sicuro non le dirò nulla," ribatte melliflua.

"E io continuo a non essere interessato," ripeto, poi scendo dallo sgabello.

"La ami così tanto?"

Alzo le spalle e me ne vado. Amore? Che cazzo ne so io dell'amore. Pensavo che fosse amore quello tra i miei genitori, invece non è bastato.

Quando atterriamo a New York è pomeriggio. Per fortuna Madison non si è seduta vicino a me stavolta, non avrei retto i suoi modi. All'arrivo mi limito a un saluto, prendo un taxi e mi faccio lasciare in ufficio. Ho dimenticato qui il mio computer venerdì e stasera vorrei scrivere delle e-mail ad alcuni agenti.

Uscito dall'ascensore, mi accorgo che sono già andati a casa quasi tutti. Controllo l'orologio, sono le sei. Raggiungo la mia scrivania, recupero il portatile e faccio dietrofront. Sono quasi arrivato agli ascensori, quando la vedo. Mi blocco. Lei fa lo stesso.

Stringo più forte il manico del trolley che mi sono portato appresso. Non so che cazzo dirle.

"Se pensi davvero quello che hai detto l'altro giorno, è meglio chiuderla qui." È Lily a parlare per prima. "Già una volta mi hai accusata di non aver rispettato un accordo e adesso di nuovo. Possibile che non hai imparato a conoscermi almeno un po'? E a fidarti anche?"

"La fiducia è un lusso che non posso permettermi, Morgan. Per il resto c'è quella foto."

"La tua arroganza non si smentisce mai." Schiaccia in modo insistente il tasto dell'ascensore, poi traffica con il telefono. Lo scampanellio delle porte arriva in concomitanza con un nuovo messaggio sul mio smartphone. Lo cerco nelle tasche del cappotto. "Spero che la verità non sia troppo umiliante per il tuo ego." Entra e preme il tasto di chiusura. Non mi dà il tempo di salire.

Ho il sospetto che lei c'entri qualcosa con il messaggio. Guardo il display e ne ho la conferma. C'è un link che rimanda al New York Post. Dopo un attimo di esitazione lo apro.

La pagina parte di nuovo con la stessa foto che ho già visto, ma il titolo è diverso: *La compagna di Nicholas Parker importunata in un club. Si difende e fa buttare fuori il molestatore.*

Ma che cazzo di storia è questa?

Inchiodato sul posto, leggo con attenzione l'articolo in cui viene riportata sia la versione dell'amica che era con lei, sia quella dell'uomo. In fondo c'è un'altra immagine di Lily, nel momento in cui tira uno schiaffo al molestatore. Resto a fissare quelle frasi per non so quanto tempo, tentando di metabolizzare tutto quanto. Che è stata molestata, che si è difesa e che poi ha dovuto subire il mio attacco.

Sospiro e, come aveva previsto, mi sento davvero un cretino.

Adesso che diavolo faccio? Non posso rincorrerla, non riuscirei comunque a raggiungerla.

Non sono un uomo abituato a scusarsi, ma direi che è una cosa da fare il prima possibile.

Mentre scendo al piano terra, tento di chiamarla un paio di volte. Lei rifiuta la telefonata. Come darle torto.

Allora provo a rispondere al suo messaggio.

HAI RAGIONE, MORGAN, SONO UNO STRONZO DI PRIMA CATEGORIA. SCUSA PER NON AVERTI LASCIATO IL TEMPO DI SPIEGARE. IN FONDO NON SONO TANTO DIVERSO DAL MOLESTATORE.

PIUTTOSTO, COME STAI? TI HA SPAVENTATO?

SE FOSSI STATO LÌ, GIURO CHE LO AVREI PRESO A PUGNI. MI DISPIACE. PER TUTTO. ANCHE PER LA MIA ARROGANZA.

N.

Aspetto un attimo, ma non giunge alcuna risposta. Se fossi in lei, nemmeno io mi perdonerei tanto in fretta.

Una volta a casa, la trovo vuota, Clara se n'è già andata. Mi chiudo nel mio studio e inizio a scrivere le e-mail che avevo programmato. Ciò che invece non avevo pianificato era di distrarmi, ripensando alla bieca figura fatta con Lily. Per non parlare del fatto che guardo il telefono ogni cinque minuti.

Dopo mezz'ora, non sono riuscito a combinare granché e inizio ad avere fame. L'orologio indica che sono le otto. Vado in cucina e nel frigorifero trovo una serie di piatti già pronti. Sto lì a fissare i contenitori e vengo punto da un'idea. Ne prendo diversi, li metto in una borsa, poi aggiungo dei condimenti e anche qualche bottiglia di vino.

Con il mio bottino scendo in garage e salgo in auto. Invio un messaggio.

MORGAN, STO ARRIVANDO E, SE NON AVETE ANCORA CENATO, APPARECCHIA LA TAVOLA PER QUATTRO. È ORA CHE CONOSCA LE TUE AMICHE. PORTO TUTTO IO. N.

Metto in moto e, mentre sto guidando da dieci minuti, mi giunge una serie di notifiche che evito di proposito. Stasera non potrà rifiutarsi di parlare con me.

Capitolo 24

Lily

Dopo il casino successo al Brooklyn Bowl e soprattutto dopo la pubblicazione di quella foto, di cui non sapevo nulla fino alla telefonata dell'Arrogante Parker, le mie coinquiline mi hanno vista adirata come non mai. Ho detto loro il motivo e, dopo aver insultato Nicholas per la sua reazione e il giornalista per l'articolo fuorviante, hanno iniziato un'accesa discussione.

"Come caspita hanno fatto a sapere che lei era la ragazza di Parker?" ha chiesto Summer.

"Genio, è colpa tua!" l'ha accusata Shannon.

"Mia? Sei matta?" ha replicato subito la sorella.

"Sei tu che hai incominciato a urlare: 'Dobbiamo festeggiare' e 'Lavori come editor nella casa editrice dei tuoi sogni e sei la ragazza di Nicholas Parker'. Forse il giornalista ti ha sentito e ha tenuto d'occhio Lily. Quando lo sconosciuto si è messo dietro di lei a ballare, quel cretino del NYC Weekly sarà stato al settimo cielo. Aveva una notizia bomba tra le mani. Due foto con il cellulare ed era a posto," ha spiegato Shannon con il suo piglio da futuro avvocato.

"Ma ha fatto sembrare una cosa per un'altra," mi sono lamentata.

"Quella rivista è famosa per questo genere di scandali. Sai quante denunce si è presa da quando ha aperto?"

"Quindi è impossibile far togliere quelle foto o ritrattare la notizia?" ho chiesto con ingenuità. Facendo coppia con Nicholas, dovrei essere abituata a toccare con mano i problemi che il quinto potere può causare alle persone.

Summer sembrava riflettere su qualcosa. "Ritrattare no, ma

specificare cosa è accaduto a un giornale serio sì," ha annunciato. Si è scambiata un'occhiata con Shannon, che ha sorriso.

"Il cugino John Johnson," hanno detto in coro ridendo.

Le ho osservate come se fossero matte e alla fine mi hanno spiegato che al New York Post lavora un loro cugino di terzo grado come giornalista, così Summer lo ha contattato e lui è stato più che felice di scrivere una notizia che smentisse il NYC Weekly. È inoltre riuscita a recuperare le foto dello schiaffo da un altro cliente e le ha girate al cugino.

Ho incominciato la settimana lavorativa andando in ufficio con l'ansia. Sapevo che Nicholas sarebbe rientrato in giornata, ma non a che ora. Ho passato tutto il tempo in uno stato di agitazione, non sono uscita dall'ufficio nemmeno per pranzo e se Beatrice ha visto quelle foto, ha avuto l'accortezza di non farne parola. Mi sono fermata oltre l'orario per finire un incarico ed evitare gli altri dipendenti. Mi ero illusa che per oggi non l'avrei visto. Invece l'ho incontrato davanti agli ascensori ed è nata un'altra discussione. Tutto ciò non ha fatto altro che alimentare la mia rabbia. Quello stupido non si è preso nemmeno la briga di cercare altre informazioni sui fatti di ieri. Peggio per lui, ci ho pensato io a inviargli il link all'articolo di John. Dopodiché sono corsa a prendere la metro. Non riuscivo a stare un secondo di più in sua presenza!

Ha chiamato più volte, e ho rifiutato ogni telefonata. Mi è arrivata una notifica. Ho letto il messaggio di scuse solo appena sono giunta a casa.

È passata più di un'ora da quando sono rientrata e proprio adesso ricevo un altro messaggio di Nicholas, in cui si autoinvita a cena. Sbuffo e vorrei dirgli di starsene a casa sua, però ho davvero bisogno di chiarire questa faccenda. Non mi va di andare in ufficio domani con la paura di incontrarlo. Preferisco appianare le divergenze nel mio ambiente familiare piuttosto che alla P&C.

Appena le ragazze rientrano dal lavoro, osservano il tavolo della cucina con curiosità.

"Come mai hai apparecchiato per quattro?"

"Nicholas ha scritto. Verrà a cena," le informo senza grande entusiasmo.

Mi guardano, sgranando gli occhi.

"Prendiamo cinese o pizza?"

"Magari preferisce il thailandese."

"Il sushi forse è più adatto a lui. La cucina giapponese è un *must* ultimamente."

La conversazione tra sorelle si fa serrata e appena riesco a intervenire dico: "Ha detto che porta tutto lui".

Si voltano entrambe verso di me.

"Non potevi dirlo prima?" mi rimprovera Summer. "Devo andare a rendermi presentabile."

"Per Nicholas?" alzo un sopracciglio.

"Non capita tutti i giorni di avere un miliardario in casa," replica Shannon, strizzandomi l'occhio.

"Inoltre, così saremo già pronte per andare a salutare zia Rosie dopo cena. Sai quanto ci tiene alla forma," aggiunge la sorella.

Mi arrendo. Non posso giudicarle se vogliono fare una buona impressione. Anch'io ho riordinato casa alla velocità della luce.

Mentre sistemo le ultime cose, mi rammento che le ragazze non sanno che la nostra è una finta relazione. Accidenti, mi toccherà anche essere carina con lui. Tutto ciò implica che dovrò farmi vedere arrabbiata per come si è comportato, per poi perdonarlo. Che schifo!

Le sorelle tornano e sono splendide. Messe in tiro meglio di me, che indosso i jeans e un maglione dallo scollo orizzontale. L'unico vezzo è la spallina del reggiseno che fa capolino sulla pelle nuda. Ho persino legato i capelli e sono truccata pochissimo.

"Lily, non vorrai presentarti con quelle pantofole da nonna," mi ammonisce Summer.

Mi guardo i piedi. In effetti, calzo due informi ammassi pelosi. Tengono al caldo e sono morbidi, però forse ha ragione. Corro in camera, devo scavalcare il letto perché l'ho già tirato giù, pronta per andare a dormire, e le scarpe da ginnastica sono rimaste dall'altra parte.

Ritorno nella zona giorno in tempo per sentire il campanello. Osservo dallo spioncino ed è lui. Apro la porta e non riesco a guardarlo in faccia, dopo le cose spiacevoli che ci siamo detti. Sorrido per dissimulare la tensione. In compenso noto che indossa una camicia scura e un paio di jeans strappati. Allora alzo gli occhi e non vedo l'arrogante CEO, ma un uomo che sembra più giovane dei suoi trentadue anni.

"Ciao." È lui a interrompere il silenzio.

"Entra, accomodati."

Fa un passo avanti, alza la mano e, dopo averla posata sulla mia guancia, mi dà un bacio leggero sulle labbra. Tutto si annulla per magia. Le discussioni, le paranoie, la rabbia e la delusione. Mi riprendo da quel momento di stordimento appena percepisco i sospiri delle mie coinquiline.

Se sapessero la verità.

Faccio le adeguate presentazioni e Nicholas diventa l'incantatore di donne che è nella realtà. Le ricopre di complimenti per la chioma e il colore degli occhi, poi tira fuori una serie di pietanze succulente e un vino super costoso. Le mie amiche sono tutte sorrisi e gridolini di gioia. Ed è così che prosegue la cena. Ogni volta che ne ha occasione, Nicholas mi dà una carezza, un bacio sulla guancia o si lascia andare a qualche altra smanceria. È come se il diverbio dei giorni passati non ci fosse mai stato. Infatti, stiamo entrambi recitando la nostra parte.

La cena volge al termine appena Summer richiama l'attenzione della sorella, avvisandola che sono in ritardo. Si alzano e ci salutano.

"Noi dobbiamo scappare. Dopo la visita a zia Rosie, rimaniamo fuori a bere qualcosa. Buona serata." Summer mi lancia una strana occhiata. Palesemente, vuole lasciarci la casa libera.

"È stato un piacere conoscervi. La mia ragazza mi parla spesso di voi. Alla prossima," pronuncia Nicholas.

Le sorelle escono e la mia espressione cambia di netto. Adesso che siamo soli posso far esplodere la collera.

"La mia ragazza," ripeto. "Come no? La stessa a cui credo ciecamente, vero Parker?"

"Mi dispiace, okay?" sospira e si passa una mano tra i capelli. "Hai ragione. Sono stato uno stronzo. E credimi, quando dico che non è mia abitudine scusarmi con le persone."

"Oh, non sei abituato? Per forza, sei troppo sicuro di te stesso," sbotto. Tutta l'irritazione sta venendo a galla. È accanto al lavello e ha le braccia incrociate al petto. "È la seconda volta che mi giudichi senza darmi modo di spiegare. C'è sempre qualcun altro che ti fa cambiare idea sulla sottoscritta. Perché non ti fidi di me?" urlo.

Lui serra forte la mascella.

"Perché l'ultima volta che ho dato piena fiducia a una persona, che ho creduto ai suoi giuramenti sul fatto che andasse tutto bene, l'ho trovata in una pozza di sangue con un buco in testa," tuona.

Rimango pietrificata. Anni fa ho letto qualche articolo sul suicidio di suo padre.

Nicholas distoglie lo sguardo e, come se avesse bisogno di fare qualcosa, apre lo sportello della lavastoviglie, iniziando a infilarci i piatti a caso. A un tratto lancia dentro un bicchiere con troppa forza e quello si frantuma in mille pezzi.

Si appoggia al piano di lavoro e stringe forte il marmo, la testa reclinata in avanti. La sua voce diventa un sussurro. "Mi dispiace."

L'aria mi resta incastrata nei polmoni e il cuore sembra gonfiarsi tanto da farmi male.

Senza un pensiero coerente nella mente lo raggiungo e, facendo piano, gli cingo la vita con le braccia. Gli poso la guancia tra le scapole e ascolto il suo battito accelerato. Anche il suo respiro è affannato, mentre il mio si riempie del suo odore: gelsomino e sandalo.

Non mi allontana, perciò lo stringo ancora di più.

"Perché mi ha mentito?" mormora. "Perché non ha detto a me o a qualcuno che stava male? Perché è stato tanto codardo?" Resta in silenzio per un po', poi aggiunge piano: "Era tutto ciò che volevo diventare".

"Hai il tempo di diventare ancora meglio di lui, Nicholas," mi esce in maniera spontanea e mi preoccupo della sua reazione soltanto dopo aver parlato.

"No, sto facendo solo un casino dietro l'altro," ribatte rabbioso. "Non sarò mai la metà di quello che è stato mio padre."

Non posso permettere che creda veramente a quello che sta dicendo. Sciolgo il mio abbraccio, gli metto una mano sulla spalla e lo costringo a voltarsi. Le iridi nocciola si sono incupite.

"Stai dicendo delle assurdità. Tu superi il valore di tuo padre ogni volta che scegli di trovare una soluzione ai tuoi problemi e di non fuggire. E io lo so bene, perché vedo tutto quello che fai per la tua famiglia, per la tua azienda e anche per il tuo socio." Mi fissa senza muovere un muscolo. "Non posso giudicare se togliersi la vita sia una scelta di coraggio o di codardia, ma ho capito che tu hai il coraggio di combattere e soprattutto di chiedere aiuto. Perciò no, hai ragione, non sarai mai la metà di tuo padre, perché sei già molto di più."

Nei suoi occhi scorgo una nuova luce e la sua espressione cambia. Non faccio in tempo a rallegrarmi per questa conquista che le sue dita sono sul mio viso. Mi attira a sé e mi bacia. Un bacio che sa di urgenza e disperazione. Un bacio che mi riporta a quello a casa sua.

Le nostre lingue si assaggiano. Intreccio le braccia dietro al suo collo per averlo più vicino e approfondire il contatto. Mi prende per la vita e mi solleva. Mi accorgo che ci siamo spostati in camera soltanto quando mi rimette a terra. Si scosta e non dice una parola. Basta il suo modo di guardarmi a farmi capire quale sarà la mossa successiva. Afferra il bordo del mio maglione e lo sfila verso l'alto. Alzo le braccia per aiutarlo e solo allora mi rendo conto di essere rimasta in reggiseno. Non dura molto, perché le sue mani abili lo slacciano in tempo record e lo fanno sparire. Mi copro d'istinto con un braccio.

"Non farlo," intima con voce profonda. "Sei bellissima."

Quelle parole fanno nascere qualcosa in me. Le mie dita si concentrano sui bottoni della sua camicia scura ed è lui a farla scivolare a terra. Seguo con la punta del dito i tanti tatuaggi, colorati e no. La prima volta non ho avuto occasione di ammirarli perché è successo tutto troppo in fretta. La sua pelle si increspa al mio passaggio e questo dettaglio mi fa sorridere.

"Cazzo, le tue fossette mi mandano fuori di testa!"

Torna ad attaccare le sue labbra alle mie, il bacio si fa più profondo e non potrei desiderare altro... Almeno è ciò che credo, finché non scende a lambirmi il seno. Da quell'istante preciso voglio molto di più.

"Ti voglio," pronuncio a voce alta, mentre gli accarezzo i capelli e lui incomincia a leccare e succhiare l'areola.

"Sei sicura?"

Rispondo con un mugugno.

Altro bacio, altro gemito da parte mia. Le sue mani vagano lungo il mio corpo e le dita si insinuano oltre il bordo dei jeans, al di là degli slip. Sono avvolta da una sensazione di calore mai provata prima, neanche con i ragazzi delle poche storie semiserie che ho avuto.

"Ti desidero anche io," mormora.

Le mie dita si animano di vita propria e corrono ai bottoni dei suoi jeans. Nicholas è costretto a fare mezzo passo indietro. Sto litigando con la chiusura e lui sorride malizioso, decidendo di venire in mio soccorso. Resto calamitata dal modo sensuale in cui si spoglia e, quando è totalmente nudo davanti a me, c'è soltanto una parola che riecheggia nella mia testa: perfezione.

È una visione stupenda.

Gli poso il palmo sul costato, all'altezza del cuore. Lui mette la mano sulla mia e la spinge ancora di più contro la sua pelle. I battiti si sono regolarizzati. Chiude gli occhi e rimane così per un po'. Mi manca il respiro davanti a questo gesto, che considero più intimo di tutto il resto.

Poco dopo si rianima e finisce di slacciarmi i jeans. Afferra il bordo e, inginocchiandosi, me li sfila insieme agli slip. Una gamba alla volta. Adesso anche io sono nuda. Non sono perfetta come lui, però dall'espressione dipinta sul suo viso sembra apprezzare ciò che vede.

Colmo la distanza e lo bacio di nuovo, mentre porto le braccia dietro al suo collo. Mi solleva e intreccio le gambe attorno alla sua vita. Sento l'erezione pulsare tra le mie gambe. Riprende fiato e mi chiede per l'ennesima volta: "Sei sicura?".

Sono stata io a proporre di non avere mai più rapporti, perciò capisco la sua esitazione, eppure non c'è altra cosa al mondo che vorrei stasera se non lui. Domani forse mi pentirò e il nostro rapporto si complicherà, ma non mi importa. Non in questo momento.

"Sono sicura," mormoro a fior di labbra.

Ed è la verità. Sono una persona piena di dubbi che si crea problemi anche dove non esistono, ma non oggi. Oggi scelgo di vivere appieno ciò che la vita mi porge.

Nicholas mi depone sul letto, poi si sdraia accanto a me e, continuando a venerare la mia bocca, intrufola la mano tra le mie cosce. Cerca il sesso, lo accarezza e lo stimola. Mi sembra di impazzire, quando infila due dita dentro di me. Le mie afferrano la sua virilità e si muovono in sincrono con le sue. I miei sospiri si mescolano ai suoi gemiti ed è la colonna sonora migliore per questo momento. All'improvviso allontana la mano dal mio corpo e mi accarezza il seno. Senza smettere di fissarmi, allunga l'altra verso il basso, dove giacciono i suoi jeans. Agguanta il portafoglio ed estrae un preservativo. Con i denti strappa la carta argentata e, mantenendo il contatto visivo, fa scivolare la protezione lungo l'erezione. Appena è sistemato, mi bacia e non smette di farlo quando posa i gomiti ai lati della mia testa e si mette sopra di me. Non smette di farlo nemmeno quando il suo sesso si posiziona davanti alla mia fessura. E non smette di farlo nemmeno quando inizia a farsi strada nella mia carne. Mi strappa un gemito, appena lo percepisco dentro di me. È una sensazione fantastica. Diversa dalla volta precedente. Stasera mi pare tutto amplificato. Il suo tocco, ma anche le parole e le emozioni.

Allontana il viso dal mio e incomincia a muoversi piano, facendo leva sugli avambracci. I suoi occhi sono nei miei. Le pupille si dilatano e le spinte si susseguono con un ritmo crescente. Vorrei abbassare le palpebre, ma non posso, perché sono affascinata dal suo modo di concentrarsi su ogni piccolo dettaglio del mio viso. Il suo bacino si spinge sinuoso come un'onda ed è proprio così che mi sento. Un'onda che sale piano e cresce di intensità. Un'onda che sta per infrangersi contro le rocce e, quando non riesco più a resistere, lascio che accada. Mi infrango sugli scogli, abbandonandomi al piacere che mi invade con tutta la sua forza. Pronuncio il suo nome tra un gemito e l'altro. Gli accarezzo il volto, perché ho bisogno di sentire il suo viso ed è allora che gli affondi si fanno ancora più potenti. Allargo le gambe per accoglierlo meglio. L'ultima spinta è quella decisiva e subito dopo il suo corpo resta sospeso nel tempo e nello spazio, mentre lui si perde nel proprio orgasmo.

Con il fiato corto china la fronte sulla mia, cercando di incamerare ossigeno. Poco dopo si abbandona accanto a me, passandomi un braccio sul ventre e tenendomi incatenata al suo petto. Anche questo è un gesto intimo. Molto.

Il panico mi sale dalle viscere.

Che cosa ho fatto?

Da domani sarà tutto diverso, lo so. Così come ho la certezza che quest'uomo mi farà soffrire.

Il respiro di Nicholas si regolarizza. Sguscio fuori dal suo abbraccio senza svegliarlo e vado a fare una doccia. Quando esco dal bagno incrocio le mie coinquiline.

"Sesso pacificatore?" domanda Summer con un gran sorriso.

"Che cosa te lo fa pensare?"

"Ti si legge in faccia!" si intromette Shannon.

"Comunque tra poco lo sveglio, così torna a casa," taglio corto, tornando in camera.

"Perché? Fallo restare, è stato così carino con noi," sussurra.

"Shannon, non è un gattino da adottare," le faccio notare a bassa voce.

"Anche per me può fermarsi quanto vuole. Basta che abbassi la tavoletta del bagno. Buonanotte a tutti."

Rimango a bocca aperta mentre loro si ritirano nelle rispettive stanze. Una delle nostre regole è di non portare ragazzi a casa, a meno che non ci sia una storia seria in corso. Giustamente, credono che tra me e Nicholas sia così.

Parker, stai ribaltando il mio mondo, brontolo nella mente.

Apro la porta della mia camera, convinta che si sia svegliato, invece sta russando. La luce del corridoio illumina la sua stazza imponente, nel mio letto da una piazza e mezza, e mi viene quasi da ridere.

Indosso il pigiama scozzese come tutte le altre sere e so bene che non è per niente sexy, ma non ho intenzione di sedurlo. Voglio solo dormire.

Scivolo nel letto, approfittando del fatto che lui si sia voltato di lato. È ancora nudo. Lo copro con un plaid e mi sistemo su un fianco, quasi sul bordo del materasso. Punto la sveglia al solito orario, tanto sono sicura che se ne andrà in piena notte.

Il consueto allarme mi fa aprire gli occhi. Allungo la mano per spegnere il telefono. Dio, che caldo! Impiego un po' a capire che alle mie spalle c'è ancora Nicholas e che durante la notte si è girato verso di me, sagomando il suo corpo al mio. Provo a chiamarlo.

"Nicholas, sono le sei," dico con un tono moderato, ma la risposta non arriva. "Parker?" Zero. Mi volto verso di lui, che rimane immobile e beato come se fosse a casa propria, nel suo letto.

Il plaid gli è scivolato fino alla vita e mi dà l'occasione di vedere meglio i suoi tatuaggi. Ieri sera non sono riuscita a identificare tutti i soggetti. Ci sono dei disegni tribali e sul cuore c'è la cassa di un orologio perfetto, tuttavia un lato sembra colare come vernice. Sull'avambraccio noto un serpente che risale fino alla spalla e sparisce oltre la schiena. Sull'altro scorgo un intricato ramo di spine, ma senza rose, mentre il costato è pieno di scritte in latino, oppure date tatuate in caratteri gotici.

Lily, non ti distrarre. Devi svegliarlo, altrimenti farai tardi e Madison avrà un'altra scusa per odiarti, mi strilla la mia vocina interiore.

"Nicholas," riprovo, scuotendogli il braccio. Lui continua a ronfare.

Vengo punta da una pessima idea. Pessima perché potrei ritrovarmi un bell'occhio nero. Avvicino il viso al suo e lo bacio. Dopo un nanosecondo sgrana gli occhi e tira indietro la testa.

Non è il massimo come risposta, però non è nemmeno un pugno in faccia.

"Lily, che succede?" Lily, non Morgan. Mi piace. Mi siedo e lui si guarda attorno come per mettere a fuoco la stanza.

"Ti sei addormentato nel mio letto. Sono le sei e, non so se te lo ricordi, oggi si lavora."

Lui sembra confuso. "Le sei del mattino?"

"Ovvio. Stai bene?"

"Sì," afferma, anche se la sua reazione dice tutt'altro. Si alza in piedi e quando si rende conto di essere nudo, prende in fretta i vestiti da terra e si riveste. "È solo che... Strano, ieri non ho nemmeno bevuto."

Ha pronunciato davvero una cosa del genere?

"Scusa? Vuoi dire che è strano essere venuto a letto con me, senza essere ubriaco?"

"No, non intendevo quello," si affretta a precisare, mentre allaccia i bottoni della camicia. "Non dormo mai così tanto. E spesso l'alcol aiuta. Tutto qui. Probabilmente sono collassato a causa del jet-lag."

Ah, così va meglio.

Si siede sul letto accanto a me e solo ora nota come sono vestita.

"Bel pigiama... un po' troppo in stile *Mamma, ho perso l'aereo*, però è carino." Trattiene una risata ed è uno spettacolo, perciò lo spingo via dal materasso.

"Vattene, o faremo tardi in due. Tu puoi permettertelo, sei raccomandato dal grande capo. Io no."

Si infila le scarpe e torna in piedi.

"Mi è giunta voce che anche lei sia stata raccomandata, signorina Morgan. Perciò non faccia tanto la santarellina," replica senza perdere il sorriso. "Vuoi un passaggio?"

"No, grazie. Ce la faccio con i mezzi."

"Allora ci vediamo in ufficio."

"A dopo."

Quando lo sento richiudersi la porta d'ingresso alle spalle mi lascio andare sul letto e nascondo il viso tra le mani.

Ho fatto di nuovo sesso con lui. Come farò d'ora in avanti?

I miei guai diventano sempre più grandi ogni giorno che passa.

E venerdì sera si parte per Aspen.

Capitolo 25

Nicholas

Appena salgo in auto, mi perdo nei miei pensieri. Non solo perché ieri sera il sesso è stato ancora meglio della volta precedente, ma perché ho dormito tante ore di fila. Non succedeva da quattro anni. Da quella maledetta notte.

Chiudo gli occhi e poso la testa sul sedile. Ho bisogno di riprendermi.

"Tesoro, il prossimo weekend potresti fermarti a casa per qualche giorno?" chiede mia madre. "Tuo fratello ha una convention a Washington e mi piacerebbe accompagnarlo."

"Non c'è problema. Clara sarà contenta, può andare a trovare la sorella per un po'," rispondo. Abbasso la voce, perché mio padre potrebbe scendere da un momento all'altro. "Come sta?"

"Bene. Lo vedrai tu stesso. Gli manca il lavoro e sentirsi attivo, però sta meglio. Solo che mi sembra prematuro lasciarlo solo due giorni interi."

"Non preoccuparti. Posso anche lavorare da qui."

"Meglio di no. Io partirò nel tardo pomeriggio, perciò venerdì vai in ufficio come al solito. Lo sai quanto ci tiene che tu ti inserisca bene e che dia il buon esempio. Fermati qui sabato e domenica. Magari inventa che Clara deve partire e che non sai come sopravvivere senza di lei. Insomma, pensa a qualcosa," bisbiglia.

Sentiamo una porta chiudersi e cambiamo argomento.

"Edward sarà dei nostri?" domando. Di solito la domenica ci troviamo a pranzo tutti insieme, soprattutto da quando papà ha avuto un infarto, un paio di mesi fa.

"Sì, credo che stia parcheggiando proprio ora."

In quel momento mio padre fa il suo ingresso. Rimango turbato alla vista del suo sguardo spento. Fisicamente è come sempre. Un bell'uomo, affascinante per la sua età, il corpo tonico plasmato dall'esercizio fisico, che ha dovuto accantonare da quando è stato male. Anche in casa è sempre vestito elegante. Al posto della giacca indossa un cardigan di cashmere.

"Ehi, papà, come vanno le cose?" gli chiedo.

Lui alza le spalle. "Leggo molto, guardo qualche serie tv e passeggio in giardino," risponde laconico, andando a sedersi a tavola.

Mio fratello fa la sua comparsa all'ingresso. Va a dare una pacca sulla spalla a nostro padre e un bacio sulla guancia a mia madre.

Appena siamo tutti seduti, la mamma informa il marito dei piani per il prossimo weekend.

"Amore, venerdì vado a Washington con Ed. Clara andrà a trovare la sorella, perciò Nick vorrebbe approfittare del nuovo cuoco e rimanere qui qualche giorno."

Mio padre fa un sorriso tirato. "Certo. È una bella idea."

Non mi sfugge la mano stretta a pugno che nasconde sotto il tavolo.

"Nick, hai apportato le modifiche al nuovo contratto da presentare agli autori, come ti ho consigliato?" aggiunge poi, come se niente fosse.

"Sì, ne ho parlato con Paul e anche lui le ha trovate opportune viste le novità del mercato," commento, dopo aver bevuto un sorso di vino.

Mentre mia madre e Edward parlano di medicina, mio padre e io stiamo su argomenti di editoria ed economia in generale.

A fine pranzo papà si alza e si congeda. "Vado un po' nel mio studio."

"Colin, dovresti riposare, non lavorare," lo ammonisce mia madre.

Noto mio padre sospirare, poi, esattamente come prima, fa un sorriso di circostanza, mette le mani nelle tasche e risponde: "Hai ragione, cara. Vado in camera".

Quando è abbastanza lontano, vorrei chiedere ai due medici di famiglia se il suo comportamento sia normale, ma sono loro a parlare per primi.

"Lo trovo davvero bene," dichiara mio fratello.

"Siete sicuri?" domando.

Forse sono io ad aver preso un abbaglio.

"Sì, tesoro. È solo scocciato perché deve rallentare un po' rispetto alla vita che conduceva prima," replica mia madre.

Rallentare un po'. Il medico di famiglia gli ha detto che è ora di pensare alla pensione e lasciare spazio ai giovani, ossia al sottoscritto. Che adesso avrà finalmente il tempo di dedicarsi ai suoi hobby preferiti. Ma la casa editrice è da sempre l'hobby e la vita di mio padre. Non è mai stato solo un lavoro.

Cinque giorni dopo, mi presento verso sera a casa dei miei. William mi informa che mio padre è nello studio e che mia madre è uscita un paio d'ore fa. Salgo al piano superiore e busso alla porta.

"Avanti," dice.

Entro e lo trovo sulla poltrona a fissare fuori dalla finestra.

"Tutto bene, papà?" lo interrogo e non importa se si arrabbia, devo sincerarmi che stia bene.

Si gira e noto che ha un bel colorito, ma gli occhi sembrano sempre spenti.

"Tutto okay. La cena è pronta?"

"William ha detto di sì."

"Scendo subito."

Poco dopo sono seduto a tavola e lui fa la sua comparsa. Mi mette una mano sulla spalla e va a sedersi.

"Novità alla casa editrice?" chiede e posso immaginare quanto gli manchi, perciò decido di parlargli di un'idea che mi è venuta in questi giorni.

"Ho pensato che potremmo mettere un monitor nel mio ufficio e collegarlo al tuo studio qui a casa, così potresti lavorare con noi da remoto in maniera continuativa," propongo. Poi cerco di alleggerire l'atmosfera: "È ovvio che, nel caso in cui mi portassi qualche sventola in ufficio, ti taglierei il collegamento".

Lui ridacchia.

"È una bella offerta. Ne riparliamo la settimana prossima, okay?"

Annuisco e papà torna serio. "Nicholas, sei preparato per essere un CEO e so che farai un ottimo lavoro."

"Grazie, papà. Ma tanto ci sarai ancora tu a guardarmi le spalle e a darmi i giusti consigli."

"Ovvio. Inoltre, potrai sempre contare su Paul." Il suo discorso mi trasmette una strana sensazione. "Anche se, appena starò meglio, ho intenzione di dedicarmi a un sacco di attività extra.

Mi sto informando su tante cose, ma non voglio che tu mi faccia domande in merito," puntualizza.

"Perché no?" lo interrogo con una punta di stupore.

"Perché è ancora tutto nella mia testa e non voglio essere giudicato."

È terribilmente serio.

"Sei sicuro che vada tutto bene?"

Lui scoppia in una risata. "Ma certo. Andrà tutto bene, Nick. Non ti fidi più del tuo vecchio?"

"Sei forse l'unica persona di cui mi fido ciecamente, papà."

"Mi fa piacere. Anche io ho fiducia nelle tue capacità e sono certo che la Parker & Cox con te sia in mani sicure. So che te ne occuperai, come farai con la mamma e con Edward," dichiara. "Piuttosto, ho letto sui giornali che esci con quella attrice famosa, Audrey Hopkins. È davvero bella come nei film?"

Il resto della cena prosegue su temi più leggeri, alla fine papà si alza e mi informa di volersi ritirare nel suo studio.

"Ho un'ultima questione veloce da sistemare, prima di addormentarmi," spiega e, passandomi accanto, mi dà un'altra pacca sulla spalla. Deve aver preso questa abitudine da mio fratello.

"Non fare troppo tardi, altrimenti sarò io a sentire i rimproveri della mamma."

"Non preoccuparti, è una cosa veloce."

Non gli auguro la buonanotte, perché ho intenzione di passare a salutarlo più avanti. La conversazione di stasera mi ha davvero rasserenato.

Vado in salotto e accendo il computer. Ho intenzione di lavorare un po' prima di salire a controllare…

All'improvviso un boato squarcia il silenzio. Proviene dal piano superiore. Corro su per le scale, ma mi sembra di muovermi al rallentatore. La porta della sua camera è aperta, il letto intonso, corro nello studio.

Entro come una furia.

Mi blocco a metà della stanza.

Lo stomaco si contrae e il cuore smette di battere.

Rimango lì inchiodato, davanti a quella scena. Mio padre con il capo chino sulla scrivania. La pistola in mano. Sangue ovunque.

Mi rianimo. Corro per soccorrerlo. Agito il suo corpo per svegliarlo. Il viso è per metà coperto di sangue. Gli occhi sono chiusi.

"Parlami!" ordino. "Papà, parlami," urlo.

William accorre. "Signore, che cosa... Oh Dio santo," strilla e poi non lo vedo più.

Non vedo più nessuno. Scuoto e scuoto, ma i suoi occhi restano chiusi.

Le mie mani sono sporche di rosso e la vista appannata dalle lacrime.

Non so per quanto tempo rimango in auto fuori da casa di Lily. Odio ripensare a quella notte. Il mio istinto è correre nel mio appartamento e bere fino a svenire di nuovo, ma mi limito a passare a cambiarmi prima di andare alla Parker & Cox. L'unico vero amore della vita di mio padre. Persa quella, non gli restava altra motivazione per vivere. Evidentemente sua moglie e i suoi figli non erano abbastanza.

Arrivo in ufficio verso le undici. Ho fatto una breve corsa, avevo bisogno di riflettere. Mi sento riposato come non accadeva da tempo, anche se il primo pensiero della giornata è andato a quella dannata notte. Mi costringo a tornare con la mente a ricordi più piacevoli, come il bellissimo discorso che mi ha riservato Lily. E ovviamente il sesso. Cazzo, con lei è di un altro livello! Il problema è che non so quali saranno le conseguenze. Spero che non mi metta il broncio, non minacci di chiudere la nostra recita o qualche stronzata simile. Stamattina non c'è stato il tempo di parlare e finché non saremo vis a vis, temo che non lo scoprirò.

Un messaggio sul cellulare mi distrae da queste paturnie. È Noah, che mi informa dell'orario e del luogo della partenza per Aspen.

Ci penso su un attimo, poi alzo il telefono e premo l'interno che mi interessa.

"Sono Nicholas Parker, può dire alla signorina Morgan di venire subito nel mio ufficio?" ordino alla sua collega.

Beatrice balbetta qualcosa e io mi metto seduto in attesa.

Dopo cinque minuti, bussa all'uscio.

"Avanti."

Oggi mi sembra più bella. Indossa il vestito grigio che ha usato per venire a pranzo da mia madre, quello che mette in mostra tutte le sue curve.

"Chiudi la porta, per favore."

"Beatrice ha detto che mi volevi qui."

In realtà in questo momento la vorrei nel mio letto. Che diavolo vado a pensare!

"Ti rubo solo cinque minuti, siediti pure."

Posa le mani in grembo e se le tortura. In effetti, anche il suo viso è strano. Non ha fatto mezzo sorriso e le fossette si sono a malapena viste mentre parlava. Che stia ancora riflettendo sulla frase infelice che mi è uscita stamattina? Mi sporgo in avanti sulla scrivania, abbassando la voce. "Morgan, è tutto okay?"

Guarda ovunque tranne che il sottoscritto.

A un tratto vengo punto da un dubbio. "Ti sei pentita di quello che c'è stato ieri?"

"No, non c'entra," dichiara, puntandomi le sue iridi grigie in faccia. "È che stamattina ho fatto un errore e pensavo che mi stessi chiamando per quello."

"Volevo solo informarti che venerdì, dopo il lavoro, partiamo direttamente per Aspen. Perciò ti passerò a prendere al mattino e lasceremo i bagagli nella mia macchina. Scusa, ma che genere di sbaglio puoi aver commesso per essere tanto nervosa?"

Mi sta facendo preoccupare. Se si tratta di Maddy non so come riuscirò a contenere i danni.

Lily raddrizza la schiena.

"Nicholas, puoi fidarti di me almeno un po'?" chiede e qualcosa nel suo sguardo supplichevole mi induce ad annuire. Butta fuori l'aria dai polmoni e sorride. Finalmente rivedo quei deliziosi solchi. "Grazie! Puoi stare ad ascoltarmi per qualche minuto?"

"Spara pure." Mi metto comodo sulla poltrona, mentre il suo corpo rimane rigido.

"Appena sono arrivata, il tecnico informatico mi ha detto di dover aggiornare il mio portatile e me ne ha dato uno provvisorio, giusto per non fermare il lavoro. Quando l'ho acceso è partito tutto in maniera regolare, anche se i programmi sembravano datati. Nel momento in cui ho aperto l'applicazione di posta elettronica, mi sono resa conto che qualcosa non quadrava. Ho letto un paio di e-mail vecchie e ho capito che non era settato sul mio account, ma su quello di Betty," spiega. Mentre parla, si contorce le dita.

"Non è successo nulla se hai letto delle e-mail di una tua ex collega," tento di rassicurarla.

"Il problema non è quello," replica. "Beatrice mi ha detto che una volta lei e Betty sono state messe in copia per sbaglio in una e-mail personale di Madison, che poi ha ordinato loro di cancellare." Rimane in silenzio per un po'.

"Giuro che seguirti sta diventando difficile, Morgan, puoi arrivare al punto?"

"Betty non l'ha cancellata ed è una di quelle che ho aperto. L'ho letta. Dalla sua e-mail personale, Madison ha inviato il manoscritto di Julia Green a una responsabile della White Literary, dicendo che avrebbe potuto avere un ottimo riscontro. Ma nella scheda di valutazione che ha compilato per la Parker & Cox, afferma tutto il contrario. Quel libro uscirà a breve, edito proprio da White Literary."

La salivazione mi si blocca.

"E se avesse fatto qualcosa del genere anche con le autrici che si sono rifiutate all'ultimo di firmare con voi?" continua.

Distolgo lo sguardo e fisso un punto della scrivania.

"Ci deve essere una spiegazione," dico, nel frattempo tamburello con le dita.

"Ho messo una copia della e-mail su questa chiavetta e l'ho inoltrata alla mia casella di posta personale. Basta una tua parola e cancello tutto." Si alza e dopo essersi avvicinata, mi porge una chiave USB. "Temevo che non mi avresti creduto."

Prendo la chiave, poi le afferro il polso e la attiro a me, finché il suo viso non è all'altezza del mio. La bacio. Non un semplice bacio a stampo. Le assaggio il labbro superiore, poi quello inferiore e lei muove la bocca sulla mia. Con il fiato corto, mi allontano di qualche centimetro. "Ti credo, ma Madison è stata assunta da mio padre e mi fa un male cane pensare che possa tradire la sua fiducia e la nostra azienda. Per questo mi auguro che ci sia una diversa interpretazione dei fatti."

Lily mi accarezza la guancia fino ad arrivare al mento. "Lo spero anche io."

La libero dalla stretta, poi mi alzo e, prima di aprirle la porta, aggiungo: "Fai finta di nulla con lei".

"Come vuoi," conclude ed esce in corridoio.

Appena se ne va, inserisco la chiave USB nel portatile e in un luogo della mia mente lontana prego che Lily si sbagli. Il file si apre. Lo leggo e ne studio ogni dettaglio. Avvio il programma su cui vengono caricate le schede di valutazione. Cerco quella incriminata e, proprio come ha detto Morgan, il libro risulta rifiutato. Su internet entro nel sistema delle prenotazioni dei libri che devono ancora uscire, ed eccolo lì, il romanzo di Julia Green. Leggo la quarta di copertina e la confronto con la nostra scheda. Nomi, personaggi e trama corrispondono. Anche l'ultima speranza che ci fosse un errore è svanita.

Dal cassetto estraggo l'elenco delle autrici che hanno cambiato idea sul contratto e faccio una ricerca con i loro nomi tra le uscite dei prossimi mesi.

Ne scovo ben quattro che pubblicheranno con la White Literary e due con la Barnes & Norton. I titoli sono stati cambiati, ma è una cosa piuttosto comune in editoria.

"Cristo santo!" impreco.

Lancio una stampa di tutto il materiale, poi prendo i fogli e, prima di andare da Paul a sentire il suo parere, passo nell'ufficio di Lily. La porta è aperta.

"Vieni a pranzo con me?"

Alza la testa e lancia un'occhiata alla collega, che le sorride.

"Sempre che tu non abbia altri impegni," aggiungo.

"Vengo volentieri."

"Allora a dopo," affermo. Mi volto e in quel momento Madison esce dalla sua stanza. Punta la sua attenzione prima su di me, poi con aria severa sposta lo sguardo su Lily.

"Ehi, Maddy, ti sei ripresa dal jet-lag?"

"Mi sono addormentata tardi, ma ho dormito di filato fino a stamattina. E tu?"

"Mai dormito meglio in vita mia, forse solo perché mi sono fermato da Lily," riassumo e colgo un movimento nei suoi occhi, come un tic nervoso.

Mi allontano a grandi passi, con quei cazzo di fogli stretti in mano.

Dopo aver riferito a Paul ciò che sospetto, leggo la delusione sulla sua faccia. Abbiamo concordato come procedere e lo faremo insieme. Ora devo recuperare il portatile che sta usando Lily, su cui ci sono le prove originali. In accordo con il mio socio, le mando un messaggio, chiedendole di portarmi il notebook in pausa pranzo. Ho già detto al nostro informatico di consegnarmi quello di Lily. Così faremo lo scambio nella mia stanza, per non insospettire Madison.

Se mi sto sbagliando, mi sentirò un vero schifo.

Se ho ragione, Maddy ne pagherà le conseguenze.

Appena inizia la pausa pranzo, Lily si presenta da me come da accordi. Le passo il suo computer, che lei porta subito in ufficio, e infilo quello di Betty nell'ultimo cassetto. All'interno ci sono ancora le fotocopie del romanzo a cui Morgan tiene tanto. Ci penso un attimo, poi chiudo tutto a chiave.

La rincontro nei corridoi e le porgo la mano. Il suo profumo fruttato invade l'aria attorno a me ed è piacevole. Saliamo in ascensore con le dita intrecciate. All'ingresso del palazzo c'è qualche giornalista appostato. Ormai non dovrei fare più notizia, eppure mi ritrovo sempre qualcuno alle calcagna. Stessa cosa vale per Lily, basta vedere il caos scoppiato pochi giorni fa.

"Madison ti ha visto portare via il computer?" la interrogo come se fossimo due agenti segreti.

"No, la porta del suo ufficio era ancora chiusa. Credo che tu l'abbia indisposta parlandole di stanotte."

"Ho detto solo la verità." Attraversiamo la strada e la porto a mangiare in un ristorante cinese che mi piace. "Non ho mai dormito tanto bene e tanto a lungo."

"Parker, non prendermi in giro. Siamo da soli, non è necessario," ribatte, seguendomi senza sganciare la presa alla mia mano.

"Da quattro anni non riesco a dormire più di tre ore a notte. Ho provato di tutto e le pastiglie di sonniferi che hai trovato nel mio bagno erano la mia ultima spiaggia. Lo strizzacervelli da cui sono andato mi ha convinto che sarebbero state la mia salvezza. Invece, non hanno avuto l'effetto sperato." Entriamo al ristorante, poi vengo assalito da un dubbio e mi fermo in mezzo a due tavoli. "Ti piace la cucina cinese, vero?"

"La adoro."

Il cameriere ci fa accomodare e ci porge i menu. Lily non lo guarda nemmeno.

"Immagino che tu sappia già cosa prendere."

"Esatto," conviene. Appoggia i gomiti sul tavolo e posa il mento sul palmo. "Posso farti qualche domanda senza che tu te la prenda?"

"Detta così non la stai vendendo bene." Metto giù il menu e il cameriere scrive la nostra ordinazione. "Spara pure."

"Argomento Aspen, fammi il riassunto di chi ci sarà e cosa faremo, così mi preparo."

Le elenco i nomi dei miei amici. Di solito siamo in cinque, compresi Reed e mio fratello. Ma potrebbe unirsi il +1 di qualcuno. Stavolta Lily sarà il mio +1. Le riassumo i dettagli della partenza e del ritorno, oltre alle varie attività che potremo fare una volta arrivati. Non appena la informo che viaggeremo su un jet privato fa una faccia impagabile.

Nel frattempo, arrivano i nostri piatti.

"Okay, posso passare alla domanda numero due?"

Annuisco con la bocca piena.

"Ieri sera… mi è parso di capire che… sei stato tu a trovare tuo padre?"

Resto in silenzio. Non è un argomento che mi piace affrontare.

"Scusa, non volevo essere invadente. Solo capire se è da quel momento che non riesci più a dormire bene," si spiega meglio.

"Pensa che ho pagato un tizio fior di dollari, perché arrivasse alla stessa conclusione. A saperlo prima sarei venuto da te, avrei risparmiato un sacco di soldi," commento e lei sembra stupita dalla mia risposta. In effetti, io stesso sono scioccato per aver replicato con tanta ironia a un argomento che, di norma, mi fa solo arrabbiare. Oltre a farmi stare male. Ora, invece, non provo né rabbia né dolore.

"La prossima domanda?" chiedo, mentre prendo tra le bacchette un raviolo al vapore.

Lily preferisce usare le posate.

"Che cosa hai intenzione di fare con Madison?"

"Domani il mio socio e io le parleremo e sentiremo cosa ha da dire. Nel caso la metteremo alle strette. Paul ha detto che contatterà qualcuno per un'eventuale sostituzione. Non voglio essere io a occuparmi di questa parte," riassumo quello che abbiamo deciso.

La vedo spostare gli spaghetti di riso da una parte all'altra del piatto. "Mi dispiace che tu debba affrontare anche questo e a causa mia."

"Morgan, se dovesse finire male per Madison, la colpa sarebbe sua, non tua. Tu mi hai solo aperto gli occhi."

Mi scruta senza capire.

"Credo che tu abbia ragione sulle autrici," esordisco. "Quelle che hanno rifiutato il contratto. Alcune di loro usciranno a breve con altre case editrici, e tra queste c'è di nuovo la White Literary."

Copre la mia mano con la sua. "Mi dispiace."

"L'hai già detto," ribatto e lei fa per tirare via la mano, ma io intreccio le nostre dita. Ammetto di sentirmi un adolescente con questi gesti, eppure è una cosa che mi piace.

"Parker, sei davvero impossibile," conclude ridendo.

"Comunque, per non farti sentire in colpa nei confronti di Madison, ti basti sapere che è stata lei a mostrarmi le immagini del Brooklyn Bowl."

"Che brutta strega," sbotta e stavolta sono io a lasciarmi andare a una risata.

Capitolo 26

Lily

Non sono felice di quello che ho scoperto. Se però davvero c'è Madison dietro alla fuga delle scrittrici, le serve una bella lezione. Nicholas ha dimostrato di tenere a lei e la Strega lo ha pugnalato alle spalle. Sarà pure arrogante, prepotente e lunatico, ma non merita un trattamento simile, così come non lo merita la casa editrice.

"Perché sei imbronciata?" Nicholas interrompe i miei pensieri, mentre si porta del pollo fritto alla bocca.

"Pensavo al prossimo weekend e a cosa mettere in valigia." Preferisco alleggerire la conversazione.

"Porta qualcosa per andare a ballare. Di solito Reed e Noah rompono fino allo sfinimento per passare la serata in un club in città."

"Oddio, sul serio?" brontolo e lui scoppia di nuovo a ridere. Non so il motivo, ma vederlo sereno tranquillizza anche me.

"Morgan, non siamo obbligati a uscire con loro. Ma sarebbe meglio immedesimarsi nella parte."

Alzo la mano per fermarlo. "Ho capito. Dovrò fare un altro giro di shopping."

"Il vestito che avevi in quelle foto non era male."

"L'ho lavato il giorno dopo e l'ho buttato in fondo all'armadio. Non farmi ripensare a quella serata." Afferro uno dei gamberi che ho nel piatto.

"A proposito di shopping, ho visto che non hai ancora usato la carta di credito," puntualizza.

"E non la userò. Fine della discussione, Parker."

C'è un lungo momento di silenzio. Alzo gli occhi verso di lui.

"Sei una testona."
Sorrido.

A pranzo concluso rientriamo in ufficio. Fuori dal locale mi prende la mano e non la lascia finché non ci salutiamo una volta arrivati al nostro piano. In ascensore, le sue dita non hanno smesso di accarezzare le mie, lasciando che il consueto calore si diffondesse in me.

Quando raggiungo la mia scrivania sono un po' confusa per quelle sensazioni. So che mi tratta così per rimanere nella parte del fidanzato premuroso, ma ogni volta che mi sfiora, che mi parla con dolcezza o che abbassa le sue difese, un pezzo del mio cuore vola via. Verso di lui. Per non parlare di quello che è successo nella mia stanza l'altra notte...

Basta con queste riflessioni che non portano da nessuna parte.

Mi concentro su una trascrizione che stavo facendo per Madison. Mi ha chiesto, anzi direi più ordinato, di inserire le sue valutazioni scritte a mano nelle relative schede. Chissà quanti dei manoscritti rifiutati girerà alla concorrenza.

Oh accidenti, non sono affari miei, se ne occuperà chi di dovere.

Cerco di fare il mio lavoro a testa bassa e non farmi notare. La giornata giunge al termine e all'uscita dalla P&C posso tirare un sospiro di sollievo. Mi rammento che devo parlare con mia sorella. A quest'ora dovrebbe essere di ritorno da scuola.

"Lily, ciao, stai chiamando per dirmi che non ci sarai il giorno del mio compleanno?"

"Che fiducia, sorellina. No, appena posso compro il biglietto. Volevo fare due chiacchiere con te," commento mentre mi incammino verso la fermata della metro.

"È tutto a posto?" mormora.

"Non fare come mamma e papà che sono sempre in apprensione. A proposito, come stanno? Ho videochiamato la mamma e mi sembrava un po' stanca," mi informo con una punta di preoccupazione. La lontananza non aiuta a tenere a bada l'ansia.

"Ti sei dimenticata che è il periodo in cui i turisti prendono d'assalto Cle Elum?" ride. "Papà ha pensato di mettere in negozio qualche articolo per il camping e la pesca, e abbiamo un sacco di richieste. Nella prima settimana è già andato tutto a ruba."

"Fantastico! Sono contenti?"

"Non smettono di farsi i complimenti a vicenda. A volte sono imbarazzanti, ma sai come sono fatti," replica Millie. Nella mente mi passano una serie di immagini dei miei che si sbaciucchiano tra gli scaffali del negozio, si sussurrano frasi dolci, si tengono per mano quando escono per una passeggiata e sanno ancora augurarsi la buonanotte. È questo il tipo di relazione che vorrei. E che non ho. "Di cosa volevi parlarmi?" mi riporta al presente.

"Ho delle novità e preferirei essere io a dirtele, prima che lo faccia qualcun altro."

"Chi mai dovrebbe raccontarmi qualcosa di te che io non so, scusa?"

"Qualche tua amica che segue i gossip. Oppure potresti venire a saperlo dai giornali," esplicito, continuando a camminare fino alla fermata della metro.

"Adesso sono curiosa," confessa.

Le riassumo la storia del mio nuovo lavoro e lei strilla di gioia. Poi le racconto del mio nuovo fidanzato e strilla di gioia un'altra volta. Mi tempesta di domande, rispondo solo a un paio, poi la informo che la linea sta per sparire perché devo scendere in metro.

"Mi raccomando, non dire niente a mamma e papà, non voglio che si preoccupino. Ci vediamo per il tuo compleanno."

"Verrà anche Nicholas?"

Oh cavolo, non mi sono posta nemmeno il problema.

"È sempre molto impegnato," mi giustifico e la saluto in fretta.

A cena le mie coinquiline non fanno che parlarmi di Nicholas. Le ha proprio conquistate. Purtroppo, in parte temo che abbia conquistato anche me. Sono sempre più soggiogata dal suo fascino.

Per portare la conversazione altrove, chiedo consiglio su cosa mettere in valigia. E loro attaccano a parlare di biancheria intima. Mi arrendo e le assecondo. In fondo è divertente.

Al mattino, il mio buonumore svanisce appena entro alla Parker & Cox. Mi rendo conto di essere nervosa. Oggi Madison verrà convocata dai grandi capi. Proprio come ieri, mantengo un profilo basso. Sono certa che Nicholas non direbbe mai che ci sono io di mezzo, ma non posso fare a meno di sentirmi agitata.

"Voi due, nel mio ufficio. Subito," ci chiama Madison appena arriva.

Oh cavolo! Si mette male. Beatrice mi lancia un'occhiata e io alzo le spalle. Insieme entriamo nella sua stanza, senza chiudere la porta.

"Se vi dico che un lavoro è urgente, che significa secondo voi? Che dovete continuare a fare le solite cose, oppure che dovete mollare tutto per quell'incarico?" chiede in tono retorico. Nessuna delle due risponde. "Bene, chiarito questo punto, spero che vi diate da fare di più. Per esempio, anziché uscire a pranzo," mi lancia un'occhiata bruttissima, "sarebbe il caso di mangiare un panino alla scrivania e finire il compito assegnato. Il lavoro va preso seriamente."

Porca miseria, quanta saggezza da una che prende l'appuntamento con il parrucchiere proprio in pausa pranzo e si presenta mezz'ora più tardi! Tanto con la scusa che poi si ferma oltre l'orario d'ufficio, fa quel cavolo che le pare. Per non parlare del sospetto che resti di più nella speranza di incontrare Nicholas.

Stringo forte i pugni prima di parlare. "Hai ragione. Per quanto mi riguarda cercherò di essere più presente."

Madison mi guarda con un sorrisetto vittorioso. Lo farei sparire volentieri a suon di schiaffi. Se esiste una giustizia divina, entro stasera quel ghigno scomparirà dalla sua faccia.

"Lo stesso vale per me," si accoda Beatrice.

"Speriamo che lo facciate davvero. Ora potete andare." Ci liquida con un gesto poco garbato della mano.

Torniamo nel nostro ufficio e ci ritroviamo entrambe a sbuffare in contemporanea. Ci fissiamo un attimo e poi scoppiamo a ridere.

"Meglio mettersi al lavoro," propongo subito dopo.

Alla una Madison esce dal suo ufficio per andare a mangiare. In accordo con la mia collega, ci facciamo portare un panino e rimaniamo alle nostre postazioni. Mi alzo solo per andare in bagno, poi in sala relax per un caffè.

Appena entro, trovo Nicholas appoggiato al piano di lavoro, con una tazza in mano e lo sguardo perso.

"Ehi, tutto bene?" chiedo avvicinandomi.

Lui si ridesta e impiega un po' a mettermi a fuoco.

"Abbastanza. Che ci fai qui? Non dovresti essere fuori a pranzo?"

Mi verso una tazza enorme di caffè.

"Madison ha dato una lavata di capo a me e a Beatrice. Ha detto che dovremmo prendere il lavoro più seriamente e mangiare un panino alla scrivania pur di finire i nostri compiti," sussurro, mettendomi accanto a lui nella stessa identica posizione.

Nicholas scuote la testa infastidito.

"Quella donna è incredibile," ringhia a bassa voce. Stringe forte la tazza tra le mani, temo che possa sbriciolarla, così poso le dita sul suo polso.

"Non prendertela. Non lo faccio più nemmeno io. Ragiona con la testa da amministratore delegato e non con il cuore dell'amico tradito," suggerisco, accarezzandogli la pelle con il pollice.

Le sue spalle sembrano rilassarsi.

"Paul e io le parleremo oggi pomeriggio. Spero che poi non se la prenda con gli altri."

"Beatrice e io abbiamo le spalle forti," commento.

Faccio scivolare via la mano, mentre lui mi viene più vicino e mi dà un bacio sulla fronte. "Ti tengo aggiornata."

Dopo un paio d'ore, vedo Madison uscire dal suo ufficio ed entrare nel nostro.

"Se qualcuno mi cerca sono da Paul, prendete un appunto e lasciatelo sulla mia scrivania." Io annuisco e Beatrice risponde con un "okay", ignara che la situazione non sarà tanto *okay* tra poco.

Il tempo passa e io divento sempre più irrequieta. Mi focalizzo sul computer e sull'orologio.

La giornata lavorativa termina e Madison non è ancora tornata. Beatrice si stiracchia e sospira: "Anche oggi è finita".

Indossa la giacca e fa per salutarmi, ma io la anticipo: "Aspetta, vengo con te. Devo fare delle commissioni prima di tornare a casa".

Mentre siamo in corridoio, sbircio verso la porta di Nicholas e vederla aperta mi fa sospettare che sia ancora dal signor Cox.

Una volta a casa, continuo a guardare il cellulare ogni cinque minuti. Verso mezzanotte, non ricevendo nessun messaggio, scrivo a Nicholas.

CIAO, NON TI HO SENTITO. SPERO SIA TUTTO A POSTO E CHE TU STIA BENE. FAMMI SAPERE. LILY

Lascio il telefono sul comodino e non appena lampeggia mi ritrovo a sperare che sia lui.

È ANDATA. NON SARÒ IN UFFICIO DOMANI E NEMMENO VENERDÌ. MANDERÒ UN AUTISTA A PRENDERTI ALLE OTTO. TI RACCONTO TUTTO CON CALMA SULL'AEREO. N.

VA BENE. A VENERDÌ. BUONANOTTE. LILY

Il giorno seguente si capisce che c'è qualcosa di strano nell'aria. Madison non si presenta in ufficio. Qualcuno dice di averla vista andar via pallida, ieri sera, qualcun altro riferisce di aver sentito Nicholas gridare nella stanza di Paul. E questa immagine mi fa accapponare la pelle. Altri ancora giurano di averla incrociata stamattina presto in corridoio.

Insomma, Beatrice prova a chiedermi cosa possa essere successo e io mi limito a dirle che non ne ho idea. Il che in fondo è vero.

La giornata passa. Raccogliamo i messaggi per lei e li posizioniamo come sempre sulla sua scrivania, dove è rimasto tutto uguale, manca solo il suo portatile.

Una volta a casa comincio a fare la valigia. Durante la notte ho un sonno agitato. Sogno Madison ad Aspen che mi ricorre con un gatto delle nevi e tutti gli amici di Nicholas che ridono. Al risveglio mi resta attaccato addosso un senso di terrore. Mi do della stupida e rido da sola per lo sciocco incubo che ho avuto.

Come anticipato da Nicholas, alle otto in punto il suo autista bussa alla porta e mi accompagna fino alla Parker & Cox. Lascio il trolley sull'auto ed entro nella hall. Appena salgo in ascensore, sento alcuni colleghi nominare Madison. Non riesco a capire molto dai loro bisbigli.

Appena mi vede Beatrice mi riferisce di aver saputo che non la vedremo per un po'. Ho un attimo di turbamento quando dice “per un po'”. Nicholas ha intenzione di farla tornare, oppure lei gli ha dato una spiegazione decente?

Mi limito a suggerire di metterci a lavorare. Madison ci ha sommerse di compiti i giorni scorsi.

Quando la giornata finisce, da un lato sono felice, non ne potevo più di chiedermi come fossero andate le cose con Madison, dall'altro il pensiero di passare del tempo con gli amici di Nicholas mi mette ansia. Spengo tutto e infilo il pc nella borsa, poi mi incammino lungo il corridoio persa in queste riflessioni.

Appena lo vedo vicino agli ascensori, qualcosa in me prende a viaggiare su e giù per il corpo. Non è il consueto calore di quando mi sfiora, ma un vero e proprio sfarfallio.

Come non potrebbe essere così?

Dio, è stupendo con i pantaloni del completo blu scuro, la camicia bianca con le maniche arrotolate e i tatuaggi in bella mostra. La cravatta è sparita, la giacca appesa al suo braccio. I capelli scuri sono sempre scompigliati a regola d'arte.

Sta controllando qualcosa sul cellulare e io resto senza fiato. A un tratto si accorge di essere osservato, gira la testa e mi sorride. Sorride proprio a me.

Tutta la tensione della giornata sparisce. Lo raggiungo a passo veloce.

"Buonasera, Morgan, pronta per Aspen?"

"Per niente, però ormai ci siamo, quindi tanto vale andare fino in fondo."

"Saggia scelta," dice e mi porge come sempre il suo palmo. Vi poso subito sopra il mio. Non ho bisogno di pensarci, mi piace. Così come incomincia a piacermi anche Nicholas. Purtroppo.

Invece di uscire nella hall, scendiamo nel parcheggio sotterraneo e andiamo verso la sua auto. Non è il SUV, ma un'altra coupé. Non oso immaginare di quante auto sia composto il suo garage. Nicholas accende il motore e, quando ci immettiamo nel traffico, non riesco più a trattenermi.

"Ti va di raccontarmi come è andata con Madison?"

"A dire la verità, no. Però preferisco farlo ora, così non torniamo più sull'argomento." Stringe forte il volante. Questo non fa presagire nulla di buono.

"Non voglio saperlo."

Si volta a guardarmi per un secondo, poi la sua attenzione torna sulla strada.

"Mi hai appena chiesto com'è andata."

"Da come stai stritolando il volante, è chiaro che non ne vuoi parlare. Non voglio forzarti," rispondo.

Allunga la mano e mi accarezza il ginocchio sopra i jeans.
"È stato un disastro," riassume.
"Non serve che mi ragguagli, Nick, non è necessario," lo interrompo, posando la mia mano sulla sua.
Mi rendo conto in ritardo di averlo chiamato con il suo diminutivo.
"Ma io ho bisogno di raccontarlo a qualcuno." L'espressione con cui mi sta scrutando è la stessa di un tenero cucciolo. Rimette le mani sul volante.
"Okay, ma dimmi solo ciò che ti senti."
"Sissignora," replica con un mezzo sorriso. "Te la faccio breve: è stato Paul a condurre la discussione. Le ha chiesto come mai avesse rifiutato il manoscritto di Julia Green, lei ha detto che è stato un semplice errore di valutazione, allora Paul le ha buttato sulla scrivania i fogli con l'e-mail che hai trovato. A quel punto le ha domandato: 'È stato un errore di valutazione o di comunicazione?'."
"E lei?"
"È sbiancata. Ha continuato a sostenere che quel libro non andasse bene per la nostra linea editoriale, ma che rimaneva un bel romanzo e quindi lo ha *consigliato* a una sua conoscente alla White Literary," riassume, mentre l'auto attraversa la città.
"Le avete creduto?"
"Nemmeno per un secondo, ma Paul le ha fatto credere di sì. È stato un grande. Io avrei fatto una sfuriata per ogni risposta del cazzo. Quando le ha fatto notare che alcuni degli scrittori che stavano per firmare con noi si sono poi rivolti alla concorrenza, ha detto che quella era una scelta che non dipendeva da lei."
"Purtroppo su quel punto ha ragione. Sono stati gli autori a non firmare," convengo, mordicchiandomi un'unghia.
"Adesso arriva la parte migliore. Paul ha mosso un po' di contatti nelle case editrici dove poi sono approdati gli scrittori e ha saputo che sono stati convinti a non firmare proprio da Madison Wright."
"Oddio. E lei?"
"È rimasta in un silenzio imbarazzante. Allora ho dato di matto. Ho cercato di mantenere un tono consono, ma non ci sono riuscito. Alla fine, le ho detto delle cose tremende." Il suo respiro accelera. "Però non mi pento, perché è quello che sento. Le ho persino detto che è un bene che mio padre si sia

ammazzato, almeno non ha dovuto sopportare una tale delusione." Deglutisce a vuoto e io non resisto a vederlo così. Mi slaccio la cintura e poso la testa sulla sua spalla, mentre con un braccio gli cingo la vita.

Mi pento subito della mia reazione, potrebbe prenderla male e cacciarmi. Sto per tornare al mio posto, quando lui inclina il capo verso di me e poggia la tempia tra i miei capelli.

"Alla fine l'ho minacciata: o si licenzia lei, oppure butto tutto in pasto alla stampa," aggiunge, incamerando ossigeno in maniera regolare. "Ha tempo fino a lunedì per darmi una risposta." Mi sfiora il ginocchio. "Non voglio pensare a niente questo weekend, Lily, puoi aiutarmi a dimenticare tutto il casino in cui è scivolata la mia vita?"

Scosto il viso dalla sua spalla e gli do un bacio sulla guancia.

Senza smettere di guardare la strada, mi accarezza languido dietro il ginocchio. Gli spunta un sorriso e mi ruba un altro pezzettino di cuore.

Se ogni piccola parte del mio muscolo volerà da lui, cosa ne resterà di me?

Capitolo 27

Nicholas

Per questo weekend voglio dimenticare gli ultimi giorni di merda. Devo ringraziare Paul per aver condotto la riunione con Madison, altrimenti sarei uscito da lì dopo i primi cinque minuti. Sono rimasto appoggiato alla finestra dell'ufficio del mio socio e non ho avuto la forza di guardarla in faccia. Ogni volta che tentava di dare una spiegazione, era palese che cercasse di accampare scuse.

Alla fine, non sono più riuscito a trattenermi e le ho gridato di stare zitta perché dalla sua bocca uscivano solo cazzate. È sbiancata. Le ho dato un ultimatum e si è messa a piangere.

Paul ha parlato con alcuni conoscenti che lavorano in altre case editrici. Dopo un paio d'ore avevamo la conferma che Madison convinceva i nostri scrittori a non firmare ed era lei stessa a passare i manoscritti ai concorrenti.

Il giorno dopo, mentre Paul e io eravamo in auto di ritorno dall'azienda che si occupa della stampa e dello stoccaggio dei cartacei, mi ha fatto un discorso che mi ha lasciato una strana sensazione.

"Ti devo chiedere scusa, Nick. Ero convinto che tutti i guai della casa editrice risalissero alla tua reputazione. Sono stato un vero idiota. Ho dato la colpa a te, quando buona parte dei problemi veniva da Madison. Potrai perdonarmi?"

"Paul, non sei tu che ti devi scusare," ho replicato, senza togliere gli occhi dalla strada. "Tu mi hai ripreso come dovrebbe fare un padre, invece che un socio, e questo mi ha fatto capire molte cose. Nell'ultimo mese ho avuto modo di appurare che qualche responsabilità l'ho avuta anch'io, perciò non ti porto alcun rancore. Semmai, devo ringraziarti per avermi aperto gli occhi."

"Caspita, quella ragazza ti ha fatto proprio un gran bene. Tienitela stretta, donne con una simile influenza non andrebbero lasciate andare," ha commentato e il pensiero è corso subito a Lily.

Questo weekend ho intenzione di seguire il consiglio di Paul e di tenermela stretta. Ho bisogno di lei per non pensare. Sono stanco di guardarmi indietro e analizzare ogni passo falso compiuto con mio padre, con Madison, con mio fratello e con le donne in generale. Ho la necessità di una tregua, il mio cervello sta scoppiando.

Parcheggio nella zona riservata ai voli privati. Lily scende prima che la raggiunga per aprirle la portiera. Mi fa sorridere quando fa così, ma anche riflettere. Come se non fosse abituata a essere trattata da principessa. Ed è un peccato, perché in realtà lo merita più di molte ragazze che ho conosciuto prima d'ora.

Estraggo i nostri trolley e lei insiste a portare il suo. Non ho intenzione di discutere per delle sciocchezze. Andiamo al punto di ritrovo concordato con Noah. Vedo il gruppo di amici da lontano. Percepisco l'agitazione di Lily anche senza guardarla, così le prendo la mano. La stringe forte.

"Tranquilla, i ragazzi sono a posto. Non posso garantire per chi li accompagna," la informo.

"Sei sempre così rassicurante, Parker," mormora.

Appena ci avviciniamo, noto che ci sono tre ragazze. Spero di non essere andato a letto con nessuna di loro, sarebbe imbarazzante! Le riconosco perché frequentano i posti in cui vado con Reed, ma non mi pare di averci combinato qualcosa.

Capto gli sguardi dei miei amici solo in un secondo momento e qualcuno fa un ghigno. So cosa gli passa per la testa: Nicholas Parker che frequenta la stessa donna da settimane, incredibile! Di sicuro si chiederanno cosa abbia questa ragazza di particolare per avermi convertito alla monogamia.

Basterà che passino un po' di tempo con Lily per accorgersi di quanto è speciale, ipotizza la mia voce interiore e, non appena me ne rendo conto, rimango interdetto.

La guardo e sorrido per rassicurarla. Quando arriviamo davanti agli altri, sto per fare le presentazioni, ma è Reed a parlare per primo.

"Gente, lei è Lily, l'unica donna in grado di sopportare il nostro Nick. A parte sua madre, ma lei è obbligata a farlo."

"Reed, ma che cazzo blateri," lo ammonisco. So che Lily odia stare al centro dell'attenzione e lui la sta mettendo a disagio. Quando mi giro, però, sta ridendo.

"Sto facendo le presentazioni, da buon padrone di casa," replica angelico.

"Peccato che non siamo ancora ad Aspen. Ciao, io sono Noah Ford."

"È troppo timido per dire che è suo il jet su cui voleremo," spiega Reed e mi sta un po' irritando. "Il rosso della compagnia è Simon McLeod." Si picchietta un dito sul mento. "Tu che cosa fai nella vita? Mi dimentico sempre."

"Cazzone, lavoro allo studio legale con te."

"Ah, vero, fai anche tu l'avvocato!"

Sembra che Lily si diverta a vedere Reed fare il buffone.

"E loro sono Denise, Cecilia e Dorothy. In realtà non so perché siano qui, però sono simpatiche e le portiamo con noi."

Le tre ragazze ridacchiano. Sembrano tutte dell'età di Lily. Magari si troverà bene, anche se un po' ne dubito. Denise è la figlia di uno dei più famosi gioiellieri di New York e in pratica ha una sua linea finanziata dal padre. La madre di Cecilia è stata miss Universo e lei lavora in televisione come showgirl in erba. Dorothy è la figlia di un senatore e nella vita dice di fare l'influencer.

"Tuo fratello che fine ha fatto?" chiede Reed.

"Starà rattoppando il cuore di qualcuno come al solito," mi esce e Lily mi guarda male.

"Eccolo," ci avverte Noah. "Vado ad avvisare il pilota che possiamo partire."

Mi volto e quasi mi prende un colpo. Lancio un'occhiata veloce a Reed e ho la conferma che anche lui è rimasto di sasso.

"Che gran testa di cazzo," mormora il mio migliore amico fissandolo. Come dargli torto? Edward si avvicina accompagnato da Svetlana, la modella russa che Reed e io ci scopiamo a turno.

"Che succede?" interviene Lily. Le faccio un cenno con la testa per dirle che non è nulla.

Appena ci raggiunge, Edward esordisce: "Lily, è un piacere rivederti. Ti presento Svetlana".

La mora dagli occhi azzurri tende la mano e la mia compagna la stringe. Non mi sfugge il modo in cui la modella le fa la radiografia. Il suo sorriso è falso come un soldo di cioccolato.

"Nick, Reed, è bello rivedervi. Sarà un weekend interessante," commenta l'ultima arrivata.

Lancio uno sguardo assassino a quel cretino di mio fratello, che si limita ad alzare le spalle.

Finite le formalità, Noah ci invita a salire sull'aereo, mentre il personale carica i bagagli.

Prendo posto dal lato del corridoio e lascio il sedile vicino al finestrino a Lily. Lei non smette di guardarsi attorno a bocca aperta. La chiude di botto nel momento in cui si accorge che la sto fissando e a me viene da ridere.

"Non ti sto prendendo in giro," sussurro. "Eri molto carina con gli occhioni sgranati."

Per tutta risposta mi tira una gomitata. Si allaccia la cintura e anch'io mi metto comodo, allungando le gambe.

"Questi sedili sono confortevoli," commenta, avvicinandosi al mio orecchio. Il suo profumo mi avvolge come una calda coperta. "Hai l'aria stanca, sicuro di star bene dopo gli ultimi avvenimenti?"

"Sì, non preoccuparti. Non ci stavo nemmeno pensando. È stata solo una settimana impegnativa."

L'aereo inizia la fase di rullaggio e Lily resta con il naso appiccicato al finestrino come farebbe un bambino. Trovo tutto questo delizioso. Ovviamente le sue fossette non sono soltanto deliziose, ma hanno un che di erotico.

Quando siamo in quota le hostess ci offrono da bere. Io prendo un bicchiere di vino, Lily si limita a un analcolico. Mentre abbandono la testa sul sedile, lei non smette di scrutare il cielo.

L'essenza fruttata ha il grande pregio di farmi rilassare, perciò, nonostante il chiacchiericcio di fondo, chiudo gli occhi e respiro a pieni polmoni.

"Nicholas… Nick," una voce familiare fa breccia nel silenzio in cui ero avvolto. Una mano calda mi accarezza il viso. Alzo la testa e capisco che mi sono appisolato sulla sua spalla. "Buongiorno, per fortuna dici che dormi poco." Mi fa un gran sorriso. "Riposato?"

"Direi di sì. Quanto ho dormito?"

"Da quando siamo partiti. Il pilota ha avvertito che sta per iniziare la manovra di atterraggio."

Ho dormito tutto il tempo?

Cazzo, questa è una novità!

Torno dritto e noto di aver addosso un plaid. Alzo lo sguardo verso di lei.

"Avevo paura che prendessi freddo. Non vorrai rovinarti la vacanza?" si giustifica come se fosse un gesto negativo, quando in realtà è stata di una gentilezza squisita.

Tiro fuori la mano dalla coperta, prendo il suo viso e, attirandola a me, la bacio. All'inizio si irrigidisce, poi risponde al bacio che si trasforma presto in qualcosa di poco casto. Le nostre lingue si cercano e le sue dita mi accarezzano la mascella. Mi rammento dove e con chi sono e in tutta onestà me ne fotto.

Mi separo da lei solo quando qualcuno si schiarisce la voce. Deve essere stato Reed. Lo guardo e ha uno strano sorrisetto in viso. Coglione! Pensa di sapere tutto. Gli altri si stanno facendo i fatti propri, tranne Svetlana che ci osserva con espressione impenetrabile.

Atterriamo all'aeroporto di Pitkin County e, una volta scesi dall'aereo, saliamo sulle auto prese a noleggio. In un quarto d'ora siamo a casa di Reed. Lily sgrana gli occhi. L'abitazione è il giusto connubio tra sostenibilità e design. Ci sono elementi come il legno dell'esterno, che ben si armonizza con la montagna alle sue spalle, così come le grandi finestre, i balconi in vetro e i pannelli solari sul tetto.

"Wow," si lascia sfuggire.

"Ti piace?" domanda il proprietario.

"È stupenda."

"Sono contento. A te e a Nick ho lasciato la stanza che di solito occupa lui," dice, poi aggiunge verso il resto del gruppo: "Gli altri possono prendersi la camera che vogliono. Ci vediamo tra un'ora per la cena. Non fate tardi, sto morendo di fame".

Lily mi lancia una strana occhiata e solo adesso mi rendo conto del motivo: condivideremo la camera. Dannazione, non avevo pensato a questo dettaglio.

Le dico di seguirmi e non mi sfugge che Svetlana si infila nella stanza di mio fratello. Anche le altre tre ragazze fanno lo stesso con ognuno dei miei amici.

È da un po' che non esco con loro e non so se c'è qualche novità. Di sicuro Reed non fa sul serio con Dorothy, anche se lei gli lancia certi sguardi languidi.

Apro la porta di quella che è da sempre la mia camera e, dopo averla richiusa, mi rivolgo a Lily.

"Se non dormissimo insieme, temo che risulterebbe strano. Comunque io mi sistemo sul divano," le indico il sofà posizionato di fronte al letto.

"Non c'è problema. Ci sono rimasta un attimo perché non avevo messo in conto questo particolare. Puoi dormire nel letto, non ti mangio."

Peccato, sono io quello che vorrebbe assaggiarla di nuovo.

"Possiamo mettere un muro di cuscini," propongo.

"Non dire stupidaggini," mi riprende e inizia a tirare fuori qualche effetto personale dalla sua valigia. Sistemo anch'io il minimo indispensabile e quando entro nel bagno in suite, mi fa strano mettere il mio spazzolino accanto al suo. Non ho mai condiviso il mio spazio con una ragazza. È tutto nuovo.

Quando torno in stanza, Lily è seduta sul divano.

"Destra o sinistra?" indica il letto.

"È indifferente, scegli tu."

Anche questa domanda è una novità. Non resto mai a dormire con una donna per tutta la notte, di norma chiamo un taxi a distanza di qualche ora dall'amplesso. A eccezione di qualche sera fa, proprio con Lily.

Lei sceglie il suo lato e appoggia il cellulare sul comodino.

"Meglio che stia io vicino alla porta, così posso andare al piano di sotto a lavorare un po'. Avendo già dormito in aereo, sono sicuro che stanotte non chiuderò occhio," propongo, mettendo in carica il laptop.

"Non ci credo, ti sei portato il computer?"

Annuisco.

"Sei incredibile," scuote la testa.

"Piccola, ti sei dimenticata che sono un amministratore delegato?"

Non so da dove mi venga l'abitudine di chiamarla così, forse è perché sembra davvero minuta rispetto a me. Comunque non pare infastidita, perciò evito di farmi paranoie.

"Vado a darmi una sciacquata prima di cena."

"Okay, così poi avrò il bagno tutto per me," conviene lei. Si mette comoda sul letto e, dopo aver preso il tablet dal trolley, inizia a leggere.

Mi lavo e sono costretto a usare l'acqua fredda, perché appena mi spoglio, mi assalgono i ricordi dell'ultima notte passata con lei.

Se qualcuno mi chiedesse se vorrei rivivere da capo quella

serata, direi di sì al volo. È stato qualcosa di mai sperimentato. Non solo una scopata… Ci ho ragionato spesso negli ultimi giorni, è stato un momento di conforto. Non ho mai raccontato a nessuno quello che ho riferito a lei, nemmeno a Reed, e il sesso che ne è derivato è stato un sollievo. Ho messo da parte per un po' i sentimenti negativi, come la rabbia e la sofferenza, e mi sono perso in un altro corpo come non è mai accaduto prima. Nella testa mi è balenato anche un pensiero amaro: ho usato Lily per alleviare la mia pena.

Terminata la doccia mi accorgo di aver dimenticato la camicia. Indosso i jeans e vado a prendere quel che mi manca dalla valigia. Mentre rovisto tra le mie cose, noto da sopra la spalla che Lily mi sta esaminando. Mi giro di scatto e la becco a fissarmi. I suoi occhi saettano sul tablet e le sue guance si arrossano. Credo che abbia apprezzato…

"Ho finito, puoi andare."

Ringrazia e scatta verso il bagno, per poi uscire subito per prendere i suoi vestiti.

Sorrido divertito, mentre mi abbottono la camicia. Dura poco, sentire lo scroscio dell'acqua e saperla nuda dietro quella porta mi fa passare l'ilarità.

Maledizione, siamo nella stessa stanza da meno di un'ora e l'unica cosa che vorrei è spogliarmi, raggiungerla e farlo nella doccia. Provo a distrarmi accendendo la tv.

Quando è pronta, scendiamo a cena. Prima di entrare in sala da pranzo prendo Lily per mano, come da copione. La sento irrigidirsi e all'inizio non capisco cosa non vada, poi mi accorgo che le altre ragazze sono agghindate come se stessimo in uno dei ristoranti più glamour di New York.

"Stai benissimo e non c'è bisogno che tu corra a cambiarti," sussurro al suo orecchio.

Ed è vero, è stupenda con i pantaloni neri e il maglione rosso che le lascia entrambe le spalle scoperte. L'assenza di spalline mi fa supporre che non porti il reggiseno. Il rossetto della stessa tonalità della maglia, gli occhi grigi esaltati dal make-up, le fossette e la sua essenza fruttata… Tutto in lei mi fa accendere dal desiderio più di chiunque altra. Presente e non.

Durante la cena Lily non parla molto, soprattutto quando chiedono dettagli su di noi. È Svetlana a porre le domande più scomode e io vorrei dirle di stare un po' zitta.

"Come vi siete conosciuti?"

"È stata lei a trovarmi quando sono svenuto nella vasca da bagno," rispondo, mentre sorseggio del vino.

"Quindi vi conoscete da un po'?" insiste la modella.

"Non molto," confesso. Siccome conosco Svetlana, so dove vuole arrivare, perciò anticipo la domanda successiva. "È stata assunta dalla mia governante per dare una mano in casa."

Non specifico di proposito che tipo di lavoro facesse.

"Quindi eri una specie di aiutante?" chiede Dorothy incuriosita.

"Addetta alle pulizie. Per questo l'ho trovato nel suo bagno." È Lily a uscire allo scoperto, parlando senza esitazione.

"Quando la mia governante ha fatto le dovute presentazioni e ho visto quelle fossette, le ho proposto una cena per ringraziarla. Mi ha raccontato della sua preparazione universitaria e in casa editrice avevamo bisogno proprio della sua figura professionale. Da cosa nasce cosa, ed eccoci qui."

"E Maddy come ha preso questa assunzione?" interviene Edward. Cazzo, che voglia di strozzare pure lui!

"Perché me lo chiedi?" lo interrogo brusco. Non mi piace che la sua accompagnatrice stia facendo il terzo grado a Lily e mi piace ancora meno che lui la assecondi.

"So quanto tiene al suo lavoro e mi sembra strano che abbia accettato con tranquillità," puntualizza mio fratello.

"Forse la conosci meno di me che lavoro al suo fianco da anni," preciso.

"Certo, l'ho vista solo quando veniva da noi a cena. Però papà ha sempre lodato la sua professionalità, perciò credo di conoscerla abbastanza," controbatte.

Stringo le posate con forza. Non so se mi faccia incazzare di più il riferimento a nostro padre oppure il fatto che Ed voglia mettere bocca negli affari della Parker & Cox. Ma probabilmente la mia collera è anche legata al tradimento di Madison.

"In ogni caso, siamo Paul e io i proprietari, mentre Madison è una dipendente."

"Per la serie 'si fa quello che dico' e basta?" replica. Sembra che mi stia lanciando una sfida e non posso sopportarlo oltre.

"Ma chi caz..." sto per dire, ma Lily fa due cose che hanno il potere di fermarmi: mi accarezza il dorso della mano e parla prima che io possa finire la frase.

"Nick mi sta dando la possibilità di realizzare un sogno, però è stato chiaro sia con me sia con Madison. Se non sarò in grado di fare questo lavoro, verrò tagliata fuori. È stata la prima cosa che mi ha detto quando mi ha proposto l'incarico."

Noto la sicurezza con cui si è rivolta a mio fratello e soprattutto la dolcezza con cui ha pronunciato il mio diminutivo. Rilascio la stretta sulle posate.

"Invece, voi ragazze cosa fate di bello nella vita?" Furba, si rivolge al trio per cambiare argomento. Non mi sfugge l'espressione che attraversa mio fratello e la sua accompagnatrice.

Il resto della serata prosegue con maggiore leggerezza, tuttavia non lascio da sola Lily per paura di altre domande invadenti. Anche se finora se l'è cavata benissimo.

C'è solo un momento che la mette in imbarazzo, a fine cena, quando ritira il suo e il mio piatto e li porta in cucina. Tutti la scrutano come se fosse una creatura aliena e per certi versi in questo ambiente lo è.

Reed la invita a non preoccuparsi, mentre Svetlana fa un ghigno che non mi piace per nulla, perciò mi alzo e porto in cucina i bicchieri.

Appoggiata di schiena al lavandino, la trovo con il viso in fiamme. Lancia un'occhiata alla porta aperta e bisbiglia: "Scusa, non volevo farti fare figuracce. È la forza dell'abitudine".

Poso i bicchieri nel lavello, la prendo per la vita e la abbraccio.

Dio, è così... La mia testa non riesce a generare un termine adatto. Tenera, dolce, testarda, sexy. La bacio. Non perché qualcuno possa guardarci, ormai sembra che io abbia superato quella fase. La bacio perché mi va, e finché non mi fermerà, continuerò a farlo per il solo piacere di sentire il suo corpo aderire al mio.

Dopo un attimo di esitazione, mi porta le braccia dietro al collo e risponde al bacio. Premo ancora di più il bacino verso di lei per farle capire quanto la desideri e quanto me ne freghi degli altri.

Non so per quanto rimaniamo così, so che veniamo interrotti da qualcuno che si schiarisce la gola.

"Di là hanno proposto di giocare alla Play, volete essere dei nostri?" chiede Reed con il solito sorrisetto.

"No, noi andiamo a dormire," affermo.

"Lo immaginavo," risponde con un risolino.

Dovrò farci due chiacchiere perché sta esagerando. Intreccio le dita a quelle di Lily e ci incamminiamo verso il piano superiore.

Una volta in stanza, lascio andare la presa e chiudo a chiave la porta. Lily scalcia via le scarpe e resta in piedi accanto al letto con il sorriso e le fossette in piena mostra. Il suo viso è bellissimo. La voglio e lei lo sa. Ne ha avuto un assaggio in cucina.

Colmo la distanza che ci separa. Mi sbottona la camicia, mentre io resto ipnotizzato dal suo fascino e dalla sicurezza che dimostra in questo momento. Abbassa la cerniera dei miei jeans e rimango con addosso soltanto i pantaloni slacciati. Le sollevo il maglione rosso. Come avevo ipotizzato, non indossa nulla sotto. Rimango senza parole. Infilo due dita nei passanti dei suoi pantaloni e la attiro a me. Nel frattempo, faccio scendere la zip e insinuo una mano oltre il bordo. Mi stacco subito da lei.

"Cazzo, non indossi proprio nulla?"

"Ho dimenticato di portarmi la biancheria in bagno." Scoppia a ridere.

"Sei unica." Lo penso davvero.

Mi aggredisce la bocca. Abbiamo entrambi urgenza di levarci tutto e rimanere nudi. Appena accade, la sollevo da terra e lei mi cinge la vita con le gambe. Ogni parte di me brucia di desiderio, perciò mi siedo sul letto, con Lily ancora addosso. Posiziona le ginocchia ai lati delle mie cosce e, fissandomi con le sue iridi grigie e un'espressione seria, senza abbandonarsi in preliminari si cala sulla mia erezione. Smetto nello stesso istante di respirare. Non rammento da quanto tempo non lo faccio in questo modo, ma è capitato poche volte. Forse al liceo.

"Uso la pillola e le analisi sono a posto," mormora, poi mi accarezza il viso. "Mi fido di te."

Sento nascere dentro un maremoto mai provato in vita mia.

"Anche io mi fido di te," sussurro e le sto già assaporando l'areola con la bocca.

È Lily a imporre il suo ritmo. Stare dentro di lei senza barriere mi fa impazzire subito. Dio, non sono mai stato tanto bene. È riuscita a farmi provare emozioni che non credevo potessero esistere. Con lei è più di semplice sesso, c'è una forte connessione e io sono del tutto perso per questa creatura. Più le torturo il seno più lei geme, fino ad accelerare i suoi movimenti. So che tra poco raggiungerò il paradiso, così le vado incontro ogni volta con una spinta più vigorosa della prima.

Mi incornicia il viso con le mani e divora la mia bocca. Quando inizia ad avere fame d'aria, capisco che è vicina. Le strappo l'ultimo respiro, afferrandola per i fianchi e accentuando la danza dei nostri corpi. Le contrazioni del suo sesso attorno al mio sono il segnale che posso lasciarmi andare perché ha raggiunto la sua estasi, così mi abbandono alle pulsioni più primitive. Mi riprendo l'aria che mi ruba ogni volta che mi sta accanto e mi perdo nel mio orgasmo.

Mi bacia mentre verso in lei il mio piacere.

Dopo poco si scosta dal mio torace, ma io non sono ancora disposto a lasciarla andare. Poso la fronte sulla sua spalla e lei mi circonda con le braccia. Sembra quasi che voglia proteggermi dal resto del mondo. Mi dà un bacio tra i capelli e io rinsaldo la stretta attorno alla sua vita. Mi accarezza la chioma.

Ho gli occhi chiusi e il cuore mi batte all'impazzata. Non riesco a pronunciare nemmeno una sillaba, perciò mi limito a godere l'attimo. La stringo a me e la nostra pelle si fonde di nuovo. Vorrei tenere strette anche queste emozioni per tutta la vita.

Dopo la doccia la trovo già sotto le coperte, si è rinfrescata e ora indossa il pigiama. Sempre scozzese, ma sui toni del verde.

"Ti è piaciuto proprio il film con Macaulay Culkin?"

"Moltissimo. Adesso parlami di Svetlana. Non ti stacca gli occhi di dosso e sembra che le piaccia mettermi in difficoltà." Il tono è scherzoso.

"Lo vuoi sapere davvero?" chiedo, nel frattempo prendo una chiave USB dalla valigia e mi infilo nel letto con addosso solo i boxer. La speranza che voglia replicare ciò che c'è stato mi fa eccitare subito.

"Se fossi la tua fidanzata sì, ma dato che siamo solo amici, sono semplicemente curiosa."

"Non sapevo che Edward la conoscesse, mentre per quanto riguarda me e Reed diciamo che ogni tanto ce la spassiamo con lei." Lily apre la bocca senza emettere un suono e sembra scioccata. "Cioè, non noi tre insieme. Separatamente."

"Ah okay."

Forse è meglio non dirle che ho provato una cosa a tre, ma con due donne.

"Insomma, si può affermare che ci conosciamo."

"Anche molto bene, direi."

Stavolta sono io ad assumere un'espressione seria. "Dopo le ultime settimane penso che la persona a cui ho permesso di conoscermi meglio è quella che adesso divide il letto con me."

Non so perché mi sia uscita una frase del genere, eppure le mie parole sono vere.

Lily mi guarda con tenerezza. "Quindi possiamo definirci amici."

Partendo dal presupposto che non mi scopo gli amici e odio il termine scopamici, forse ha ragione: siamo amici con qualche beneficio.

"Sono d'accordo con te, però purtroppo sono anche il tuo capo," puntualizzo e ottengo l'effetto sperato.

Lily si mette seduta e incrocia le braccia. Sono certo che nella sua testa si stia pentendo di tutto ciò che ha fatto e detto. "Quindi?"

"Questo è il tuo prossimo incarico. Indipendentemente da chi arriverà al posto di Madison." Le porgo la chiave USB e lei la prende, poi se la gira tra le dita.

"Non capisco."

"Lì dentro c'è il manoscritto di Xander Mayer. Paul e io vorremmo che fossi tu a curarne l'editing. In maniera ufficiale, con annessi e connessi," le spiego.

Sgrana gli occhi per la sorpresa. "Davvero? Non è uno scherzo?"

"No, piccola, è tutto tuo."

Fissa quella chiavetta per un po', poi mi butta le braccia al collo.

"Grazie. Non sai cosa significa per me!". Si scosta un attimo e abbassa lo sguardo. "Non lo stai facendo perché tu e io..."

"Non pensarlo nemmeno," la interrompo. "Ho avuto la prova che sai il fatto tuo, quando mi hai lasciato quell'appunto anonimo sulla scrivania. Sono certo che saprai valorizzarlo nel modo giusto."

Gli angoli della sua bocca si proiettano verso il cielo e vederla così mi rasserena. Allora per quale motivo sento una voragine divorarmi dentro ogni giorno di più?

Capitolo 28

Lily

Mi sveglio accaldata come capita solo quando ho la febbre. Oddio, non mi starò mica ammalando? Sarà meglio che mi alzi per andare a prendere un termometro. Con questo pensiero apro gli occhi e impiego un po' a rammentarmi che sono ad Aspen con Nicholas, beatamente addormentato addosso a me. Le nostre gambe sono intrecciate e il suo braccio mi ricade senza vita sulla coscia.

Sto pensando a come scivolare via senza svegliarlo. Alla fine rimango ferma perché sto bene così. Non dico di essere in paradiso, ma a pochi gradini di distanza.

Chiudo gli occhi e mi crogiolo nei ricordi dei momenti perfetti vissuti ieri. I suoi gesti, il modo di guardarmi, la chiavetta USB e come abbiamo fatto l'amore.

A quel pensiero spalanco gli occhi e vengo assalita dalla paura. Non per averlo fatto senza precauzioni, quella è stata una scelta poco meditata, ma voluta e consapevole. Sono stupita da come io abbia appena definito ciò che c'è stato la notte scorsa: fare l'amore.

Temo che l'unica interpretazione per l'uso di quella locuzione sia una sola… mi sto innamorando di lui.

Questo spiegherebbe perché attribuisco a ogni sua attenzione un significato amplificato. Quando mi bacia anche se siamo soli, il modo in cui mi chiama "piccola", la continua ricerca di un contatto fisico e soprattutto lui che mette a nudo le sue fragilità.

Oddio, che errore colossale!

Sono innamorata del mio finto fidanzato… Solo io potevo infilarmi in un caos simile.

Non ho il tempo per piangermi addosso. Nicholas si muove dietro di me. La sua mano scivola sulla mia pancia, struscia oltre l'orlo del pigiama e sale verso il seno. Con le dita incomincia ad accarezzarmi quello più accessibile e mi strappa un ansito di piacere. Poi scende in basso e stavolta insinua la mano dentro i pantaloni. Si ferma un attimo, ma riprende in fretta la sua corsa. Arriva al mio sesso. Sposto una gamba per lasciarlo agire, non voglio che smetta. Chissà chi sta sognando. Mi accarezza e infila due dita dentro. Non riesco a trattenere un gemito quando le muove in maniera circolare.

"Piano, piccola, o ti sentiranno tutti," sussurra al mio orecchio e giuro che vorrei girarmi per vedere se ha gli occhi aperti, ma non ci riesco. Sono creta nelle sue mani. Nicholas intensifica i movimenti e riesce a stimolarmi il clitoride. Mi sta portando in fretta sull'orlo di un burrone. Ho bisogno di sentirlo di più. Provo a voltarmi, ma mi tiene inchiodata a sé. Ho a malapena lo spazio per spostare il braccio verso la sua coscia. Purtroppo, ha il fianco fuso alla mia gamba e non ho accesso all'erezione che sento crescere fra le mie natiche. Posso solo accarezzarlo fin dove riesco e stringere con l'altra mano le lenzuola.

Nicholas mi lascia un sentiero di baci lungo il collo e, con il ritmo costante delle sue dita, perdo la connessione con questo mondo e mi lancio nel vuoto, raggiungendo il piacere. Lui rallenta le carezze e io cerco di riprendere fiato, mentre il mio corpo è una gelatina ambulante.

Dopo non so quanto tempo, smette di accarezzarmi e si allontana. Ho quasi il timore di voltarmi, eppure mi giro e lo trovo supino a fissare il soffitto.

"Nick," mormoro con voce tremula.

Mi guarda e il sorriso spunta sulle sue labbra. Può essere più bello di così? Il mio cuore salta un battito, mentre la mia pelle si increspa davanti alla realtà. Sono decisamente innamorata di lui.

"È stato un bel buongiorno?"

"Il migliore di tutti," dico e gli do un bacio veloce sulle labbra.

Poso il palmo sul suo petto, continuando a tenere gli occhi puntati sulle sue iridi nocciola. Con un dito seguo le linee in rilievo dei suoi tatuaggi. Dal torace la mano si sposta verso il ventre. Ha un piccolo sussulto quando scendo sempre più giù, oltre il bordo dei boxer.

Appena gli sfioro l'erezione, il suo respiro si fa affannoso. Scendo a baciargli i pettorali, poi seguo le macchie di colore fino a raggiungere la mia mano. Nicholas mi accarezza i capelli con delicatezza.

"Lily, non è necessario," prova a dire.

"Nick, stai zitto."

"Cazzo, mi piace quando mi chiami così!".

Gli sfilo i boxer e gli bacio il ventre. Emette un'imprecazione quando le mie dita si stringono attorno alla sua virilità, seguite dalla mia bocca che la lecca e poi la accoglie per intero. Inizio a muovere la mano e la bocca in sincrono. Lui chiude gli occhi, per riaprirli l'istante dopo.

Aumento il ritmo. Si abbandona del tutto e si lascia andare a un verso di piacere. Dalla sua espressione capisco che tra poco esploderà. Continuo a stimolarlo e a un tratto fa di tutto per richiamare la mia attenzione. So che manca pochissimo grazie alla tensione che sento montargli dentro e alla fine si abbandona al piacere, proprio come è successo a me.

Anche lui diventa gelatina, però so che non lo ammetterà mai. Allunga una mano per prendermi il polso e mi attira verso di sé. Mi bacia e sulla lingua ora c'è anche il suo sapore.

"È stato un bel buongiorno?" ripeto.

"Il migliore di tutti."

Nascondo il viso nel suo collo. Sono un po' in imbarazzo per la mia iniziativa. Non sono così disinibita di norma, ma quando si tratta di Nicholas la mia razionalità va a farsi un giro. È stato così fin dai nostri primi incontri.

"Che programmi ci sono per oggi?" chiedo, mentre mi scosto e mi stiracchio.

"Sciare fino alla chiusura degli impianti." Si appoggia alla testiera del letto e mi osserva. "E tu verrai con me."

Mi arresto durante la camminata verso il bagno.

"Te l'ho detto che non so sciare, vero?"

"Non è necessario. Sali in quota e puoi stare in baita a bere un caffè, leggere o prendere il sole."

Lancio un'occhiata alla chiavetta appoggiata sul mio comodino.

"Se avessi saputo che mi avresti dato il romanzo di Mayer, non avrei lasciato il laptop nella tua auto."

Non vedo l'ora di mettermi a lavorare su quella storia. E Nicholas non può nemmeno immaginare quanto io gli sia grata per questo regalo. Lo so che si tratta di un incarico come tanti altri che verranno, ma il fatto che lui lo abbia affidato a me è un dono.

"Usa il mio."

"No... Voglio dire... ci saranno file... con dati sensibili," balbetto. La sua offerta mi sconvolge.

"Ho cambiato da poco la password. È Arroganteparker32."

Resto con la bocca aperta per lo stupore. Sto per scoppiare a ridere, quando si alza dal letto, mi passa accanto nudo e, dopo avermi dato un bacio sulla fronte, entra nel bagno rubandomi il posto.

Un'ora più tardi, dopo aver fatto colazione ed esserci cambiati, mi sto godendo la vista da uno dei punti più panoramici di queste magnifiche montagne. Sono seduta sulla terrazza di un ristorante che dà sulle piste. Nicholas è andato a sciare insieme agli altri. Anche infagottato nella tuta nera è uno spettacolo. Ho assistito alla sua partenza sulla neve e il modo sinuoso in cui si muoveva è stata una visione.

E ora eccomi qui, con il suo Mac e un caffè, a editare un libro che fin dalle prime pagine mi ha rubato il cuore. Per un momento la vita mi sembra perfetta. E mi tengo stretta questa sensazione.

Lavoro senza sosta finché non vedo tornare il gruppo di giovani rampolli newyorkesi. Le ragazze sono infilate in tutine attillate, con tutti gli accessori coordinati. Hanno appena tolto gli sci e si stanno avvicinando al tavolo. Salvo il file e metto via il portatile.

"Come è andata la sciata?" domando a Nicholas.

"La neve è fresca e fantastica." Siede vicino a me sulla panchina e indica la borsa con il notebook. "Come va?"

"Bene. Ci sono un po' di cose da sistemare, ma l'idea di fondo, il modo di scrivere e soprattutto la delicatezza con cui esprime le emozioni ne fanno una storia favo..." Non riesco a finire la frase, perché mi bacia.

"Frena, piccola, non devi convincermi. È già nelle tue mani."

Con la luce diretta del sole i suoi occhi sembrano quasi dorati.

Sento lo scatto di una macchina fotografica, Nicholas si gira.

"Scusate, ma siete così carini. Posso metterla sul mio profilo e taggarvi?" chiede Dorothy, l'influencer.

Lui mi guarda e io annuisco. In fondo lo scopo della nostra messinscena è proprio questo, no?

Una scheggia di vetro si conficca nel mio cuore, dopo aver rammentato che nulla di tutto ciò è vero. Ordiniamo il pranzo, ma il buonumore di poco prima va a farsi benedire e anche l'appetito. Il mio finto ragazzo è troppo impegnato a parlare con gli altri per accorgersi del mio silenzio, mentre Reed mi lancia qualche occhiata.

Per fortuna i maschi mangiano in fretta e poi si ributtano sugli sci. Le ragazze invece restano a prendere un po' di sole. Approfitto di un momento di silenzio per tirare fuori il Mac.

"Lily, non dirmi che stai lavorando," esclama Denise.

"Ehm, sì, questo romanzo ha già subìto parecchi ritardi."

Cos'altro dovrei risponderle? *Ragazze, scusate, ma non ho nulla in comune con voi. Continuate a blaterare, io preferisco fare altro*.

"Stakanovista proprio come il nostro Nicholas," commenta Svetlana, che è rivolta al sole con gli occhi chiusi. "Nostro?" Semmai "mio". Anche se per finta.

"Se stiamo insieme vuol dire che abbiamo qualcosa in comune," non riesco a stare zitta.

Beccati questa, Sventolona!

Accendo il computer e mi fa un effetto bizzarro inserire quella password. Sorrido.

"Per come lo conosco è davvero strano vederlo così," replica lei.

Le mie dita si bloccano sulla tastiera.

"Così come?" Non è la mia voce, ma quella di Denise a parlare. Queste ragazze non conoscono il significato della parola discrezione.

"Così legato a una donna," risponde candidamente.

"La ama, è normale che sia legato a Lily," interviene Cecilia sorseggiando un caffè.

Menzogna. Altra scheggia nel mio povero muscolo.

"Nicholas Parker ama solo Nicholas Parker e la sua casa editrice," spiattella la modella.

Cosa diavolo prende a questa?

"Vorrei capire qual è lo scopo di questa conversazione," chiedo irritata.

La tizia apre gli occhi e mi fissa in tutta la sua avvenenza.

"Nessuno. Ma sembri una brava ragazza e non vorrei che il

tuo povero cuoricino si illudesse." Usa un tono mellifluo insopportabile.

"Grazie per il pensiero, sei gentile," ribatto, sperando di troncare la discussione.

Ma lei non è dello stesso parere.

"La solidarietà femminile viene al primo posto." Fa lo stesso ghigno vittorioso del giorno precedente e io non ci vedo più.

"Mi fa davvero tanto piacere sentirtelo dire. Sai, dopo quello che mi ha raccontato Nick temevo che ce l'avessi con me. Sono contenta che tu l'abbia presa bene." Muovo le dita sul notebook senza fare nulla di specifico. Serve a mostrarmi impegnata.

Il sorrisetto di Svetlana sparisce in fretta dal suo bel faccino.

"Di cosa stai parlando?"

"Be', adesso che Nicholas ha me e Reed ti ha sostituita con Dorothy, hanno smesso di spassarsela con te. Grazie al cielo esiste Edward. Non ti è andata tanto male in fondo."

Se i suoi occhi potessero incenerirmi lo farebbero all'istante. Percepisco l'attenzione delle altre su di me.

Svetlana-Sventolona si alza in piedi e raggiunge il ripiano di appoggio degli sci.

"Vado sulle piste."

Ciao, ciao!

Le altre non osano commentare e io torno a lavorare, anche se sono piuttosto seccata.

"È successo qualcosa?" domanda Nicholas quando siamo in camera.

"Perché?"

"Svetlana mi ha dato del coglione davanti a tutti." Sembra divertito.

Mi abbandono sul letto e gli racconto quanto accaduto al ristorante. Lui scoppia in una fragorosa risata.

"Deduco che tu non sia arrabbiato."

"No, lei fa così. Le piace provocare le persone, di solito preferisce quelle di sesso maschile. Sei stata brava, l'hai rimessa al suo posto."

Sono contenta che non sia in collera per il diverbio, però sono anche un po' in ansia per stasera. Le ragazze non hanno fatto che parlare del club in cui andremo. Pare che si tratti del posto più esclusivo di tutta Aspen e non so se il mio outfit sia all'altezza dell'occasione. E della compagnia. Forse oggi sarei dovuta rimanere in città per cercare un vestito nuovo.

Mentre Nicholas si prepara prendo i miei indumenti e, con il passo di un condannato a morte, vado in bagno.

"Morgan, ti manca molto? È un'ora che sei chiusa là dentro. Siamo in ritardo," strilla dopo un bel po'.

"Un minuto!".

Mi sono lavata, asciugata, acconciata i capelli e vestita. Più mi guardo e più sono certa che non andrà bene. Il make-up è sobrio, così come l'acconciatura. Sono riuscita a creare un bell'effetto mosso anche sulla frangia, ma il vestito... è eccessivo in ogni dettaglio. Si tratta di un abito glitterato color albicocca con la gonna cortissima, lo scollo quadrato e le maniche lunghe a sbuffo. Vogliamo parlare della parte dietro? Ho la schiena nuda. Totalmente. E ovviamente non indosso il reggiseno. A tenere le due estremità del vestito c'è un finissimo cordino che va allacciato. E adesso mi tocca pure chiedergli aiuto per sistemarlo.

Infilo le scarpe di vernice color crema e apro la porta con un sospiro. Nicholas è voltato di spalle e indossa un paio di pantaloni eleganti grigio scuro, con una camicia azzurra. Perché per gli uomini deve essere tanto semplice abbinare i pezzi?

"Puoi aiutarmi con questi?" Mi giro prima di lui e tengo i lembi dei lacci in una mano sopra la mia spalla. Non vedo la sua espressione e forse è meglio così. Lo sento dietro di me. Li prende e non dice nulla.

"Fai un fiocco e non un nodo, per favore." Mi torturo le dita della mano. Perché non dice niente? È deluso? "Altrimenti non riuscirei più a scioglierlo," aggiungo per spezzare il silenzio. Percepisco le sue mani muoversi dietro al mio collo. Quando penso che abbia finito, faccio per ruotare su me stessa, ma lui mi cinge la vita con un braccio e mi attira a sé. Stringe così tanto che mi manca il respiro.

"Vuoi uccidermi, Morgan?" mormora con le labbra sul mio collo. La sua voce è roca e carica di eccitazione.

Poso la mano sulla sua, mentre Nicholas incomincia a baciarmi dietro la nuca e a far vagare l'altra mano lungo la mia schiena. La mia pelle si increspa, il respiro si fa corto e il cuore batte sempre più forte. Mi sta mandando su di giri e non va bene.

"Nick," mormoro, quando intrufola una mano sotto l'orlo della gonna.

"Ragazzi, smettetela di scopare e muovetevi. Stiamo aspettando solo voi," strilla Reed dal piano inferiore.

"Lo uccido," protesta al mio orecchio. "Poi torno e ti scopo sul serio. Perché, quando mi chiami in quel modo, potresti farmi fare qualunque cosa."

Ridacchio e finalmente mi lascia andare.

Ruoto sui tacchi e con una punta di esitazione gli chiedo: "Va bene o è troppo volgare?"

"È volgare quello che vorrei farti. Con questo addosso sei magnifica e temo che avrò qualche problema a gestire gli altri uomini."

Riprendo a incamerare ossigeno.

"Se torno a New York con un occhio nero, è colpa tua."

Lo confesso, adoro da morire la maniera in cui mi fa sentire: bella e sensuale.

Mi aiuta a infilare il cappotto nero e spalanca la porta.

"Sarà una lunga serata," sbuffa, appena gli passo accanto.

Arrivati al club lasciamo le giacche alla guardarobiera e, come immaginavo, le altre ragazze sono stupende. Svetlana soprattutto. Indossano abiti argentati e dorati senza maniche e con scollature vertiginose. Quasi quasi mi tengo addosso il cappotto. Nicholas alza un sopracciglio non appena vede che non ho intenzione di levarmelo. E va bene! Lo tolgo e glielo passo, mentre stringo la pochette tra le dita.

Noto qualche sguardo da parte degli uomini presenti. Stanno davvero guardando me? Non ho il tempo di approfondire, Nicholas mi prende per mano e mi conduce nella sala principale. Dalle grandi vetrate si vede la montagna innevata che, grazie al chiarore della luna, sembra brillare. La musica non è altissima. Ci accomodiamo in una zona un po' appartata con dei divanetti.

Nicholas si rialza subito e raggiunge Simon e Noah a qualche metro di distanza. Dei camerieri ci portano una serie di stuzzichini e un sacco di alcol. Non ho intenzione di ripetere l'esperienza del Brooklyn Bowl, perciò non berrò e non ballerò. Le ragazze mi guardano storto, quando ordino una bibita e dell'acqua.

"È vietato venire fin qui e non bere," commenta Dorothy.

"Non reggo l'alcol," mi giustifico.

"Ragione in più per bere, così ti diverti," ribatte.

Si sollevano una serie di "bevi, bevi, bevi", ma io faccio di no con il dito.

"La volete piantare?" interviene Reed. "Ha detto di no."

Dorothy si offende e mi lancia un'occhiataccia, come se fosse colpa mia.

"Vieni a ballare, così non ti scocceranno più," propone lui, porgendomi il palmo.

Sono indecisa. La canzone mi piace da matti e posso riuscire a ballarla con questi tacchi. Nicholas è immerso in una fitta conversazione con gli altri e le ragazze mi hanno stancata, perciò accetto.

Reed mi conduce in pista. All'inizio ci teniamo per mano e lui mi fa volteggiare. Capisco perché piaccia tanto alle donne. Non è solo affascinante, ha un carattere solare ed è sempre allegro. È facile ridere con lui.

La canzone finisce e ne parte una lenta. Reed mi prende tra le braccia e comincia a dondolarsi. Una mano tiene la mia, mentre l'altra è posata alla base della mia schiena. A un tratto notiamo una coppia stravagante accanto a noi, Reed mi sussurra una battuta e io scoppio a ridere. Per non farmi beccare dagli interessati, nascondo il viso sulla sua spalla e non smetto, finché lui si blocca all'improvviso.

Alzo la testa e mi trovo davanti Nicholas. Non dice nulla, ma ha una conversazione non verbale con il suo amico, il quale si allontana con una strana espressione in faccia.

Il mio finto fidanzato mi posa una mano sul fianco e con l'altra mi accarezza la schiena nuda. Intreccio le braccia dietro al suo collo. Una scia di brividi mi increspa la pelle. Ci guardiamo negli occhi, poi do fiato ai miei pensieri.

"Qualcosa non va?"

"Perché lo pensi?" chiede a sua volta.

"Sembri arrabbiato."

"Puoi darmi torto?"

"Se non mi dici il motivo, come faccio a sapere se hai ragione o no?" commento, continuando a muovermi.

"Te lo devo davvero spiegare?"

Annuisco, perché non ho idea di cosa abbia scatenato la sua scontentezza.

"Tu in una discoteca con un altro uomo, non ti ricorda niente?"

Mi blocco in mezzo alla pista e sfilo via le braccia da lui. Adesso la rabbia sta montando in me. Mi allontano dal centro e cerco un angolo tranquillo. Ho bisogno di spazio. So bene che lui mi sta seguendo.

"È del tutto diverso rispetto a quella volta!" sbotto. "Reed è un tuo amico e sa tutto."

Nicholas mette le mani sui fianchi, sempre più indispettito.

"Ma gli altri che ti scattano foto a caso non lo sanno. Ti vedono con un altro e rifiniamo sui giornali." Avvicina il viso al mio e usa un tono che possa sentire solo io. "E addio alla recita che da settimane mi impegno a portare avanti."

"Che *tu* ti impegni a portare avanti? Forse ti dimentichi che ci sono pure io!" gli faccio notare.

"E allora per quale cazzo di motivo vuoi rovinare tutto?"

"Io non stavo rovinando niente. Mi stavo divertendo con un amico, non per questo significa che ci sarei finita a letto," sbotto. Un pensiero mi attraversa fulmineo. "È questo il punto? Temevi che volessi andare con Reed?"

"No," sbotta. Poi ci ripensa. "E invece sì, cazzo!"

È per caso geloso? Impossibile, tra noi non c'è nulla.

"Per quale motivo dovrei fare una cosa del genere?"

"Perché Reed è Reed. E perché ho visto come andate d'accordo. Ridi a ogni sua battuta del cazzo," alza la voce.

"Sì, andiamo d'accordo e mi fa ridere, allora? Da qui a scoparmelo ce ne passa. Ma il punto è un altro: hai davvero una così bassa considerazione di me?"

Distoglie lo sguardo. Significa che ho azzeccato.

"Credi che andrei con il primo che passa?" La mia voce si affievolisce, adesso più che adirata sono delusa.

"Non ho detto nulla del genere."

"Non hai nemmeno affermato il contrario."

Mi siedo sul divanetto libero e mi fisso le mani. Fa male. Io mi sto innamorando di lui e Nicholas crede che io sia una facile. Sento le lacrime pungermi gli angoli degli occhi.

A un tratto il suo viso entra nel mio campo visivo. Nick si accovaccia di fronte a me e mi mette le mani sulle ginocchia.

"Quando ti ho visto con lui, non ho creduto che ci saresti andata a letto, ho pensato solo che non mi piaceva. Ho provato la stessa sensazione di quando sono uscite le tue foto con quel tizio." Fissa le mani sulle mie gambe. "Non sopporto quando qualcuno ti tocca in quel modo."

"In quale modo? Reed e io stavamo solo ballando. E ciò che è successo al Brooklyn Bowl te l'ho già spiegato, ero convinta che ci fosse Shannon dietro di me."

Lui pianta le iridi nocciola nelle mie.

"Come se tu non fossi mia... Intendo la mia ragazza."

Per un momento quel "mia" mi ha fatto accelerare il battito e in un posticino, in fondo al cuore ho sperato che anche lui iniziasse a provare qualcosa per me. Mi lascio andare a un sospiro, perché non è così.

"Bastava parlarmene, evitando di fare quella scena da maschio alfa. La discussione sarebbe finita lì, senza degenerare," gli faccio notare.

"Parlare non è il mio forte," afferma.

"L'ho notato, Parker. Magari puoi sforzarti un po', visto che stiamo collaborando allo stesso piano."

Ecco la realtà: siamo solo una finzione ben progettata.

"Ci proverò," conviene, intrecciando le dita alle mie. "Ora ti va di ballare un po' con me?"

Annuisco, anche se vorrei soltanto tornare a New York e rintanarmi nella mia stanza.

Passo il resto della serata cercando di sorridere ed essere la solita Lily, anche se dentro qualcosa si è incrinato.

Una volta rientrati in camera nostra, Nicholas va in bagno e quando esce, fingo di dormire. Sento il materasso piegarsi sotto il suo peso e resto immobile. Lui mormora "buonanotte", ma non rispondo, per non tradire la mia messinscena. L'ennesima.

Al mattino mi sveglio con il sole che filtra dalle tende. L'odore di gelsomino misto a sandalo è una costante nelle mie narici. Come le altre notti in cui abbiamo dormito insieme, Nicholas è attorcigliato attorno al mio corpo. Stamattina questo dettaglio mi mette di malumore. Continua a ripetere che le sue ore di sonno si aggirano attorno alle tre o quattro per notte, ma mi pare poco verosimile quando siamo insieme.

Mi alzo con poco garbo e vado in bagno. Dopodiché scendo a fare colazione, mentre lui continua a sonnecchiare.

Al piano inferiore trovo Reed in cucina. Appena mi vede, alza un sopracciglio.

"Bel pigiama," commenta.

"Che cosa avete tutti contro i pigiami scozzesi?" brontolo, anche se lui non c'entra nulla con il mio malumore.

Prendo una tazza e la riempio di caffè.

"A dire la verità ha un suo fascino," afferma, nascondendo un ghigno dietro la tazza.

"Certo, se tu e il tuo amico siete abituati a donne come Svetlana, ci credo che una mocciosa con il pigiamone non la troviate attraente," sussurro, lanciando un'occhiata alle scale sperando di non veder comparire la bella straniera.

"Ah, così te l'ha detto?"

"Sì, Nicholas ha spifferato e lei non ha negato."

"Gelosa?"

"Di chi? Dell'Arrogante Parker o di te?" lo sfido. Sto per caso flirtando? No... Almeno non mi pare. Vado a sedermi sulla penisola dopo aver preso anche uno yogurt.

"Di entrambi!"

"Semmai sono gelosa della bellezza della ragazza in questione," replico per dirottare il discorso.

Reed si allunga verso di me dall'altra parte della penisola.

"Credimi, non hai nulla in meno rispetto a lei. Anzi, direi il contrario, anche con quel pigiama addosso." Mi scruta con quelle iridi così chiare da sembrare quasi trasparenti.

Resto con il cucchiaio a mezz'aria ed è così che ci saluta Nicholas, entrando in cucina.

"Buongiorno."

L'amico si raddrizza e ricambia il saluto. Il mio finto fidanzato ha l'aria di uno che si è mangiato un limone intero. Viene a sedersi accanto a me e si versa dei cereali nella scodella.

"Oggi proviamo le nuove piste sull'altro versante, perciò sarà meglio partire presto. Vado a svegliare gli altri," dice Reed.

"Noi non veniamo," interviene Nicholas. Stringo la tazza tra le mani e resto in silenzio. "Porto Lily a fare un giro nei boschi. Ci vediamo prima di partire."

"Come volete," afferma lui e guarda in maniera strana l'amico, poi mi rivolge un sorriso. "Buona passeggiata, Lily."

"Grazie e buona sciata a te." Appena sale le scale e non è a portata di orecchio, mi rivolgo al burbero al mio fianco. "Potevi andare con i tuoi amici, io sarei rimasta a lavorare."

"Possiamo parlare di lavoro anche mentre camminiamo."

Ed è stato davvero così. Quando siamo usciti di casa Nicholas era ancora di pessimo umore. Mi ha detto che il libro che sto editando dovrà andare in stampa entro un mese e in libreria subito dopo, così mi ha chiesto come avrei impostato la campagna di lancio e come avrei immaginato la copertina adatta. Inutile dire che ero un vulcano in piena eruzione.

Credo di avergli rotto i timpani per quanto ho parlato. Alla fine anche il suo atteggiamento è migliorato. Sembrava più sereno, sorrideva persino. E la cosa strana è che mi stava ascoltando davvero. Interveniva per correggere le mie proposte e farmi sapere cosa era fattibile e cosa no. È stata una bella passeggiata, in mezzo a paesaggi mozzafiato, accanto a un uomo altrettanto mozzafiato.

Ci siamo fermati in città a mangiare qualcosa in una tavola calda e lì i discorsi si sono spostati sulla mia famiglia. Mi ha chiesto della mia infanzia e del rapporto con i miei. Mi è tornata in mente l'ultima conversazione avuta con mia sorella, così ho sparato una proposta.

"A metà giugno ci sarà il compleanno di Millie e tornerò a casa per il weekend... Mi chiedevo se ti andasse di venire," ho quasi balbettato, prima di infilarmi due patatine in bocca.

Nicholas mi ha scrutato intensamente, prima di parlare.

"Le hai detto la verità?"

"Le ho raccontato la versione che propiniamo a tutti. Deve compiere diciotto anni e molte sue amiche sono malate di gossip, ho preferito informarla io della nostra storia."

"Fammi sapere il giorno esatto, chiederò a Violet di fare i biglietti."

"Non è necessario, il mio posso..."

"Zitta, Morgan. Lascia che il tuo uomo paghi il biglietto per venire a conoscere la tua famiglia," mi ha interrotto.

Cavolo, la mia famiglia... Forse sarà il caso di accennare qualcosa ai miei genitori. Anche se Nicholas non è e non sarà mai mio. Percepisco l'ennesimo crack all'altezza del cuore.

Il viaggio di ritorno a New York è diverso rispetto all'andata. Nicholas passa più tempo a chiacchierare con i suoi amici e io lavoro sul suo computer. Poco prima della fase di atterraggio, salvo tutto sulla chiavetta che mi ha dato.

All'aeroporto salutiamo la comitiva. Nicholas carica i bagagli sull'auto e parte diretto a casa mia. Una volta arrivati, vorrei proporgli di entrare, ma non avrebbe senso. Abbiamo già cenato a bordo e sono le undici di sera. Con una certa agitazione, scendo dalla macchina. Come si saluta un uomo con il quale hai fatto un sesso spettacolare e di cui purtroppo ti stai innamorando, ma che ti ha ferita? Il tutto in un solo fine settimana.

Nicholas afferra il mio bagaglio e mi accompagna fino alla porta.

"Eccoti arrivata sana e salva," dice.

"Grazie per il weekend e soprattutto per il libro. Spero di essere all'altezza di questo incarico."

"Sono certo che farai un buon lavoro. Ho notato la passione con cui ne parli," commenta, infilandosi le mani nelle tasche dei jeans. Sembra anche lui in imbarazzo quanto me e il dettaglio mi fa rilassare.

"A domani, Parker."

"A domani, Morgan."

Aspetta che io entri in casa, prima di tornare alla sua auto. Appena metto piede nel mio appartamento, vengo assalita da Shannon, che vuole conoscere ogni dettaglio della vacanza. So bene che dovrò ripetere tutto, quando sarà il turno di Summer.

Capitolo 29

Nicholas

Quando arrivo a casa, lascio la valigia all'ingresso e passo in cucina a prendere un po' d'acqua. Trovo un messaggio di Clara, in cui si augura che Lily e io abbiamo trascorso un bel fine settimana e mi dà appuntamento a domani come di consueto.

Prendo il bagaglio e salgo in camera da letto. Quando accendo la luce mi sembra diversa dal solito. Troppo grande e fredda. Scuoto la testa. Che idiozia…

Una cosa è certa, nelle ultime notti ho dormito come un bambino per almeno otto ore filate. Non accadeva da quattro anni, quindi ho grandi speranze per stasera.

Speranze disattese. Un paio d'ore più tardi, mi sto ancora rigirando nel letto. Cerco di annullare tutti i pensieri e di rilassarmi, ma niente. Sono sveglio come un grillo.

Nella mente tento di analizzare cosa possa esserci di diverso. Non sono convinto che fare sesso prima di coricarsi c'entri qualcosa. Ieri sera Lily e io non abbiamo fatto nulla, eppure appena ho toccato il cuscino sono partito.

Mi posiziono su un fianco, ma senza risultati. La testa galleggia da un pensiero all'altro. Mi scorrono davanti varie immagini. Il pigiama di Morgan, il sole che le illumina i capelli biondi e gli occhi grigi, che diventano ancora più chiari. Mi metto supino e fisso il soffitto. L'abito scintillante color pesca con le gambe e la schiena in bella mostra, la sua bocca sul mio membro.

Cristo santo, come faccio a addormentarmi se ripenso al suo corpo attaccato al mio, mentre mi muovo dentro di lei, ai suoi gemiti e ai miei orgasmi?

Mi premo il cuscino sulla faccia, ma il risultato non cambia.

Continuo a ripercorrere ogni sensazione. Anche quelle negative, come il fastidio nel cogliere la complicità fra lei e Reed e il modo in cui rideva, mentre ballavano. Alla fine, però, è con me che scopava, non con lui. Ed era mio il nome che pronunciava nel momento di puro godimento. L'istantanea successiva è quella di Lily che si muove sinuosa su di me.

Lancio il cuscino dall'altra parte della stanza. Dannazione, ho un'erezione proprio in questo momento. Mi alzo e vado in bagno. Non sono più riuscito a usare la vasca dall'incidente, mi tolgo i boxer e mi butto sotto il getto dell'acqua fredda.

Non serve a molto. Basta ricordare quelle fossette e la sua bocca, perché tutto ricominci da capo. Per alleviare la mia frustrazione, appoggio una mano alle piastrelle, mentre avvolgo le dita attorno alla mia erezione e inizio a muoverle, immaginando che siano le sue. Sempre più in fretta.

Rivivo l'attimo in cui sono entrato dentro di lei, senza alcuna barriera, e tutte le sensazioni amplificate. Ed è con questo preciso ricordo che raggiungo il piacere.

Con il respiro affannato, alzo la testa e vengo inondato dal getto dell'acqua. È in quell'istante che un pensiero spaventoso mi coglie: nessuna donna mi aveva mai fatto un effetto simile.

Alle cinque vado a correre. Siamo ai primi di marzo e le giornate si sono allungate, nonostante il cielo coperto minacci pioggia. Più tardi, prima di fare colazione, controllo il cellulare e leggo un messaggio di Reed.

IO NON C'ENTRO, PERÒ DIREI CHE IL PIANO STA PROCEDENDO ALLA GRANDE. GUARDA QUESTO LINK.

Clicco sul collegamento e mi rimanda al profilo di Dorothy. Tra le mille foto vedo un carosello dal titolo *Aspen con amici*. Faccio scorrere le immagini e ce ne sono tre che ritraggono me e Lily. Una in cui ci baciamo durante il pranzo in montagna, una in cui Lily indossa il vestito sexy al club mentre balliamo, una in cui dormo sulla sua spalla durante il viaggio di andata per Aspen, mentre lei guarda oltre il finestrino. L'ultima è splendida per la sua semplicità. Faccio lo screenshot di tutte e tre. Pensandoci bene, non ho foto nostre nel telefono, il che potrebbe risultare sospetto. Le riguardo prima di scendere. Sembriamo una coppia innamorata come tante. E se lo fossimo davvero, sarei orgoglioso di mostrare al mondo intero la mia compagna. Non è solo stupenda, è anche divertente e brillante.

Entro in cucina e Clara mi saluta allegra.

“Com’è andata la vacanza?”

“Tutto bene,” mi limito a dire. So cosa vuole sapere in realtà: *Come è andata con Lily*?

“Non mi racconti nulla? Cosa avete fatto di bello?”

“Sciato, mangiato, dormito.”

Dormito alla grande e fatto del sesso spettacolare, ma questo meglio tenerlo per me.

“Non mi stai dando alcuna soddisfazione, perciò sarò più esplicita: com’è stato passare un intero weekend con quella cara ragazza?” insiste, mentre prepara il caffè.

“È stato...” mi interrompo, poiché non mi viene la parola giusta.

Cazzo, è stato bello e intenso. Perché una cosa tanto splendida non può essere replicata?

Finché il nostro accordo dura, chi ci impedisce di goderci la compagnia l’uno dell’altra? Non saremo mai una vera coppia, però fino a quando entrambi non avremo raggiunto i nostri obiettivi e saremo costretti a fingere, tanto vale trarre dei benefici da questa situazione, no?

“È stato?” mi incalza.

Quasi dimenticavo la sua presenza.

“Interessante. Molto interessante,” affermo e dalla sua faccia noto che non è soddisfatta. “Ora scappo in ufficio, buona giornata.”

“Sì, buona giornata a te,” borbotta e io esco con il sorriso.

Appena arrivo alla casa editrice, il mio buonumore va a puttane. Sul cellulare lampeggia un nome che mi riporta alla realtà. In questi giorni ero talmente preso da altro che mi sono quasi dimenticato il casino fatto da Madison.

Entro oggi dovrà dare una risposta su come preferisce sparire dalla casa editrice e mi sta telefonando proprio ora. Almeno mi ha dato retta, quando le ho urlato contro di non provare a chiamarmi prima. Lo lascio squillare e so che tra poco proverà sul fisso, oppure tenterà di passare attraverso Violet.

Poso la ventiquattrore e vado nello studio di Paul. La porta è aperta, ha già inforcato gli occhiali e sta facendo passare dei fogli.

"Ehi, tutto bene? Hai una faccia," chiede, togliendosi le lenti da lettura.

"Benissimo fino a stamattina, poi Madison ha provato a chiamarmi," spiego, sedendomi davanti a lui.

"Immagino che tu non le abbia risposto."

"Sono troppo incazzato e deluso. Non riesco ancora a credere a quello che ha fatto," sbotto.

"La sento io, non è necessario che ci pensi tu."

"Davvero? Mi faresti un favore. La voglio fuori dalla mia vita," dichiaro, stringendo il telefono nella mano.

"Vale lo stesso per me, ma sono meno coinvolto. Detto ciò, volevo dirti che Richard Newman ha accettato la nostra proposta. Con un bonus extra, l'ho convinto a iniziare dopodomani. Ha già firmato il contratto," mi informa.

"Fantastico! Non voglio sapere cosa gli hai promesso per farlo iniziare così presto, di qualunque prezzo si tratti, hai fatto bene."

"Ero sicuro che avresti capito. Puoi consegnargli la tua Bentley quando vuoi," afferma serio e io rimango di sasso. "Respira, Nick! Stavo scherzando," scoppia a ridere.

La risata di Paul mi fa spuntare un sorriso. Sono davvero grato di avere un socio come lui.

Mentre torno in ufficio, il cellulare squilla di nuovo. È sempre lei. Lo spengo e, anziché andare alla mia postazione, devio per il corridoio. Ho bisogno di una boccata d'aria fresca.

Quando arrivo, l'uscio è spalancato e le ragazze sono concentrate sui loro portatili. Lily è assorta e ha addirittura la fronte crucciata. Busso per richiamare la sua attenzione.

"Buongiorno," saluto in generale, ma guardo solo lei. Le rughe sulla sua fronte si distendono e mi sorride. Ecco la mia boccata d'aria fresca.

"Puoi venire un attimo da me quando sei libera?"

"Cinque minuti e arrivo."

"Ti aspetto."

È vero. È da tempo che aspetto una persona di cui fidarmi ciecamente, anche se ad Aspen l'ho messa in discussione come un vero idiota.

Poco più tardi, sono seduto alla scrivania quando Lily bussa alla mia porta.

"Volevi parlarmi?" domanda sulla soglia. Oggi indossa un paio di pantaloni blu abbinati alla giacca, mentre sotto ha una maglia chiara attillata.

"Entra e chiudi," ordino con un tono di cui mi pento subito. Faccio scivolare indietro la poltrona, lei va verso le sedie di fronte a me, ma la fermo. "No, vieni qui, per favore."

Ha un'espressione confusa, però mi accontenta. Quando mi è accanto, guarda ciò che ho sulla scrivania, come se dovessi mostrarle qualcosa, invece la prendo per i fianchi. Lei si lascia spostare come una bambola di pezza. Le faccio poggiare il fantastico lato B alla scrivania, in modo da averla di fronte. Poi allargo le gambe e riavvicino la poltrona, finché non sono a pochi centimetri da lei. Io seduto e lei in piedi. Alzo gli occhi per cercare i suoi. Chissà cosa sta pensando. Le poso le mani sui fianchi, poi abbandono la fronte sul suo petto. Respiro a pieni polmoni il suo profumo di mela e mi sento già più leggero.

Dopo un istante di immobilità, mi circonda la testa con le braccia. Io mi volto di lato e lascio che sia la mia guancia a rimanere incollata a lei. Cingendole la vita, la attiro a me il più possibile. Butto fuori l'aria dai polmoni rumorosamente.

"Nick," mormora, mentre mi accarezza piano i capelli. Adoro quando usa il mio diminutivo. Sembra che dalla sua bocca esca con un suono più dolce. "È tutto a posto?"

"Sì."

"Con la voce dici una cosa, con i gesti dimostri altro."

Taccio. Come posso farle capire che ho bisogno di un po' di pace e la trovo soltanto in questo modo? "È per via di Madison?"

"Lily, è tutto a posto. Mi serve un attimo di tranquillità e così sto bene," esalo, svelando una fragilità che tento di nascondere da anni. Forse da sempre.

"Prendi tutto il tempo che vuoi. Non vado da nessuna parte." Mi stringe ancora di più a sé e mi rendo conto di essere felice per questa piccola parentesi. Vorrei che questo assaggio di paradiso capitasse più spesso.

Il telefono squilla sulla scrivania mi ricorda chi sono e dove mi trovo. Mi scosto da lei, che fa ricadere le braccia lungo le cosce, ma la tengo ingabbiata tra le mie gambe.

"Dimmi, Violet," rispondo.

"So che mi ha detto di non passarle chiamate, ma c'è in linea sua madre," mi informa la mia assistente.

"Per favore, dille che la richiamo tra poco. Grazie," attacco.

Lily si è portata le mani ai fianchi. La fisso. Non so cosa dirle, dopo che mi ha visto così. Forse non serve dire nulla. Mi accarezza dalla tempia fino al mento, poi si china e mi dà un bacio leggerissimo sulle labbra.

Sul suo viso non leggo alcuna pena o preoccupazione, anzi è come se mi stesse infondendo forza. Do fiato alla bocca, prima che il cervello arrivi a connettersi con il cuore.

"Resta da me stanotte."

C'è una nota di confusione nella sua espressione, però passa in fretta.

"Va bene."

Ecco, in pochi secondi mi pare che un brutto temporale sia passato.

"Adesso vai a lavorare, Morgan, non ti pago per flirtare con il tuo capo." Mi spingo indietro con la poltrona per liberarla. Lei scuote la testa divertita e fa per allontanarsi, quando le prendo una mano e aggiungo: "Aspettami alle sei. Prima di andare a casa, passiamo da te a prendere quello che ti serve. Okay?".

"A più tardi."

Appena esce, richiamo mia madre.

"Tesoro, è tutto okay?"

"Sì, mamma. Perché me lo chiedi?"

"Ti ho chiamato al cellulare, per sapere come è andata la vostra gita, ma era irraggiungibile."

"L'ho spento perché ricevevo troppe telefonate da parte di scocciatori," invento, anche se sono soltanto le nove e mezza.

"Mi stavo preoccupando. Quindi? Ad Aspen?"

La mamma biologica deve aver parlato con la mamma adottiva e devono essersi scambiate informazioni.

"Ti sei messa d'accordo con Clara?"

"No, perché?" fa la vaga.

"Lascia stare. È andata bene. Edward di sicuro ti avrà aggiornato," ipotizzo, anche se ammetto che dopo lo scontro iniziale, per il resto del tempo mio fratello si è mantenuto lontano da me.

"Non ho ancora visto Ed, stamattina era di turno. E per quanto riguarda te, ho capito che non vuoi dirmi niente."

"La verità è che non so cosa vogliate sapere di preciso," confesso, anche se lo immagino.

"Una sola parola: Lily."

"Lily," ripeto. "Cosa devo dirti? Ci stiamo conoscendo. È una bella persona. E mi fa bene averla vicino."

"Nick, non sai come mi fa piacere sentirtelo dire. Mi rendi felice," commenta con la voce rotta dall'emozione.

"Mamma, non starai piangendo, vero?"

"No, sono davvero contenta."

A questo punto dovrei sentirmi una schifezza perché le sto mentendo... Il problema è che non ho inventato nulla. Lily è *davvero* una bella persona. Ci stiamo *davvero* conoscendo ogni giorno di più. E *davvero* la sua vicinanza mi fa stare meglio.

Saluto mia madre e forse è il caso di mettersi al lavoro.

Prima di pranzo Paul passa a chiedermi di andare a mangiare qualcosa insieme. Accetto. So che vorrà parlarmi di Madison. Infatti, tra un boccone di carne e una forchettata di linguine, mi racconta che Madison ha accettato di licenziarsi di sua spontanea volontà, ma pretende che firmiamo un documento in cui ci impegniamo a non divulgare quanto successo.

"Dalle tutto quello che vuole, purché sparisca."

"La penso come te. Ho chiesto all'ufficio legale di predisporre un documento in cui ci siano dei vincoli anche per lei," annuncia.

"Ottima scelta. Che questa faccenda si chiuda in fretta."

La seconda metà della giornata corre veloce, anche se ho un gran mal di testa. Quando arriva l'ora di staccare, non mi fermo nemmeno un minuto in più. Raggiungo l'ufficio di Lily e la trovo ancora davanti al portatile. Busso per avvertirla della mia presenza. Beatrice mi sorride.

"È già ora?" esclama Lily, guardando il cellulare. Era talmente immersa in ciò che ama, da perdere la cognizione del tempo.

"Forza spegni tutto, si va a casa."

Casa, perché oggi questa parola mi dà una sensazione calda e accogliente?

Dieci minuti più tardi siamo in auto. Prima di mettere in moto, accendo il telefono e mi pento l'istante successivo. Una miriade di notifiche scoppia come pop-corn.

"Porca troia," ringhio, dopo aver letto di chi si tratta. Lancio lo smartphone nel cassetto portaoggetti. Lily ha un sussulto. Mi porto le dita all'attaccatura del naso e stringo forte. La testa sta per scoppiarmi. "Scusa. È Madison, cerca di parlarmi da stamattina. Non ho bloccato subito il suo contatto, però lo farò entro la fine della serata."

Avvio il motore e parto alla volta del suo appartamento.
"Ha risposto al tuo ultimatum?"
"Ho lasciato che se ne occupasse Paul. Sono troppo incazzato per avere a che fare con lei al momento." Mi accorgo di usare un tono rabbioso anche con Lily, che non c'entra nulla.
"Hai pensato a come comportarti con gli autori che ha convinto a non firmare con voi?"
"Paul e io abbiamo deciso di non fare nulla. Madison non ha puntato loro una pistola, hanno scelto di mollarci e non ho intenzione di rincorrerli. Ci ho già provato a suo tempo, a questo punto meglio lasciarli perdere, dato che non hanno avuto fiducia nella Parker & Cox," dichiaro.
"Mi trovi d'accordo. Ci sono molti bravi scrittori che farebbero carte false per essere pubblicati da voi, basta saper cercare."
"A questo proposito, nel giro di pochi giorni arriverà il sostituto di Madison. Si chiama Richard Newman, ha una grande esperienza e ha lavorato con i migliori scrittori del mondo. Sono sicuro che saprà scovare nuovi talenti validi."
"Lo conosco. Ho seguito alcune sue conferenze qui a New York. Ci sarà molto da imparare da lui," afferma con entusiasmo.
"Questo non toglie che il libro di Xander Mayer resta affidato a te. Anche Paul è d'accordo. Consideralo un premio per aver smascherato quella traditrice."
Concentrato sulla strada, non mi rendo subito conto che si è avvicinata. Mi stampa un bacio sulla guancia. "Grazie," sussurra.
"Di niente, Morgan." Allungo la mano per accarezzarle una coscia.
Quando arriviamo al suo appartamento, la accompagno fino a dentro. Ogni volta che scendo le scale di questo seminterrato, noto quanto possa essere facile che qualcuno con cattive intenzioni si nasconda nel buio.
"Perché siete finite proprio in un seminterrato?" chiedo a Lily, oltrepassando l'ingresso.
"Costano meno rispetto ad altri appartamenti, sono più spaziosi e spesso ristrutturati. Come mai questa domanda?"
La seguo in camera, dove prende qualche effetto personale.
"Non è sicuro per una ragazza entrare e uscire da quella porta."

"Esagerato."
Mi appoggio alla parete e studio le foto appese. Di sicuro si tratta della sua famiglia. In una è sola con la sorella. Si vede che è di qualche anno fa.
"Da quanti mesi non torni a casa dai tuoi?" Sono curioso.
"Mesi? Sono quasi due anni."
Resto a fissarla, mentre va a prendere lo spazzolino in bagno.
"Come mai così tanto?"
Si concentra sulla cerniera del beauty-case. "Il biglietto aereo costa. E tra l'affitto, le spese e una parte del prestito studentesco da coprire, è presto detto."
Non ci avevo pensato. Ho sempre saputo di essere un privilegiato, però forse non me ne sono mai reso conto davvero.
"Ho tutto, possiamo andare. O preferisci fermarti a cena?"
"Ceniamo da me. Clara mi ha lasciato il frigo pieno di piatti pronti."
"Stavolta magari evita di bruciarli," commenta ridendo.
"Se è per lo stesso motivo della volta precedente, può andare in fiamme tutta la cucina," affermo con un mezzo sorriso.
Il suo viso si imporpora e ripensare a quella sera non aiuta a trattenere i miei istinti. Farlo allora è stato bello, ma non come i nostri successivi incontri intimi.
Stiamo per uscire, quando Shannon fa il suo ingresso.
"Ti fermi per un boccone?" propone, mi piace che le sue amiche siano tanto cordiali con me.
"No, porto Lily da me. Ve la restituisco domani sera," dichiaro, ma poi la mia bocca aggiunge: "Forse". Il mio filtro cervello-bocca deve essersi intasato.
Shannon lancia un'occhiata all'amica e le sorride.
"Allora passate una bella serata. A domani. *Forse*."
Carico il suo borsone nel bagagliaio e partiamo.
"I fotografi sono ancora fuori casa tua?"
"No, sembrano spariti, però hai notato che parlano ancora di noi?" chiedo di rimando. So che a lei non piace vedere la propria immagine sui giornali e online, quindi non li guarda nemmeno.
"Ma è da giorni che non usciamo in pubblico."
"Sì, ma dopo il Brooklyn Bowl quegli avvoltoi sono ovunque. La settimana scorsa mi hanno fotografato mentre ero a correre e tu sei stata immortalata al supermercato," rivelo e ve-

do che l'ansia sta già prendendo il sopravvento. "Tranquilla, i titoli recitavano una cosa del tipo: la fidanzata del miliardario Nicholas Parker al supermercato, mentre fa la spesa, cinque motivi perché ci piace."

"È uno scherzo, vero?" mi interroga seria.

"No," sentenzio, voltandomi con un sorriso. "Vuoi sapere i cinque motivi?"

"No, grazie."

Scoppio a ridere.

"Perché non me lo hai detto?"

"Prima di tutto per la tua reazione. Tendi ad andare nel panico, quando ti parlo di queste faccende. E in secondo luogo perché è stata una settimana impegnativa. Ho avuto altro per la testa. Volevo informarti ad Aspen, ma poi mi sono dimenticato." Lily resta in silenzio. "Sei arrabbiata?"

"No, è solo che non immaginavo tutto questo interesse verso di noi."

"Avere un mucchio di soldi ti para il culo davanti a tante difficoltà, ma non ti mette al sicuro dalla curiosità della gente, dai problemi familiari o dal vedere la tua reputazione fatta a pezzi da stupide illazioni," dichiaro con una punta di amarezza. Non voglio rattristarla, perciò cambio discorso. "Visto che siamo in argomento, ti informo che Dorothy l'influencer ha pubblicato alcune delle nostre foto sui social. E lei è seguita da quasi tre milioni di persone."

"Che cosa?" sbotta e a me viene da ridere.

"Vai a curiosare sul suo profilo, ci sono tre foto in cui siamo venuti bene. In una ci stiamo baciando vicino alle piste da sci, nell'altra stiamo ballando e l'ultima l'ha scattata durante il viaggio di andata, quando sonnecchiavo sulla tua spalla."

"Oddio!" si porta una mano al viso. È adorabile.

"Poi se vuoi te le mostro."

"Ne faccio a meno," dichiara lapidaria. "Quindi, per un certo verso siamo ancora controllati?"

In quel momento un pensiero mi attraversa la mente. Potrebbe avere qualche motivo per non voler stare più al centro dell'attenzione? Magari si vuole vedere con qualcun altro...

"Pare di sì," confermo e il mio umore cambia, volgendo al peggio. Mi rinchiudo nel mio silenzio e nei miei ragionamenti bui.

Quando siamo nel mio appartamento, mi chiedo perché le

abbia chiesto di passare la notte qui. Che diavolo avevo per la testa?

Lascio le sue cose all'ingresso senza emettere una sillaba e vado al mobile bar. Ho bisogno di bere qualcosa. Mi verso un bicchiere pieno di whisky e sto per ingollare il primo sorso, quando Lily me lo strappa dalle mani.

"Ma che cazzo…" tento di protestare, però lei mi anticipa.

"Questo sarà tuo, dopo che mi avrai spiegato cosa sta macchinando la tua testa."

"Non so a cosa tu ti stia riferendo." Allungo la mano per riprendere il bicchiere, ma Lily fa tre passi indietro.

"Ti rinfresco la memoria. Stamattina mi hai chiesto di restare con te questa notte, andiamo a casa a prendere le mie cose e sei sereno, risaliamo in auto e addirittura ridi, poi *boom*, il vuoto. Ti sei spento e ti sei chiuso nel mutismo. Se hai cambiato idea non c'è problema, torno a casa mia, ma… Dio mio, ti vuoi decidere a parlare con me? Non posso leggerti nella mente, Nicholas."

Cristo santo, non vorrei ammetterlo, ma ha ragione.

"Perché mi hai chiesto se i giornalisti ci stanno ancora alle calcagna?" la interrogo. Appare confusa, così la incalzo. "Rispondi."

"Perché odio preoccuparmi di come sono vestita, truccata o pettinata e persino di come mi comporto ogni volta che sono con te. Senza offesa, ma è stancante cercare di essere sempre all'altezza di Nicholas Parker," pronuncia in tono pacato.

"Ah."

Sono un vero coglione.

"Aspetta un attimo," sbotta e mi fissa con le guance in fiamme. "Stavi iniziando a comportarti da stronzo per quale cazzo di motivo?"

La mia mente non riesce a partorire nessuna scusa plausibile, tanto vale sputare la verità.

Mi tolgo la giacca e la butto sul divano, poi sfilo la cravatta perché mi sembra di respirare meglio.

"Ero convinto che tu ti fossi stancata di questa farsa o che volessi vederti con qualcuno alla luce del sole," confesso, fissando il paesaggio oltre la vetrata, anche se non lo sto guardando veramente.

"Scommetto che hai ipotizzato anche con chi volessi stare, vero?" A quelle parole sposto l'attenzione su di lei. "Magari con un certo angelo biondo." Stringo le mani a pugno. Compie un passo verso di me. "Che casualmente è anche un tuo amico." Serro forte la mascella. Posa il bicchiere sul mobile accanto. "E che sa la vera natura della nostra relazione." Trattengo il fiato. Avanza ancora e ora è di fronte a me. "Forse mi hai immaginata mentre scopavo con Reed, proprio come ho scopato con te."

"Basta," ordino e scatto in avanti. Non posso sentire un'altra parola. Il solo pensiero di loro due insieme mi manda il sangue al cervello. Lily indietreggia in fretta, finché non può andare oltre, per via del muro alle sue spalle. Poso i palmi ai lati della sua testa per intrappolarla tra il mio corpo e la parete. Quel maledetto profumo mi fa venire l'acquolina. "Non ti permetterò di stare con nessun altro, finché ci sarò io," intimo con voce dura.

"Non erano questi i patti e lo sai bene," obbietta, fissandomi dritto negli occhi.

"Gli accordi sono appena cambiati," dichiaro a pochi centimetri dal suo viso. "Non ti permetterò di stare con nessun altro finché ci sarò io," ripeto.

"E magari pretendi che questa regola valga solo per me, vero?"

Mi perdo nelle sue iridi grigie per un lungo istante e poi ritrovo la ragione.

"Finché ci sarà questo accordo tra noi, tu sarai soltanto mia e io sarò soltanto tuo."

Lily trattiene il fiato, allora mi avvento sulla sua bocca per restituirle il respiro. Il bacio non è per niente delicato, così come non lo è il modo in cui lei mi infila le mani tra i capelli e me li strattona. Le nostre lingue, più che accarezzarsi, sembrano lottare tra loro. Prima che me ne renda conto mi sta spogliando in fretta.

La camicia scivola via e resto a torso nudo. Compio lo stesso gesto verso di lei, le sfilo la giacca e la maglia. Cazzo, non porta il reggiseno! Le abbasso la cerniera dei pantaloni e mi immobilizzo, quando la stoffa cade a terra, mostrando il suo meraviglioso corpo totalmente nudo. Niente biancheria intima. Indietreggio di un passo e mi prendo del tempo per ammirarla.

Le mie dita seguono il profilo del suo viso, poi le morbide rotondità del seno, il ventre piatto e alla fine giungono là dove si annida il suo piacere.

Lily mi slaccia la cintura con urgenza e io faccio sparire tutto ciò che indosso in una mossa sola. Anche io resto nudo davanti a lei. Le sue dita si muovono sul mio petto, mentre mi tortura con le unghie. Scende e impugna la mia erezione, incominciando a muoverla. Poco fa l'ho immaginata tra le braccia di un altro e non voglio che accada di nuovo.

La prendo per la vita e lei mi cinge con le gambe. Ha la schiena contro la parete. Il suo sesso è così vicino. Non posso resistere oltre.

"Ho bisogno di sentire che sei solo mia. Ora," mormoro, prima di entrare dentro di lei con un affondo. Le strappo un gemito e mi blocco. Sto per scusarmi dei miei modi bruschi, ma è Lily a parlare per prima.

"Ti prego, non ti fermare."

Obbedisco volentieri. Spingo con forza, mentre lei si aggrappa alle mie spalle, conficcando le unghie nella carne. I nostri corpi fanno attrito tra di loro, siamo umidi di sudore e dei nostri umori. Le mie stoccate vanno sempre più in profondità e sento che l'orgasmo sta salendo velocemente. Divento egoista e non le do tregua. Aumento il ritmo.

Capisco che ha fame d'aria e anche lei è vicina al limite. Le contrazioni del suo sesso e il mio nome soffocato tra i capelli mi confermano che ha raggiunto il piacere. Mi bastano due affondi, ancora più potenti dei precedenti, per perdermi nell'estasi più pura e lasciare che il mio seme si disperda in lei.

Ho il respiro affannato, mentre il corpo di Lily sembra spossato. Tenendola tra le braccia, la porto nel bagno al piano terra. È mia intenzione occuparmi di lei stanotte e, se vorrà, anche le notti che verranno. Finché il nostro accordo non terminerà, sarà soltanto mia.

Dopo aver fatto la doccia insieme e senza dire una parola, andiamo a letto. Scivolo tra le lenzuola, la abbraccio e la attiro a me. Il profumo di mela mi dona una pace che provo soltanto quando c'è lei. Chiudo gli occhi e mi lascio andare al sonno. Quante ore dormirò non importa, ciò che conta è trovarla qui al mio risveglio.

E, infatti, è così che apro gli occhi il mattino seguente. Sta suonando una sveglia che non è la mia. Sbatto le palpebre e Lily, ancorata al mio fianco, si volta e tira una manata al suo telefono, che finisce a terra. Mi viene da ridere e non riesco a contenermi. Lei apre un occhio e, dopo un attimo di smarrimento, ricorda dove si trova.

"Oddio, non dirmi che era il tuo."

"No, Morgan, era il tuo e adesso mi spiego perché è conciato così male," affermo, senza smettere di ridere. "Dormito bene?"

"Io sì, e tu?" domanda a sua volta.

"Inizio a credere di riuscire a dormire alla grande solo quando ci sei tu."

Forse sembro un cretino stucchevole, mentre pronuncio certe frasi, ma è la verità e in tutta onestà non mi importa di farmi vedere debole da lei. In fondo mi ha trovato nudo in una vasca privo di sensi, cosa potrebbe esserci di più umiliante?

"Colazione?" propongo.

"Sì, ti prego, sto morendo di fame. Ieri sera abbiamo saltato la cena."

"Però ne è valsa la pena," mormoro con le labbra sulle sue.

Dopo esserci vestiti, scendiamo in cucina, dove trovo Clara indaffarata a mettere a posto le stoviglie.

"Buongiorno, Nicholas, il caffè è pronto."

"Buongiorno, Clara, come sta?" si informa Lily. La mia governante si illumina, appena la vede.

"Oh, Lily, cara, che sorpresa!".

Si abbracciano e a giudicare dalla gioia che sprizza Clara, so che tra un paio d'ore riceverò una telefonata di mia madre. Sorrido, mentre mi verso del caffè nero e non smetto di osservarle conversare.

Poco più tardi, finisco la mia spremuta mentre Lily è ancora impegnata con i cereali. Le do un bacio sulla testa e le dico: "Vado su a finire di prepararmi".

"Ti raggiungo tra poco."

Esco dalla cucina con gli angoli della bocca verso l'alto. Entro in bagno e mi fa uno strano effetto vedere il suo spazzolino accanto al mio. Non è una sensazione negativa, tutt'altro. Mi dà un senso di pace. Metto il dentifricio e mi lavo i denti. Nel guardarmi allo specchio, noto il mio viso più riposato e mi pare che il colore dei miei occhi sia più chiaro.

Lo sto facendo di nuovo. Sto sparando idiozie.

I giorni corrono frenetici e non mi rendo nemmeno conto che siamo ormai a giugno. In questo lasso di tempo mi sono abituato a una nuova routine. La novità principale è Lily.

Dopo aver chiarito che, finché la nostra messinscena durerà, non frequenteremo altre persone di nascosto, mi sono imposto di godermi questo viaggio. Ogni tanto si ferma a dormire da me e so già che passerò una notte infuocata prima e tranquilla dopo. Mi è capitato di andare a cena da lei e crollare sul suo materasso. Ho dormito ugualmente, ma al mattino mi sono svegliato tutto dolorante a causa di quella specie di letto per nani.

Ormai nel mio bagno c'è un piccolo beauty-case con i suoi effetti personali ma, se fosse per lei, non lascerebbe nulla. Mesi addietro le ho liberato un cassetto del comodino e fino a un paio di settimane fa c'erano solo un caricabatterie, una maglietta e un completo intimo.

Adesso ci sono anche un astuccio con delle medicine, tra cui la pillola contraccettiva, e un pigiama corto, scozzese ovviamente. Se non fosse per le lenzuola che sanno di lei, a volte non si direbbe che abbia dormito con me.

L'aspetto più sorprendente del nostro accordo è l'intimità che si è venuta a creare. Non mi sono mai sentito tanto bene e vicino a una donna come quando facciamo sesso. Non è solo una scopata con la stessa partner, c'è una forma di connessione che non avrei mai pensato potesse esistere. O quanto meno ero convinto che fosse un privilegio delle coppie innamorate. E noi non lo siamo. Stiamo bene insieme e c'è una forte complicità.

A volte preferirei chiudermi in casa e fare cose semplici a cui prima non badavo. Guardare un film, cucinare, chiacchierare o stare seduto a leggere un libro è comunque rilassante se c'è Lily in giro per l'appartamento. Purtroppo, ogni tanto siamo costretti a farci vedere a qualche evento, al cinema oppure al ristorante, per alimentare la nostra favola pubblica.

I giornalisti non perdono interesse per noi, anzi adesso analizzano ogni dettaglio per capire come proceda la nostra storia. Qualche settimana fa, a una mostra fotografica, Lily indossava un vestito rosso tagliato sotto il seno che le cadeva morbido sui fianchi. Era favolosa, i capelli biondi erano più lisci del solito e le arrivavano oltre le spalle. Alle labbra aveva il rossetto del colore dell'abito, e secondo alcune riviste era un vestito tattico per coprire i primi segni della gravidanza. Inutile dire che Morgan si è arrabbiata tantissimo e non ha più voluto mettere quel vestito.

Alla Parker & Cox gli affari procedono alla grande. Grazie al nuovo direttore editoriale, abbiamo reclutato una serie di giovani scrittori molto promettenti, con un ottimo seguito sui social e sulle piattaforme digitali dove si pubblica a puntate.

Il comparto dei romance sta rifiorendo e sembra che siamo pronti a tornare la casa editrice numero uno del settore. Richard è un buon capo e più volte si è complimentato per il team che gli abbiamo fatto trovare. C'è un'ottima collaborazione e pare che la sua editor preferita sia proprio Lily. La quale non si è certo risparmiata in questi ultimi mesi.

Ha lavorato sul romanzo di Mayer con il diretto interessato e ha voluto seguire di persona tutte le fasi: dal progetto grafico al lancio, dal comunicato stampa all'invio delle box regalo ai bookblogger più influenti. L'autore stesso non sapeva più come sdebitarsi con la sua editor, tanto che nella sezione dei ringraziamenti le ha dedicato ben tre righe di gratitudine.

Lily ha creduto talmente tanto in questo libro che, ancora prima della sua uscita, ha organizzato un tour di incontri e firmacopie. All'inizio Paul e io eravamo un po' restii nell'investire tanto denaro in un esordiente, eppure dopo neanche un mese dall'uscita, non solo è diventato il libro più venduto del momento, ma siamo persino arrivati alla quinta ristampa.

All'insaputa della zelante editor, ho deciso di iscriverlo personalmente al National Book Prize. I finalisti verranno annunciati attorno alla metà di giugno. Non ripongo molta speranza sul fatto che arrivi fino a quella fase, nonostante abbia letto il romanzo e pensi che Lily abbia fatto un lavoro eccezionale, tra i concorrenti ci sono nomi molto acclamati sulla scena internazionale.

Ho informato solo Paul di questa iniziativa, non lo abbiamo detto al diretto interessato né a Lily. La nota curiosa è che Lily e Mayer parlano spesso al telefono, si videochiamano e si scambiano messaggi tutto il giorno, ma non sono ancora riusciti a incontrarsi dal vivo. Qualcuno, che non conosce la vera natura della nostra storia, mi ha chiesto se fossi geloso del loro rapporto. La risposta era semplice per mia fortuna, bastava dire che il nostro nuovo scrittore di punta è innamoratissimo del proprio marito.

La nota negativa del periodo, invece, è Madison, che prova a mettersi in contatto con me in ogni modo possibile. La evito e blocco ogni numero che non conosco. Ho spesso trovato biglietti anonimi nella cassetta della posta. Non so nemmeno come ci siano arrivati, ho riconosciuto la calligrafia e li ho buttati senza leggerli.

Su uno mi è caduto l'occhio e mi pare di aver letto le parole "sempre amato". Non mi interessa un cazzo se si trattava di una dichiarazione d'amore o altro. Ha mandato a puttane la mia fiducia e anche quella della mia famiglia, con me ha chiuso. In qualche occasione l'ho scorta fuori dal mio palazzo oppure dalla casa editrice. Ma non ha mai osato avvicinarsi.

Una sola volta ha tentato di entrare a casa mia, l'ho fatta allontanare dai vigilanti. Da quel giorno ha smesso di darmi il tormento. Ogni tanto arrivano delle lettere con disegnato un cuore rosso. Niente mittente.

Ho confessato a Lily parte di quello che stava accadendo e, quando un sabato mattina il mio cellulare ha squillato sul comodino, mostrando un numero non memorizzato, lei lo ha afferrato prima che potessi fermarla.

"La devi piantare di dare fastidio a Nicholas. Non hai ancora capito che non ti vuole più sentire? Si fidava di te, ti stimava e come lui anche la sua famiglia. E tu li hai traditi. Ti sei comportata da persona avida per ottenere che cosa, poi? Solo del denaro! Per quello hai perso un amico leale e adesso speri di riprendertelo con questa stupida insistenza? Sei fuori di testa! Hai avuto la tua occasione e l'hai sprecata. Se vuoi ancora un po' di bene a Nick, lascialo in pace. Altrimenti te la vedrai con me, brutta stronza. Hai capito?" ha formulato alla velocità della luce.

E cazzo, ho trovato dannatamente sexy quella sua sfuriata. Tuttavia, quando l'ho vista sbiancare, mi sono preoccupato. Le ho messo una mano sulla schiena, perché sembrava sul punto di svenire.

"Ehm... certo," ha mormorato e poi mi ha passato il telefono.

"Pronto," ho detto.

"Tesoro, sono mamma, ho dimenticato il cellulare a casa e sono dalla parrucchiera, puoi venire a prendermi?"

Giuro che stavo per scoppiare a ridere. Avevo le lacrime agli occhi.

"Dammi qualche minuto e arrivo," sono riuscito a dire.

"Nick," mi ha chiamato di nuovo lei. Ho risposto con un mugugno. "La adoro. Non fartela scappare."

"Va bene, mamma."

Alla mia famiglia ho dovuto raccontare gli imbrogli di Madison qualche settimana dopo che si è licenziata. Edward si è scusato per averla difesa durante la nostra gita ad Aspen. In effetti, devo dire che durante i pranzi di famiglia il rapporto tra me e Edward si è fatto meno teso, da quando Lily partecipa come ospite fisso. Anche questo è un piccolo miracolo che devo a lei.

Mia madre ha sempre avuto più cose in comune con Ed che con me, io ero più in sintonia con mio padre. Ma da quando c'è Lily sembra che per mia madre io viva della sua luce riflessa.

Gli amici non li vedo più tanto come prima. Con Reed vado spesso a pranzo fuori o a bere una birra. Quando c'è anche Lily, rischio sempre di farmi saltare un dente perché mi sembra che lui flirti e che lei si diverta più con il mio migliore amico che con me. Se lui non fosse l'unico a conoscere la vera natura della nostra relazione, forse non me la prenderei tanto. Potrei far valere il mio status di fidanzato per farlo smettere. Così invece non posso farci nulla. Anzi, quando una volta gli ho detto che ero infastidito dal suo atteggiamento, Reed mi ha risposto: "Non è che per caso ti stai innamorando della tua fidanzata?".

L'ho mandato a quel paese e gli ho pagato da bere.

Oggi è un giorno diverso dagli altri. Appena stacchiamo dal lavoro, andiamo diretti in aeroporto. Tra poco ci imbarcheremo per Seattle. Lily è al settimo cielo, stasera riabbraccerà la sua famiglia dopo due anni. Siamo all'imbarco e lei non riesce a stare ferma. Si alza, si risiede, poi va a fare un giro.

"Morgan, mi stai facendo venire mal di testa. Potresti venire qui e sederti?"

Dovrebbe essere un rimprovero, ma il modo in cui saltella in giro come un folletto mi fa tenerezza. Essendo metà giugno, indossa un abito in cotone giallo con delle piccole margherite e delle semplici converse bianche. Si è cambiata prima di uscire dall'ufficio, mentre io indosso ancora il completo blu e la cravatta.

Sono qui seduto con il computer acceso, perché devo finire di visionare un contratto per una trasposizione cinematografica. Lily si accomoda nel posto accanto al mio. Certo che, visti così, siamo proprio una strana coppia. Lei sembra una liceale e io una sorta di *sugar daddy*.

All'improvviso mi scocca un bacio sulla guancia.

"A cosa devo questa manifestazione d'affetto?"

"Niente, sono contenta che tu sia qui con me."

Le sposto la frangia bionda dal viso e si nota lontano un

chilometro che è felice. La mano scivola dietro la sua nuca, la attiro e la bacio.

"Vorrà dire che stanotte mi dimostrerai quanto sei grata per la mia presenza," sussurro a fior di labbra.

"A casa dei miei? Non temi neanche un po' mio padre?"

"In tutta onestà, no. E comunque è per questo che avrei preferito passare la notte a Seattle. Ma capisco la fretta di riabbracciare la tua famiglia, quindi mi faccio andare bene tutto."

"Ti faresti andare bene anche se dormissimo in camere separate?" chiede con aria di sfida.

"Non c'è problema. Tanto verrei a cercarti e ti scoperei comunque," mormoro al suo orecchio, prima di darle un bacio sul collo. Lei si lascia andare a un sospiro. "Devi solo imparare a essere più silenziosa, piccola."

"È piuttosto difficile quando si tratta di te, Parker."

Sorrido sulla sua pelle. Solo quando l'altoparlante annuncia l'apertura del nostro gate mi stacco da lei e mi accorgo di come le persone ci esaminano. Ormai ci siamo abituati a non passare inosservati. Sia perché siamo ancora una delle coppie più fotografate di New York, sia perché siamo belli da vedere.

Metto via il portatile e saliamo sull'aereo. Ho prenotato due posti in prima classe. Come mi aspettavo, Lily rimane a bocca aperta.

"Nicholas..." So cosa sta per dire, perciò la anticipo.

"Non era necessario. Sì, lo so. Però è venerdì e siamo appena usciti dall'ufficio, dobbiamo rimanere su questo aereo per sei ore, perciò tanto vale viaggiare comodi."

È come la storia della carta di credito: è nelle sue mani da mesi e non l'ha mai usata. Sta dando fondo al suo stipendio e questo non mi sta bene.

"Mi arrendo," sospira e si accomoda al suo posto.

Il volo procede in maniera tranquilla e mentre io lavoro, Lily segue un film sul monitor. Ogni tanto alzo gli occhi per osservarla. Ha le cuffie, ma ormai ho imparato a decifrare ogni espressione sul suo viso. Mi piace analizzarla soprattutto quando facciamo l'amore.

Aspetta, perché il mio cervello ha usato questa locuzione? Noi facciamo sesso, scopiamo. Anche se abbiamo un rapporto esclusivo, non significa che ci sia amore. Di sicuro c'è dell'affetto.

A un tratto si gira e mi scopre a fissarla. Si limita a sorridermi.

Sette ore più tardi, dopo essere atterrati all'aeroporto di Seattle, ritiriamo l'auto a noleggio e ci immettiamo sulla strada per Cle Elum. Ammetto di essere curioso di vedere i posti della sua infanzia. Mi ha parlato spesso di questi luoghi.

Lily non riesce proprio più a contenere l'entusiasmo, sembra una molla carica. Appena oltrepassiamo i confini cittadini, inizia a indicare a destra e a manca, associando luoghi a persone. Non sta zitta un attimo. Giuro che non l'ho mai vista così.

Arriviamo a casa dei suoi dopo mezzanotte. Le luci della villetta sono tutte accese. Ci stanno aspettando.

Non faccio in tempo a fermare l'auto, che Lily ha già aperto la portiera ed è scappata verso il portico. La porta d'ingresso si spalanca e una ragazza le salta addosso. Strillano tutte e due incuranti dell'orario. È una cosa bizzarra. Stare a guardare la sua gioia è contagioso. Quando anche i genitori la raggiungono, la mia ragazza ha ormai le lacrime agli occhi, così come il resto della famiglia.

Scendo lentamente a prendere i nostri bagagli, poi mi avvio verso l'ingresso. Guardo la villetta illuminata. È piccola, bianca, con il classico portico e il tetto spiovente. Un giardino ben curato e un vialetto che finisce in un garage. È molto simile a tutte le altre casette del quartiere. Sembra davvero un posto tranquillo in cui crescere.

Raggiungo la famiglia Morgan e la prima ad accorgersi di me è la sorella.

"Oh, cavolo, è pure meglio che in foto," si lascia sfuggire.

Trattengo a stento una risata.

Lily si asciuga le lacrime, poi mi circonda la vita con un braccio, mentre posa la mano libera sul mio petto. Il consueto calore si propaga ovunque nel mio corpo.

"Famiglia, vi presento Nicholas Parker, il mio capo e anche il mio fidanzato."

So che le costa mentire ai suoi cari, però lo dice con disinvoltura.

"È un piacere conoscervi, finalmente. Lily mi ha parlato molto di voi."

È vero, mi ha raccontato tanto di loro. Ma non le ho mai chiesto se abbia mai parlato a loro di me. Vengo colto da un nervosismo che non mi appartiene.

"Benvenuto a Cle Elum." Suo padre si avvicina e mi porge

la mano. Non leggo alcuna ostilità nel suo sguardo. Il che mi tranquillizza. "Grazie per averci riportato la nostra Lily. Ci è mancata tantissimo." La voce dell'uomo si incrina.

Mi sta ringraziando davvero per aver riportato a casa la figlia?

"Si figuri, è bello essere qui," dico e sono sincero. Gli stringo la mano. Noto subito che ha una stretta forte e che è abituato ai lavori pesanti. In confronto a lui, mi sento uno di quei figli di papà viziati che ho sempre odiato.

"Niente convenevoli, io sono Steve, mia moglie Brooke e la rompiscatole di casa è Camilla."

"Ehi," pronuncia la sorellina di Lily. "Sono Millie."

Le faccio un gesto di saluto con la mano, mentre con l'altra trattengo a me la mia compagna.

"Sarete stanchi, perché non entrate e mangiate un boccone, prima di andare a dormire?" propone la madre.

"Abbiamo già cenato in aereo, però se fosse avanzato un po' di tiramisù credo che Nick lo apprezzerebbe," afferma Morgan. Poi mi guarda. "Le ho detto che adori la ricetta di famiglia e temo ne abbia preparato una vagonata."

"Lo mangio tutto io, non c'è problema," commento, la madre sembra estasiata dalle mie parole.

Entriamo e, anche se la casa dentro è piccola, grazie agli arredi, ma soprattutto alle foto appese e agli oggetti in giro, sa tanto di focolare e di famiglia unita.

Lascio i bagagli all'ingresso e seguo Lily in sala da pranzo, dove poco dopo ricevo una porzione enorme di semifreddo. Millie è impegnata a raccontare alla sorella i dettagli della festa che avrà luogo domani, mentre io mi strafogo senza ritegno.

"È buonissimo."

"Meglio del mio?" domanda Lily.

"Piccola, mi dispiace dirtelo, ma sì, quello di tua madre è migliore."

"Lo adoro," mima sua madre con la bocca, senza accorgersi che l'ho vista.

Dopo aver parlato un po' con la sua famiglia, Lily sbadiglia in maniera incontrollata.

"Sarà meglio andare a dormire, soprattutto voi due. A New York sono le quattro del mattino. Vi ho preparato la stanza in mansarda," ci informa Brooke.

"Grazie, mamma, sei unica." Lily abbraccia i suoi genitori e mi fa strada.

La seguo su per le scale con i nostri bagagli. Appena apre la porta della mansarda, mi viene da sorridere. "Tua mamma è davvero una grande."

Nel sottotetto è stato ricavato un bagno e una camera con tanto di armadio, scrivania e un letto matrimoniale.

"Ti aspettavi due letti singoli?"

"No!" replico, poi aggiungo in fretta: "Forse."

Avanza verso di me, si alza in punta di piedi e intreccia le braccia dietro al mio collo. "Grazie," mormora.

"Per cosa?"

"Per tutto. Per avermi dato la possibilità di fare il lavoro dei miei sogni, per i momenti passati insieme e per essere qui con me." La sua espressione è seria.

"Allora, grazie a te, per le stesse cose." Le do un bacio sulle labbra e lei risponde subito, schiudendo la sua bellissima bocca.

Le mie dita vagano fino al bordo del suo vestitino, che si è fatto ancora più corto in questa posizione, mentre le sue mi stanno già sbottonando la camicia. Le labbra lasciano le mie e si spostano verso la mascella, poi torturano il mio orecchio e alla fine scendono lungo il mio collo.

Le alzo l'abito e arrivo alla biancheria intima. Da sopra il tessuto leggero le accarezzo il punto più sensibile. Lei ansima sul mio petto ormai nudo.

"Lily, se continui così, ti avverto che finirà con me dentro di te."

"Ottimo, perché è quello che voglio."

Mi scosto giusto il tempo di guardarla in faccia e avere la conferma che dice sul serio.

La prendo per la vita e avanzo verso il letto, sperando che non cigoli, perché ho una voglia pazzesca di fare l'amore con lei. E in questo momento quella cazzo di parola, *amore*, non mi spaventa.

Al mattino sbatto le palpebre e impiego un po' a ricordare dove mi trovo. La metà del letto è vuota, immagino che Lily sia al piano inferiore con i genitori. Guardo l'ora. Sono le dieci. Come al solito ho dormito un sacco con lei vicino. Decido di fare una doccia e, prima di scendere, indosso un paio di jeans e una polo.

Trovo tutti in cucina, sono impegnati a chiacchierare, mentre dalla radio esce una musica allegra. Steve prende Brooke tra le braccia e iniziano a ballare, mentre le figlie stanno preparando qualcosa sulla penisola. Quando parte il ritornello anche loro iniziano a cantare e a muoversi a tempo. Resto affascinato dalle dinamiche di questa famiglia.

Lily fa una giravolta e mi vede. Sorride e, sempre danzando, viene nella mia direzione, mi prende una mano e fa una piroetta. Poi mi mette le mani al collo e ondeggia. Assecondo il suo ritmo e, quando la canzone finisce, la bacio.

Mi rendo conto solo in un secondo momento che abbiamo degli spettatori, anche se distolgono subito l'attenzione.

"Buongiorno. Dormito bene?" chiede.

"Benissimo, grazie."

"Cosa vuoi per colazione? Oltre al solito caffè nero, alla spremuta e allo yogurt affogato nei cereali."

Dio, mi conosce così bene? Forse nemmeno mia madre sa cosa mangio la mattina. Qualcosa dentro di me trema.

"Dato l'orario direi che può bastare," dichiaro.

Il resto della giornata prosegue con lo stesso clima rilassato. Tenendomi per mano, oppure incollata al mio fianco, Lily e io passiamo buona parte del pomeriggio a passeggiare per la sua città. Mi mostra il negozio dei genitori, che oggi è rimasto chiuso per organizzare la festa dei diciott'anni di Millie.

È felice di mostrarmi il suo mondo e, in maniera inspiegabile, io sono felice di essere con lei. Di camminare per le strade che l'hanno vista crescere e diventare la donna che è oggi. Una splendida donna.

Verso sera ci prepariamo per la festa, che si terrà in un golf club. Da quanto ho capito, il direttore è un caro amico del padre, che è riuscito a prenderlo in affitto a un prezzo scontato. Tutto ciò che verrà servito è stato preparato dai genitori di Lily e da alcuni amici della coppia. In effetti, la cucina dei Morgan si è trasformata in una fucina di leccornie. Era piena di gente che dava una mano. Mi sono quasi sentito in colpa, quando noi siamo usciti per fare un giro, mentre tutti erano impegnati a lavorare.

Mi ha stupito questa atmosfera comunitaria e gioiosa. Alla fine di quel tour de force tutti i piatti erano pronti, la cucina un disastro e Steve, Brooke e gli amici riuniti in giardino a bere e a rilassarsi.

Sto finendo di sistemarmi la cravatta, quando ricevo una telefonata. Guardo di chi si tratta e mi chiedo come mai Paul mi stia chiamando a quest'ora.

"Ehi, va tutto bene?"

"Non hai visto l'e-mail che ti ho scritto poco fa?" domanda, e dal suo tono non traspare alcuna informazione.

"A dire la verità no. Sono stato impegnato con la famiglia di Lily, perché?"

"Quella ragazza si merita un aumento. Mayer è tra i cinque finalisti del National Book Prize," annuncia e io rimango senza fiato.

"Stai dicendo sul serio?"

"Secondo te?" Scoppia a ridere. "Ho saputo la notizia in anteprima da uno degli organizzatori. I nomi dei finalisti verranno resi noti alla stampa tra qualche giorno. Nemmeno gli stessi autori sono stati ancora informati. Li contatteranno a breve. Volevo fartelo sapere, così fai una sorpresa alla tua Lily."

"È una notizia strepitosa. Grazie di avermi aggiornato." Saluto Paul e chiudo la telefonata.

"Una sorpresa alla *tua* Lily". Il mio cuore si gonfia di orgoglio per il fantastico lavoro che ha fatto con quel libro e soprattutto perché è una persona eccezionale. Ed è la *mia* ragazza.

Ma lei non è veramente mia, mi rammenta la voce interiore ed è un pensiero fastidioso.

Sì che lo è, cazzo. I suoi sorrisi sono per me. I suoi gemiti sono per me. I suoi gesti d'amore sono per me. È mia e l'idea che possa stare con qualcun altro mi uccide sul colpo. È mia, corpo e anima.

Mi siedo sul letto e la salivazione mi si blocca in gola. Non voglio perderla.

L'oggetto dei miei pensieri si materializza nella stanza. Indossa un vestito verde a pois senza maniche, con il corpino stretto e una gonna vaporosa. I capelli sono raccolti in una pettinatura ben tirata e tra la chioma porta un nastro dello stesso colore dell'abito. Sembra pronta per un ballo studentesco degli anni Cinquanta.

"Dimmi la verità, troppo vintage?"

"Che importa? Sei magnifica," esalo.

Lei si morde un labbro e le fossette emergono in tutta la loro bellezza.

"Cosa c'è?"

“Apparteneva a mia nonna. È *davvero* vintage. Mi sembrava carino indossarlo in questa occasione per ricordare anche lei,” afferma dopo un attimo di esitazione.

“Vieni qui.” La invito a raggiungermi e a sedersi sulla mia gamba. “Sei bellissima e sono sicuro che tua nonna sarebbe felice di questa scelta. Perciò verrai alla festa così.”

“Sai sempre quando dire le cose giuste, Parker.”

“Ho un’altra cosa giusta da dire.”

Mi osserva incuriosita.

“Non ti ho informata prima per non creare false speranze, ma ho iscritto il romanzo di Mayer al National Book Prize e poco fa Paul mi ha riferito che è tra i cinque finalisti. Xander non sa ancora niente.”

Sgrana gli occhi e non dice nulla. Sarà sotto shock?

“Lily...”

Strilla dalla gioia, mi si butta addosso tanto che mi ritrovo disteso sul letto con lei sopra. Il suo entusiasmo è contagioso.

“Non è uno scherzo, vero? Se così fosse, giuro che non farò più l’amore con te.”

Cazzo, anche lei ha usato quella espressione. Mi sento la gola prosciugata.

“È tutto vero,” dichiaro e tento di riprendere il controllo del mio cuore.

“È una notizia fantastica. Non riesco a crederci. Grazie, grazie e grazie.”

“Hai speso molte energie per quel romanzo e ti meriti di festeggiarne il successo,” commento con sincerità. Ho visto quanto si è impegnata e se quel libro ha raggiunto certi risultati, è anche grazie alla sua professionalità.

“Hai ragione, ma lo farò domani. Questa è la festa di mia sorella e niente è più importante. Voglio stare con la mia famiglia, divertirmi e mostrare a tutti il mio meraviglioso ragazzo.”

Pronuncia l’ultima parte della frase con la stessa fierezza che provo io per il suo lavoro. Mi dà un bacio sulla guancia, poi passa il pollice per tirare via eventuali segni di rossetto e si rimette in piedi.

“Pronto per la serata?”

“Prontissimo.”

Mi porge la mano e insieme raggiungiamo il resto della famiglia. Una famiglia di cui mi sento di fare un po’ parte. Anche se per finta...

La festa si svolge in una delle sale del golf club cittadino, ma si estende anche oltre le porte a vetro che danno sulla terrazza antistante, dove tante piccole luci creano un'atmosfera magica.

"Hanno pensato gli amici di Millie alle decorazioni," sottolinea Lily che, come capita sempre più spesso, riesce a leggermi nel pensiero.

"I tuoi in cucina, gli amici a decorare, adesso intuisco da dove tu abbia preso il tuo spirito organizzativo."

Rientriamo nella sala con le dita intrecciate e noto che diverse persone ci fissano. C'è una band composta da ragazzi, di sicuro vanno ancora al liceo come Millie. Trascino in pista la mia compagna.

"Mi sento un po' osservato," commento, lanciando un'occhiata in giro.

Lily segue la direzione del mio sguardo e scoppia a ridere.

"Le amiche di mia sorella ti stanno mangiando con gli occhi e non posso dare loro torto, visto quanto sei affascinante. Mentre i parenti ti scrutano con ammirazione. Sai, da quando ho detto ai miei chi era il ragazzo che frequentavo, non hanno fatto altro che raccontare a tutti quanto tu sia in gamba."

Rimango stupito. Di solito la gente si vanta di conoscermi perché sono ricco.

"Come fanno a sapere che sono tanto in gamba?"

"Perché non faccio che riferirgli quanto ti impegni nel mantenere alto il nome della società fondata dalla tua famiglia, quanto lavori sodo per i tuoi autori e soprattutto quanto tu sia un uomo meraviglioso."

Mi manca il fiato davanti alla prospettiva che mi abbia davvero descritto così ai suoi genitori. Per non parlare di quello che si è lasciata sfuggire poco prima... "Fare l'amore". Nessuno mi toglie dalla testa che quella locuzione implichi un sentimento alla base.

"Lo pensi davvero o era solo un modo per indurli ad accettare la nostra relazione?" chiedo, mentre una parte di me urla che sono uno stronzo, eppure Lily non sembra arrabbiarsi per questa esternazione. Mi accarezza la guancia e le sue iridi grigie si piantano nelle mie. Nel frattempo, continuiamo a dondolarci al ritmo di un lento.

"Sono convinta di ogni parola con cui ti ho descritto, Nick. Vedo ogni giorno come affronti i problemi, che siano lavorativi o personali. Non ti tiri mai indietro. Sei tenace e quando ci sono delle complicazioni e non ti scoraggi e cerchi la soluzione migliore per tutti. All'inizio ero convinta che tu fossi un egoista, invece ho imparato a conoscere la generosità del tuo animo. E anche se in molte occasioni sei spigoloso e mi fai arrabbiare, ho scoperto che sai essere gentile."

Non riesco a guardarla negli occhi. Ciò che ha appena detto mi ha fatto nascere dentro uno tsunami di emozioni, perciò la stringo e poso il mento tra i suoi capelli. La ringrazio con un sussurro. Ho un nodo alla gola che mi impedisce di aggiungere altro. Con molta probabilità, nessuno mi ha mai visto in questo modo, o comunque nessuno mi ha mai descritto in una maniera tanto bella.

Un concetto prende forma nella mia testa. Un pensiero semplice quanto spaventoso. Mi sto legando a questa donna più di quanto avrei voluto... Ho iniziato a provare emozioni sconosciute con lei accanto, per arrivare a mettere i momenti insieme al centro delle mie giornate.

Cristo santo, mi sto innamorando di lei!

Questa rivelazione è come uno schiaffo in piena faccia. Non era programmato e non era nei nostri accordi.

Sono fottuto! Non posso incatenarmi tanto a un'altra persona. Non posso permetterlo, perché vorrebbe dire altri anni di merda come gli ultimi quattro. Non voglio precipitare di nuovo nel baratro in cui sono caduto. Non adesso, che con tanto sforzo sono risalito da quel buco nero.

Proprio mentre la mia mente galleggia tra queste riflessioni, Lily mi accarezza il collo e mi riporta al presente.

Domani.

Domani, al rientro a New York, troverò una soluzione. Per ora accantono tutto in un cassetto e mi godo la serata.

Capitolo 30

Lily

Questi sono di sicuro i giorni più belli che io abbia mai vissuto. Sono tornata a casa dai miei dopo due anni e sono qui con Nicholas, che è il miglior uomo che una donna possa sognare di avere al proprio fianco. Per non parlare della notizia che Xander è tra i finalisti di uno dei più prestigiosi premi letterari nazionali.

In questo momento non potrei essere più al settimo cielo di così. Mia sorella è raggiante e sta scartando i regali, mentre Nick mi tiene tra le sue braccia. Sto per scoprire anch'io ciò che le ha regalato lui. Appena vede la confezione dell'ultimo modello di iPhone, Millie corre come una pazza verso di noi e ci ringrazia, saltellando dalla felicità.

"Sei il miglior futuro cognato del mondo, sappilo," strilla, mentre lo bacia sulla guancia.

Grazie, sorellina, così adesso andrà in paranoia. Per ora sta ridendo. Speriamo… Cosa non so, ma che non se la prenda e basta.

Quando tutti gli invitati se ne vanno, anche noi torniamo a casa. Prima di salire, mio padre offre a Nicholas il bicchiere della staffa, visto che al golf club c'erano pochi alcolici.

Gli dico che lo aspetto su. In realtà mi metto a letto e ascolto le loro chiacchiere provenire dal salotto. È stupendo vedere quanto i miei vadano d'accordo con lui. Mi ammonisco mentalmente, non devo dimenticarmi che in parte questa storia è una farsa. Anche se ormai per me non è più così da un bel po'.

Alla fine, mi addormento e mi accorgo che è venuto a letto solo perché al mattino, come spesso capita, il suo corpo è avvinghiato al mio.

Mi stiracchio e mi volto verso di lui, che alza le palpebre mostrandomi il favoloso colore dorato delle sue iridi.

"Buongiorno," dico.

"Anche a te. Quali sono i programmi per oggi?"

"Possiamo prenderla con calma, abbiamo l'aereo dopo pranzo," gli ricordo.

"Speravo di sentirtelo dire," pronuncia con voce profonda.

La sua mano scorre tra le mie gambe e, appena raggiunge il mio sesso, lo tortura con le dita. Lo sento sospirare. Si sfila i boxer con cui dorme, poi mi strattona i pantaloncini del pigiama e io mi spoglio del tutto. Facendo leva sugli avambracci si posiziona sopra di me. Con il ginocchio mi sposta la gamba verso l'esterno e fa aderire per un attimo la nostra pelle. Rimane così e mi bacia il collo. Mi passa un braccio dietro la schiena e, tenendomi il bacino alzato, entra dentro di me con una sola spinta. Inizia fin da subito a muoversi in modo vigoroso, mentre il mio viso sfrega contro il suo petto.

"Non sarò delicato," avverte.

"Non ti ho chiesto di esserlo," affermo perché è stupendo sentirlo così.

Sollevo ancora di più il bacino, affinché possa raggiungere nuove profondità. Mi piace anche questo modo rude, senza baci e carezze.

Nick aumenta il ritmo e di pari passo sento che sto per oltrepassare un'altra dimensione. L'esplosione che si riversa in me e il suo gemito roco mi fanno capire che ha raggiunto il piacere. Non smette di muoversi e appena mi sfiora il clitoride con le dita anche io mi lascio andare e assaporo l'estasi più completa.

In quel preciso istante, mi rendo conto che non so come potrò sopravvivere in un mondo in cui lui non c'è. Vengo colta da una tristezza infinita e ho la certezza di amarlo.

Saluto i miei familiari tra qualche lacrima e la promessa di chiamare più spesso. Scopro un Nicholas Parker imbarazzato quando la mia famiglia lo abbraccia e soprattutto quando mio padre gli dice: "Nicholas, ti prego di prenderti cura della mia bambina. Mi fido di te".

Da quando saliamo in macchina finché non prendiamo l'aereo il viaggio prosegue tranquillo, ma in un silenzio inconsueto.

"Va tutto bene?" gli domando dopo diverse ore, poiché mi sto preoccupando.

"Sì, certo." Sorride. "Mi è venuta in mente una cosa di lavoro che ho dimenticato." Ha il computer acceso dal decollo, però sembra fermo sulla stessa schermata da ore.

"Okay." Riprendo a guardare il film con le cuffie.

Una volta atterrati a New York, mi accompagna in auto a casa. Prende il mio trolley dal bagagliaio e mi scorta come al solito fino alla porta.

"Non so come ringraziarti per il fantastico weekend. È stato bello rivedere la mia famiglia, ma è stato importante che ci fossi anche tu," dico con il cuore in mano. Ho sulla punta della lingua una confessione, tuttavia non mi sembra il luogo né il momento giusto.

"È piaciuto molto anche a me."

C'è qualcosa nel suo sguardo che non riesco a decifrare. Sembra quasi triste. Che stupida, forse sta pensando a suo padre! A un tratto posa la fronte sulla mia e, spostandomi i capelli, mi dà un bacio, poi mi accarezza il viso. "Hai una bellissima famiglia ed è stato bello farne parte per un po'."

Se ne va, lasciandomi una spiacevole sensazione addosso.

Per tutta la notte ripenso alla sua espressione e alle sue parole. Non riesco a togliermi dalla testa che la morte di suo padre c'entri qualcosa con la tristezza che gli ho letto in viso.

Al mattino mi sveglio più stanca di quando sono andata a dormire. Sarà per i pensieri o per il fuso orario, non ne ho idea, so soltanto che è presto, eppure decido di andare a casa sua prima dell'ufficio. Ho bisogno di vederlo e di capire che sta bene.

Una volta arrivata alla Steinway Tower, non è nemmeno necessario estrarre la carta magnetica. La guardia di turno mi riconosce e mi fa passare. Salgo fino al suo appartamento e suono.

"Oh, Lily! Cara, entra," mi accoglie la signora Mendes con la consueta gentilezza.

"Buongiorno, Clara. Scusi l'ora, Nicholas è già uscito?"

"No, sta facendo la doccia. È andato a correre. Ti va un caffè, mentre lo aspetti?"

"Accetto volentieri. Sono uscita senza fare colazione," dico con un languorino alla bocca.

"Ho comprato giusto qualche giorno fa i biscotti che ti piacciono."

Nell'appartamento di Nicholas da settimane ci sono le mie marche preferite di biscotti, patatine, un cambio completo e diversi effetti personali. Questo pensiero mi rassicura. Anche se non so bene il motivo.

Mi preparo una tazza di caffè e una scodella con il latte. Mentre sto inzuppando un biscotto e chiacchierando con Clara, arriva il padrone di casa.

"Lily, che ci fai qui?" chiede. Non è la prima volta che pronuncia quella frase, ma di solito è accompagnata da un sorriso, poiché gli faccio una sorpresa gradita, mentre oggi è diverso.

È già pronto per andare in ufficio. Completo nero gessato con una camicia bianca e cravatta azzurra. I capelli sono ancora umidi. Sembra lo stesso di sempre, però dalla sua faccia capisco che non è felice di vedermi.

"Ehm... Volevo... prendere il caricabatteria che c'è in camera... Ho lasciato il mio dai miei," balbetto la prima scusa che mi viene in mente.

"Ah, okay. Salgo a prendertelo. Ti serve altro?"

Scuoto la testa. Clara ci sta fissando e mi sento terribilmente a disagio.

Quando torna, mi passa l'oggetto e basta. Niente carezze, niente baci sulla testa o sulla fronte come fa di solito. E soprattutto niente sorrisi.

Beve una tazza del suo caffè nero e quando il cellulare indica l'arrivo di un messaggio, gli dà un'occhiata e impreca. Dopo nemmeno un minuto, succede di nuovo e ha la stessa reazione, solo che stavolta lo spegne.

"Se sei pronta, ti do un passaggio. Ho un sacco di cose da fare in ufficio."

"Ci sono," affermo, ustionandomi la lingua perché ingollo il resto del mio caffè.

Il tragitto verso la Parker & Cox scorre nel più completo silenzio. Sto per chiedere se vada tutto bene, quando è lui a parlare per primo.

"Ho sentito gli altri, venerdì sera vorrebbero andare in un locale che ha aperto vicino a Broadway. Ti va bene?"

"Certo. Non c'è problema."

"E il martedì successivo c'è quell'evento di beneficenza a cui mia madre tiene tanto, te lo ricordi?"

"La mostra fotografica alla biblioteca nazionale, giusto?" domando e questa conversazione mi sembra sterile, dopo il fine settimana intenso che abbiamo passato.

"Esatto. Per il resto della settimana, non riusciremo a vederci molto perché ho diversi impegni. Comunque ci sentiamo per organizzarci."

"Va bene," dico e uno strano peso va a depositarsi sul mio cuore. Scaccio questa scomoda sensazione, convincendomi che sia frutto della mia mente.

Nei giorni a seguire purtroppo le mie impressioni iniziali vengono confermate. Non solo non riusciamo a vederci, perché Nicholas è spesso fuori per delle riunioni, ma a malapena mi scrive. Continuo a ripetermi che è molto impegnato con il lavoro e mi aggrappo ai ricordi e ai discorsi fatti il weekend appena trascorso. La mia mente è arrivata addirittura a concepire una teoria tutta sua: siccome mi sono resa conto di amarlo, adesso presto più attenzione a dettagli di cui prima non facevo caso. Insomma, tendo a ingigantire le cose.

Ringraziando la mia buona stella, il lavoro va alla grande. Affiancare Richard sta insegnando tantissimo a tutti noi. Davanti all'intero staff di editor mi ha elogiata per il libro di Xander Mayer. Ho sentito Xander all'inizio della settimana, dopo che la commissione del National Book Prize lo ha chiamato per informarlo che era uno dei cinque finalisti, e non la smetteva di ringraziarmi. Gli ho riferito che non sapevo nulla dell'iscrizione e che in realtà avrebbe dovuto ringraziare Nicholas. Mi ha stupito sapere che Parker l'ha contattato di persona per complimentarsi con lui. In un angolo del mio cervello una vocina fastidiosa ha urlato: *Ottimo, ha tempo per telefonare a uno sconosciuto e non a me*. Mi sono sentita subito stupida.

Ho provato a scrivergli un messaggio della buonanotte o un in bocca al lupo per le riunioni importanti di cui mi ha parlato, e l'unica cosa che ho ottenuto sono state delle emoji, oppure degli asettici "grazie, anche a te".

È venerdì pomeriggio e, non avendolo ancora sentito, immagino che la serata al club sia saltata. Sarò onesta, vedere i suoi amici non mi interessa, anzi preferisco uscire con le mie coinquiline. Durante i giorni scorsi anche loro si sono sorprese di vedermi a casa tutte le sere. Ormai passavo le notti da Nicholas a giorni alterni. Ho giustificato la situazione dicendo che è oberato dal lavoro. Loro ci hanno creduto, io un po' meno. Deve essere accaduto qualcosa. Presa da mille congetture, ho persino passato in rassegna tutti i giornali dell'ultima settimana, per scoprire se ci fossero notizie negative su di noi.

Ci hanno fotografato al JFK durante il ritiro bagaglio al rientro da Cle Elum, ma nulla di più. Guardo bene quelle immagini. Sembriamo più una coppia di colleghi che altro, niente a che vedere con le immagini che girano sui social. Tutte le amiche di mia sorella ci hanno scattato delle foto durante la festa e sono a dir poco meravigliose. Non sono bella, ma mi sento stupenda per come lui mi guarda. Ci hanno ritratti mentre balliamo, mentre ci baciamo, perfino nel momento in cui mia sorella scarta i regali e io ho la schiena appoggiata al petto di Nicholas, con le sue braccia che mi stringono per la vita. Confesso di averle salvate tutte sul telefono.

Proprio quando non so più cosa pensare, arriva un suo messaggio.

CIAO, PASSO A PRENDERTI ALLE NOVE. A STASERA. N.

Altra comunicazione fredda e distaccata. Ammetto che mi fa un po' arrabbiare, perciò gli rispondo con l'emoji del pollice alzato. Ovviamente la conversazione finisce lì.

Una volta a casa, mangiucchio qualcosa, anche se ho lo stomaco chiuso. Data la scarsa voglia di uscire, ho intenzione di indossare un paio di pantaloni eleganti, una camicetta scollata con varie rouges e le scarpe con il tacco alto.

Mi guardo allo specchio e la trovo una mise giusta, ma non è abbastanza. Voglio osare. Voglio che si accorga di me. Voglio che mi trovi bellissima. Voglio che si innamori di me.

Ecco, cosa vorrei che accadesse con tutto il cuore.

Per l'ultimo desiderio non posso fare molto, ma posso lavorare sugli altri. Corro all'armadio di Summer e do una sbirciata. Alla fine trovo ciò che cerco. Scatto una foto e le chiedo il permesso di usarlo. So che non può dirmi di no. È al lavoro e non tiene il cellulare acceso durante i turni in ospedale.

Corro in camera e infilo l'abito di raso nero. È cortissimo e davanti arriva giusto a coprire il seno. La schiena resta nuda fino alla vita e quel pezzetto di stoffa è tenuto su da un intricato sistema di lacci che passano sulle spalle, si incrociano sulle scapole e si annodano dietro al collo. Basterebbe tirare un'estremità e mi ritroverei nuda.

Lascio i capelli sciolti, mentre sposto la frangia da un lato e la fermo con una molletta nera glitterata. Oso anche con un trucco più forte, per fare in modo che il grigio delle iridi risalti, poi un rossetto color fuoco. Gambe nude, tacchi alti e via allo specchio.

Non mi sento a mio agio, ma è ciò che mi serve. Siamo oltre la metà di giugno e c'è un caldo superiore alla media stagionale, perciò recupero una pochette e basta.

Vado in cucina ad aspettare Nicholas, dato che è in ritardo. Sono nervosa, controllo il trucco di continuo e l'istinto mi dice di correre a modificare il mio outfit. Vengo anche assalita dal timore di sembrare volgare, conciata in questo modo... Sto per tornare in stanza e cambiarmi di nuovo, quando il campanello all'ingresso suona.

"Accidenti!" mi esce. Resto ferma per un attimo, poi faccio dietrofront e prendo un bel respiro. Nel frattempo, c'è un altro scampanellio. Adesso ha pure fretta! Dallo spioncino controllo che sia lui.

Stritolo la pochette in mano e, appena apro la porta, esco e chiudo a chiave.

"Ciao," mi saluta. Ricambio senza guardarlo in faccia. Salgo le scale, lasciandolo dietro di me, e vado verso l'auto.

Ammetto di essere arrabbiata. Per una serie di motivi: si è scordato di me per tutta la settimana, non mi ha nemmeno scritto un messaggio decente, è arrivato tardi e non si è nemmeno scusato. Inoltre, non mi ha chiesto di passare nemmeno una notte con lui da che siamo tornati da Cle Elum. E questo particolare mi ferisce di più.

"Possiamo andare," dico seccata. Non aspetto che mi apra la portiera o altre stronzate del genere, l'auto è aperta e mi ci infilo. Guai a lui se tenta di fare il galante, dopo che non mi ha considerato per tutti questi giorni.

Sale al posto di guida subito dopo di me. Fisso dritto la strada. Mette in moto. Possibile che non abbia niente da dire? Sto per esplodere quando si decide ad aprire bocca.

"Ho sentito Mayer per congratularmi, poi mi ha richiamato il giorno successivo per ringraziarmi di averlo iscritto al NBP. Sei stata tu a dirglielo?"

Gli lancio un'occhiata veloce. Indossa un paio di pantaloni neri e una camicia grigia chiara. Accidenti a lui e al suo vizio di rimboccarsi le maniche, mettendo in mostra i tatuaggi. Per non parlare dell'odore di gelsomino e sandalo in cui è immerso l'abitacolo. Mi sforzo di guardare fuori dal finestrino.

"Quindi?" incalza.

"Quindi cosa? Sì, sono stata io. Ti serve una conferma scritta?"

Sono maleducata, me ne rendo conto, però mi viene spontaneo.

"Io non c'entro niente con quel libro. Non deve ringraziare me," commenta.

"Sei l'editore, quindi è normale che provi gratitudine verso di te e Paul," puntualizzo e nel frattempo guardo le luci della città correre veloci. Ed eccoci ancora immersi nel silenzio. Quando non riesco più a sopportarlo, chiedo la prima cosa che mi passa per la testa.

"Chi c'è questa sera?"

Mi pare che si sia lasciato andare a uno sbuffo, ma non ne ho la certezza perché non mi volto a osservarlo nemmeno a pagamento.

"Gli stessi di Aspen, credo."

"Okay."

Parcheggia a poca distanza dal locale. C'è una fila infinita che gira attorno al palazzo. Sono rimasta a fissare tutta quella gente in coda e lui ha fatto in tempo ad aprirmi la portiera. Mi tende la mano. Prendo una boccata d'aria, poi poso il palmo sul suo. Stavolta lo guardo dritto in faccia e lo scopro a squadrarmi da capo a piedi. Serra la mascella. Non comprendo se sia arrabbiato o no. Ultimamente dovrebbero dare un premio a chi lo capisce.

"Meglio andare," afferma con l'entusiasmo pari a zero.

Mi prende la mano come farebbe con quella di una bambina pronta a fuggire da un momento all'altro. In effetti, darmela a gambe non sarebbe una cattiva idea.

Passa davanti alla coda e va dritto dal buttafuori. Cerco di camminare in maniera tranquilla, ma lui ha una fretta del diavolo e quasi corre. Mi sento ridicola nel tentativo di stargli dietro. Giusto perché dobbiamo far finta di essere una coppia felice, altrimenti gli tirerei una scarpa addosso.

Il buttafuori sposta il cordone di chiusura e ci fa passare, dietro le lamentele degli altri clienti. Questo posto assomiglia molto al Brooklyn Bowl, l'unica differenza è l'arredo moderno e le luci più soffuse. Grazie al cielo, Nicholas ha rallentato il passo. Si guarda attorno alla ricerca degli amici e appena li individua, li raggiungiamo.

Do una rapida occhiata ai divanetti su cui sono seduti e

noto che ci sono proprio tutti. Anche quella gran simpaticona di Svetlana-Sventolona. L'Arrogante Parker è ancora davanti a me, ma finalmente mi lascia andare la mano, così esco dalla sua ombra.

"Porca miseria," si lascia sfuggire Reed, appoggiato alla balconata che dà sulla pista. "Lily, sei uno spettacolo."

"Grazie, almeno qualcuno apprezza." Mi rendo conto di averlo detto ad alta voce soltanto quando Nicholas mi lancia un'occhiataccia.

"Mio fratello è sempre tirchio di complimenti," dice Edward e viene a salutarmi con un bacio sulla guancia. "Comunque ha ragione Reed, sei splendida."

"È un Gucci?" domanda Svetlana indicando il vestito.

"Non lo so. Me lo ha prestato un'amica." Prima che spari cattiverie la anticipo. "Molto probabilmente è un'imitazione, però mi piace e credo che piaccia anche agli altri, perciò poco importa." Quest'ultima frase mi fa guadagnare l'ennesimo sguardo raggelante dal mio fidanzato e non me ne importa un bel niente. Vado a sedermi accanto a Dorothy, che mi sta chiedendo se ho visto su Instagram le foto che ci ha scattato.

"Vuoi qualcosa da bere?" si informa Reed.

"Se vuole qualcosa, vado io a prendergliela," puntualizza Nicholas con le mani in tasca. È rimasto in piedi nello stesso punto di prima. Che cavolo gli passa per la testa?

"Ti ringrazio, ma sono a posto così per ora," mi rivolgo a Reed e gli sorrido, quasi a scusarmi per la maleducazione dell'amico.

"Come vuoi," dice e si porta di nuovo il bicchiere alla bocca. Non mi sfugge la maniera poco amichevole in cui i due si scrutano.

Parlo con Dorothy e Cecilia per un po' di un film che vorrei vedere al cinema, nel frattempo il mio ragazzo sta conversando con Simon. È lì in piedi con un calice in mano, la camicia elegante in contrasto con i tatuaggi, i capelli castani spettinati ad arte, che dialoga tranquillo e non si accorge di tutte le donne che lo guardano e cercano di attirare la sua attenzione. Perché quell'uomo deve essere tanto affascinante e soprattutto perché io devo essere tanto presa da lui?

Passano dieci minuti e anche Denise si unisce alla discussione sul film. Ci stiamo chiedendo se sia o meno meglio del libro. Come sempre, quando l'argomento è un romanzo, mi perderei a discuterne per ore, almeno finché non scopro Svetlana avvicinarsi a Nicholas, mettersi alle sue spalle e passargli le braccia attorno alla vita.

Rimango a bocca aperta. Forse lui pensa che sia io… Nicholas gira la testa e le sorride. Direi proprio di no, cazzo! Lei è alta quasi quanto lui e insieme sembrano una coppia di dèi.

Dorothy mi chiama per nome e io mi volto fingendo di ascoltarla, anche se la mia attenzione è calamitata altrove. Ora stanno ridendo per qualcosa che ha detto Simon. All'improvviso Nick posa la mano su quella della russa, che continua a trattenerlo a sé.

Non posso crederci. Mi ha fatto una piazzata per la foto al Brooklyn Bowl e per come ho ballato con il suo migliore amico, e ora lui sta facendo di peggio.

Che diavolo succede?

Inizio a respirare male. Ho bisogno di prendere un po' di aria. Devo andarmene oppure il cuore sanguinerà e io mi metterò a piangere. Mi alzo di scatto e cerco di capire dove siano le scale. Incrocio gli occhi azzurri di Reed. Fa una faccia strana. Mi volto e lui segue la mia stessa direzione. Il labbro inizia a tremarmi. Compio appena un passo, quando Reed mi prende per mano.

"Forza, andiamo a ballare."

Lo seguo in pista. C'è una canzone romantica e tranquilla, così mi prende tra le braccia. Nascondo il viso sulla sua spalla. Non voglio che nessuno mi veda con gli occhi lucidi.

"Respira," mormora al mio orecchio, mentre mi accarezza la schiena. Non c'è malizia nei suoi gesti. Seguo il suo consiglio e, quando finalmente ho ripreso a respirare normalmente, mi scosto.

"Grazie."

Ha capito che stavo per mettermi a piangere e mi ha portata lontano.

"Di nulla."

Appoggio di nuovo la testa sulla sua spalla e riprendo a dondolare al suo ritmo.

"Ti sei innamorata di lui, vero?"

"Si vede così tanto?" chiedo con il terrore negli occhi. "E se gli altri si accorgessero…"

"Di cosa? Che sei innamorata del tuo fidanzato?" mi anticipa Reed.

In effetti, ha ragione. Qui l'unico problema è lui, Nicholas Parker.

Abbandono di nuovo la testa sul suo petto e il suo corpo viene scosso da una risata.

"Oh, Lily, ti piacciono le cose complicate."

"Temo proprio che tu abbia ragione," convengo, lasciando che mi culli. "È bello poter parlare con qualcuno senza fingere. L'unico con cui potevo farlo al momento è impegnato."

Ripensare all'immagine di Nicholas e Svetlana e sapere che sono spesso andati a letto insieme mi fa tornare il magone.

"Lui non la guarda nello stesso modo in cui guarda te. Con te è diverso. È da quattro anni che non lo vedevo così sereno."

"È tutto finto, Reed, dovresti saperlo," replico. Mi sono illusa che non fosse una messinscena, invece lo era eccome.

"Se crederci ti fa meno paura, fai pure."

"Che significa?" Stavolta lo guardo in viso.

"Amare una persona che ha perso la fiducia negli altri è complicato ed è una strada in costante salita. Ma se ci tieni davvero a lui, insisti. Se invece non sei disposta a sopportare il dolore, allora lascialo andare, prima di farti male davvero," spiega.

Anche se non vorrei, capisco perfettamente il suo discorso.

"Cosa scegli, Lily: insisti o molli?"

"Se almeno sapessi di avere una possibilità insisterei, ma… temo che le mie chance siano pari a zero," rispondo con l'amaro in bocca.

Reed mi sorride in quel modo tutto suo.

"Scopriamolo," mormora, poi mi strizza l'occhio.

Sto per chiedergli come, ma non mi lascia modo di farlo. Le sue labbra planano sulle mie, una mano è tra i miei capelli, mentre con l'altra mi tiene ancorata a sé.

Non ho il tempo di elaborare l'accaduto, che qualcuno lo spinge via. Nicholas gli assesta un pugno in piena faccia. Reed finisce a terra e del sangue gli cola dal naso.

"Giù le mani, pezzo di merda!" tuona.

"Nick, no!" strillo e due braccia forti mi trattengono.

Negli occhi di Reed passa un lampo di luce.

"Perché dovrei? Mi pare che tu fossi interessato più alla nostra amica di vecchia data," controbatte, mettendosi in piedi e pulendosi il sangue con il dorso della mano.

Nicholas si avvicina con fare minaccioso e Edward tenta di bloccarlo, piantandogli una mano sul petto.

"Quello che faccio non sono cazzi tuoi."
"Avrei una proposta. Potremmo dividercela come facciamo con...". Non finisce la frase perché Nicholas si avventa di nuovo su di lui e lo colpisce ancora. E ancora.
"Fottuto stronzo!"
Cerco di scansare Simon che mi sta trattenendo, mentre Noah è corso ad allontanare Reed, con scarso successo, visto che Nicholas continua ad accanirsi contro il suo migliore amico, tenendolo fermo per la camicia.
"Reed," grido. "Reed!" Sto cercando di dirgli di farla finita, che ha avuto un'idea stupida, che è un pazzo a farsi massacrare solo per dimostrare qualcosa. "Smettila," supplico piangendo.
Nicholas si blocca con il pugno alzato, mi guarda e ciò che gli leggo in faccia è odio e disgusto. Si osserva attorno, come se soltanto ora si rendesse conto di ciò che ha fatto. Fa due passi indietro, poi si rivolge al fratello: "Devo andarmene. Portala a casa tu". Si volta e sparisce.
La gente, nel frattempo, si è riunita tutta attorno per vedere cosa sta accadendo.
Simon mi lascia andare e strilla: "Tornate a ballare, gente, non è successo niente".
Noah aiuta Reed a mettersi in piedi. È messo male. E domani la sua faccia sarà ancora peggio.
Mi avvicino a lui.
"Ma che diavolo ti è saltato in mente?"
"Secondo me, hai qualche possibilità," afferma, sistemandosi i vestiti e cercando di fare un sorriso. Subito dopo si lamenta per via di un taglio sul labbro inferiore.
"Sei un pazzo incosciente."
Alla fine, convinco una delle ragazze a darmi un passaggio. Non voglio parlare con Edward di ciò che è capitato, dovrei spiegargli cose che non mi va di raccontare. Molte delle quali hanno a che vedere con suo fratello e con la nostra messinscena.

Passo il weekend in uno stato pietoso, nascosta nella mia stanza. Reed mi ha voluto dimostrare che ho delle chance con Nicholas, ma non ne sono sicura. Può aver preso a pugni il suo amico per tante altre ragioni, che vanno al dì là della sottoscritta. Magari si tratta di vecchi screzi, forse era arrabbiato perché è stato proprio Reed a convincerlo che questa enorme bugia potesse funzionare, oppure non voleva perdere la faccia davanti agli amici. O più semplicemente era geloso di Svetlana.

Insomma, non è scontato che lo abbia picchiato per me. Con buona probabilità ha trovato la scusa perfetta per chiudere questa finta storia, facendo in modo che la causa della nostra rottura ricadesse sulla sottoscritta. Se così fosse, sarebbe bastato avvisarmi.

Non lo so. Ho soltanto tanta confusione in testa. Mi passano davanti una miriade di ricordi di noi e di sicuro la coerenza non è la caratteristica principale di Nicholas Parker.

Le mie amiche sono preoccupate. Ho mangiato poco e mi sono chiusa in camera. Ho detto loro una mezza verità: ho litigato con Nicholas. Mi sono astenuta dal condividere i dettagli, per non rischiare di svelare come stanno davvero le cose.

Non ho intenzione di chiamarlo o di mandargli un messaggio. Se però non si farà sentire, lunedì mattina andrò da lui e pretenderò delle risposte.

Come avevo previsto, non si è fatto vivo per tutto il weekend. Ho mandato un messaggio a Reed, perché ero preoccupata per le sue condizioni. Mi ha risposto che stava alla grande e che i segni della scazzottata attirano le donne come le mosche al miele.

Stamattina, prima di andare in ufficio, mi sono truccata usando un quintale di correttore per le mie occhiaie. Una volta a destinazione, lascio il computer sulla scrivania e mi dirigo nel suo ufficio a passo deciso. Devo parlare con lui. Esigo una spiegazione.

La porta è chiusa. Busso, ma non risponde nessuno. Riprovo e nel mentre pronuncio il suo nome. Violet fa capolino dalla sua postazione.

"Se sta cercando il signor Parker, mi ha lasciato un appunto dicendo che oggi non sarebbe venuto."

"Ah, è vero, mi ha detto che aveva un impegno. Scusi, Violet, mi sono dimenticata." Preferisco mentire pur di non alimentare i pettegolezzi alla P&C.

Passo tutto il giorno a lavorare su un nuovo testo che mi ha affidato Richard. Tuttavia, oggi rendo davvero poco. Sono distratta. Controllo ogni cinque minuti il cellulare per vedere se ci siano chiamate o messaggi. Sono tentata di telefonargli dall'ufficio, ma ho paura di come potrebbe reagire, perciò aspetto finché non sono nel mio appartamento.

Una volta a casa, dopo aver verificato di essere sola, mi decido a chiamarlo. Mi accorgo subito di star tremando dal nervoso, tanto che alla fine mi metto addosso pure una coperta. È da pazzi con il caldo che fa fuori.

Il cellulare squilla a vuoto. Che codardo. Riprovo subito dopo. Al sesto squillo si degna di rispondere.

"Pronto."

"Dobbiamo parlare." È l'unica cosa che mi preme dirgli. "E lo sai anche tu."

"Lo faremo, ma non oggi," ribatte. Ovvio, è lui ad avere il controllo. Sempre. E questo dettaglio mi manda su tutte le furie.

"Non sai nemmeno cosa voglio dirti. Magari è urgente."

"Senti, al momento sono impegnato. Ne riparleremo in privato, ma non adesso," insiste.

Impegnato? A fare che? Magari con la russa. Perché si comporta così? Era tutto perfetto una settimana fa!

"Va bene. Allora domani sera, dopo l'evento organizzato da tua madre."

Posso aspettare un giorno e tenere a freno la mia collera.

"Ecco, volevo mandarti un messaggio a tal proposito. È meglio che domani tu non venga."

"Cosa? Come?" balbetto e ho un brutto presentimento.

"Ascolta, l'altra sera è successo quello che è successo. Ho riflettuto a lungo e credo che sia il finale perfetto per la nostra storia. Tu ne uscirai come la ragazza contesa da due uomini e io come il donnaiolo incallito, che si merita di soffrire per una donna. Alla gente farò pena, perciò la mia reputazione è salva."

"Mi stai lasciando?"

"No, sto ponendo la giusta fine al nostro accordo," annuncia. "La mia immagine e quella della casa editrice sono state riabilitate e tu hai ottenuto il posto dei tuoi sogni. Se non vuoi più stare alla Parker & Cox, adesso hai l'esperienza e delle ottime referenze per fare richiesta dove vuoi."

"Immagino di sì... Insomma, tutto risolto," pronuncio anche se sono scombussolata.

Niente mi sembra vero. È come se stessi cercando di fermare la sabbia in una clessidra che ruota in continuazione. Devo sedermi, anche la mia testa prende a girare in maniera vorticosa.

"Giusto. Tutto risolto. Anzi, direi che non è nemmeno necessario che mettiamo a punto una dichiarazione comune. In fondo quando due persone si lasciano, ognuno tende a vederla in modo diverso dall'altro, non credi?"

Ma di che cazzo sta parlando? Mi porto una mano alla bocca, mi sta venendo una voglia tremenda di piangere.

"Sì... Come dici tu. Devo andare."

Non lo saluto nemmeno. Resto sul divano a fissare il soffitto, senza riuscire a capire che cosa sia cambiato nel giro di così poco tempo. Ripercorro gli eventi a casa dei miei genitori e non riesco a ricordare alcun episodio particolare che possa aver scatenato tutto questo. C'è stato soltanto quel breve istante in cui ho detto che non avrei fatto l'amore con lui, se la storia del premio fosse stata uno scherzo, ma ho usato un tono spiritoso e si capiva benissimo.

Chiudo gli occhi, poi li apro di scatto. Qualunque sia la motivazione, Nicholas Parker mi deve una giustificazione. E se non ha intenzione di darmela, me la prenderò. In ufficio ho le mani legate, ma posso ancora giocarmi una carta. Domani sera mi presenterò a quell'evento, e lui sarà costretto a dirmi cosa succede veramente.

Capitolo 31

Nicholas

Ho i nervi a fior di pelle. Niente va per il verso giusto. E con tutto quello che ho da fare, oggi sono costretto ad aiutare mia madre con questo evento di beneficenza. L'azienda organizzatrice ha fatto un vero casino e ovviamente mio fratello è di turno in ospedale.

Il cellulare squilla di nuovo. Dio, se è ancora lei giuro che la denuncio!

Leggo sul display "sconosciuto". Spesso non rispondo, ma oggi ho proprio i coglioni girati.

"Pronto." Silenzio dall'altro capo. "Cristo santo, non voglio più avere a che fare con te, non so più come dirtelo. Vedi di lasciarmi in pace altrimenti giuro che ti denuncio." Lancio il telefono sul ripiano lì accanto.

"Nick, chi era?"

Cazzo, ci mancava pure mia madre!

"Mi spieghi cosa sta succedendo?" insiste.

"Non ho la certezza di chi sia, ma con molte probabilità si tratta di Madison."

"Ancora lei? Credevo che avesse smesso," commenta preoccupata.

"Per qualche mese sembrava di sì. È da dieci giorni che ha ricominciato a scocciare. Solo che prima mi inviava messaggi in cui si capiva che era lei, adesso ricevo lettere con cuori infantili e telefonate di questo tipo," rispondo, senza aggiungere il dettaglio che gli ultimi cuori hanno una enorme X disegnata sopra. Riprendo lo smartphone e lo infilo nella tasca posteriore dei jeans.

"Non mi fa stare molto tranquilla questa sua ossessione nei tuoi confronti."

"È soltanto incazzata, perché è stata scoperta," minimizzo per non farla stare in ansia. Appendo una delle foto alla parete e ne ho un altro centinaio da sistemare. La società che si è occupata dell'evento ha sbagliato l'ordine di tutte.

"Se la prende anche con Lily?" A quella domanda mi blocco con il braccio a mezz'aria. Cazzo, non ci avevo pensato. Se fosse, me lo avrebbe detto, giusto? Anche se da quando siamo tornati da Cle Elum ho fatto di tutto per starle lontano.

"Non credo," rispondo senza riflettere.

Mia madre mi mette una mano sul braccio per attirare la mia attenzione.

"Cosa significa 'non credo'? È la tua ragazza, è compito tuo proteggerla."

È quello che sto facendo! La sto proteggendo da uno stronzo come me, proprio come avrebbe dovuto fare mio padre nei confronti di sua moglie.

Non ci sarà occasione migliore per chiudere questa sceneggiata, tanto vale farlo ora.

"Non più," esordisco e Valerie Parker spalanca gli occhi. Pare che le abbiano dato una notizia terribile. Prima che mi ponga una sfilza di quesiti, la anticipo: "È una brava ragazza che sogna il matrimonio, dei figli e un futuro radioso. E se lo merita. Ma non posso essere io a darle ciò che vuole. Non è quello che voglio io. È stato bello finché è durato. Lei lo ha capito e ci siamo lasciati di comune accordo," mi invento sul momento.

"A me non sembra che vi siate lasciati proprio di comune accordo," interviene Edward.

Porca puttana, doveva arrivare proprio ora.

"Tu cosa ne sai?" lo interroga nostra madre.

"Ero presente venerdì sera, quando ha pestato Reed."

La mamma mi lancia un'occhiata assassina. Adora il mio migliore amico. Dannazione, a quanto pare tutte lo adorano.

"Fatti i cazzi tuoi," tuono verso mio fratello.

"Perché hai picchiato Reed?" vuole sapere l'altra. Sono troppo impegnato a trattenermi dal prendere a cazzotti anche Edward.

"Ha baciato Lily," interviene il cretino.

"Stai zitto!" urlo, facendo un passo avanti, ma la mamma si mette in mezzo.

"Finitela voi due," ordina. "Tu hai lasciato quella ragazza perché il tuo migliore amico l'ha baciata?"

"Certo che no!" sbotto. Detta così, sembro un adolescente con il testosterone alle stelle che non sa controllarsi. Devo inventarmi qualcosa ed essere convincente. "Il punto è questo. Il nostro ambiente non va bene per una ragazza come Lily. Io non vado bene per Lily." Dopo aver pronunciato questa frase, sento un peso sul petto che non mi fa respirare bene. "Nemmeno Reed è l'uomo giusto per lei, perché lui alla fine è un puttaniere come me e Lily merita di meglio. Ne abbiamo parlato e ha capito." Lancio un'occhiata eloquente a mio fratello. Se si azzarda ad aprire bocca lo prendo a pugni.

"Ma..." prova a intervenire mia madre e io la blocco sul nascere.

"Niente ma o discorsi materni. Ho trentadue anni e direi che so prendere le mie decisioni. Non voglio più tornare sull'argomento. Mi dispiace che tu e Clara vi siate affezionate tanto a lei e nessuno vi impedisce di invitarla per un caffè o altro. Anche io la vedrò al lavoro e ti assicuro che siamo tranquilli."

Altre bugie. Ieri sera Lily e io non abbiamo parlato molto dei risvolti della nostra finta rottura, però mi sembrava d'accordo. Era dal ritorno da casa dei suoi che stavo pensando a come potessimo chiudere, senza danneggiare il lavoro di immagine fatto insieme. La storia di Reed non era prevista, ma cazzo... quando ho visto come flirtavano ho avuto il fumo negli occhi. E appena l'ha baciata non ho capito più niente. È stata l'occasione giusta per concludere la storia senza danneggiare nessuno. A parte il naso di Reed. Cazzi suoi, non avrebbe dovuto provarci con la mia donna...

Dio, lo sto facendo ancora! "La mia donna", "fare l'amore", "stare bene con lei"... Quando il mio cervello impazzito la smetterà di usare certe locuzioni?

Continuo ad appendere quelle maledette foto, mentre mio fratello fa lo stesso dall'altra parte della sala. Ogni tanto lo scopro a guardarmi e scuotere la testa insoddisfatto.

Vaffanculo anche a lui.

Dopo aver sistemato tutto, nel pomeriggio torno a casa per lavorare un po' nel mio studio. Appena arrivo nell'atrio, il vigilante di turno mi consegna la posta. Controllo mentre sono in ascensore e anche oggi trovo una lettera senza mittente, spedita da chissà dove. So che appena la aprirò ci sarà un maledetto cuore rosso con una X nera sopra. Ne ho ricevute a dozzine dopo la storia di Madison. Per un periodo avevano smesso, per poi ricominciare assiduamente negli ultimi tempi.

Giuro che se va avanti ancora così, andrò dove vive e le farò una piazzata. So che si è trasferita a Boston e lavora per una casa editrice che si occupa solo di libri digitali.

Quando entro nel mio appartamento, ho già la luna storta e l'espressione con cui Clara mi accoglie non fa presagire niente di buono.

"Mi prendo mezza giornata di ferie," afferma con aria arrabbiata, stringendo la sua borsa e venendo verso l'ingresso.

"Perché non mi hai avvisato prima?" domando solo perché sono già incazzato, anche se in realtà non ho bisogno che resti e lei non chiede quasi mai ferie, anzi è sempre molto presente.

Ha un piede fuori dalla porta, quando si volta e dice: "Ho appena sentito tua madre. Per oggi non riesco a stare nella stessa stanza con uno stupido caprone. A domani. Forse". Sbatte la porta.

"Cazzo!" strillo all'aria.

Meglio mettermi al computer e fare qualcosa di utile. Tanto questa giornata è già uno schifo.

Dopo qualche ora non riesco più a stare seduto, perciò vado a correre nella speranza di allentare il laccio che mi stringe così tanto i polmoni.

Una volta a casa, non ho molto tempo prima di uscire di nuovo. Salgo al piano superiore ed entro in bagno. Vedere lo spazzolino di Lily proprio accanto al mio fa stringere ancora di più quel maledetto laccio che sento all'altezza del torace. Prendo un sacchetto di plastica e, con un gesto stizzito, butto dentro quello e il resto della sua roba che è in bagno. Poi mi ricordo che c'è qualcosa anche nel comodino. Apro il primo cassetto e afferro tutto ciò che trovo. Quando apro il secondo, c'è soltanto un maglione. Quello rosa che aveva indosso quando l'ho vista la prima volta. Mi siedo sul letto e lo stringo.

Dannazione, il suo profumo di mela è ancora così intenso. A casa sua ho scoperto da dove arriva questa deliziosa essenza. Immaginavo che si trattasse di un'acqua di colonia o simili, invece è il suo shampoo ad avere quell'ingrediente. Così come il balsamo, il docciaschiuma e la crema corpo. Insomma, Lily ha la linea completa di quella marca. Mi lascio andare a un sorriso e in quella frazione di secondo il macigno sul petto svanisce. Ma dura poco.

Infilo il maglione nel sacchetto e nascondo il tutto in un angolo della mia cabina armadio. Devo sbrigarmi, altrimenti mia madre non mi perdonerà. Entro nella doccia e lancio un'occhiataccia alla vasca. Non ci sono più entrato dalla sera dell'incidente.

Indosso uno dei miei completi da ufficio, senza la cravatta, e raggiungo la biblioteca nazionale. È da quattro anni che mia madre organizza mostre fotografiche per raccogliere fondi. Destina tutti i ricavi all'acquisto di libri di testo per ragazzi che non possono permetterseli.

Ogni anno la mostra ha come concetto cardine i libri. Quest'anno in particolare le immagini sono molto forti: libri bruciati o distrutti per censurare, per lasciare le persone nell'ignoranza e per poterle soggiogare con facili promesse. Sono ritratte varie epoche storiche, alcune sono delle riproduzioni, poiché il valore degli originali è immenso.

Quando arrivo all'ingresso, noto che mia madre è già sulla soglia e sta facendo gli onori di casa, insieme al presidente dell'associazione no-profit con cui collabora.

Appena mi vede, guarda alle mie spalle. Le do un bacio sulla guancia e le sussurro: "Sono da solo. E sarà così d'ora in avanti. Scusa se ti ho deluso".

Lei mi dà una carezza, ma non dice nulla.

Prendo un calice e, dopo aver salutato qualcuno che conosco, mi fermo a guardare le foto che stamattina ero troppo incazzato per ammirare.

Una mi colpisce più delle altre. C'è una ragazza bionda con la frangia, che tenta di salvare un libro mezzo bruciacchiato da un rogo.

"Potrebbe benissimo essere Lily," afferma la voce di mio fratello alle mie spalle.

"Sì, si butterebbe nel fuoco stesso per salvare un libro." Bevo un po' di vino.

"Ti ho visto l'altra sera, Nick. Tu non vuoi lasciarla."

"Adesso sei anche psicologo, oltre che chirurgo?"

"Hai detto un mucchio di cazzate alla mamma e va bene, perché lei tende a preoccuparsi troppo. Ma non raccontarle a me," dichiara, prendendo anche lui un calice dal cameriere che sta girando con il vassoio tra gli ospiti.

"Pensi di sapere proprio tutto eh, fratellino?" Scoppio a ridere. Anche se è una risata amara.

"Credo di conoscerti almeno un po'."

"Mi dispiace deluderti, però in questo caso non sai proprio un cazzo," replico e bevo.

"Allora perché non mi racconti tu cosa sta succedendo," suggerisce.

"Tra me e Lily c'è un accordo, niente di più. E adesso si è concluso."

"Che genere di accordo?"

"Far finta di essere una coppia. E dalla faccia sconvolta che stai facendo in questo momento, direi che siamo stati bravi." Altro sorso e il macigno sul petto raddoppia il suo peso. "Immagino che tu voglia sapere che ci abbiamo guadagnato, vero?" Non proferisce parola e annuisce. "Per farla breve: la mia reputazione e l'immagine della Parker & Cox è stata ripulita e lei ha ottenuto il lavoro dei suoi sogni." Lo fisso quasi sfidandolo a chiedere altro, però lo anticipo. "Ah, sai di chi è stata l'idea?"

"Non riesco a immaginarlo."

"Reed."

"Cosa?" sbotta incredulo.

"Sì, caro il mio fratellino, Reed era l'unico a conoscenza dei fatti. È stato proprio lui a redigere un accordo di riservatezza su questa faccenda." Finisco il vino e afferro l'ennesimo calice.

Edward scuote la testa.

"Solo voi due potevate concepire un piano tanto idiota," afferma e io sto per sputare il vino. Tutto avrei immaginato tranne una reazione simile. "Che diavolo ti ha detto il cervello?"

"Forse non ti sei accorto che ha funzionato," gli faccio notare. "Il mio nome è stato riabilitato e la Parker & Cox è di nuovo sulla cresta dell'onda."

"Credi davvero alle stronzate che dici? La casa editrice sta andando alla grande perché Lily ha smascherato le malefatte di Madison e poi ha fatto di quel libro un bestseller. Per quanto riguarda te, non è la vostra relazione ad aver fatto parlare di voi, ma come tu sei cambiato avendo lei vicino," articola la sua teoria punto per punto. "Quindi, non puoi essere convinto che in tutta questa storia Lily sia stata solo una complice."

Deglutisco a fatica, temo che lui abbia capito molto più di quello che gli sto raccontando. Ingollo il resto del vino.

"Infatti, oltre a essere mia complice è stata anche un'imperdonabile distrazione. Ma niente di più," dichiaro.

"Cosa intendi per imperdonabile?"

"Non sarei dovuto andare oltre i nostri accordi."

Mio fratello scuote la testa, come se fosse incredulo. Sento un tonfo alle mie spalle. Parecchie teste si girano perché qualche cretino ha sbattuto la porta d'ingresso.

"Un'imperdonabile distrazione? Forse un giorno aprirai gli occhi e ti accorgerai che quella ragazza ti ha salvato. E non solo dall'incidente, anche da te stesso. Ti auguro solo di non metterci troppo a capire il bene che ti ha fatto."

Mi dà una pacca sulla spalla e se ne va.

Crede che io non sappia che Lily Morgan è stata un'imperdonabile distrazione? Chiunque verrà dopo di lei non sarà mai niente, perché con lei ho trovato tutto. Anche sentimenti che non sapevo di poter provare.

Prendo un altro calice e ingollo anche quello. Per tornare a casa sarà meglio chiamare un taxi. A questo punto, prima mi faccio il bicchiere della staffa. Domani mi aspetta un'altra giornata di merda. Vedrò Lily e in qualche modo sarò costretto a parlarle.

Ho ripreso la consueta routine notturna, per cui non dormo più di qualche ora. Solita corsa, solita doccia e niente colazione perché approfitto dell'assenza di Clara per svignarmela. Non voglio l'ennesima predica da chi mi è vicino.

Arrivo al parcheggio dell'ufficio alle otto. Non ho voglia di entrare, perciò mi fermo alla caffetteria di fronte all'ingresso e faccio il mio ordine. Dopo dieci minuti, mi do del coglione. Ho preso un caffè nero da portar via e uno macchiato per lei. Appena esco, butto il suo nel primo cestino.

Salgo e mi precipito nella mia stanza. Appoggio il caffè sulla scrivania e tiro fuori il notebook dalla borsa. Continuo a guardare l'ora senza combinare nulla.

A metà mattinata io non riesco ad andare da lei e lei non si fa vedere né sentire. Violet bussa alla porta per lasciarmi la posta. Do un'occhiata finché una busta non attira la mia attenzione.

È uguale alle altre, però è la prima volta che viene spedita qui. La apro e trovo il solito cuore rosso con una X nera disegnata sopra. Cerco il timbro postale e stavolta arriva da Dallas.

Mi viene il dubbio che anche Lily possa averne ricevuta una simile. Prendo subito il telefono e chiamo il suo interno. Risponde Beatrice.

"Buongiorno, sono Nicholas, puoi dire a Lily di venire nel mio ufficio?"

"Certo, la informo subito."

"Grazie."

Non posso procrastinare oltre.

Quando sento bussare, ho quasi un sussulto. "Avanti."

"Beatrice mi ha detto che mi hai cercato." Lily entra richiudendosi la porta alle spalle.

La guardo bene in faccia. Indossa una camicetta bianca senza maniche piuttosto aderente e una gonna nera che le arriva a metà polpaccio, ma con un terrificante spacco laterale. Si è raccolta i capelli in uno chignon morbido, che le lascia il collo scoperto.

Cazzo, perché deve essere tanto bella?

"Devo chiederti una cosa," esordisco, mentre mi sistemo meglio sulla poltrona e lei si siede di fronte a me. Evito l'argomento "noi", quello che mi preme sapere è più importante. Le porgo il foglio. "Ti è arrivato qualcosa di simile, qui oppure a casa?"

Lo prende e lo guarda davanti e dietro, poi scuote la testa. "No, nulla del genere."

"A me vengono recapitati in continuazione e sono certo che si tratti di Madison," dico e mi sento un po' stupido in questo momento. "Volevo essere sicuro che non importunasse anche te."

"Grazie, ma sono a posto."

"E noi?" mi esce senza pensarci troppo.

Alza un sopracciglio, come se non capisse la domanda, perciò esplicito: "Noi siamo a posto?".

"Spesso le coppie vere si lasciano in pace, perché non dovremmo farlo noi che eravamo una coppia finta?"

"Sono contento di ciò che hai detto. In fondo ci vedremo spesso."

"Vero. Ora, se non c'è altro, dovrei andare," afferma, mettendosi in piedi.

"Sì, certo. Buon lavoro," concludo.

Lei mi saluta con la mano ed esce dal mio ufficio. Il mio cervello continua a dire che è andata bene, mentre il cuore sta battendo all'impazzata. Un particolare della nostra conversazione mi ha colpito: non ho visto le sue fossette.

Butto indietro la testa sulla poltrona.

Che cazzo sto facendo?

Capitolo 32

Lily

Sono stata un'imperdonabile distrazione per lui. Solo una maledetta distrazione.

L'ho sentito chiaramente, mentre discuteva con Edward. Sono andata a quella mostra per parlare con lui, per sapere, perché mi dicesse in faccia il motivo del suo cambiamento. E l'ho capito.

Alla fine, ha raggiunto il suo obiettivo e non ha più avuto bisogno di me. Ero a conoscenza che la nostra messinscena avesse una scadenza, ma ho sperato che potesse diventare altro. Che si trasformasse in una storia vera. Sono rimasta intrappolata nel fascino di Nicholas Parker, il miliardario arrogante, l'editore geniale. Anche se è stata la sua fragilità a farmi innamorare.

E adesso?

Ho il lavoro dei miei sogni e una stabilità economica, però il mio cuore sanguina. Forse con il tempo… Ecco, l'unica cosa che posso fare, è darmi del tempo e vedere come andranno le cose.

Proprio oggi Richard mi chiede di uscire a pranzo con lui e Nicholas. Specifica che si tratta di un pranzo di lavoro. Non ne sono affatto contenta, però indosso la migliore maschera che possiedo. Arriva l'ora della pausa e Richard fa capolino nel mio ufficio.

"Ci vediamo all'Oro Rosso tra dieci minuti, io vado avanti. Tu aspetta Nicholas."

"No, Richard…"

È già sparito. Accidenti.

"Forza, Lily, il ristorante è a soli dieci minuti da qui," sussurra con circospezione la mia collega.

Le ho raccontato che tra me e il capo è finita in maniera pacifica, però temo non mi creda. In fondo mi ha vista scappare in bagno a piangere.

Anche la stampa ha parlato della rissa al club. Reed ne è uscito come l'amico traditore, io come la donna contesa e Nicholas come l'uomo ferito. Su un punto aveva ragione: i giornalisti lo hanno dipinto in maniera positiva.

"Grazie, Beatrice." Sorrido debolmente e vado verso gli ascensori. È da ieri che i colleghi mi guardano con un misto di pena e curiosità. Almeno nessuno ha fatto commenti.

Nicholas è già lì con il cellulare in mano, mentre controlla la posta con la faccia preoccupata. È bello come sempre e oggi indossa il mio completo preferito, quello blu. Lo ha fatto di proposito per ferirmi?

Che cavolo vado a pensare!

Sembra un giorno come gli altri, ma appena alza la testa e mi guarda a malapena, mi rammento che non avrò più i suoi sorrisi. Non mi sfiorerà più il viso con le mani. Non intreccerà più le sue dita alle mie.

Il mio cuore avvizzisce in fretta e precipita giù in fondo allo stomaco. Ho una gran voglia di piangere. Stringo i denti. Lo farò dopo.

"Eccoti, sai il motivo per cui Richard ha insistito per questo pranzo?" domanda e preme il pulsante dell'ascensore.

"No, speravo potessi dirmelo tu."

Le porte si aprono ed è vuoto. Entrando il nostro riflesso sulla parete di acciaio mi sbatte in faccia perché non avrebbe mai funzionato tra noi, nemmeno con tutte le buone intenzioni. Lui è uno dei rampolli di New York, è stupendo, è ricco ed è destinato al successo. E poi ci sono io, con i miei vestiti presi nei negozi di seconda mano, che provengo da una famiglia umile e da una piccola città. Non mi sono mai adeguata del tutto alle logiche di questa metropoli e si vede lontano un chilometro.

"Hai letto i giornali in questi giorni?" La sua voce mi strappa alle mie elucubrazioni mentali.

"Sì, stanno scrivendo proprio quello che hai previsto tu," rispondo, guardando di fronte a me. Forse riuscirò a non mettermi a frignare davanti a lui, ma non posso farcela se lo fisso negli occhi.

"Secondo me, oggi ci sarà qualcuno appostato qui fuori, facciamoci vedere distaccati ma cordiali."

"Va bene."

Tranquillo, hai chiarito il concetto, quando mi hai definita un'imperdonabile distrazione, vorrei urlargli in faccia. Giuro che non so quale sia in me la percentuale di rabbia, delusione e tristezza. Ho questo miscuglio di sentimenti e forse sarebbe meglio che ne esplodesse almeno uno, magari mi sentirei meglio e non come se stessi affogando un po' alla volta.

Usciamo nella hall, poi in strada. Mi tiene aperta la porta. Ho l'istinto di sbattergliela in faccia. Una volta all'aria aperta, riprendo a respirare. Fa caldo, ma è sopportabile. Attraversiamo la piazza a mezzo metro di distanza.

"Eccoli, laggiù appostati." Mi indica con il mento alcune persone con delle macchine fotografiche professionali. Ormai ho imparato a riconoscerli.

"Quindi nemmeno tu sai perché Richard abbia voluto questo pranzo," dico la prima cosa che mi viene in mente. Il silenzio mi fa alzare lo sguardo su di lui. Sembra confuso. "Le persone che si lasciano in modo pacifico parlano tra loro. Stare zitti alimenterebbe le voci opposte," gli dico.

"Hai ragione. No, non ne conosco il motivo." Infila le mani nelle tasche e si muove con la solita camminata sensuale.

Quanto lo odio in questo momento. Mi ha ferita e gli sto salvando il culo. Un'altra volta.

"Perché stamattina mi hai fatto vedere quella lettera?" chiedo tanto per non interrompere il flusso della conversazione, anche se sono felice che manchi poco al ristorante.

"Ne ricevo quasi ogni giorno a casa. Oggi è la prima volta che è stata recapitata qui."

"Da quanto tempo?" domando.

"Hanno iniziato ad arrivare dopo che Madison si è licenziata, poi niente per un po'. Prima erano solo cuori rossi, da qualche giorno ha aggiunto una X."

"Non me lo hai mai detto," gli faccio notare.

"Non era necessario. Non ci ho mai badato più di tanto. Oggi mi è venuto il dubbio che potessero arrivare anche a te, magari in ufficio."

"La faccenda ha un che di inquietante," commento. "Niente indirizzo o un possibile tracciamento?"

"Il timbro postale è ogni volta di una città diversa," spiega, attraversando la strada che ci separa dal locale.

"Notizie di Madison?" azzardo e rimango con il fiato sospeso. Vorrei capire se sono rimasti in contatto, anche se non sembrava, da come me ne parlava stamattina.

"So che è a Boston e niente di più."

Arrivati al ristorante, cerco Richard tra i clienti. Lo trova per primo Nicholas e mi sospinge verso il tavolo, mettendomi una mano alla base della schiena. Attraverso il leggero tessuto della camicetta sento il suo calore. E non posso sopportarlo. Mi volto e lo guardo malissimo. All'inizio il cretino non capisce, glielo leggo in faccia.

"Scusa, forza dell'abitudine," mormora a voce bassa.

Riprendo a camminare e noto che con Richard c'è un uomo dal volto familiare. Mi sorride. Anche a me spunta un sorriso sincero, dopo oltre una settimana.

"Lily, è bello conoscerti di persona." Allarga le braccia.

"Xander, non ci posso credere." Abbraccio il mio scrittore preferito, come se fossimo vecchi amici che non si vedono da tempo. Lui ride. Mi scosto e lo fisso da capo a piedi. "Sei più alto dal vivo."

"E le tue fossette sono ancora più spettacolari di persona."

Nicholas ci raggiunge e si mette proprio accanto a me. Ha una faccia strana ed è tutto impettito, come un tacchino ripieno.

"Nicholas, ti presento Xander Mayer, l'autore di punta del momento della Parker & Cox." Richard fa le dovute presentazioni. Il nostro capo rilassa le spalle. "Xander, lui è Nicholas Parker, il tuo editore."

"Signor Parker, non la ringrazierò mai abbastanza per aver avuto fiducia in me e nel mio libro."

Non può sapere che le parole *Nicholas* e *fiducia* corrono su binari opposti.

"Io non ho fatto nulla, è stata Lily a fare tutto il lavoro."

Xander mi regala un sorriso riconoscente e pieno di affetto.

"Spero vi sia piaciuta questa sorpresa," interviene Richard. "Xander mi ha detto di essere in città per far visita a dei parenti e non ho resistito."

"È stata la sorpresa più bella della mia vita," affermo. Anche se non è la verità. La più bella è stata quando Nick mi ha dato la chiavetta con il suo libro da editare. Quello era un segno di fiducia. Scaccio in fretta la tristezza.

Il pranzo prosegue serenamente, Xander e io parliamo del tour che gli ho organizzato per il firmacopie, a cui ho aggiunto altre tappe dopo aver saputo che era uno dei finalisti del National Book Prize. Non stiamo zitti un momento. Ridiamo e scherziamo come quando siamo al telefono.

"Avrei una domanda," dice a un tratto guardando tutti noi.

"Prego," lo invita Nicholas.

"Lavorare con Lily e con la Parker & Cox è stata un'esperienza estremamente positiva, perciò vorrei sapere se siate interessati a dare un'occhiata a un altro romanzo che ho concluso da poco. So che nel mio contratto non c'era alcun patto d'opzione, perciò non mi aspetto nulla, ma..."

"Certo che lo siamo," commenta subito Nicholas. "Suppongo che Lily non veda l'ora di leggerlo."

Mi fa un sorriso sincero. Il primo che mi regala da oltre una settimana. Il primo che mi ricorda il mio Nick. Il primo che ha la capacità di ferirmi nel profondo.

"Sarei onorata di lavorare ancora con te," dichiaro rivolgendomi al diretto interessato. Se continuassi a tenere gli occhi su Nicholas, scoppierei in lacrime.

"Il giorno della premiazione devi essere con me a Los Angeles," mi prega Xander. "Ormai sei il mio portafortuna."

"Ti prometto che ci sarò. Non me la perderei per nulla al mondo."

Sempre che l'editore mi dia il permesso, vorrei aggiungere, ma lo tengo per me.

Sono sicura che abbia ottime possibilità di vincere quel premio, ma per scaramanzia preferisco stare zitta.

Dopo il pranzo, saluto Xander con un abbraccio. Il rientro alla Parker & Cox è meno traumatico dell'andata, grazie alla presenza di Richard. Lui e Nicholas stanno discutendo di una nuova autrice, ma io mi sono persa, appena il mio ex si è tolto la giacca e ha arrotolato le maniche della camicia per via del caldo.

Saliamo tutti e tre in ascensore. Ci sono altre persone, che mi guardano con una nota di sorpresa.

Sì, ci siamo lasciati, però riesco a stare nello stesso posto con lui, perché la nostra separazione è pacifica e di comune assenso. Questo dovrebbe trasmettere la mia faccia. Peccato che respirare il suo odore mi provoca solo voglia di chiudermi in bagno e frignare fino a svenire.

Arrivati al nostro piano, scappo nel mio ufficio. Mi abbandono sulla sedia e mi porto le mani al viso, cercando di incamerare ossigeno.

"Oh Lily..." Sussurra Beatrice, che deve essere appena arrivata. La sento chiudere la porta a chiave, poi viene da me e mi posa un braccio attorno alle spalle.

Non resisto oltre e scoppio a piangere.

Con gentilezza mi accarezza la schiena e mi porge la bottiglia d'acqua.

"Sfogati," sussurra.

Quando riesco a calmarmi, soffio il naso e mi pulisco il viso.

"Non so se ce la faccio a vederlo tutti i giorni," balbetto tra i singhiozzi.

Beatrice è fantastica. Non fa domande, anche se capisce che la nostra separazione per me non è stata affatto tranquilla e indolore. "Non so cosa consigliarti. Vedo quanto stai male."

Tento di controllarmi e, quando sono un po' più calma, la ringrazio. "Temo che ci saranno altri momenti così."

"Faremo come oggi: chiudo la porta a chiave e ti sfoghi, poi ti ricomponi e torniamo al lavoro."

Annuisco. Sapere che se avrò una crisi lei mi aiuterà mi fa stare un po' meglio.

"Apro?" propone.

"Sì, rimettiamoci all'opera."

Forse con il tempo e la pazienza la situazione migliorerà e magari, con un pizzico di rabbia in più nei suoi confronti, tutto sparirà prima di quel che credo.

Stronzate! Non è passato un bel niente. È trascorso un mese dalla nostra separazione e ogni giorno vado in ufficio con qualcosa che mi opprime il petto. Riesco a stare bene solo quando mi metto davanti allo schermo e inizio a lavorare su un testo. Il problema è che, trattando romance contemporanei, quando arrivo a una scena romantica che mi ricorda un gesto d'affetto avuto da Nicholas nei miei confronti, le lacrime iniziano a sgorgare senza che me ne renda conto.

Un giorno Richard mi ha beccato in una situazione simile e con una punta di apprensione si è rivolto a Beatrice.

"Sta bene?"

"Ehm, sì... fa così quando è molto coinvolta da un testo. Significa che la scena è scritta bene," si è inventata, mentre io continuavo a piangere.

Inutile dire che, quando invece i protagonisti si lasciano per un malinteso o per orgoglio, scrivo sul file commenti acidi all'autore del tipo: "È proprio necessario?".

Se incrocio Nicholas per i corridoi, faccio dietrofront. Cerco di non entrare e uscire ai suoi orari abituali. Piuttosto mi fermo un'ora in più e arrivo prima, ma provo di tutto per evitarlo.

Le riunioni dello staff sono le peggiori. Lui che parla e mostra grafici al grande monitor in sala conferenze e io che prendo appunti anche su argomenti che non mi interessano, pur di non guardarlo. Tuttavia, persino ascoltare la sua voce è una stilettata al cuore.

Nella testa mi passano i ricordi di noi che chiacchieriamo di tutto a casa sua o da me, ma soprattutto rammento il modo in cui pronunciava il mio nome mentre si muoveva dentro di me. Quando ho questi istanti di blackout, la mia collega mi dà una gomitata per farmi riprendere.

Ogni tanto passa dal nostro ufficio per chiedere di Richard. Tento di essere professionale, gli rispondo, però finisce sempre con me che scappo in bagno, oppure a fare delle fotocopie, o a chiedere al fattorino che fine abbia fatto un plico che attendo dal tipografo. Non penso che lui si accorga di qualcosa.

Per il resto, le mie amiche tentano di tutto per distrarmi, ma con scarsi risultati. Do loro retta solo quando insultano Nicholas. Una sera hanno insistito per andare a ballare. Ho bevuto un sacco e non è servito a stare meglio. Anzi, mentre tornavamo a casa guardavo fuori dal taxi e questa città per la prima volta mi è parsa ostile e pericolosa.

Ogni tanto Clara mi invia qualche messaggio e mi propone di passare per un caffè, ma io non ce la faccio a rimettere il piede in quell'appartamento. Anche stare nella mia stanza mi fa tornare alla mente immagini che lo riguardano e fa un male dannato all'anima.

Un giorno ho ricevuto una telefonata di Valerie. Ha fatto uno strano discorso che non ho seguito molto, perché appena ha pronunciato il nome del figlio sono andata nel pallone. Ho cercato di sembrare allegra e serena e di non farle capire quanto Nicholas mi avesse ferita.

Ai miei invece non ho detto nulla. Tanto loro non seguono i gossip e in realtà, ormai, i giornalisti si sono finalmente dimenticati di noi. L'unica a cui ho raccontato la verità, proprio tutta la verità, è stata Millie. Dopo un attimo di shock, si è lasciata andare a un commento.

"Lily, io ho visto come era con te e le cose sono due: o è davvero bravo a recitare, oppure anche lui prova qualcosa."

"Nessuna delle due, Millie. Di sicuro c'è dell'affetto e in quel momento si è sentito di aprirsi di più, però la cosa finiva lì."

Anche Reed e Edward ogni tanto mi inviano un messaggio. Dico loro che sto bene, che il lavoro è fantastico, anche se in realtà sto morendo dentro.

Ho questa sensazione di logoramento interno che mi accompagna ogni giorno. È come se i miei organi vitali stessero cedendo una cellula alla volta. Ogni sera mi addormento, sperando che il giorno dopo sia meglio di quello precedente, invece non è così. Spesso mi convinco che se tornassi indietro nel tempo, rifiuterei la sua proposta. Poi mi accorgo che averla accettata mi ha donato momenti di gioia insperata.

Ed è questa la parte peggiore: aver assaporato la felicità e sapere che non potrò più riaverla.

Ero convinta che il picco massimo della mia vita sarebbe stato trovare l'impiego dei miei sogni, ma come ho fatto a essere tanto stupida? La gratificazione maggiore non è arrivata dai traguardi lavorativi raggiunti, l'ho scoperta vedendo un rapporto che cresceva, una complicità che veniva conquistata giorno dopo giorno, ottenendo la sua fiducia un passo alla volta. Anche se spesso facevamo dei passi indietro, erano quelli in avanti a contare di più. Vedere Nicholas abbassare le sue difese, confidarsi, mostrarmi se stesso senza filtri è stato come scoprire un giardino incantato dietro una siepe altissima.

A distanza di un mese, ho capito che posso vivere senza il lavoro dei miei sogni, ma non posso più sopravvivere a un cuore spezzato. E il mio cuore è spezzato, perché lo amo e lui non prova nulla per me.

È quello che sto pensando in questo venerdì pomeriggio, proprio mentre bevo un caffè in sala relax, lo sguardo perso nel vuoto.

All'improvviso Nicholas compare di fronte a me. Ha un sussulto appena mi vede. Anche lui cerca di schivarmi come faccio io?

"Ciao, come va?" domanda, versandosi una tazza di caffè.

"Bene," affermo, buttando ciò che resta della mia bevanda nel lavello. Faccio per imboccare il corridoio e tornare in ufficio.

"Lily, aspetta."

Mi fermo a poca distanza da lui.

"Ho capito che mi stai evitando, ma anche se il nostro accordo si è concluso, possiamo parlare come facevamo prima."

Che cazzo vuole da me? Sto male da morire e lui vuole che torniamo come eravamo prima? Prima come?

Lo fisso quasi sconvolta.

"Parlare?" ripeto incredula. "Perché tu mi hai parlato, quando hai deciso che era arrivata l'ora di chiudere tutto? O forse mi hai parlato, prima di prendere a pugni Reed e fare una sceneggiata epocale?"

"Senti, ho capito. Fai come se non avessi detto nulla," ribatte irritato.

Cazzo, questa frase è la goccia che fa traboccare il vaso.

Fa per andarsene.

"No, tu non hai capito proprio un bel niente. È questo il problema," sbotto, stanca di tenermi tutto dentro. "E io ho commesso lo stesso errore, ma l'importante è che alla fine ci sono arrivata."

"Non riesco a seguirti, a cosa sei arrivata?"

Il suo profumo, i suoi occhi, i suoi capelli, il modo in cui mi guarda, la sua stessa postura. Tutto in lui mi rende impossibile dimenticarlo, ma soprattutto stargli vicino.

"Al fatto che per te sono stata solo un errore da dimenticare, o meglio 'un'imperdonabile distrazione'."

Davanti alle sue stesse parole sgrana gli occhi e capisce che ho sentito il discorso fatto a suo fratello.

Approfitto del momento di stupore per andarmene. Vado nel mio ufficio, spengo il computer e prendo la borsa.

Adesso so cosa devo fare.

"Dove vai?" domanda Beatrice.

"Vado a casa," rispondo, dopodiché la abbraccio.

Capitolo 33

Nicholas

"Per te sono stata solo un errore da dimenticare, o meglio un'imperdonabile distrazione".

Cristo santo, ha ascoltato la conversazione con mio fratello? È passato circa un mese dalla mostra fotografica... Non mi ha mai detto niente per tutto questo tempo.

Rimango pietrificato. Appoggio la tazza di caffè e vado nel suo ufficio. Appena entro, trovo il posto vuoto.

"Ha detto che per oggi andava a casa," mi informa la collega, sgarbata. Chissà cosa sa.

Non la ringrazio nemmeno e torno alla mia postazione. Proverò a chiamarla stasera. Adesso temo che mi sbatterebbe il telefono in faccia. Non posso far a meno di pensare che si è tenuta dentro questo particolare per tanto tempo.

Lancio un'occhiata oltre la vetrata. Il cielo è azzurro e, essendo quasi fine luglio, fa caldo. Eppure è un mese che mi sembra di stare in mezzo a un temporale.

Sono tornato a dormire di merda. E molte volte non ce la faccio a stare in casa. Ogni angolo del mio appartamento mi ricorda lei. Anche quella maledetta vasca da bagno.

Mi do del coglione.

Di recente sono arrivato a odiare il modo in cui lei ha superato la nostra separazione, perché la verità è che io non ci sono riuscito. Incontrarla al lavoro e non poterle parlare liberamente come prima, prenderla in giro per qualcosa, ma soprattutto non poterla sfiorare, tenerla tra le mie braccia, nel mio letto mentre si muove sopra di me, stare dentro di lei... è stata una tortura costante. E mi faceva incazzare che lei apparisse tranquilla, senza alcun tentennamento. Sono arrivato a mettere in discussione la fiducia, che con molta fatica le avevo dato, ed è stato questo a farmi arrabbiare ancora di più.

Appariva serena in ufficio, rideva con le colleghe e non mi guardava durante le riunioni. Per questo, nonostante sentissi la mancanza di ciò che eravamo quasi quanto l'ossigeno, non ho mai cercato un riavvicinamento.

Anche se avrei voluto con tutto me stesso tornare indietro.

Mi passo una mano sul viso per cancellare la stanchezza. Devo capire quanto ha sentito di quella conversazione e soprattutto devo chiarire questa faccenda una volta per tutte. Se è rimasta male per le mie parole, forse vuol dire che non mi ha cancellato del tutto. Forse anche lei prova qualcosa per me.

Lo sguardo mi cade sulla scrivania. È arrivata altra posta. Ecco la solita busta con l'indirizzo scritto a macchina. La apro, solito cuore con la X. Apro l'ultimo cassetto e butto dentro l'ennesimo foglio disegnato insieme agli altri.

Quando rincaso è tardi e l'appartamento mi pare più vuoto che mai. Anche Clara è già andata via. Mi ha lasciato i soliti piatti pronti in frigorifero. Prendo una birra e salgo in camera. Dal comodino tiro fuori il maglione di lana rosa. Come un cretino, non solo non le ho restituito le sue cose, ma ho sperato che il profumo del suo maglione mi facesse dormire meglio. Per questo lo tengo a portata di mano. Ma è una stronzata. Non ha mai funzionato.

Prendo il cellulare e trovo il coraggio di chiamarla. Il messaggio automatico comunica che l'utente non è raggiungibile. Sono da poco passate le nove, che sia fuori con le amiche?

Dio, mi torna subito alla memoria l'immagine di lei e dello sconosciuto al Brooklyn Bowl. Preso da un raptus, riprovo a chiamarla una, due, tre volte. Niente. Le scrivo un messaggio.

TI DEVO PARLARE. CHIAMAMI. N.

Lo so, non è un granché, ho bisogno di chiarire le cose avendola davanti e guardandola negli occhi. Non sapendo cosa fare, do persino una sbriciata al suo profilo social e a quello delle sue amiche. Non c'è nulla di strano. Nessuna storia che suggerisca dove si trovi o cosa stia facendo.

Non è la prima volta che lo faccio. Di solito Lily non usa i social, e scopro se è in qualche locale solo perché le coinquiline pubblicano delle storie con lei.

Un paio di volte mi è capitato di notare che erano con degli uomini allo stesso tavolo. Le mani mi prudevano e la tentazione di raggiungerla per portarla via era tanta. Poi scorgevo il suo sorriso e capivo che non avevo alcun diritto di intromettermi nella sua vita. Era comunque un pugno nello stomaco vederla così.

Il giorno dopo mi sveglio all'alba come al solito. Controllo il telefono e non trovo alcun messaggio. Aspetto fino alle nove per chiamarla, essendo sabato magari dorme un po' di più. Il cellulare indica che è ancora staccato. Questo è strano. Resisto all'impulso di andare a casa sua. Tuttavia, la domenica sera, dopo l'ennesimo tentativo, salgo in auto e sto per uscire dal parcheggio, quando il telefono squilla.

"Pronto," rispondo al volo, convinto che sia lei.

"Finalmente ti sei deciso a rispondere." La voce di Reed risuona nel mio abitacolo. Ho evitato di parlare con lui per tutto il tempo, sono ancora troppo incazzato. Mi ha mandato dei messaggi e mi sono limitato a scrivergli di rimando.

"Non era mia intenzione, credimi. Speravo fosse qualcun altro."

"Lily?"

Mi fa andare su tutte le furie anche solo sentirgli pronunciare il suo nome.

"Non sono cazzi tuoi," sbotto.

"È sparita, vero?"

"Ma che cazzo di problemi hai, Reed?"

"Non fare stronzate e vieni al Larson's pub. Ci vediamo tra dieci minuti." Chiude la telefonata.

Sono fermo con la freccia della macchina girata a destra, per raggiungere il quartiere di Lily, invece mi ritrovo ad andare in tutt'altra direzione. Voglio proprio sapere che cosa ha da dirmi. Tanto domani beccherò Lily in ufficio, aspettare qualche ora non fa differenza.

Parcheggio in zona ed entro nel solito pub che Reed e io frequentiamo da anni.

Appena mi vede, il proprietario mi saluta con una stretta di mano. È da un po' che non vengo qui. Con la testa mi indica il posto all'angolo. Mi avvicino e trovo Reed con una bottiglia di birra in mano e una sul tavolo.

"Allora, cos'hai di tanto urgente da dirmi?" lo interrogo, rimanendo in piedi.

"Si tratta di Lily, siediti."

Ha detto la parola magica e ho solo voglia di tirargli un altro pugno, invece sposto la sedia e mi accomodo.

"Che cosa vuoi dirmi? Che adesso state insieme e che è la donna della tua vita?" Ho un travaso di bile davanti a una simile prospettiva. Giuro che la licenzio, se si è messa con lui.

"No, volevo informarti che sei una testa di cazzo," sbotta e io mi rialzo in piedi, pronto a prenderlo per la camicia e spaccargli un'altra volta la faccia. "Siediti!" ordina e io scoppio a ridere.

"Non sei nella posizione di darmi ordini o insultarmi," gli faccio notare, stringendo i pugni.

"Se n'è andata. È tornata dai suoi in quel paesino dal nome strano."

È come se mi avessero buttato addosso un secchio di acqua gelata.

"Adesso, per favore, metti il culo su quella sedia, perché sto cercando di aiutarti."

Mi lascio cadere. Non è più a New York.

Un flash mi passa per la testa. "Come cazzo fai a saperlo?"

Reed si appoggia allo schienale.

"Ogni tanto ci sentiamo, ma prima che parti con le tue congetture, sappi che tra noi non c'è niente. Non c'è mai stato niente," esordisce.

Sì, come no!

"Anche il bacio di quella sera al club era un modo per darti una scossa. Ma tu sei un coglione, non hai colto l'occasione e ti sei limitato a fare un casino."

"Che cazzo dici?" ringhio, sbattendo una mano sul tavolo. La misura è colma. Non me ne frega niente di avere gli occhi di tutti addosso. "Non era la prima volta che ci provavi con lei e quella sera l'hai baciata."

"Lei ti ama," dichiara.

Divento un blocco di marmo. Il respiro va a farsi fottere, mentre il cuore pompa come un dannato. Non mi passa nulla per la mente se non le sue parole. "Lei ti ama".

"Tutti noi ce ne siamo accorti, solo tu non hai voluto vederlo. Per gli altri era normale che fosse così, dato che agli occhi del mondo eravate una coppia, ma per me è stata una sorpresa. Lily avrebbe lottato per stare davvero con te, aveva solo bisogno della conferma che anche tu provassi qualcosa per lei, per questo l'ho baciata. Per farti reagire. E tu hai mandato tutto a puttane."

Impiego un po' a digerire quello che sta dicendo.

"Porca troia, solo tu potevi avere un'idea tanto idiota."

"Coglione, il punto non è quello che ho pensato io, piuttosto quello che hai combinato tu. Hai fatto una scenata e, siccome anche tu provi qualcosa per lei, ma hai un cazzo di problema di fiducia nelle persone, l'hai lasciata andare," conclude tagliente.

Affloscio le spalle e appoggio i gomiti sul tavolo. Mi passo una mano tra i capelli.

"Mi spieghi il motivo?" chiede con più calma.

"Quando ho passato il fine settimana dai suoi è stato... tutto perfetto," mormoro e non so come spiegare ciò che è scattato nella mia mente subito dopo.

"Ho capito," mi anticipa e io lo fisso, rimanendo in silenzio. "Hai fatto dieci passi indietro perché hai avuto paura."

Annuisco.

"Allora ho ragione, quando dico che sei un coglione," dichiara.

Mi scappa una risata nervosa. "Mi manca. Non puoi immaginare quanto. È come se mi avessero tolto un polmone e uno non bastasse per respirare bene." Sospiro. "Anche vederla in ufficio e sapere che non è più mia è una tortura."

"Io ho fatto la mia parte, adesso sono affari tuoi come rimediare. Per farti perdonare di essere stato un amico stronzo, mi aspetto una cassa di quel vino italiano che amo tanto."

Prendo la bottiglia di birra e tocco la sua, prima di berne un sorso.

"Agli amici che a volte non ci meritiamo."

"Ben detto," conviene.

È tornata a Cle Elum. Con questo chiodo fisso in testa, vado a casa. Passo la notte a riflettere su come riuscire a parlare con Lily.

"Lei ti ama".

E io amo lei. Ormai mi è chiaro come il sole in una giornata limpida. Ma ho fatto un gran casino e devo trovare il modo di rimediare. Potrei prendere il primo aereo per Seattle, però non so se mi darebbe retta, soprattutto alla luce della conversazione che ha ascoltato tra me e Edward.

Con il cuore più pesante che mai e, dopo aver dormito forse due ore, vado in ufficio. Appena mi siedo alla scrivania, Richard arriva con un foglio. Non bussa nemmeno. La porta è aperta e sono talmente immerso nelle mie riflessioni, che mi accorgo di lui solo quando è davanti a me.

"Brutto momento?" domanda.

"A dire la verità sì, però dimmi pure."

"Credo di sapere il motivo." Allunga un documento verso di me e resta in piedi.

"Cristo," tuono dopo averlo letto.

"L'ho trovato nel mio ufficio stamattina."

"Sarà arrivata anche una copia alle Risorse umane?" chiedo.

"Non credo, altrimenti me lo avrebbero riferito. Sono venuto subito da te, perché so che eravate legati. Sarò onesto, Lily Morgan è un elemento eccellente per questa azienda e fossi in te non accetterei le sue dimissioni."

"So a mie spese quanto sia fantastica," dico con un grande rammarico. Sono stato proprio un vero idiota. "Grazie di avermi portato la sua lettera, ci penso io."

"C'è una questione però: posso temporaneamente redistribuire il suo lavoro al resto dello staff, ma sai bene che Xander Mayer vuole solo lei e l'inizio dell'editing è programmato dopo la cerimonia finale del NBP."

Nella testa mi si accende una lampadina.

"Me ne occupo io, promesso."

Ed è proprio quello che ho intenzione di fare. Di occuparmi di tutto.

Venerdì mattina, appena atterro, prendo un taxi. Arrivo a destinazione dopo circa mezz'ora di auto. Scendo e chiedo al conducente di aspettarmi. Il palazzo è moderno, anche se di piccole dimensioni e in una zona decentrata. Alla reception do il suo nome e il mio.

Non ho un appuntamento, però sono sicuro che accetterà di vedermi. Infatti, l'addetto mi dà un pass temporaneo e mi indica gli ascensori. Appena arrivo al suo piano, sono piuttosto carico di ogni genere di sentimento. Le porte si aprono e lei mi attende in piedi proprio lì davanti. Non la vedo da mesi, i suoi capelli sono più lunghi, ma a parte questo è rimasta la stessa.

"Nicholas," pronuncia il mio nome con una certa sofferenza.

"Ti devo parlare." Non la saluto nemmeno.

"Andiamo nel mio ufficio." Fa strada e, appena siamo nella stanza, chiude la porta. "Accomodati," mi invita, mentre lei siede dietro la scrivania.

"No, è una cosa veloce." Tiro fuori una decina di lettere e le butto sul tavolo. "Voglio che la smetti di mandarmi questa merda. E sono qui per dirti in faccia che, se la cosa continua, ti denuncio."

Madison fa una faccia disorientata, poi guarda il mucchio di carta e apre un paio di fogli piegati.

"Non te li ho inviati io."

"Stronzate! Sono mesi che li ricevo, da quando te ne sei andata dalla Parker & Cox," sbotto.

"Ti giuro che non è roba mia," afferma.

"Sai quanto mi fido di un tuo giuramento?"

Lei si alza in piedi.

"Ascolta. Mi dispiace. Per tutto. Subito dopo il disastro che ho combinato, ero disperata e volevo spiegarti le mie ragioni. Ma oltre a non rispondere alle telefonate, credo che tu non abbia letto nemmeno i miei messaggi e le mie lettere, vero?"

"Esatto. Perché non me ne frega un cazzo del motivo per cui ci hai traditi, voglio solo che tu la smetta con questa storia da psicopatica. Oppure ne pagherai le conseguenze."

"Ti assicuro che non c'entro niente con questo," grida disperata e le lacrime iniziano a rigarle il viso. "Me ne sono andata a quattrocento chilometri di distanza, non ti chiamo e non ti cerco da mesi, come posso convincerti che sono sincera e che non ho nulla a che fare con quelle?"

Da come reagisce, mi si insinua il dubbio che stia dicendo la verità.

"Voglio sapere per quale cazzo di motivo volevi rovinare la società che ti ha accolto, formato e ricompensato con una carica di alto livello. Non può essere solo una questione di soldi, vero?"

Abbassa lo sguardo e si asciuga gli occhi. Si morde il labbro prima di parlare.

"Era l'unico modo per far sì che tu avessi bisogno di me. Perché ero… sono innamorata di te," sussurra e mentre continua a piangere in silenzio mi guarda in faccia. Sto per dirle che la sua giustificazione non sta in piedi, tuttavia è lei ad aggiungere: "Grazie alla psicologa che mi segue, ho capito che quel tipo di ragionamento era distorto. Ti chiedo scusa per il disastro che ho causato, però ti prego di credermi, quando ti dico che non sono io a inviarti queste lettere. Sto lavorando in maniera seria su me stessa e fare un passo del genere butterebbe all'aria la terapia di mesi".

Si schiarisce la voce e prende un fazzoletto per asciugarsi le guance.

"Eri una delle poche persone di cui mi fidavo."

"Lo so. Se avessi avuto il coraggio di confessarti che ti amavo, nulla di tutto questo sarebbe accaduto e forse saresti rimasto nella mia vita almeno come amico. Spero che un giorno tu capisca e possa perdonarmi," mormora e ricomincia a piangere.

Cazzo, ho fatto lo stesso con Lily! Non le ho confessato di amarla per paura e alla fine l'ho persa, causandole una serie di problemi.

"Ti credo, ma ora devo andare. Ti auguro il meglio, Madison."

Lei singhiozza senza controllo, mentre esco dal suo ufficio. Risalgo sul taxi.

"Dove vuole andare?"

"All'aeroporto, per favore."

Mi abbandono sul sedile e lascio andare un sospiro. Sono terrorizzato al pensiero che non possa funzionare o che sia troppo tardi. Mi auguro solo di riuscire a rimediare in qualche modo.

Capitolo 34

Lily

È una bella giornata e fa caldo. Il clima mitiga un po' il mio umore, che non è certo dei migliori.

"Grazie per avermi accompagnata. Con l'autobus avrei impiegato troppo," dico, mentre sono in auto con papà. "Mamma e Millie se la caveranno al negozio?"

"È venerdì mattina, non c'è molta gente. I turisti spuntano nel pomeriggio, fanno rifornimenti prima di andare a piantare le tende." Mi guarda e sorride, poi domanda per la milionesima volta: "Sei sicura?".

"Sì, ho sentito Xander e mi ha detto che i capi sono a una fiera internazionale in Francia. Ci sarò solo io."

Anche Beatrice mi ha confermato la stessa cosa. Mi sarebbe dispiaciuto non essere presente alla premiazione. Inoltre, è l'occasione giusta per confessare a Xander che non potrò seguirlo con la lavorazione del libro, perché me ne sono andata dalla Parker & Cox.

"Mi sembra ancora così strano," mormora mio padre.

"Preferirei non tornare sul discorso un'altra volta," replico seccata. Non vorrei usare questo tono con lui, però abbiamo avuto questa conversazione al telefono per un mese e poi di nuovo quando sono tornata a casa una settimana fa.

"Scusa. Mi è uscita così."

Ho dato la notizia della rottura "pacifica" con Nicholas a distanza di un paio di settimane dalla nostra visita a Cle Elum. I miei all'inizio credevano fosse uno scherzo, poi ho avviato la videochiamata e vedendomi in faccia hanno capito che ero seria. Quando non ce l'ho più fatta a restare a New York, sono partita. Una volta atterrata a Seattle, appena la mamma mi ha abbracciato sono scoppiata a piangere. Dalla mia reazione hanno capito subito che la separazione da Nicholas mi ha distrutta.

Non ho voluto dire loro la verità sul nostro accordo, per non sembrare una stupida ingenua ai loro occhi. Ho riferito che in teoria ci siamo lasciati di comune accordo, ma che per me invece è stato traumatico e, non riuscendo più a sopportare di trovarmelo davanti ogni giorno, ho preferito dare un taglio netto. Ecco il motivo del mio ritorno a casa.

Alla domanda su cosa avrei fatto con il mio impiego, ho semplicemente risposto che posso vivere senza il lavoro dei miei sogni, ma non posso sopravvivere a un cuore spezzato. E vedere Nicholas ogni giorno, sgretolava il mio povero muscolo un po' alla volta. Dovevo salvare me stessa, andandomene prima che fosse troppo tardi.

In tutto questo i miei continuano a ripetermi le stesse cose.

"Deve esserci dell'altro, noi abbiamo visto come ti guarda. Nicholas ti ama".

Non credo, è molto bravo a recitare.

"Non c'è la possibilità di una riconciliazione?"

Al limite potremmo essere amici, ma io non ci riuscirei. Dopo aver provato a stare con lui, sarebbe impossibile.

"Forse dovete solo parlare dei vostri problemi."

L'unico problema è che io lo amo e lui no.

"Magari è una crisi passeggera"

Direi proprio di no.

"Non è possibile che abbia avuto paura dei sentimenti che prova per te?"

Nicholas Parker che ha paura dei suoi sentimenti? Non lo credo possibile.

Ovviamente sono rimasta in silenzio e loro hanno continuato a non capire. Va bene così. Avrei sofferto nel sentire che lo insultavano, perché non si può obbligare qualcuno ad amarci.

Arriviamo in aeroporto e papà mi lascia davanti alle partenze con un abbraccio.

"Cerca di divertirti e di distrarti un po'. Ci vediamo domenica."

"Lo farò. Ti chiamo quando atterro a Los Angeles," lo saluto e mi avvio verso il check-in.

Dopo aver lasciato il bagaglio in albergo, ho il tempo di rinfrescarmi prima di uscire a cena con Xander e suo marito.

Prendo un taxi e appena entro nel ristorante, mi viene incontro. Ci abbracciamo come vecchi amici, poi mi presenta Sam, di cui ho sentito tanto parlare e ho visto un sacco di foto.

La premessa di Xander appena mi siedo a tavola è: non si parla di lavoro.

Un po' mi dispiace, avrei voluto informarlo che non sarò io a seguire il suo prossimo libro. Però non voglio rovinare l'atmosfera e l'attesa per la premiazione di domani. La cena prosegue tra risate, aneddoti e il meraviglioso racconto della loro storia d'amore. Li invidio un bel po', ma sono davvero felice per loro. Il nome di Nicholas o della Parker & Cox non viene mai fatto, perciò posso dire di essere stata davvero bene, come non capitava da tempo.

I ragazzi mi accompagnano in taxi fino all'albergo. Li saluto con la promessa di vederci l'indomani a pranzo e andare insieme alla premiazione.

Quando sono nella mia stanza vuota, tutto il buonumore svanisce e torna la consueta pesantezza con cui convivo da oltre un mese. So già che dormirò poco.

Il giorno seguente cerco di coprire le occhiaie con il make-up e indosso un vestito bianco a rose rosse di mia madre. È senza maniche, la gonna arriva oltre il ginocchio ed è vaporosa. Per l'occasione mia sorella mi ha prestato delle scarpe rosse con il tacco e una borsa in tinta. Mi domando cosa se ne faccia una diciottenne di certi accessori, però avendo lasciato molti indumenti a New York, la mia scelta è limitata.

Raggiungo i ragazzi per pranzo, nello stesso hotel in cui si terrà la premiazione. Il posto è magnifico. Un edificio storico di lusso, circondato dalle palme. Visto da fuori è imponente, tutto bianco, perfetto per un evento tanto prestigioso. Raggiungo la coppia nella hall. Xander pare agitato.

"Sei nervoso?" chiedo e lui annuisce. "Tra poche ore sarà tutto finito e, comunque vada, sarà un successo. Guarda dove sei arrivato con il tuo primo libro," lo incoraggio, accarezzandogli il braccio.

Scambia un'occhiata di intesa con il marito.

"Sarà meglio mangiare qualcosa, la cerimonia inizierà tra poco," interviene quest'ultimo. È vero, tra un'ora dobbiamo essere in sala.

"Sì," conviene Xander sempre più teso.

Il marito parla con il cameriere, che ci accompagna al nostro tavolo. Do una sbirciata veloce.

"Scusi, siamo solo in tre, può portare via un coperto," dico all'uomo, prima che si allontani.

Il cameriere guarda gli altri due che restano in silenzio.

"Non c'è nessun errore. L'altro coperto è per me."

Quella voce alle mie spalle mi fa sprofondare in un buco nero. Le gambe potrebbero cedermi da un momento all'altro. Mi volto piano e vederlo mi uccide. I capelli castani sono scompigliati ad arte e le iridi, grazie al sole, assumono quella sfumatura dorata che ho sempre amato.

Accidenti a lui, ha dei pantaloni eleganti blu e una camicia azzurra con le maledette maniche arrotolate e i tatuaggi in bella vista. Mi squadra da capo a piedi e vorrei solo assestargli uno schiaffo. Invece, mi limito a stringere con forza il manico della mia borsa.

"Che sorpresa," dico, distogliendo subito lo sguardo. Non ho ancora informato il mio scrittore preferito che non lavoro più per la P&C.

"Sarà meglio accomodarci, se non vogliamo perderci la cerimonia. Temo che Xander tra poco andrà a nascondersi in bagno," interviene Sam.

Nicholas mi sposta la sedia e mormoro un ringraziamento. Non può fare così. Non dovrebbe essere qui. Ho un nodo alla gola che sono certa non mi farà ingoiare nemmeno un boccone. Sono fuggita da New York perché non riuscivo a stargli accanto, sapendo che non mi avrebbe più guardata come faceva prima, che non mi avrebbe più sfiorata o baciata come faceva prima, che non avrebbe più fatto l'amore con me… E adesso ad averlo qui, con il calore che sprigiona dal suo corpo e il suo profumo che mi solletica le narici… mi sembra di impazzire.

Forza, Lily, resisti, quando la cerimonia inizierà, andrai a sederti lontana da lui, strilla la mia ragione, nel tentativo di calmare il cuore che corre troppo veloce.

"Lily, è tutto okay?" si informa Xander con espressione preoccupata.

Mi costringo a sorridere. "Tutto bene, grazie."

Con la coda dell'occhio spio Nicholas, seduto accanto a me, e lo sorprendo a stringere con forza il suo bicchiere.

Che cavolo succede? Neanche lui sembra rilassato, allora perché è qui?

Non mi interessa saperlo. Voglio solo che questa giornata finisca in fretta.

Ordiniamo e si parla dei libri dei finalisti. Infilo qualche commento e mi costringo a mangiare qualcosa, ma controllo spesso l'orologio appeso alla parete. È una di quelle occasioni in cui il tempo non sembra passare mai.

"Sarà meglio sbrigarci," esordisce Sam a un certo punto, rivolto al marito. "L'organizzatore si è raccomandato la puntualità."

Grazie al cielo il supplizio sta per finire. Mi sento un po' in colpa verso Xander, perché sono più concentrata e tesa per la presenza di Nicholas che per il suo evento.

Faccio per alzarmi in piedi, ma Sam mi ferma.

"Voi potete restare a chiacchierare ancora, solo i finalisti devono entrare prima."

Mi risiedo con un tonfo. La coppia mi dà un bacio sulla guancia e si allontana. Trovo strano quel gesto.

"È colpa mia, loro non c'entrano," afferma Nicholas e gli lancio un'occhiata senza capire. "Li ho convinti io a dirti che non ci sarei stato. E anche Beatrice."

"Perché?" domando alterata.

"Perché tu meriti di essere qui, molto più di me."

"E allora che ci fai qua?" sbotto.

La rabbia e la frustrazione di averlo davanti, dannatamente bello e sicuro di sé, esplode. Mi pento di aver alzato la voce appena gli altri clienti si voltano verso di me, però i miei occhi restano su di lui. E nella mente passa una carrellata di immagini che mi ricorda di noi. Di come stavamo bene insieme. Di quello che provavo. E di quello che provo.

"Non ce la faccio" sussurro, con le lacrime che minacciano di uscire. Balzo in piedi e corro fuori. Ho bisogno d'aria.

La hall è piena di gente che attende di entrare per la cerimonia. La supero a fatica. Devo andarmene. Esco dall'ingresso principale, poi svolto nella prima via laterale che trovo. Ormai sto piangendo e ho la vista offuscata. Non riesco a proseguire. Mi fermo davanti a quella che sembra l'uscita di sicurezza dell'hotel. Non c'è nessuno, è un vicolo cieco, pieno solo di cassonetti della spazzatura.

Mi stringo la mano al petto e mi lascio andare al pianto. Vorrei che fosse liberatorio, invece è solo maledettamente triste.

"Lily."

Smetto di piangere. Smetto di respirare. Smetto di pensare.

"Ti devo parlare." La sua voce è calma. "Ti prego."

"Vattene, Nicholas," strillo, senza voltarmi. "Non abbiamo niente da dirci."

Supplico che mi dia retta, invece il suo odore preannuncia che si sta avvicinando. Non posso ricominciare tutto da capo e soprattutto non voglio rivivere tutto il dolore dell'ultimo mese.

"Ti prego, va' via, Nick... Non capisci il male che mi stai..." mugugno tra le lacrime con il respiro affannato.

Non faccio in tempo a finire la frase che lui mi stringe il torace tra le sue braccia. Sono incatenata a lui e quasi non riesco a incamerare ossigeno. La sua bocca è vicino al mio orecchio.

"Lo so, piccola, e mi dispiace di essere stato un codardo." La sua stretta si fa ancora più forte. "Avrei dovuto ammettere a me stesso tempo fa di amarti. Di amarti sul serio e di avere un dannato bisogno di te nella mia vita."

Non sono sicura di avere capito bene, perché l'eco del mio battito è talmente potente da sovrastare il resto.

"Ti ho allontanato come un coglione per il timore che anche tu mi abbandonassi. Come..." fa una pausa. I nostri corpi sono talmente fusi che lo sento tremare dietro di me. Sto per compiere un qualunque gesto, ma lui finisce la frase, tenendomi in una morsa d'acciaio. "Come mio padre." La sua voce si incrina sul finale. "Perdonami, se ho avuto paura."

A quelle parole non reggo più.

È giusto?

È sbagliato?

Sta mentendo?

È la verità?

Non ha importanza, perché lo amo e voglio rischiare.

Giro il viso per quello che posso e cerco le sue labbra. Riesco a baciargli solo l'angolo della bocca. Allenta subito la presa, noto che ha gli occhi lucidi e mi osserva come un cucciolo bastonato.

"Anche io ho paura, Nick. Ma ti amo," sussurro. Vedo il suo pomo d'Adamo salire e scendere in fretta. "Credo di aver iniziato a provare qualcosa per te fin dal giorno in cui ti ho trovato in quella vasca. Ma ho capito di amarti appena mi hai mostrato le tue fragilità."

Butta fuori l'aria dai polmoni e posa la fronte sulla mia. Quanto mi è mancato questo semplice gesto?

Intreccio le braccia dietro al suo collo e mi scappa una lacrima. Lui mi prende la vita, poi mi scruta bene in viso. "Ti amo, Lily Morgan. Non scappare mai più da me, perché solo con te sento di avere trovato la mia vera casa."

Mi ama?

Mi ama davvero?

Come è possibile?

Che importanza ha! Lo amo da morire e sono legata a lui da così tanto tempo.

"Non andrò da nessuna parte," dichiaro, accarezzandogli i capelli

"Promettilo."

"Lo giuro. Ti amo e non mi allontanerò più da te."

I suoi occhi si inumidiscono e due lacrime gli scivolano lungo le guance. Le asciugo con i pollici. Mi devasta vederlo così.

"Mi fido di te," sussurra e il peso che da settimane percepisco dentro scoppia riducendosi in polvere. "Scusa, se non ho avuto il coraggio di capirlo prima."

Mi bacia e tutto sembra tornare al posto giusto. Un puzzle in cui i pezzi si incastrano alla perfezione al primo colpo.

Schiudo le labbra che sanno di sale e accolgo la sua lingua, che cerca la mia. Si ritrovano e si abbracciano, proprio come stanno facendo i nostri corpi. Tutto dentro di me sembra tornare a vivere. Un tappeto verde dove iniziano a spuntare boccioli di mille colori.

Lo tengo stretto, per timore che questo sogno possa svanire e che sia soltanto una proiezione della mia mente. Invece, lui è reale ed è qui con me. È tutto vero... finché qualcuno non grida il suo nome.

"Nicholas, come hai potuto farmi questo!" urla una donna.

Nicholas si blocca di colpo. La voce proviene alle sue spalle. Si raddrizza in fretta, ma mi tiene saldamente per la vita. Il terrore è dipinto sul suo viso. Mi sporgo oltre il suo braccio per capire, nello stesso momento lui si gira e vedo una donna. Con una pistola in mano.

"Oh mio Dio!" Faccio un passo indietro. Nicholas si mette davanti a me, con le mani tese verso di lei. Come a voler calmare una belva.

"Kristen... che ci fai qui?"

"Sono stanca di aspettarti, Nick," tuona adirata. C'è un lungo istante di silenzio.

"Okay, adesso sei qui. Ti va di andare... da qualche parte a parlare?"

Stringo in un pugno la stoffa della camicia che sporge dalla schiena di Nicholas.

"Nick, no," balbetto.

"Stai tranquilla," bisbiglia, inclinando leggermente la testa nella mia direzione.

"Che cosa ci fa lei qui?" lo incalza.

"Non badare a lei, Kris. Lei non è niente. Che ne dici di un caffè solo tu e io?"

"Tua madre non ha riferito alla mia che ci sarebbe stata lei." È sempre più arrabbiata e ora sta agitando la pistola.

Non mollo neanche per un istante la presa sulla camicia di Nicholas. Quella donna è pazza... Merda, ecco dove l'ho vista. A casa di Nick, è quella che gli ha detto l'orrenda frase su suo padre.

"Mia madre non lo sapeva. E nemmeno io." Mi lancia un'occhiata da sopra la spalla. "Le stavo giusto dicendo che non la voglio qui e che deve tornarsene a casa."

No, Nick! Scuoto la testa con le lacrime agli occhi. Mi guarda in un modo nuovo, diverso dal solito. E ho la certezza che mi ami e stia facendo di tutto per proteggermi.

"Non voglio più avere a che fare con te, vattene, Lily!" mi urla e con un cenno mi indica di fuggire.

Non lo lascio qui con questa psicopatica.

"No," dico con un filo di voce.

"Di' a quella puttana di stare zitta, oppure le sparo," minaccia. Per lo spavento mi sposto di lato, uscendo allo scoperto. "Brutta troia, adesso sparirai del tutto."

La mia attenzione viene calamitata dalla donna che alza l'arma e fa fuoco. Il resto procede al rallentatore. Abbasso le palpebre, sono sicura che il colpo andrà a segno, perché sono sulla sua traiettoria. Ciò che sento è l'urlo di Nicholas e un proiettile che fende la carne. Non fa male come avrei immaginato. Un tonfo mi fa aprire gli occhi e quello che vedo mi terrorizza ancora di più. Nicholas è a terra a un passo da me. Si tiene una mano sulla coscia e il sangue zampilla copiosamente

Grido il suo nome, poi mi accascio accanto a lui. Presa dal panico, chiamo aiuto con tutto il fiato che ho. Non c'è nessuno, Kristen è scomparsa. Nicholas mi fa un debole sorriso, poi i suoi occhi diventano vitrei. Sotto la sua gamba c'è una pozza di sangue che si allarga sempre di più.

"Nick, Nick, ti prego resta con me!" Tento di tenerlo vigile. "Aiuto! Che qualcuno mi aiuti!"

"Nick, non lasciarmi... Nick." Ormai ha perso coscienza. "Ti prego... Nick."

Piango, ma cerco di reagire. Strappo la fodera del vestito e gli tampono la ferita, mentre urlo con tutto il fiato che ho nei polmoni per attirare l'attenzione. Un passante accorre. "La supplico, chiami un'ambulanza." L'uomo tira subito fuori il cellulare.

Ho la fronte sulla sua, mentre con la mano premo forte sulla coscia. "Nick, ti amo. Non puoi... non puoi..."

Sento le sirene avvicinarsi, non mi sposto, finché non arriva il personale sanitario. Un paramedico mi affianca.

"Adesso lasci, ci penso io." Con la testa faccio segno di no. "È stata brava, ma ora lasci che me ne occupi io." Mi costringono ad arretrare, resto in ginocchio impotente, mentre osservo i tre uomini avvicendarsi attorno al corpo di Nick. Gli mettono la maschera dell'ossigeno, perciò capisco che è ancora vivo. Gli altri due cercano di fermare l'emorragia all'altezza della coscia. Appena lo mettono sulla barella e la sollevano, noto l'enorme macchia di sangue a terra. Ne ha perso tantissimo.

Ricomincio a piangere, quando Xander e Sam sbucano nel vicolo. Nicholas viene caricato sull'ambulanza e il paramedico di prima mi dice che posso salire.

"Ti raggiungiamo in ospedale," mi informa Xander.

Siedo accanto a Nicholas. È così pallido. Gli tengo la mano e non posso fare a meno di piangere.

"Se la caverà?" domando all'uomo seduto dietro con me.

"Pare che il proiettile abbia colpito l'arteria femorale. Deve essere visitato subito da un dottore," si limita a dire e il modo in cui non mi guarda in faccia mi fa preoccupare ancora di più.

Arrivati al pronto soccorso parlano con il personale e decidono di portarlo in sala operatoria. Tengo la sua mano anche mentre la barella percorre i corridoi, finché non arriviamo davanti a delle porte e le infermiere non mi bloccano.

Provo a compiere un passo in più.

"Mi dispiace, non può entrare. Le faremo sapere appena ci sono notizie."

Vedo l'uomo che amo sparire oltre delle maledette porte.

Non mi resta che rimanere lì a fissarle e a piangere. Due mani sulle braccia mi spostano e mi fanno mettere su una sedia poco lontana da lì.

"Lily, ci siamo noi. Stai tranquilla." È Xander.

Singhiozzo tra le sue braccia, mentre pronuncio frasi senza nesso logico. "Mi ama. Ha detto che mi ama. Non può lasciarmi un'altra volta. Non può."

"Sono sicuro che non succederà."

Vorrei avere la sua certezza. Appoggio la testa sulla sua spalla e lui lascia che la sua camicia si inzuppi di lacrime.

Le ore passano, vado in bagno solo per lavarmi le mani sporche del suo sangue, per il resto del tempo mi rifiuto di muovermi da questa sedia. Sam mi ha portato qualcosa da mangiare, ma mi sono limitata a bere un po' d'acqua. Xander si è allontanato un momento e quando è tornato c'erano due poliziotti con lui.

"Lily, questi sono gli agenti Adams e Turner, vorrebbero farti delle domande," dice.

"È proprio necessario farlo ora?" chiede Sam al mio posto, mentre mi tiene un braccio sulle spalle con fare protettivo.

"Abbiamo fermato una donna in stato di shock a un paio di chilometri dal luogo dell'aggressione. Potrebbe essere lei, ma abbiamo bisogno della sua testimonianza per tenerla in custodia cautelare."

"Va bene. Chiedete ciò che volete, ma non fatemi spostare da qui, vi prego."

Mi tempestano di quesiti, a cui tento di dare risposta. Racconto della prima volta che l'ho vista e delle lettere che ha ricevuto Nicholas. Alla fine se ne vanno, dicendo di avere abbastanza informazioni per trattenerla in centrale.

"Sei stata bravissima, Lily," mi incoraggia Sam.

"Devo avvertire la sua famiglia," mi viene in mente e il solo pensiero che possa non riprendersi mi fa morire. "Non so chi chiamare," scoppio di nuovo a piangere, coprendomi il viso con le mani.

"Ci penso io. Avviso Paul," si offre Xander.

"Puoi dirgli di farlo sapere anche a Reed Montgomery?"

"Certo."

Lo abbraccio con gratitudine. Si allontana con il cellulare in mano, lasciandomi con Sam.

Dopo un bel po' Xander torna, mi informa che la famiglia è stata avvertita e che saranno qui il prima possibile con un jet privato. Sono sollevata, però lo sguardo si sposta sulle porte. Ogni volta che esce un infermiere o un dottore, lo guardo con speranza, ma quello saluta e prosegue.

Passa non so quanto tempo, in cui ripeto tutte le preghiere che ricordo, ed esce l'ennesimo uomo con il camice. Stavolta ci si avvicina.

"Siete qui per Nicholas Parker?"

"Sì, lei è la moglie," interviene Sam, mentendo per paura che altrimenti non ci dica nulla.

Scatto in piedi e non riesco a pronunciare nemmeno una parola, voglio solo sapere che sta bene.

"Suo marito ha subìto una lesione significativa all'arteria femorale, che è stata suturata. Però ha perso molto sangue. Si è resa necessaria una trasfusione d'emergenza. Inoltre, il proiettile ha danneggiato il femore, perciò abbiamo provveduto a un'osteosintesi per stabilizzare la frattura utilizzando placche e viti in titanio. Ora è in terapia intensiva per un monitoraggio costante," spiega.

"Quindi starà bene?"

"Le prossime ore saranno significative per controllare eventuali segni di infezione o di sanguinamento. Solo con il tempo potremo capire se l'attività motoria è stata compromessa o meno."

Infezione, attività motoria, sanguinamento. Mi lascio cadere sulla sedia e fisso il vestito macchiato di rosso. Non sono i fiori. È il sangue di Nicholas.

"Posso vederlo?"

"Appena possibile, le mando un'infermiera che la accompagnerà da lui," dichiara e io mormoro un ringraziamento.

Mezz'ora dopo Sam va a bere un caffè e quando torna mi porge un sacchetto.

"Non sono riuscito a trovare nulla di carino, però questi dovrebbero andarti bene." Guardo dentro e trovo una maglietta rosa, un paio di pantaloncini di jeans e delle ballerine. "Non vorrai farti vedere da tuo *marito* con quell'abito."

Salto in piedi e lo abbraccio. Non so come avrei fatto oggi senza di loro.

"Grazie. Per fortuna c'eravate voi."

Vado in bagno e l'immagine che vedo allo specchio è il riflesso di come mi sento. Mi costringo a pensare che andrà tutto per il meglio. Nicholas è vivo ed è l'unica cosa che conta. Mi sciacquo il viso e mi cambio. Butto il vestito e le scarpe nel cestino della spazzatura.

Un quarto d'ora più tardi un'infermiera chiama la signora Parker. Se non fossi in ospedale con Nick in terapia intensiva, forse ne riderei, ma ora voglio solo vederlo. Mi anticipa che posso stare soltanto pochi minuti. La seguo e dopo aver indossato, camice, guanti, mascherina, calzari e retina per i capelli mi accompagnano fino alla sua stanza.

Mi avvicino al letto e devo farmi forza per non piangere. È pallidissimo. Il letto è circondato da macchinari, flebo e cannule attaccate al suo corpo. La gamba è leggermente alzata e coperta da un lenzuolo che gli arriva fino al torace. I suoi tatuaggi sono visibili, soprattutto quello sul petto: l'orologio che sembra sciogliersi a metà.

Gli passo le dita tra i capelli, poi prendo la sua mano tra le mie e la accarezzo.

"Vorrei che succedesse come nei film: la protagonista dice una frase strappalacrime, il suo amato si sveglia con un gran sorriso e promette di amarla per sempre. Ma questo non è un film, è la realtà e io ho avuto paura, Nick. Una paura dannata. Ti ho appena ritrovato ed ero riuscita a dirti che ti amo... Ho rischiato di perderti così presto. Quel proiettile era destinato a me e tu mi hai salvata." Mi asciugo due lacrime e mi impongo di smettere di piangere. "Io salvo te e tu salvi me... Sto iniziando a credere che il destino ci abbia messo sulla stessa strada affinché ci salvassimo a vicenda, giorno dopo giorno, grazie all'amore e alla fiducia. Adesso non devi far altro che svegliarti e ricominciare da dove abbiamo lasciato la nostra storia. Perché la parte difficile, ammettere di amarsi, è già passata e adesso non dobbiamo far altro che vivere questo amore. Come ti ho promesso, non mi allontanerò da te e appena aprirai gli occhi mi troverai qui."

Gli poso un bacio sui capelli, anche se ho la mascherina.

"Ti amo, Nick."

Esco dalla terapia intensiva e nonostante tutto sono felice. Appena svolto l'angolo vedo Reed, Valerie e Edward che stanno parlando con Xander e Sam. Corro da loro e appena la mamma di Nick nota la mia presenza allarga le braccia e mi stringe forte.

Tutti insistono affinché io vada in albergo a riposare, ma ho giurato che non mi sarei allontanata e ho intenzione di rimanere finché non aprirà gli occhi.

Ho sonnecchiato un po' sulla spalla di Valerie, dopo che è entrata a far visita al figlio. Edward è andato a parlare con i chirurghi per capire la situazione e Reed si è recato alla centrale di Polizia.

Quando è di ritorno ci fa un breve riassunto. Kristen era ossessionata da Nicholas da anni. Appena ha saputo da Madison che si era licenziata e che Nick era deluso e non voleva più vederla, ha iniziato a mandargli quelle lettere. Ogni volta che andava in una città per uno dei suoi convegni, pagava qualcuno per spedirle a distanza di giorni.

Il suo intento era fargli capire che lei lo amava ancora. I poliziotti le hanno fatto notare che lui aveva una fidanzata e Kristen ha detto semplicemente che non era una cosa destinata a durare, che io ero una delle tante, perché in realtà lui era innamorato di lei.

Dopo che i giornali hanno scritto della nostra rottura, si aspettava che Nick sarebbe corso da lei. Non lo ha fatto e l'amore si è tramutato in odio. Da qui il cuore con la terrificante X nera. Lo ha seguito fino a Los Angeles solo perché Valerie, orgogliosa dei risultati a cui aveva portato la casa editrice, aveva riferito alla madre di Kristen che Nicholas avrebbe partecipato alla premiazione. In sostanza, a detta di Reed, Kristen Novak è una persona instabile.

Il resoconto del migliore amico di Nick mi fa tornare in mente un dettaglio importante. Mi giro di scatto verso i miei amici.

"La premiazione! Avete perso la premiazione... Sono così dispiaciuta!"

Si scambiano uno sguardo di intesa, poi Xander estrae il cellulare e mi mostra una e-mail. È un comunicato stampa dell'organizzazione del NBP in cui viene decretato il nome del vincitore: Xander Mayer.

Spalanco la bocca. "Hai vinto! Hai vinto proprio tu!" Tento di contenere la gioia per quello che posso, dato il luogo dove ci troviamo, però nulla mi impedisce di abbracciarlo.

"È tutto merito tuo," afferma lui ridendo. "Niente lacrime però, ti scongiuro. Ne hai già versate troppe oggi, sei a credito per i prossimi dieci anni."

Mi lascio andare a una risatina.

È notte fonda e sono nella caffetteria dell'ospedale con Valerie. Ha insistito affinché mangiassi qualcosa. Edward ci raggiunge. Smetto immediatamente di masticare e cerco nella sua espressione un anticipo di quello che sta per dirci. Sorride.

"È sveglio e vuole vederti."

Corro in reparto e, dopo essermi bardata nuovamente, volo nella sua stanza. Appena entro, noto che ha la faccia voltata dalla parte opposta.

"Nick," pronuncio piano dalla soglia. Lui si gira e il suo viso è il regalo più bello di questa lunga giornata.

"Ehi, piccola, sei bellissima anche conciata così," dice con voce debole. "Vieni qui."

Non me lo faccio ripetere.

"Ti amo, Nick." È l'unica cosa che riesco a dire. Niente lunghi discorsi, niente lacrime.

"Lo so. E io amo te." Alza la mano e mi accarezza piano la fronte e la tempia. L'unico spazio di pelle lasciato libero dalle protezioni. "Ho fatto un sogno strano. Sentivo la tua voce che mi diceva che la parte difficile della nostra storia era ammettere di amarci, mentre quella facile era vivere questo amore."

"Non era un sogno, ero qui accanto a te e ho detto proprio così." Gli prendo la mano e la stringo anche se indosso i guanti. "Ti ho promesso di non allontanarmi mai più ed è quello che ho intenzione di fare."

"Bene, perché quando starò meglio, vorrei che tu tornassi a New York con me, nel mio appartamento, e al tuo ruolo alla casa editrice."

Rimango a bocca aperta anche se non può vedermi.

"La tua lettera di dimissioni è nel cassetto della mia scrivania."

"Vuoi che venga a vivere con te?" balbetto incredula.

"Appena metteremo piede in città. Ho già sprecato fin troppo tempo e nell'ultimo mese ho imparato che è la cosa più stupida che si possa fare. L'hai detto anche tu: adesso arriva la parte facile, tanto vale iniziare a viverla il prima possibile."

Epilogo

Nicholas

La luce filtra dalle tende. Non mi interessa che ore siano. Ho il braccio sul fianco di Lily. Lei mi dà le spalle. Sorrido, appena vedo il tessuto scozzese del suo pigiama. Mi dispiace svegliarla, ma il suo profumo è troppo delizioso per non approfittarne. Intrufolo la mano oltre il bordo dei suoi pantaloni. Questa abitudine di non indossare biancheria intima quando è in casa mi piace molto.

Lily si rianima. Bene, ormai è sveglia. Affondo la mano verso l'interno della coscia e provo un'eccitazione pazzesca, quando allarga le gambe per accoglierla. Le mie dita cercano il suo sesso e scivolano dentro di lei con naturalezza. Il gemito che le esce dalla bocca mi fa impazzire, così le muovo in cerchio andando più in profondità. È allora che si volta verso di me, mi passa una mano dietro la nuca e mi attira a lei. Mi bacia con passione e la sua lingua cerca subito il mio sapore.

Amo quando reagisce così. Amo i suoi occhi grigi velati di desiderio. Amo il suo corpo. Amo dividere il letto e la casa con lei. Amo lei in tutte le sue sfumature.

Lily mi sposta i boxer e libera la mia erezione. La prende tra le dita e incomincia a muovere la mano, senza smettere di baciarmi.

Dio, che sensazione!

Con la mano libera tento di slacciarle i bottoni del pigiama, ma è impossibile, così smettiamo di toccarci e ci liberiamo in fretta dei vestiti. Basta uno sguardo tra noi. Niente parole. Si spoglia finché non è completamente nuda. La ferita alla gamba non è ancora del tutto a posto e sarò costretto a usare la stampella ancora per un po', ma non è un problema, così come non è un problema evitare alcune posizioni per fare l'amore e sperimentare altri metodi, proprio come sta per accadere ora.

"Toccati per me," ordino con voce roca.

E lo fa. Segue il mio comando e la mano le scivola verso il sesso. Osservo ogni movimento, il modo in cui mi scruta, il colore dei suoi occhi e come la sua bocca è semiaperta, mentre tenta di incamerare ossigeno. È sexy da morire.

"Anche tu," dice.

Obbedisco e mi prendo in mano il membro. Lo muovo sempre più in fretta, senza mai smettere di esaminarci. Quando il massaggio mi sta per portare oltre, capisco che voglio di più.

"Fermati, amore," dico quasi senza fiato e lei si interrompe. Ha capito cosa desidero. Mi mette le mani sulle spalle e sale a cavalcioni su di me. "Ti voglio," ansimo al suo orecchio.

Scende lungo la mia erezione e lascia che i nostri corpi creino un incastro meraviglioso, poi inizia a dondolare il bacino.

Mi assale la bocca e le mie mani corrono attorno ai suoi fianchi per imporle il giusto ritmo.

Ci muoviamo all'unisono e non ho mai vissuto nulla di tanto intenso. Una connessione fisica e mentale perfetta. Mi accarezza le spalle, il collo e i capelli, mentre la nostra danza si fa sempre più cadenzata. Ogni movimento è amplificato. Meraviglioso.

Il piacere monta sempre di più. A ogni affondo le vado incontro come posso. Appena noto che ha fame d'aria, capisco che è vicina, allora non le do tregua e le massaggio il clitoride. Il mio nome soffocato sulla spalla, ma soprattutto le contrazioni del suo sesso attorno al mio, prosciugano la volontà di resistere. Mi lascio andare e mi godo l'orgasmo spettacolare che mi sta regalando.

Mi tiene stretto anche quando ormai il piacere ha lasciato i nostri corpi.

Rimaniamo immobili, stretti in quell'abbraccio, mentre ci sforziamo di riprendere a respirare e di regolarizzare i battiti dei nostri cuori. Mi avvolge la testa tra le braccia e le poso un bacio sulla bocca.

"Buongiorno a te," dice e io scoppio a ridere. "Shhh, Nick, non vorrai svegliare tutti."

"Perché, secondo te, non sospettano che facciamo l'amore da quando ti sei trasferita qui?"

"Un conto è sospettarlo, un altro è sentire la propria figlia farlo con il suo fidanzato."

“Dai, piccola, sono tutti al piano superiore. Non possono ascoltarci,” ribatto e lei scivola via da me.

Scuote la testa e va nel microscopico bagno annesso alla stanza. Da quando siamo tornati da Los Angeles, si è trasferita nel mio appartamento e, date le condizioni della mia gamba, siamo stati costretti a occupare l’unica camera al piano inferiore, perché salire e scendere le scale con le stampelle non sarebbe stato comodo.

Qui siamo un po’ stretti perché ci sta solo un letto a una piazza e mezza e la cosa mi va benissimo, però il bagno è davvero troppo piccolo. Per fortuna non è l’unico su questo piano.

Sento l’acqua della doccia scorrere e vorrei raggiungere la mia donna, ma non c’entreremmo.

Quando esce in accappatoio si avvicina e mi passa la stampella. Dopo mesi di riabilitazione ho quasi ripreso a camminare come prima. Manca ancora poco per eliminare questo affare.

Con una mano prendo la stampella e con l’altra sciolgo il nodo del suo accappatoio. Sotto è nuda e mi sto eccitando di nuovo.

“Più tardi,” suggerisce. Mi dà un bacio, poi si ferma e bacia il tatuaggio che ho fatto modificare appena tornati da Los Angeles. Sul cuore avevo un orologio con le lancette ferme all’orario in cui mio padre è morto. Metà dell’oggetto era cadente, come se si stesse sciogliendo. L’ho voluto in quel modo, perché è proprio così che mi sentivo, come se mi stessi sgretolando un po’ alla volta.

Ho chiesto al tatuatore di ridefinirlo. Dalla parte che si scioglie adesso escono piccole gocce, che colando si trasformano in rondini libere di viaggiare per il mio corpo.

Quando Lily lo ha visto è scoppiata a piangere. Non c’è stato bisogno di spiegarle il significato. È un inno alla vita. Ogni cosa si può trasformare, come lei ha cambiato me grazie al suo amore.

“Devi darmi una mano con il tacchino.” Altro bacio, si veste e sparisce in cucina.

È il giorno del Ringraziamento e mai come quest’anno ho un elenco infinito di cose per cui ringraziare.

Arrivo in cucina dove trovo la mia bellissima ragazza a chiacchierare con Clara davanti a una tazza di caffè, prima di darsi entrambe da fare ai fornelli. Sto facendo colazione con i cereali, quando veniamo raggiunti dai genitori di Lily e da Millie, che viene a rubarmi la confezione di corn-flakes.

La sua famiglia è venuta a stare da noi per una settimana per festeggiare questa giornata. Inoltre, Millie vuole fare un giro di shopping per il Black Friday.

Mentre Brooke sta discutendo del menù, l'altra coppia di ospiti si fa viva proprio in questo momento. Anche Xander e Sam si sono fermati da noi per un paio di giorni. La cucina è viva, mentre tutti facciamo colazione.

Più tardi il campanello suona e raggiungo l'ingresso. Apro la porta agli ultimi arrivati: Reed, mio fratello e mia mamma. Quest'ultima mi saluta con un bacio.

Poco dopo fanno la loro comparsa anche Paul e la moglie.

Iniziamo a prendere posto e so che Lily sarà in cucina attaccata al cellulare. Zoppico e appena la vedo, come avevo pronosticato, ha il telefono in mano. Il campanello di casa suona di nuovo. A passo di carica raggiunge l'ingresso e rido da solo. Non vorrei essere al posto di Shannon e Summer. Di sicuro le starà rimproverando per il ritardo.

Mi accomodo al mio posto. Il cibo è in tavola e ognuno si serve. C'è un gran vociare, qualcuno ride e qualcun altro sbuffa. Mi guardo attorno, poi allungo la mano fino a stringere quella di Lily, che mi regala uno dei suoi magnifici sorrisi con le fossette.

Mi rendo conto che l'unica distrazione imperdonabile nella mia esistenza è stata quella di non apprezzare questi momenti e non viverli con la consapevolezza della fortuna che ho. La famiglia e gli amici riuniti. Una donna che ama tutto di me, la mia forza ma soprattutto la mia fragilità. Un lavoro che adoro e che condivido con lei. Non guardo più al passato, ai miei errori e a quelli degli altri. Il futuro resta un punto interrogativo, però adesso non mi fa più paura.

La mia vita è il libro più bello che sto leggendo e sono io a scriverlo, una pagina dopo l'altra.

Ringraziamenti

A te, lettore, che sei arrivato fino a qui, ti ringrazio per aver scelto questa storia e mi auguro che sia stato un piacevole viaggio. Ogni volta che scrivo un libro, il mio sogno è di poter emozionare le persone, oltre che far passare delle ore di spensieratezza. Se poi, dopo aver chiuso l'ultima pagina, i protagonisti dovessero mancarti... allora vuol dire che stavolta mi sono superata.

Il ringraziamento successivo va a chi condivide con me le gioie e i dolori di questo *mestiere* (perché spesso è davvero difficile sopportarmi, me ne rendo conto): a mio marito Luca, ai miei figli Ilaria e Federico e ai miei genitori.

Non posso dimenticare di ringraziare altre presenze costanti che mi accompagnano da anni in questa folle avventura: la mia fantastica amica e compagna di lavoro, Anna Russo; una collega con un talento eccezionale e un cuore ancora più eccezionale, Sylvia Kant; la beta che tutti dovrebbero avere perché sempre disponibile e schietta, Francesca Santoloce.

Un ringraziamento speciale va a Michele Rossi, per aver voluto un romanzo che era solo nella mia testa, e soprattutto a Lidia Ottelli, che ha sempre avuto fiducia in me e che stimo molto come persona e come professionista.

Grazie di cuore anche allo staff della Società Editrice Milanese e a tutti coloro che hanno lavorato con me perché questo libro diventasse realtà.

Per contattarmi e rimanere aggiornati sulle novità, seguitemi sui social:

www.facebook.com/DanielaVolonté
www.facebook.com/ilibrididaniela
Instagram @danielavolonte
Tik Tok @danielavolonte